世界华文文学研究文库 第2辑
世界华文文学研究文库编委会 编

雅俗汇流

方忠选集

方忠 著

China World Association for Chinese Literatures

南方出版传媒
花城出版社
中国·广州

图书在版编目（CIP）数据

雅俗汇流 ：方忠选集 / 方忠著. -- 广州 ：花城出版社，2014.11（2021.7重印）
（世界华文文学研究文库. 第2辑）
ISBN 978-7-5360-7304-3

Ⅰ. ①雅… Ⅱ. ①方… Ⅲ. ①华文文学－文学研究－世界－文集 Ⅳ. ①I106-53

中国版本图书馆CIP数据核字(2014)第247780号

出 版 人：肖延兵
责任编辑：李　谓　李加联　杜小烨
技术编辑：薛伟民　凌春梅
装帧设计：林露茜

书　　名	雅俗汇流：方忠选集 YA SU HUILIU FANG ZHONG XUANJI
出版发行	花城出版社 （广州市环市东路水荫路11号）
经　　销	全国新华书店
印　　刷	北京一鑫印务有限责任公司 （北京市顺义区北务镇政府西200米）
开　　本	880毫米×1230毫米　32开
印　　张	10.375　2插页
字　　数	290,000字
版　　次	2014年11月第1版　2021年7月第2次印刷
定　　价	49.80元

如发现印装质量问题，请直接与印刷厂联系调换。
购书热线：020－37604658　37602954
花城出版社网站：http://www.fcph.com.cn

出版说明

有海水的地方就有华人，有华人的地方就有中华文化的流播，也就伴随有华文文学在世界各地绽放奇葩，并由此构成一道趋异与共生的独特风景线。当今世界，中华文化对全球的影响力不断扩大，无疑为我们寻找华文文学创作与研究的世界性坐标，提供了有利的条件和新的机遇。

改革开放三十多年来，中国大陆华文文学研究界的老中青学人，回应历经沧桑的世界华文文学创作，孜孜矻矻地进行了由浅入深、由少到多的观察与探悉，取得了相当丰硕的研究成果。为了汇集这一学科领域的创获，为了增进世界格局中中华文化和不同文化之间的交流与对话，为了加强以汉语为载体的华文文学在世界文坛的地位，也为了给予持续发展中的世界华文文学以学理与学术的有力支持，中国世界华文文学学会与花城出版社联手合作，决定编辑出版“世界华文文学研究文库”。

这套“文库”，计划用大约五年的时间出版约50种系列图书。

“文库”拟分为四个系列：自选集系列、编选集系列、优秀专著系列，博士论文系列。分辑出版，每辑推出8至10种。其中包括：自选集——当代著名学者选集，入选学者的代表作；编选集——已故学人的精选集，由编委会整理集纳其主要研究成果辑录成册；优秀专著——世界华文文学研究领域的最新学术专著，由编委会评选推出；博士论文——世界华文文学研究的博士论文，由编委会遴选胜出。

“世界华文文学研究文库”将以系统性、权威性的编选形式，成就华文文学研究领域的大典。其意义，一是展示中国世界华文文学研究的整体性学术成果；二是抢救已故学人的研究力作；三是弥补此一研究领域的空缺，以新视界做出新的开拓；四是凸显典藏性，有较高的历史价值与人文价值。

“文库”在编辑过程中，参考并选用了前贤及今人的不少研究成果，在此谨向众多方家深表谢忱。由于时间仓促，遗珠之憾和疏漏错差定然不免，尚祈广大读者多加赐教。

花城出版社

2012年10月

目　录

第三辑

第四辑

自　序

自1989年正式发表第一篇台湾文学的研究论文，我从事世界华文文学的教学和研究已整整二十五年了。

师从范伯群教授攻读中国现当代文学博士学位，是我学术生涯的一个重要转折点。范先生从20世纪50年代起就开始从事现代文学的研究，在鲁迅、郁达夫、冰心等作家作品研究领域取得了标志性成果，很快便成为那一代学人中的领军人物。20世纪80年代，他又深入通俗文学研究领域，提出了雅俗文学双翼齐飞的现代文学史观，在学术界产生了很大的反响。1995年我投到范先生门下后，逐渐形成了整合两岸、汇流雅俗的文学观，研究兼及台港纯文学和通俗文学，视野则扩大到两岸四地，相继完成了“20世纪台湾文学史论”、“多元文化背景中的台湾文学”、“台湾当代文学与中国传统文化”、“20世纪海峡两岸散文比较研究”、“海峡两岸文学互动关系研究”、“世界华文文学与中国现代文学传统”等国家、教育部和江苏省哲学社会科学研究课题。

本书收录的论文前后时间跨度有20余年，这些在课题研究过程中形成的论文，大致反映了我世界华文文学研究的基本历程。因此，本书也可算是我的世界华文文学研究的一个阶段性的学术总结。

作为世界华文文学学科建设的亲历者、参与者，我见证了学科的发展。尽管人们目前对这一学科的认识不尽相同，有的认为学科还不成熟，有的则认为它作为一个新学科已卓然成型，但世界华文文学无疑有着广阔的发展前景。当下四世同堂的研究队伍，完备的人才培养体系，日趋活跃的学术活动，高质量的研究成果，这些都显示着这一学科充满生机和活力。在经历了数代学人的努力后，世界华文文学研究步入了新的发展阶段。

我愿以这本选集的出版为契机，进一步拓展研究视野和研究领域，为推动世界华文文学的研究作出自己的一份贡献。

感谢中国世界华文文学学会给了我一个出版选集、进行学术总结的机会；感谢花城出版社社长詹秀敏女士的鼎力支持，感谢责任编辑的辛勤劳动。

是为序。

第一辑

台港澳文学如何入史

近年来，中国现当代文学史的研究与写作取得了长足的进步。各种新视野、新观点、新格局、新写法的文学史纷纷问世，突破了以往的通史、文体史、断代史、思潮史、流派史、地方文学史的格局。这一方面显示了文学史写作的多样可能性，另一方面也呈现出文学史研究充满着生机和活力。

与20世纪90年代以前的文学史著作相比，台湾文学、香港文学在当下的文学史格局中占有了一席之地。这是文学史写作的一个显著变化。事实上，在1987年出版的《中国现代文学三十年》中，台湾文学即已进入中国现代文学史家的学术视野。在吴福辉先生执笔的第27章中，专列了“台湾文学”一节，虽然只有不到两千字的篇幅，但显示出了研究者将台湾文学纳入中国现代文学史的学术理念和学术胸襟。孔范今主编的《二十世纪中国文学史》（1997年）在文学史观和方法论方面有了重要突破，把20世纪中国文学的现代性转型与20世纪中国的经济、政治、文化的变革紧紧地联系起来，注重宏观把握与个案分析相结合，而在文学史的格局上融入了相当多的台湾、香港文学内容，一定程度上贯穿了整体文学观的理念。朱栋霖、丁帆、朱晓进主编的《中国现代文学史（1917—1997）》（1999年）作为教育部“高等教育面向21世纪教学内容和课程体系改革计划”项目，努力打破原有的文学史格局，以新的文学史观、文学观重新诠释20世纪中国文学现代化之历程和历史经验，体现了20世纪末中国现代文学史教材编撰的新水平。而在台湾文学、香港文学内容方面，该书专设两章，用了约六万字的篇幅来叙述，几近全书总量的十分之一，这可看出主编者整合两岸文学的学术理念。黄修己主编的《20世纪中国文学史》（第二版）（2004年）在1998年初版本的基础上作了较大的调整、修改和重写。在下卷当代文学部分，设有20世纪通俗文学、20世纪少数民族文学等；而最显眼的是，台港澳文学在20世纪文学史框架中的比重有了前所未有的大幅度的提高，台湾文学、香港澳门文学两章达十一万余字，占全书上下两卷总篇幅的七分之一。这足以说明台港澳文学在主编者学术视野中的地位。

从上述中国现当代文学史的编写中我们可以看到，自1978年随着改革开放东风而兴起的台港澳文学研究，由于研究的广度和深度的不断开拓，在中国现当代文学研究中占有了愈来愈重要的地位。台港澳文学由先前所谓的边缘走向了研究的中心，它拓展了人们的研究视野和审美空间，为大陆文学的研究提供了重要的参照系。

然而我们也清楚地看到，目前台港澳文学的入史也经历着种种不尽如人意之处。尽管我们在政治上认为台港澳地区是中国领土不可分割的一部分，尽管我们在学理上已把台港澳文学纳入中国现当代文学史的编写之中，但目前台港澳文学的入史显然更多的是一种拼凑，既没有充分考虑到它们与整个中国现当代文学的密切联系，也没有很好地注意到它们特殊的文学品质。从具体的形态来看，目前的台港澳文学在诸多中国现当代文学史著作中往往只是占据了一个附录的地位。这与台港澳地区文学的成就和特色显然是不相称的。

近三十年来，一大批台港澳文学的研究者以他们卓有成效的学术研究雄辩地指出，台港澳文学是中国现当代文学的有机组成部分，它们是在中国历史大背景下由于局部地区的特殊际遇而形成的一种有特色的文学。一方面它们与母体文学有着深刻的渊源关系，另一方面由于特定的社会政治经济文化环境又呈现出独特的历史风貌。台港澳文学的这一共性和殊相，使它们在中国现当代文学史中占据了特殊的地位。

就台湾文学而论，百年历史沧桑和社会变迁，铸就了20世纪台湾文学复杂的艺术风貌。由于《马关条约》一纸割台，台湾被迫沦为日本的殖民地，但台湾民众并不屈从于亡国奴的命运，进行了多种形式的抗争。作为民族情感载体的台湾文学自世纪之初即呈现出鲜明的反日爱国倾向。这一倾向跨越了新旧文学两个时期。在20世纪20年代新文学兴起后，赖和等一批新文学作家致力于把现实主义与时代精神、本土环境结合起来，树起了一面光辉的反帝反封建旗帜，开创并确立了台湾现实主义与乡土文学的传统。他们的作品揭露了殖民当局对台湾人民的政治压迫和经济剥削，批判了殖民地社会的顺民心态，显示了现实主义作家高度的理性精神。这种文学精神一直贯穿于整个日本占领时期。即使在日本帝国主义发动全面侵华战争，殖民当局竭力推行皇民化运动，台湾新文学运动遭到重挫的时候，仍有相当一部分作家以合法的手段继续活跃在文坛上，艰难地承传着新文学的传统。杨逵、吕赫若、张文环、龙瑛宗、巫永福等在创作中曲折地表现爱国情感和反日意识，对抗皇民化运动。而吴浊流等作家则冒着危险进行地下创作，等待着黎明的到来。这使20世纪上半叶的台湾文学形成了弥足珍贵的民族精神。台湾文学的这一精神既与同一时期祖国大陆文学所具有的精神是一致的，合拍的，同时也由于这一时期台湾处于日本严酷的殖民统治之下，文学发展的环境和情势和祖国大陆又有所不同，因此如二三十年代赖和的《觉悟下的牺牲》、《南国哀歌》、《一杆秤仔》、《不如意的过年》等直接表现抗日情绪和反殖斗争生活的作品在中国现代文学史上就有了特殊的意义。它大大丰富了中国现代文学反帝的主题。

20世纪台湾文学从大陆母体文学中汲取了充分的文学与艺术质素。其中包括传统人文精神、文学母题、表现技巧、文化乡愁等。与此同时，它也以开放的胸怀向西方学习，在欧风美雨的洗礼中追踪世界文学新潮。五六十年代台湾崛起的现代主义文学，广泛学习借鉴西方现代派文学观念和技巧。它深受精神分析学、存在主义、超现实主义、意识流等西方现代文艺思潮的影响，从卡夫卡、乔伊斯、伍尔芙、福克纳、詹姆斯、劳伦斯等现代派作家的作品中汲取了丰富的营养，从而形成了自己的艺术特征。它把表现自我放在主要地位，着重开掘人的“内宇宙”，对内心世界进行自我省思，强调表现潜意识，具有鲜明的反理性倾向。在表现手法和艺术形式上追求多元化，广泛运用隐喻、象征、超现实和意识流手法，刻意于意象的经营和语言的求新求变。在诗的领域讲求“张力”，而在小说方面则讲究多角度的叙述观和多层次的结构，从而使主题较为含蓄隐晦，耐人寻味。它对新的艺术手法和表现形式的探索，丰富了文学的表现力。它是一代知识分子的心灵记录，反映了当时社会普遍存在的失落感和逃避主义倾向。观念的现代化，审美的现代化，文学主题与表现形式的现代化，使台湾现代主义文学呈现出鲜明的现代性特征。

而在中国现代文学史上，现代主义文学一直延绵不绝。从20年代的象征诗派到30年代的现代诗派、新感觉派，到40年代的九叶诗派（西南联大诗人群），现代主义文学时有耀眼的时期。但在新中国成立后，西方的现代主义文学被作为资本主义腐朽的文学而扫进了历史的垃圾堆。现代主义文学在大陆绝迹了。改革开放以后，现代主义文学才重新登上了大陆的文学舞台。大陆这三十年现代主义文学的空白，恰好由台湾的现代主义文学填补上了。尤其值得一提的是，50年代初在台湾率先揭起现代主义文学大旗的正是30年代在上海和戴望舒一起推动现代主义诗歌运动的纪元，他把大陆现代主义文学的火种带到了台湾，为台湾的现代主义文学在“横的移植”的同时接上了大陆现代主义文学的源头。

从上述分析中可以看到，20世纪台湾文学和大陆文学存在着较大的兼容和互补性。作为中国文学的重要组成部分，台湾文学在诸多方面为丰富和发展中国文学提供了宝贵的艺术经验。

事实上，这种互补性在香港文学和澳门文学中也同样存在着。即以香港文学而言，它与内地文学原本就有着十分紧密的联系，其发展的几次高潮都是由内地作家的南迁所带来的。1937年抗战爆发后，由于香港是一个相对安全的地方，因此成了内地人士躲避战乱而南迁的理想之地。在南来香港的内地人中，有一大批进步作家，其中有巴金、茅盾、戴望舒、萧红、端木蕻良、叶灵凤、施蛰存、夏衍、林语堂、萧乾、郁达夫、巴人、陈残云等。他们或以香港为阵地，从事出版工作，宣传抗战；或取道香港作短暂停留而后转赴内地或海外，但在香港都留下了文学足迹。这一批南来作家对香港新文学发展产生了巨大影响。他们传播新思想、新文化、新文学，大力开展抗日宣传，为香港正在兴起的新文学注入了新的养料和活力，在香港文学史上掀起了第一次文学高潮。具体地说，这种影响主要有两个方面：首先，创办文艺杂志和报纸副刊，如茅盾主编的《文艺阵地》，茅盾、叶灵凤先后主编的《立报·言林》，戴望舒主编的《星岛日报·星座》等。这些媒介大大活跃了香港文坛。其次，他们以自己的创作影响和带动了本土青年作家。香港第一代本土作家侣伦、舒巷城、夏易等人在南来作家的影响下迅速地成长了起来。1946 年夏天，由于国民党当局镇压民主运动，大批内地作家为了躲避战乱和迫害，再次来香港。这是一批比第一次南来阵容更为强大的队伍。代表性作家有郭沫若、茅盾、夏衍、叶圣陶、郑振铎、冯乃超、臧克家、欧阳予倩、陈残云、胡风、孟超、聂绀弩、秦牧、司马文森、廖沫沙、吴祖光、端木蕻良等。他们在香港创办报纸杂志、出版社，组织文社、读书会，开设训练班，培养了大批文艺骨干，为香港新文学的繁荣作出了重大的贡献。20 世纪 50 年代以后，在香港文坛占主导地位的仍然是南来作家。他们是文学创作的主力军。长篇小说创作方面，有徐訏、徐速、李辉英、黄思骋、唐人、高旅等，散文创作方面有叶灵凤、徐訏、司马长风等，诗歌创作方面有力匡、何达等。而从“文革”后期开始，内地移民陆续拥入香港。香港迎来了第四波南来作家。他们以自己在内地和香港的双重人生经验，参与香港的文化和文学建设，成为香港文坛的一支重要力量。这一时期，具有代表性的南来作家有陶然、颜纯钩、东瑞、陈娟、白洛、杨明显、王璞、张诗剑、梅子、王一桃、傅天虹、黄河浪、梦如、舒非等等。此外，曾敏之、犁青等老作家在离港多年后重返香港，在文坛十分活跃。上述四波南来作家大都与内地文坛有着密切的关系，有不少原本就是内地文学的重镇，他们在港期间的文学创作和文学活动既是香港文学的重要组成部分，也应是内地文学的一部分。只有把他们的文学活动综合起来作整体观照，才能有助于完整地理解和认识中国现当代文学史。

从文学史的角度加以考察，台港澳文学在一些文类和文体方面所取得的成就，甚至要超过同一时期的大陆文学。如从20世纪60年代至80年代长盛不衰的包括言情、武侠、历史小说在内的台港通俗文学，正好填补了这一时期大陆文学的空白。而名家辈出的台湾当代散文和诗歌，也“可以和大陆的散文、诗歌颉颃”。[①] 因此，台港澳文学进入中国现当代文学史，从学理层面来说，既是必需的，也是必然的。

再以具体作家而言，台港澳文学为中国现当代文学提供了一批经典作家。

比如，白先勇的小说具有鲜明的艺术特色。一方面他具有中国古典文学的根基，这使他养成尊重传统、保守的气质，另一方面他又接受了西方文学的训练，这使他成为充满现代文学精神品质的作家。他寓传统于现代，熔中西小说技巧于一炉，形成了精湛独特的小说艺术。其代表作《台北人》大部分篇章表现的是业已退出历史舞台的上流社会的衰败的命运，在过去/现在、大陆/台湾两个时空的不断交错闪回中，呈示人生的无奈和苍凉。正如有的评论者指出的那样：“白先勇的小说有一种很强悍的令人激荡的思想性”，这突出地表现为作品揭示了“一种繁华、一种兴盛的没落，一种身份的消失，一种文化的无从挽回，一种宇宙的万古愁”。[②] 在人物形象的塑造上，白先勇较多地采用了以形写神的手法，受到了《红楼梦》等古典小说较深的影响。他通过对人物言行举止和穿着打扮的描写反映人物心理，表现人物性格。同时，他又运用意识流手法，直接渗入人物的内

① 陈辽：《台港散文四十家·序》，中原农民出版社1995年版。

② 叶维廉：《激流怎能为倒影造像?》，《当代台湾文学评论大系》(三)，正中书局1993年版，第316—317页。

心世界，揭示复杂微妙的深层心理活动。在艺术结构上，白先勇把传统的“纵剖面”的写法与西方的“横断面”的写法结合起来，总体上按正写的时间顺序展开情节，在局部描写中又常借鉴西方现代派时空交错的表现手法，从而扩大了作品的生活容量。此外，白先勇十分重视语言基调的把握，努力把传统的文学语言、现代口语和西方现代派的语言风格有机契合，形成了典雅精美、洗练明快的语言特色。因此，夏志清赞誉白先勇为“当代中国短篇小说家中的奇才，‘五四’以来，艺术成就上能与他匹敌的，从鲁迅到张爱玲，五六人而已”。

又如黄春明，其《儿子的大玩偶》、《看海的日子》、《青番公的故事》、《锣》、《溺死一只猫》等小说创作，代表了台湾乡土文学的最高成就。黄春明的小说以深切的乡土情怀和强烈的民族意识取胜。他从台湾的社会现实出发，站在一定的历史高度，探求生活的底蕴，表现出鲜明的社会意识。黄春明的很多作品写的是乡村和小市镇，但其思想价值不仅仅限于对乡土文化的留恋，在过去/现在，乡村/都市的鲜明对照中，作者表现了对文化（文明）救赎之道的深刻思考。在创作前期，黄春明是从关心乡土人物的角度来揭露资本主义经济给社会底层劳动者带来的生活困境和精神痛苦；而在创作后期，他则主要站在民族主义的立场来批判台湾社会的新殖民主义。黄春明的小说反映了转型期的台湾社会现实，刻画了面对生活磨难依然保持人性尊严的小人物形象，他的创作开创了台湾乡土文学的新纪元，被公认为台湾当代最重要的乡土小说家。

再如陈映真，其乡土文学创作和理论在台湾文坛产生了广泛的影响，对于丰富和发展20世纪中国现实主义文学有着重要的意义。在长期的艺术实践中，陈映真以其强烈的使命感和责任感，随着时代的演进不断地调整自己的创作路线，成为一个深具现实主义批判精神的作家。吕正惠认为：“在三十年来的台湾文坛上，没有一个作家能够像陈映真那样，随时在以他的敏锐的现实感捕捉台湾历史的‘真实’。他的题材与风格的多变由此而来，他的独特的‘使命感’也由此而来。”①

再如余光中。余光中一向被视为艺术上的“多妻主义”者，兼擅诗歌、散文和评论。就诗歌而言，其诗歌题材丰沛，形式灵活，风格多样，从现代、古典到民歌，从政治抒情诗、新古典诗、咏史诗到乡愁诗，余光中不断开拓创新，在现代和传统、中国和西方之间走出一条富有独创性的艺术道路。他广泛吸收艺术营养，形成了既古朴典雅又恬淡清新、既沉郁顿挫又明快热烈的诗歌风格。就散文来说，其散文视野开阔，想象丰富，文字变幻莫测，风格豪放雄健，是台湾散文园地里的一枝奇葩。他喜欢将狂风、大漠、巨石、高山、古战场、一望无垠的原野、万顷碧波的海洋、奔驰的汽车等充满阳刚之气的事物纳入艺术视野，进行浓墨重彩的描绘，酣畅淋漓，一气呵成，呈现出包罗四海、睥睨万物的胸襟。另有一些作品温雅清丽，感情细腻，表现纯中国的意象和意境，洋溢着中国文化的恬淡和芬芳。也有一些作品诙谐幽默，明快活泼，将感性与理趣完美融合，创造了一种幽默的境界。因此，有评论者认为：“余光中是20世纪中国诗文双璧的大作家。”②

再如金庸。其武侠小说突破了雅与俗的界线，受到了社会各层次读者的欢迎，刘再复认为：“他真正继承并光大了文学剧变时代的本土文学传统；在一个僵硬的意识形态教条的无孔不入的时代保持了文学的自由精神；在民族语文被欧化倾向严重侵蚀的情形下创造了不失时代韵味又深具中国风格和气派的白话文；从而将源远流长的武侠小说传统带进了一个全新的境界。”③ 严家炎也认为：“我们还从来不曾看到过有哪种通俗文学能像金庸小说那样蕴藏着如此丰富的传统文化

---

① 吕正惠：《从山村小镇到华盛顿大楼》，《当代台湾文学评论大系》（三），正中书局1993年版，第351—352页。

② 黄维樑：《璀璨的五彩笔》，《余光中选集》第1卷，安徽教育出版社1999年版，第1页。

③ 刘再复：《金庸小说在二十世纪中国文学史上的地位》，《当代作家评论》1998年第5期。

内容，具有如此高超的学术文化品位……金庸的武侠小说，简直又是文化小说，只有想象力极其丰富而同时文化修养又非常渊博的作家兼学者，才能创作出这样的小说。”①

再如刘以鬯。刘以鬯的小说突破了传统小说的框架，广泛采用了意识流、象征、暗喻等现代小说技巧，在现实主义与现代主义的结合上进行了大胆的尝试。他的小说因此被称为“实验小说”。1963 年他出版的《酒徒》是一部成功地把西方意识流小说中国化的长篇力作，被誉为中国第一部意识流长篇小说。作品在艺术上明显地受到乔伊斯、福克纳等西方现代派小说家的影响。作者借鉴了意识流和象征主义的表现手法，始终将焦点对准主人公隐秘、幽暗的内心世界，表现人物的意识和潜意识。整部作品写主人公酒醉和梦境占了很大的篇幅，借助醉与梦的荒诞来折射现实社会的病态、畸形和不合理，在现代小说技巧和传统现实主义的结合上走出了一条成功的道路。

这里只是列举了部分作家，事实上，我们可以列出一串具有经典意义的作家名单。

从上述认识出发，我们认为台港澳文学入史应贯彻两个原则：一是经典性原则，二是互补性原则。

所谓经典性原则，是指进入文学史研究和写作领域的作品应具有经典的性质。那么，何谓文学经典呢？文学经典，“指的应是具有丰厚的人生意蕴和永恒的艺术价值，为一代又一代读者反复阅读、欣赏，体现民族审美风尚和美学精神，深具原创性的文学作品”。② 文学史的研究固然而且必须要以史料为基础，但我们看到的文学史著作有不少流于史料的堆砌；文学史的研究自然要有宽广的学术视野，但有相当一部分文学史著作内容过于庞杂，脉络不清晰，令读者如坠五里雾中。这些情形的发生有各种各样的原因，而其中一个重要原因就

① 严家炎：《一场静悄悄的文学革命》，《金庸研究》创刊号。

② 参见方忠：《论文学的经典化与中国现代文学史的重构》，《江海学刊》2005 年第 3 期。

在于研究者缺乏经典性的学术理念和方法。在我们看来，文学史研究和写作在梳理文学的历史发展线索、探寻文学变迁规律的过程中，其重心应该放在对经典作品的分析、解读上。韦勒克就曾指出："文学研究不同于历史研究，它必须研究的不是文献，而是具有永远价值的文学作品。"①在中国现当代文学史上，活跃过的作家数以千计，文学史的研究不太可能将他们全部囊括其中，何况文学史的研究也并非不分巨细越全面越好。在这样的学术前提下，台港澳文学入史首先就要遵循经典性原则。进入中国现当代文学史的台港澳文学作品应是具有丰厚的人生意蕴，对人的情感、心理和整个精神世界有着深刻而动人的描写的作品，应是具有独特的审美品格与独创的艺术价值的作品，应是反映了我们民族百年来的民族心理和文化传统的优秀作品。这些作品与同时期祖国大陆的经典作品一道，构成了20世纪中华民族弥足珍贵的文学财富和文学新传统。在20世纪末，大陆和台湾香港先后都进行了文学经典的评选活动。大陆出现了多种"百年文学经典"选本，如人民文学出版社推出了"百年百种优秀文学图书"。台湾《联合报》则组织评选出"台湾文学经典30种"等。香港《亚洲周刊》更组织全球知名华人专家、作家，评选出"20世纪中文小说100强"。这些活动，为文学史研究和写作的经典化奠定了一定的基础，创造了良好的条件。

所谓互补性原则，是指要以整合的学术视野将台港澳文学与大陆文学同置于20世纪中国文学的场域中加以考察，在梳理好两岸四地文学异同关系的基础上，建构两岸文学相互兼容、互补合作的平台。如前所述，台港澳文学与大陆文学在文学思潮、文学现象、文学题材、文学表现等方面都有着很强的互补性，因此在编撰中国现当代文学史时，应充分考虑到不同区域文学、不同时期文学的各自成就和特点。自然，这需要建立在对两岸四地文学整体了解和把握的基础上。

---

① ［美］韦勒克：《文学理论·文学批评与文学史》，《"新批评"文集》，中国社会科学出版社1988年版，第509页。

从文学史写作的具体情形看，有相当一部分治现当代文学史的学者对台港澳文学缺乏深入的了解，而研究台港澳文学的学者又往往未能参与到整个中国现当代文学史的研究中，沟通交流既然少，造成目前这样的文学史写作格局也就不足为奇了。

综上所述，台港澳文学如何入史是一个需要探讨也是值得探讨的问题。在当下两岸文化和文学交流日益频繁的时代，台港澳文学应该以一种新的更为合适的姿态进入中国现当代文学史学者的学术视野。我们期待着真正建构起多元共生、整合两岸、兼容雅俗的中国现当代文学史。

（原载《文学评论》2010 年第 3 期）

当代海峡两岸文化散文整合论

文化散文是新时期文学中一股蔚为壮观的文学潮流。尽管“文化散文”这一概念20世纪90年代初才出现，但作为一种文学现象它却早已存在。从巴金、汪曾祺到贾平凹、周涛、史铁生、余秋雨等一大批作家都运用散文的形式观照民族传统文化，寻找民族的思维优势和审美优势，企盼民族文化的新生。佘树森对文化散文的价值取向、审美特征进行了界定：“贴近生活的又一表现，就是世俗化倾向。人情种种，世俗百态，成为一些散文家观照的热点。由于这种观照常取文化视角，伴以历史文化反思，故又称之‘文化散文’；由于这种观照多以非凡的机智，集中透视矛盾诸相，故行文常含幽默，还由于作者故作‘超脱’与‘旷达’，所以常有苦涩掩藏于闲适中。”① 余秋雨将其第一部散文集《文化苦旅》明确以“文化”来标榜，显示了作者对“文化散文”的热衷和偏爱。它与随后问世的《文明的碎片》、《山居笔记》、《霜冷长河》等散文集产生了广泛的影响。在余秋雨等人的大力倡导下，“文化散文”遂成为世纪末中国文坛一股异军突起的文学潮流。

比较而言，半个世纪以来台湾文坛的文化散文潮流显得更为汹涌澎湃。随着台湾社会经济的迅猛发展，与之相适应的文化环境也几经变迁。从现代主义文化思潮的崛起到中西文化论战、乡土文学论战，

---

① 佘树森、陈旭光：《中国当代散文报告文学发展史》，北京大学出版社1996年版，第258页。

一直到后现代主义文化的全面推展，传统文化与现代文化、东方文化与西方文化出现了一次次碰撞。这对散文创作产生了深刻的影响。“文化散文”成为台湾文坛一道亮丽的风景线。柏杨、李敖、龙应台、郭枫等的散文以科学和民主的意识来观照传统文化，呈现出文化批判派冷峻的理性战斗精神。梁实秋、王鼎钧、阿盛、林清玄等作家的散文所表现出的文化态度则或多或少地具有文化改良派的色彩。也有一些作家几乎全面肯定乡土文化，排拒现代文明，明显地具有文化保守派的特征。

本文将从文化乡土散文、文化反思散文、宗教文化散文三个层面对当代海峡两岸文化散文加以整合研究，追寻其内在的质的规定性。

一、文化乡土散文

中国是一个农业文明十分悠久的国家，数千年的历史积淀所造就的传统文化呈现出静穆、温馨、柔美而又保守的特征。随着现代工业文明的全面登陆，传统的农业文明渐渐退居文化的边缘地位，但它在广大的乡村社会仍然顽强地生长着。大陆是这样，台湾亦然。海峡两岸来自乡土的散文家对此作了生动的表现。他们描写乡村生活经验，展示地方习俗和风土人情，表现了对乡土文化、乡土社会、乡村人物命运的深切关注。

吴晟最初是以乡土诗创作著称于台湾文坛的。这位来自彰化乡村的作家在诗中抒写了浓重的乡土情怀，表现了时代变化中的愁绪。80年代初，吴晟开始散文创作。在《农妇》等散文集中，他将乡土诗的表现内容进一步具象化，在更为阔大的时空中反映现代工业文明从物质到精神方面对农村的双重入侵，抒写了对大地的赤诚恋情。吴晟的许多散文从各个侧面描写了一个“农妇”的形象，通过展示这位普通“农妇”所具有的质朴不阿、坚忍不拔的精神，唱出了对台湾广大农村妇女的颂歌。以此为核心，吴晟表现了台湾农村社会几十年的历史变貌，抒写了乡土人物丰富复杂的情感世界，显示出对乡土社会、乡土文化深沉热烈的人文关怀。另一位来自彰化的作家萧萧在文化乡土散文创作方面也有可观的成就。在经历了早期充满幻想和浪漫色彩的抒情写作之后，从20世纪80年代初开始，萧萧转向集中地描写家乡的生活经验，创作了“朝兴村杂记”系列散文，在历时性的描述中叙写了苦难与欢乐并存、朴拙与诗意交织的昔日农家生活，以及这样的乡村在现实中的失落，勾勒出朝兴村这个具有典型意义的台湾乡村社会的变迁史。萧萧还由对家乡的关注进而扩大到对整个台湾乡村社会的关注，以悲悯情怀反思人与自然、人与土地、人与社会的多重关系，显示出较强的文化反省和现实关怀意识。其他如陈冠学、张腾蛟、粟耘等也都写作了质素较高的文化乡土散文。

在台湾文化乡土散文家中，阿盛是成就突出的一位。与其他乡土作家一样，阿盛的散文立足于家乡的土地，抒写怀乡情结。不过，他笔下的土地不仅是地理意义上的，更是文化层面上的。早期代表作《厕所的故事》以厕所为焦点，透视了台湾农村社会几十年的沧桑变迁，厕所的变化成为文明发展的一个缩影。在《火车和稻田》、《唱起唐山谣》、《发事春秋》等篇章中，阿盛通过对乡土的描写传达对民族传统的关注，把乡土情和家国爱融汇在一起。而《契父上帝爷》、《散文庙群岛》、《稻草流年》等作品则将具有鲜明地方色彩的乡村民间习俗、宗教信仰、地方戏曲，与台湾特殊的历史际遇、中华文化传统融为一体，表现出厚重的历史观和文化观。尽管阿盛描写的也主要是乡野生活和农村经验，但由于有着较为广阔的文化视野，所以能真实生动地反映出新旧价值观念的撞击和社会发展变迁的历史轨迹。他的散文因此具有了丰富的文化意蕴。

与阿盛散文的厚重相比，许达然散文的文化视野则显得博大开阔。多年的学院生活和漂泊异国的经历没有冲淡这位历史学博士对故土深切的怀恋，反倒使他以更为清醒冷静的史家眼光认同故土和人民。他面向现实，立足台湾社会，突破了台湾散文中常见的描写家庭和身边琐事的狭小圈子，以深具理性和哲思的笔墨横扫散文界的浮华风气，显示出强烈的时代精神和深刻的文化意识。许达然以对大自然的深切关怀写出了现代工业文明的负面影响，以充满感情的笔墨描摹了现代文明对传统社会的冲击，谱写了一曲曲悲壮的挽歌。田园牧歌式生活的消亡固然标志着社会的进步，但这也在一定程度上意味着人文精神的衰退。许达然从人类文化的长河中撷取一朵朵浪花，深入考察了人与自然、人与人之间的关系。作者惊异地发现，人类文明每前进一步，都要以被压迫者、被剥削者、被征服者的血泪为代价。正是由于对人类历史有着深刻的理解，许达然对所谓的“真理”、“伟人”、“文明”表现出极大的怀疑和藐视，从而成为一个勇敢的叛逆者，一个具有博大胸怀和高尚人格的人道主义者。

相形之下，在对乡土生活的具体描写过程中，大陆作家的文化观念则显得保守一些，更多地表现了对传统乡土习俗的玩味，对田园牧歌情调的渲染，而较少呈现文化上的困惑和精神上的矛盾，更几乎没有许达然式的“我知道我在哪里？我知道我在，哪里？我知道我，在哪里？我知道我？在哪里”？（《远近》）属于生命本体层面上的问题。在这一方面，贾平凹散文颇具代表性。20余年来，贾平凹写出了大量具有鲜明地域文化色彩的散文，其中以商州乡土文化生活为题材的作品占了近一半。在以“商州三录”为代表的商州系列散文中，贾平凹对这一特定地域的乡土文化、风俗民情作了全方位的观照。他从山水地理写到人文环境，从山神庙宇写到民居建筑，从吃酒喝茶写到卜卦算命，从婚嫁丧葬写到卖艺唱戏，从风土习俗写到伦理道德，作品呈现出清纯、自然的田园牧歌情调，散发着重情适性的古秦地文化的余韵。从文化观念和审美情趣来分析，贾平凹是个较为传统的作家，他的散文充溢着浓重的传统文化气息。在对乡土风物、寻常百姓的审美观照过程中，贾平凹往往以自然、平易、质朴的笔墨呈现山水美、风俗美、人情美、人性美，营造出浓郁的地域文化氛围。除了商州系列散文外，贾平凹还创作了陕北风情系列散文和关中风情系列散文，全面展示黄土高原和八百里秦川的风土民情，从而构成了一幅完整的秦地风俗画卷。

汪曾祺也有着浓烈的乡土文化情怀。20世纪80年代起，他写下了大量的忆旧怀人、纪游访古、谈论人性、描摹世态人情的散文作品。其中相当一部分是状写故乡的风俗民情的。汪曾祺的故乡是苏北高邮，境内水网密布，物产丰饶，且人文气息浓厚："我的家乡不只出咸鸭蛋。我们还出过秦少游，出过散曲作家王磐，出过经学大师王念孙、王引之父子。"①《城隍·土地·灶王爷》叙述了家乡城隍庙的历史、土地祠的变迁和祭灶的礼俗。《故乡的元宵》写的是故乡元宵节的习俗。《故乡的食物》描绘了故乡的种种土特产。从这些作品中不难看到一个长期漂泊异乡的游子对文化乡土的深切怀恋，汪曾祺以充满诗意的心态去追求人与自然、人与乡土的交融，营造出空灵澄静的艺术境界。对于周涛而言，新疆并不是他的故乡。他生于山西，幼时在北京就学，少年时才随父迁居新疆。然而长期的边地生活使他产生了强烈的认同感，他把新疆当成自己精神的原乡。深受西部文化熏陶和同化的周涛甚至常常站在西部少数民族的立场上来审视汉族文化，对西部的山川和其间生存的生命抱有极大的热情，鲜活地呈现出西部特有的自然和人文景观，在充满激情近乎偏执的描写中，充分展露了自己的文化乡土情怀。周涛以辽阔西部为背景，其艺术视点集中于巩乃斯草原和巩乃斯河。他热情地描写和讴歌巩乃斯活的精灵——马，在雄浑的马蹄声中体验着生命的崇高伟大。"我就从马的世界里找到了奔驰的诗韵。油画般的辽阔草原、夕阳落照中兀立于荒原的群雕、大规模转场时铺散在山坡上的好文章、熊熊篝火边的通宵马经、毡房里悠长喑哑的长歌在烈马苍凉的嘶鸣中展开、醉酒的青年哈萨克在群犬的追逐中纵马狂奔，东倒西歪地俯身鞭打猛犬，这一切，使我蓦然感受到生活不朽的壮美和那时潜藏在我们心里的共同忧郁……"（《巩乃斯的马》）这些诗性语言抒写出作者对充满野性力量的生命的崇拜。《巩乃斯的马》、《饮马》、《高榻》、《白马夕阳》等篇对马作了多方面的描写，着力表现了马身上所蕴藏着的坚忍不拔、积极进取

---

① 汪曾祺：《我的家乡》，《汪曾祺文集·散文卷》，江苏文艺出版社1993年版，第278页。

的精神。这种“马文化”正是游牧文化的集中体现。周涛由马进而写到马背上的骑手，表现他们的文化观念和生命意识。强悍的生命原动力，旺盛的生命意志，与那个充满活力的苍茫世界紧紧融合在一起，构成了作者热烈神往的文化原乡。

在两岸散文家中，像周涛这样将非故乡当作文化原乡，不倦地加以讴歌的作家是不多见的。

二、文化反思散文

随着文化启蒙意识的全面觉醒，20 世纪中国散文走出了软性的审美空间，勃现着丰盈的理性精神。以鲁迅为代表的现代散文家从现代文明社会的文化要求出发，反省中国传统文化，抨击和批判种种落后丑恶的文化现象，他们的散文具有文化反思散文的鲜明特质。

这种文化反思和文化批判意识在当代海峡两岸散文中依然存在，而在柏杨、李敖、郭枫、龙应台和巴金、张承志、张炜、梁晓声等的作品中表现得尤为明显。他们或以启蒙主义话语对民族历史和传统文化加以重新审视，或以自由主义话语纵横于时代和社会之间，或以理想主义话语批判物欲横流、道德沦丧的现实世界，或以人本主义话语关注人文精神，关怀人类的终极命运。

在对中国传统文化的反思过程中，柏杨表现出勇猛决绝的批判态度。他的杂文继承了鲁迅“揭出病苦，引起疗救的注意”的现实主义精神，对中国数千年传统文化中的病态部分及其给民族造成的种种丑陋性格和心理状态，进行了猛烈的抨击。柏杨把中国传统文化喻为酱缸文化，并对最具酱缸文化特色的官场文化，以及造就酱缸文化的儒家思想，细加剖析，行文汪洋恣肆，笔墨辛辣尖锐。他还通过研究历史，深入挖掘中国人的国民劣根性。《丑陋的中国人》、《人生文学与历史》、《中国人与酱缸》诸篇揭露了中国人“窝里斗”，不知认错，没有包容性，绝对的自卑和绝对的自傲，缺乏平等观念，明哲保身，缺少独立思考能力等等丑陋的形象，看似过于尖刻，但正是在这种讽刺和抨击中表现了作者敢于亮出疮疤决心改正的勇气，深刻的自省意识，以及愤世嫉俗的社会文化情怀。相形之下，曾就读于台湾大学历史系和历史研究所，在中西文化研究方面有着精深造诣的李敖的文化态度更为偏激。他痛斥传统，对封建文化予以猛烈攻击："我们的传统是'君子'式的'儒'，在这种传统底下，为一般人所称道的人格标准竟是态度颟顸的厚重、庸德之行、庸言之谨、逆来顺受、知足安命、与世无争、莫管闲事、别露锋芒、别树敌、别离经叛道、要敬老……这些标准上铸造出来的人格是可以想象的。"① 李敖宣称要集中火力摧毁中国的封建主义，从制度到文化到观念，对中国文化来一个大改造。他对封建文化的批判是全方位的，广泛涉及政治、社会、经济、文化等各个领域，他将杂文的战斗作风和文化批判功能发挥得淋漓尽致。自然他并不抹煞中国传统文化中的优秀成分，认为那是"一种优秀的、高贵的道德品质"，但它"并非中国所独有的，而是人类共同追求的理想"，因此他主张"全盘西化"，用西方进步的价值观念和文化思想改造中国的文化。李敖曾对他所谓的"全盘西化"有过说明："西方文化不是没有缺点，但他们就是表现得怎么坏，仍然比我们胜一筹。我所谓'全盘西化'只是充分地世界化、现代化，并非百分之百，这是语言在运用时无可避免的限制。就这个观点来说，从传统而来的东西如果可以保留，我们就应该保留。"② 李敖的杂文无论是鞭挞落后的封建文化还是批判国民劣根性，无论是揭露当局的专制统治还是抨击时弊，都显示出直率犀利、豪放不羁的风格。他的狂狷孤傲、特立独行，成为文化批判派的又一典范。

与柏杨、李敖勇猛的战斗风格有着显著的区别，巴金对封建文化的揭露和抨击显得较为内敛深沉。巴金从小生长在封建大家庭中，对封建文化的专制性有着深切的感受。而在十年浩劫中，他更为强烈地

---

① 李敖：《十三年和十三月》，《传统下的独白》，时代文艺出版社 1996 年版，第 8 页。

② 李敖：《千秋评论》，湖南文艺出版社 1988 年版，第 602 页。

体验了封建法西斯主义的巨大危害。因此当他重新获得创作权利的时候，写得最多的便是关于“文革”的思考：“拿起笔来，尽管我接触各种题目，议论各种事情，我的思想却始终在一个圈子里打转，那就是所谓十年浩劫的‘文革’。”①在5卷本《随想录》中，巴金锁定“文革”，对封建专制主义笼罩下的这场浩劫作了深刻揭露，写出了“文革”期间发生在自己身上及周围的一个个大大小小的噩梦。他勇于解剖自己，并由此深挖下去，全力排出“十年创伤的脓血”。他试图通过自己的努力，把十年浩劫这场民族大灾难的来龙去脉搞清楚，找出它之所以产生及危害如此酷烈的原因，以警示后人。巴金以一个文化批判者的锐利目光，对肆虐于“文革”期间的诸种封建主义毒素细加剖析，进行了深刻的批判和揭露，他的《随想录》成为20世纪70年代末80年代初思想解放浪潮中一个有力的声音。

在一些作家将文化批判的视线聚焦传统文化的同时，另一些作家则更多地关注现实社会。置身于物欲横流、道德沦丧、精神空间逐渐萎缩的时代，两岸散文家抱着济世的目的，对现实进行严峻的批判。就台湾文坛而言，郭枫、许达然、王鼎钧、高大鹏、亮轩等散文家都有这方面的力作，而表现最为突出的，当推郭枫。郭枫是一位深具社会责任感和历史意识的现实主义作家，“以堂·吉诃德（Don Quixote）的热情拥抱文学，以清教徒一般的信仰面对人生”。② 他以鲜明的理性批判精神剖析时代、社会和文化，透视现代都市社会的种种人事，深刻地写出了不正常的社会结构、不协调的社会关系和不健全的社会人生。《拔掉虚伪的根》尖锐地批判了封建伦理道德和资本主义文明的虚伪，认为它们是阻碍社会发展的绊脚石，人们只有“拔掉虚伪的烂根，以真诚相见，以爱心相得”，才能促进社会进步。《有这样的一座城》则站在历史和现实的交汇点上，从更为开放的视野抨击资本主义文明，揭露了纸醉金迷的都市浮华人生。作者用象征和比拟

---

① 巴金：《随想录》，生活·读书·新知三联书店1987年版，第4页。
② 叶笛语：《九月的眸光》，台南新风出版社1971年版，扉页。

的手法描写了一座建筑在海滩浮沙上的城市种种疯狂的情状，忧愤深广地揭示了被资本主义文明异化了的荒谬的现实世界，显示出强烈的反叛精神。郭枫的散文张扬坚强执着的生命意志，勃现着昂扬奋发的入世精神，在日益浮华的台湾文坛独标一帜。

在大陆文坛，当社会为一种普遍的实利风气和商业文化所包围，知识分子的文化人格日趋萎缩，人文精神日趋失落的时候，同样有一批作家挺身而出，对现实社会进行文化批判。在张承志、张炜、梁晓声、王英琦等一批中青年作家的作品中，我们一再听到了诸如理想、信念、道德、良心、正义、崇高、英雄一类的话语。其中，张承志在90年代已成为一种象征，一种捍卫理想、抗拒世俗、呼唤正义、拥抱崇高的精神象征。在《以笔为旗》一文中，他发出战斗的呐喊："此刻我敢宣布，敢应战和更坚决地挑战，敢竖立起我的得心应手的笔，让它变成我的战旗。"①《清洁的精神》、《无援的思想》等作品都充满着对民族前途和命运的焦虑，倾吐着伤痛和愤怒，提出要用富有生命力的民族精神对现实世界进行脱胎换骨般的改造。在一个金钱主宰、意义和深度消失的时代，张承志以对理想的执着捍卫显示出自己强烈的社会责任感。正像评论者所指出的："文学之于张承志，不是目的，不是终极，而是工具，是手段，是表达人生理想和精神追求的物态载体，从他的作品中，你能读到一股很硬气的生命脉流的搏动；你能感受到一颗骚动激烈甚至是残酷的心灵冲突；你能悟出他狷介桀骜的性格背后的孤独的坚执；你能回味出他无情反讽负面的古道热肠。"② 然而，在张承志誓与世俗血战到底的英雄本色背后也存在着一些近乎病态的东西。张承态对世俗的抨击基本上停留于抽象的层面，他并不是一个务实的批评家，更缺乏鲁迅那样的清醒的现实主义精神。这使他对现实的文化批判不时为咆哮怒吼甚至辱骂所取代。这在一定程度上影响了作品的攻击力和批判力。

---

① 张承志：《无援的思想》，湖南文艺出版社1999年版，第107页。

② 王英琦：《无需援助的思想》，《中国作家》1994年第4期。

在海峡两岸写作文化反思散文的作家中，龙应台可算是一个异数。历来女作家的笔触多温厚细腻，少阳刚之气，多感性，少理性，尤其少有人写尖锐的社会批评和文化批评。龙应台主要以杂文文体针砭时弊，暴露现代社会的积习痼疾，痛陈事实，揭出病根，表现了对台湾现实社会和文化的强烈关注。龙应台的杂文在台湾引起热烈反应，产生了广泛而深刻的影响，这固然是由于她所涉及的都是民众普通关心的问题，诸如教育问题、环保问题、法制问题、政治问题、中西文化与国民心态问题等等。而更重要的是，龙应台以求真的态度毫不留情地抨击那些不合理的现象，在环境污染、世情冷漠、文明沦丧的世界烧起一把“野火”，作品发挥了匕首与投枪的作用。龙应台采取的反对权威、批判现状的立场，鲜明地凸现出知识分子的社会良知和公民的责任感。这种不受制于强权、不屈从于私欲的“在野”之声，对于那些在自我吹嘘的“酱缸”里泡了几十年的台湾民众，具有振聋发聩的作用。

余秋雨的出现，使世纪末文化散文的创作出现了新气象。与先前的文化散文不同，余秋雨的散文公开以“文化”来标榜，声称要“从中国历史沉重、枯涩的故纸堆里，寻找到一种能够被现代人所接受、足以在海外广泛普及的历史亮点”，作一次“文化苦旅”。余秋雨自觉地运用散文的形式来反思中国文化，揭示中国文化的内涵，进而关注民族文化品格的重建。历史、文化、山川、古迹、人物，在余秋雨的散文中都是令人深感沉重的话题。从《文化苦旅》、《山居笔记》等散文集中，我们可以清晰地看到余秋雨借山水古迹探寻中国文化的艰难跋涉的足迹。正像作者自己所说的，他所关注的山水“总是古代文化和文人留下较深脚印的所在，说明我心底的山水并不完全是自然山水而是一种‘人文山水’”（《文化苦旅·自序》）。在“访古”、“谈古”的过程中，余秋雨深入探索了民族传统文化，抒写了对中国社会、历史和文化的感慨与反思。在面对传统文化失落、现代文明亟须拯救的问题时，余秋雨与张承志的文化立场是基本一致的，都怀抱着忧国忧民的态度。但张承志显得十分偏激，他要向整个文坛乃至社会宣战；而余秋雨则要温和、宽容得多。当人们在追逐金钱与享乐时，余秋雨没有愤世嫉俗，而是忧心忡忡地为社会道德沦丧、人性堕落发出一声沉重的叹息。与贾平凹相比，同样是关怀文化，省思文化，余秋雨是从“文人”的角度切入的，他通过对传统文人命运和精神历程的剖析，来表达对文化的关怀，这明显地带有“精英文化”的意味；而作为平民作家的贾平凹则从“民间”的立场出发，他的文化关怀意识是属于平民的。余秋雨以《文化苦旅》为代表的文化散文在世纪末的中国文坛上创造了一种崭新的艺术风格。

三、宗教文化散文

宗教与文学向来有着密切的关系。虽然中国不是一个宗教国家，但宗教文化与中国文学有着深刻的渊源。闻一多认为中国文学曾先后两度受到外来文化的影响，它们分别为印度的佛教和西方的基督教。① 闻一多把宗教的影响作为中国文学外来影响的主要部分，这道出了宗教对文学的巨大影响力。

在20世纪下半叶的中国当代文学中，宗教文化仍然发挥着有力的影响。而由于种种原因，台湾当代文学的宗教意识要强于大陆当代文学，随着20世纪70年代末思想解放运动的深入展开，大陆文学中的宗教意识才得以全面复苏。

1949年后，台湾当局竭力阻隔台湾当代文学与“五四”新文学的联系，但超越政治之上的宗教对文学的影响却是谁也阻拦不了的。尤其是随着物质文明的迅猛发展，现代人陷入了深重的精神困境，这时宗教便成为一部分人精神的避风港。这在台湾散文家的作品中有着鲜明的体现。

在佛教文化散文创作方面较为活跃的台湾散文家有林清玄、林新居、黄靖雅等。他们都深受佛学熏陶，往往自称佛家弟子，其散文创

① 《闻一多全集》第10卷，湖北人民出版社1993年版，第19页。

作每每通过自己的生命体验来阐释佛理。这与现代作家借助佛理来观察人生、感悟生命的创作方式有着显著的区别。台湾佛教文化散文提倡充分地享受人生，主张“以喜悦的心来求悟”，具有强烈的入世精神。这种入世精神主要表现为两个方面：第一，它植根于台湾社会，贴近现实生活，对于身处物化潮流中心灵疲惫、精神压抑的人们来说，仿佛是一剂清凉的精神解毒剂。主体价值失落，精神家园荒芜，这是现代人在日益膨胀的物欲刺激下普遍的精神特征。面对这一困境，佛教文化散文作家主张回归自然，心系菩提，以东方的诗性文化荡涤心灵的尘埃。林新居用“风”、“花”、“雪”、“月”四个意象主编了一套“一味禅”丛书，使生活在喧嚣中的现代人领略智慧的清风和丰盈的禅趣。第二，台湾佛教文化散文具有明显的商品化倾向。它面向大众，按照市场规律大量写作和出版，从而成为现代资讯社会中的一道文化快餐。林清玄醉心于佛经新诠，出版了《紫色菩提》、《凤眼菩提》、《星月菩提》、《如意菩提》、《清凉菩提》等菩提系列散文集，这些作品往往借助于日常生活的描写来弘扬人间佛教精神，笼罩着冲淡祥和、宁静肃穆的宗教氛围。

台湾当局自20世纪50年代起，为了维持生存，大量引起外资，向西方世界打开市场。伴随着经济的对外开放，西方的文化和价值观念也一起涌入，台湾社会出现了西化浪潮。而在西方文化观念中，基督教文化占有重要的地位。因此，台湾社会在接受西方文化影响的过程中，自然而然地受到了基督教文化的影响。这在散文创作中有着明显的体现。一些深受基督教影响的散文家通过创作，主张用宽恕、顺从、忍耐、受苦来消除社会罪恶，用博爱、仁慈来改造社会、救助弱者，他们的作品普遍洋溢着一种“爱”的精神。

琦君早年毕业于教会大学，深受基督教影响，服膺博爱、宽恕的精神，追求道德的自我完善。同时，由于家庭的影响，她又笃信我佛，善于“化痛苦为信念，转烦恼为菩提”，在创作中追求真善美的境界，弘扬博爱的精神，注重人格道德力量，呈现出乐观豁达的人生观。她以一颗纯真、博大的爱心热烈地拥抱人生，在对生活的细心感受中体味和领悟生活的真谛，营造出一个色彩柔和、气氛温馨的艺术世界。从《外祖父的白胡须》、《髻》、《倒帐》等作品中，既能看到温柔敦厚文学传统的影响，又可看出宗教文化影响的痕迹。这使琦君散文形成了谐而不谑、哀而不伤、温婉柔美的美学风格。张秀亚在辅仁大学读书时便加入了天主教，她常以“爱心”去洞照人生，在散文中筑起一座美好温馨的爱的小巢，去抵御现实世界中黑暗、丑恶的东西。尽管有些作品流于对教义的诠释，但更多的则以积极的入世姿态思考人生问题，字里行间蕴藏着哲理，表现出悲天悯人的宗教情怀。与张秀亚一样，张晓风也是一个虔诚的教徒。在回答别人提出的有关其创作主题的问题时，她说：“我里面有什么，涌出来就是什么。像T·S·艾略特，他的每一篇诗，每一曲戏都充满‘基督教’。如果有人分析‘我’，其实也只有两种东西：一个是‘中国’，一个是‘基督教’。”① 爱国主义思想和基督徒的宗教情怀正是张晓风散文的两大主题。当她抒发爱国情感时，她祈求上帝赐予她更多：“我的主，求你允许我的耳得以重闻东北原始森林的松涛，求你允许我的眼得以瞻仰穆如帝王的五岳，求你允许我的双掌得以亲吻河套平原微润的土膏，求你允许我的肌肤得沐苏堤二月的柳风。求你允许我们生则撑起五湖三江之上的湛湛青天，死则葬于白杨环生的安恬的祖茔。”（《祷词》）由于崇敬和信仰上帝，张晓风的散文肯定生命，讴歌人生，追求生命的内在张力，充满着浓郁的生命意识，呈现出亦秀亦豪、壮阔深沉的艺术风格。

20世纪70年代末，祖国大陆掀起了声势浩大的思想解放运动。这一运动拓展了人们的思维空间，也大大丰富了人们的精神生活。在这样的历史背景下，长期受压抑的宗教生活重新活跃起来。为了获得一份感情寄托，为了新的精神追求，不少人走向宗教。社会风尚的这一变化使新时期文学中的宗教意蕴大大加强。

史铁生在21岁时双腿瘫痪。这一厄运不仅使其肉体承受极大痛

---

① 杨剑龙：《旷野的呼声》，上海教育出版社1998年版，第241页。

苦，更使他的精神遭受重创。面对苦难，他陷入形而上的思考之中，一方面渴望在精神上超越苦难超越困境，认为人生的意义就在永不停止的超越中获得；另一方面又着实感到主体对命运的无从把握，由此产生深重的迷茫和悲伤。在经历了炼狱般的煎熬后，史铁生发现了人的许多与生俱来的根本困境。他将自我与人类的困境联系起来，并从人本的困境出发，在沉思中皈依了自己从基督教和佛教中提炼出来的宗教精神。在《宿命的写作》一文中，史铁生说得很直接明白："写什么和怎么写都更像是宿命，与主义和流派无关。……所谓灵感、技巧、聪明和才智，毋宁都归于祈祷，像祈祷上帝给你一次机会（一条道路）那样。"但承认宿命的强大并不等于放弃主体清醒的生命意识，史铁生没有停止对人本问题的深入思考。诸如对死的默想，对生的沉思，对事业的展望，对平等的追寻，对爱情的渴求，对写作的执着，无不通过笔端鲜活地呈现出来。史铁生仿佛是苦行的僧侣，又似乎像受难的基督，他将自己的苦难与人类的苦难汇成一炉，锻造出启示着上苍隐秘的崭新灵魂。史铁生的作品所呈现出的宗教精神使他在20世纪末的中国文学中占据了独特地位。

如果说史铁生与宗教还保持着一定距离的话，张承志则是一个虔诚的宗教信徒。1984年，"完全是由于冥冥之中造物的主，我因它的安排走进了大西北。"① 在此后的岁月里，张承志深入黄土高原、内蒙古草原和新疆的广袤大地。这一片土地上的人民尤其是回族人民使他的灵魂受到强烈震撼，他们那百折不挠追求理想的信念，承受和战胜苦难的勇气，使他感受到了一种伟大而神圣的力量。进而，张承志对伊斯兰教有了深切的了解，认识到"伊斯兰教在这里变成了一种中国式的、黄土高原式的、穷人的、异乡人的唯一可以依靠的精神支柱"。② 而哲合忍耶则是回民的一个教派团体，在数百年辛酸、悲壮的生命历程中，他们表现出极为坚定的生命意志和伟大的殉道精神。

---

① 张承志：《心灵史·代前言》，湖南文艺出版社1999年版，第2页。
② 张承志：《在中国信仰》，湖南文艺出版社1999年版，第184页。

对历史真相的认知使张承志的整个精神有了脱胎换骨般的改变，他公开宣称皈依哲合忍耶教，要为她热烈地鼓与呼。在《语言憧憬》中，张承志写道："哲合忍耶，生我如此一腔血的中国回教最英雄最受难的教派！暴政的挑战者，奴隶传统的破坏者，正统中庸的异端，底层民众的义旗，伊斯兰有一切信仰者的光荣——想到它，我便沉入狂醉痴疯之中。"自20世纪80年代后期开始，伊斯兰民族那不屈不挠而又放达乐观的血性及其天然的宿命，构成了张承志创作的宏阔背景。哲合忍耶的真主给了这位作家丰富的人生启迪，并导引他奔向神性的理想境界，进入地上的天国。这种信仰使张承志摒弃了功利，摒弃了地位，他以任性对抗规范，以狂野蔑视世俗，在文学的旷野中勇猛冲杀，如入无人之境。他的大量散文随笔实际上已越出"美文"的疆界而成为社会批评和文化批评。张承志以孤绝的姿态成为"一个流行时代的异端"。如此固守自己的理想和宗教信仰的作家在海峡两岸都是罕见的。与张承志散文狂热的宗教情绪适成鲜明对照，浸润着禅宗文化意蕴的贾平凹散文则呈现出虚无恬淡、清静空幽的风格。贾平凹受到佛教和老庄的影响，以"静虚村"作为书房名，在书房的墙壁上挂着《达摩面壁图》，且伴以洞箫、宝剑、丑石等物。他"喜欢静静地坐，静静地思想，静静地作文"（《静虚村记》），追求人生的审美境界。他的散文喜欢捕捉和营造月、云、水、竹、夜等偏于阴柔的意象，以感悟的方式寻找主客体间的和谐，在不经意间流露出宁静致远、淡泊超脱的人生观。面对自然客体，贾平凹独自品味着天地感应、神人冥合的境界，在静观默察中寻求禅理、禅趣。贾平凹还在散文中追求一颗"平常心"，他认为"平常心是参禅用语，如果引进散文创作必然会有新的境界"（《黄宏地散文集序》）。作为一种创作态度，"平常心"使贾平凹常能以"静虚"的情绪面对山水万物，以禅宗的精神看待世态人情，以道家的观念阐述哲理。贾平凹的一部分散文因而成为一种融合着老庄思想的禅体美文。

从总体上来看，两岸文化散文虽然出现的时间有先有后，对文坛产生的影响也不尽相同，但两者有着共同的质的规定性。即取材广泛，凡人类社会一切文化现象无不进入作家的视野，并获得多方面的显示，而尤集中于表现和剖析中国传统文化。尽管当代海峡两岸社会制度不同，意识形态有重大差异，但都存在着物欲横流、道德沦丧、精神空间日益萎缩的社会问题。文化散文作者或将触须伸入大地，到民间探寻精神出路；或秉承“五四”精神，在新的历史条件下重构人文精神；或以冷峻的理性批判精神，指出危险揭破危机；或以宗教精神对现实社会进行清洁工作。因此，当代海峡两岸文化散文内蕴丰厚，元气充沛，在日渐世俗化物欲化的时代，表现出对人文精神和人类命运的终极关怀，从而使散文走出了狭窄的感性空间而具有了旺盛的艺术活力。

（原载《文学评论》2004 年第 4 期）

当代海峡两岸女性散文整合论

在20世纪中国散文创作大潮中，女作家是一支不容忽视的生力军。由于性别、处境、地位、心理特征等自然属性和社会属性的差异，女性散文在抒情方式、审美趣味、艺术风格等方面明显地区别于男作家的散文。她们的创作构成了散文世界的另一极。

中国现代女性散文是两岸当代女性散文的共同源头。自“五四”形成的现代女性散文艺术传统和经验为当代女作家广泛吸收。冰心、庐隐、石评梅、苏雪林、冯沅君、丁玲、陈学昭、草明、白朗、萧红等女作家在创作中大胆地袒露自己的心扉，她们的散文体现了个性解放、精神自由的现代精神，呈现出率真热烈的抒情风格。这种率真的“自我表现”为当代女作家广泛地借鉴运用。

1949年以后，由于政治的阻隔，中国女性散文在海峡两岸分流发展。在大陆，从20世纪50年代到70年代中期的20余年间，基本上延续着40年代业已形成的散文观念。置身于人民当家做主的崭新时代，女作家与男作家一样充满革命激情，以“颂诗”和“赞歌”装饰新社会，歌唱祖国的春天。为了适应时代对文艺的要求，女作家艰难地改变着自己的精神历程和艺术追求，丢弃了独特的审美个性而走向“雄性化”。她们缺乏个性的创作淹没在时代的潮流中。在这一时期的文学中，很难听到她们独特的声音。冰心的《樱花赞》、菡子的《黄山小记》等，是难得一见的散文佳构。

而在台湾，女作家在同一时期的散文创作中则取得了令人瞩目的成就。余光中在《中国现代文学大系 · 总序》中就曾谈到台湾女作家这一时期创作繁盛的局面："女作家在文坛的兴起，也是值得我们高兴的一大现象，蓉子、林泠、琼虹等在诗坛的美名久已远播，在小说方面，女作家更为活跃，小说入选 的一百多位作家之中，女性约占四分之一。可是女作家最活跃的一个部分，仍是散文，散文入选的作者几乎有一半是女性。"在这支女散文家队伍中，有琦君、张秀亚、聂华苓、林文月、张晓风、刘静娟等一批享誉文坛的健笔。她们承继着"五四"文学传统，充分发挥自己的艺术个性，从自我出发，抒发内心情感，以人情和人性的多维开掘打动读者，形成了各种独特的艺术风格。

20 世纪 70 年代末以后，随着思想解放运动的推进，大陆文学全面复兴。在女性散文领域，冰心、杨绛、丁玲、宗璞、张洁等一批中老年作家率先登台亮相，她们深具艺术个性的散文力作标志着新时期散文观念开始解放。长期徘徊不前的散文创作重新接上了"五四"散文的源头，焕发出新的艺术生命。紧接着，王英琦、李天芳、李佩芝、陈慧瑛、舒婷、韩小蕙、叶梦、斯妤、梅洁、苏叶、赵玫等纷纷加盟散文创作队伍，使女作家阵容空前壮大。她们注重表现女性独特的生命体验、情感体验，善于从女性的视角关注和审视社会历史与人生的各个方面，追寻和揭示女性的自我形象，冲破陈旧的抒情模式，探索散文艺术的诸种可能，从而引发了散文文体的全方位变革，为世纪末的中国文坛增添了不少亮色。

与此同时，台湾女作家的散文创作仍保持着旺盛的发展势头。张秀亚、琦君、林海音、张晓风、林文月、刘静娟、喻丽清等中老年作家固然笔耕不辍，且时有佳作问世，一批新锐作家的加盟更使散文界增添了许多活力。洪素丽、李黎、席慕蓉、李昂、郑明娳、陈幸蕙、简媜等作家或致力于环保散文的写作，或将女性主义话语融入散文之中，或写出蕴含着传统情致的温馨散文，或尝试散文文体的改革，呈现出多姿多彩的艺术风貌。她们的艺术追求与大陆女作家有着明显的趋同性。

一、传统母题的多重变奏

散文是一种自由自在无拘无束的文体，其题材无限广阔而多样，宇宙之大，苍蝇之微，天文地理，世故人情，莫不在其描写范围之内。不过，与男作家相比，女作家的散文明显有其题材特色。她们较少涉猎历史、地理、政治、文化，也往往不追求广度和深度，而是注重表现身边琐事、家庭生活、情感经历，以敏感而纤细的笔触抒写感伤、悲哀、欣喜、向往，呈现出女性独特的情感体验和个性心灵。当代女作家自然不会放弃这一题材优势，她们将传统的题材表现得更为多姿多彩。

台湾女作家张秀亚认为："一个作家——如果真称得起是一位忠于艺术而又忠于其'自我'的作家，执笔为文时，企图表现的是他或她精神生活中最深邃的部分，换句话说，也就是其灵魂中的声音。"(《人与文》)因此，忠实地表现"自我"是张秀亚创作的出发点。她的散文取材于个人经历以及周围的人事景物，她不追求大题材、大境界、大人生，而是努力从平凡的生活乃至琐事中咀嚼人生的真味，传达出"灵魂的声音"。由于有着异常细腻的感觉和丰富的心灵，张秀亚笔下的平凡生活便充满了葱茏的诗意，真正做到了于细微处见精神。琦君与张秀亚有着大致相似的散文观，在回顾自己的创作道路时，她说："我是因为有一份情绪在激荡，不得不写时才写，每回写到我的父母亲人和师友，我都禁不住热泪盈眶。我忘不了他们对我的关爱，我也珍惜自己对他们的这一份情。"(《写作回顾》)因此，琦君的绝大部分散文写的是童年生活、亲人师友和家乡的风土人情。在《红纱灯》、《三更有梦书当枕》、《西湖忆旧》、《下雨天，真好》、《压岁钱》等作品中，作者通过日常生活片断的生动描写，抒发了深切的亲友之情、童年之趣和乡国之思。罗兰的散文也以丰富的生活经验为不尽的创作源泉，她努力捕捉寻常生活闪光的一面，加以精巧的提炼和概括，揭示生活的真谛和内在美质。她谈生活，谈青春，谈爱情，谈道德，谈修养，谈友谊，谈朋友，话来生，以一颗挚爱人生的赤诚之心去抒写一篇篇生活乐章，作品涌流着旺盛的生活激情。

大陆女作家也善于抒写自己的生活体验和情感体验。家务事，儿女情，婚恋经历，女性情怀，是她们常写不衰的题材。张洁、唐敏、斯好、苏叶、李佩芝等都擅长写个体经验，通过生活的片断来折射人生的意义。苏叶被称为“是最早将散文回归到时代的真和凡俗尘世的生活，告别虚假俗套的有力冲击者之一”，① 她在对日常生活的体悟观察中倾诉着对生活的热爱，对人生的执着。即便是一向被视为写作大散文、注重大人生和大境界的王英琦，在散文集《美丽地生活着》、《远郊不寂寞》中也喋喋不休地写儿子这部“爱不释手，永读不倦的书”，表达一个普通母亲的生命体验。而近年来在文坛风头颇健的所谓小女人散文，更是充分发挥了这一题材优势。黄茵、黄爱东西、张梅、素素、兰妮、石娃、周小娅等一批女作家短短数年间便以整体形象在散文界确立了自己的位置。她们重视生命状态的体验，以女性内心世界的表现为主要内容，不追求严肃和崇高，也不为“使命感”、“责任感”所驱使，从吃饭穿衣写到化妆购物，从居家出游写到养狗养猫……兴之所至，写的莫不是一些“小事情”、“小感触”。她们不避家长里短的嫌疑，甚至坦率而又自豪地宣称自己“集小人和女子之大成，我是不折不扣的小女人”。②“小女人散文”明显地不同于主旋律作品，它自觉或不自觉地从主流话语中挣脱出来，以一种日常生活话语款款写来，将“身边琐事”抒写得令人倍感亲切，在一定的层面上充分显示出女性散文的魅力。

两岸女作家在描写个人情感体验时，大都把婚恋题材作为描写的重点。比较而言，台湾女作家笔下的爱情显得较为浪漫温馨，而大陆

---

① 佘树森、陈旭光：《中国当代散文报告文学发展史》，北京大学出版社 1996 年版，第 280 页。

② 黄爱东西：《相忘于江湖·自序》，上海人民出版社 1995 年版，第 3—4 页。

女作家的爱情描写则往往较为务实保守。1976 年，三毛出版了散文集《撒哈拉的故事》。这部沙漠生活题材的作品以浓郁的异国情调和强烈的浪漫色彩在读者中激起巨大的反响。尤其是作品中描写的那个名叫“三毛”的中国女人与她西班牙的大胡子丈夫荷西之间的浪漫爱情故事被人们广为传诵。与三毛笔下神仙眷属般远在天边的爱情相比，席慕蓉散文中的爱情虽也有几分浪漫色彩，但总的是以温馨为基调，她信奉忠贞不渝的爱，无怨无悔的爱。席慕蓉时而浅吟轻唱，时而热烈诉说，深情地传达着爱的专一和深沉。在她的《成长的痕迹》、《写给幸福》等散文集中，随处流露出一种满足感、幸福感，表现了融融的爱意和甜蜜。

与台湾女作家浪漫、温馨的爱情散文相比，大陆女作家描写的爱情则显得平实、朴素得多。陈丹燕在《初为人妻》中率直地表白，面对繁重的家务活，一个真爱丈夫的妻子是不会感到烦难和厌倦的，当她“心里充满温柔地体恤他的时候，她在精神上就平等了”。杨泥《丈夫戒烟》写到自己细心地保存着几条好烟，以等到丈夫重新开戒时好“毕恭毕敬”地给他呈上。唐敏《走西口的电话》写她出差在外，最盼望的便是丈夫的电话。郑云云的《我和我的丈夫》、赵翼如的《男人的感情》等作品也都不加掩饰地抒写爱情的甜美和幸福，表现了女性细腻温顺的柔情。

值得注意的是，由于自身情感经历的影响，大陆一些女作家笔下的爱情充满着不和谐的音符，弥漫着感伤、失望、幻灭的气氛。梅洁的《那一天》写自己对丈夫无限信赖和依恋，把心底的感情都献给了他，精心营造着爱的小巢，不料却换来丈夫无端的猜忌，原本纯洁的爱情便被蒙上了一层阴影。她的另一篇散文《爱的履历》袒露了对爱情的矛盾心态。一方面她渴望得到丈夫全身心的爱，甚至表示“愿死在他爱的腌渍之中”；另一方面她又不满于丈夫那种狭隘的“独爱”，试图努力“撞破他坚硬的孤傲”，“剪碎他狭隘的妒嫉”，以恢复独立的自我。而有着婚姻受挫、爱情困顿经历的王英琦，较少在散文中涉及爱情，一旦写到，流露出的也只是对爱情的幻灭、无奈，对婚姻生活的失望、厌倦，表现了因理想与现实的背离而产生的困惑和痛苦。如《摘桃子的人》、《家累》、《被“造成的”女人》等。

二、泼墨社会的人生短章

当代海峡两岸女作家在抒写日常生活、表现内心世界的同时，没有放弃对外部世界、社会人生关注的热情。比较而言，从20世纪50年代到80年代前期，大陆女作家艺术审视的目光更多地投向社会人生，她们在散文中往往通过对社会现象和社会问题的揭示来表现社会的巨大变动对人们心灵的撞击。而在20世纪80年代中期以后，大陆女作家更多地关注个人生活和情感世界。但仍有一些作家坚持自己的社会责任。韩小蕙便认为：“散文要高耸于思想的峰巅”，“应该真正地跟上并勇敢地反映社会生活和人民的情绪，而不能只虚浮地点缀和矫饰生活。”① 王英琦也提出：“只有从宏观的高度，宏观的视野，把握观照社会人生包括一己之我，把对整个人类的关怀视为终极思考终极关怀，才有可能写出真正胸次浩大，具有历史跨度和美学光辉的鸿篇巨制来。”② 与之适成鲜明对照，20世纪70年代中期以前的台湾女性散文关怀面普遍不广，不少女作家囿于个人的小天地和情感世界。而从20世纪70年代末开始，台湾深受女权主义影响，妇女的自我意识普遍觉醒，在生活技能、公共事务乃至政府决策等方面广泛参与。到20世纪90年代，妇女已由弱势族群渐渐转向强势族群。而女作家也从狭窄的个人天地里走了出来，迈向广博的社会关怀。她们突破了以往婉约与闺秀的风格，描写的社会生活面愈来愈广，表现手法也日趋多样，阳刚的、社会的或政治倾向的，纷纷出现，颠覆了男性文化霸权一统天下的局面。女性散文作为其中重要的一部分也有着出色的

① 韩小蕙：《散文要高耸于思想的峰巅》，《散文》1991年第10期。

② 王英琦：《王英琦散文自选集·自序》，百花文艺出版社1995年版，第3页。

表现，出现了一批社会意识强烈的女散文家。

五六十年代的大陆文学在政治的统率下，强调教育功能和战斗作用，在这样的时代语境中，女作家散文大都把社会生活作为描写的重点，有着较为充实的政治内容，但艺术性则显得较为薄弱。粉碎“四人帮”后，一批中老年女作家恢复了艺术青春。经历了“十年浩劫”这场噩梦，她们以散文的笔墨对社会和人生进行了理性反思。杨绛《干校六记》记述的是“十年浩劫”中的亲身经历和感受。作品既让人看到了现实的荒谬、丑恶，也令人感受到人性美好的一面，表现出强烈的忧患意识。20 世纪 50 年代业已成名的宗璞在 80 年代以一系列浸润着人世沧桑感的闻见亲历之作给读者以强烈震撼。尽管这些作品大都写的是与亲人挚友的死别，但由于饱含对社会、人生的特殊体验，因此有着深广的社会意义。《哭小弟》是一篇感人肺腑的祭悼文。作者为小弟的英年早逝、壮志未酬而哭，更为与小弟有着同样命运和遭遇的蒋筑英、罗健夫这一批科技界“迟开的花朵”过早地凋谢而哭，为祖国痛失英才而哭。这就使作品具有了丰厚的社会意蕴。

在新时期脱颖而出的女作家中，王英琦是社会意识颇为强烈的一位。她从一个普通女性的视角出发，直面社会和人生，抒写自己对社会的理解、对人生的领悟。在《不该遗忘的废墟》、《大唐的太阳，你沉沦了吗?》、《永乐宫巡礼》、《我的先民，你在哪里?》、《烽火台抒情》、《塔克拉玛干之谜》等一系列作品中，王英琦保持着对民族文化和历史的一贯热忱，从远古文明写到近代文化，从古代遗址、历史废墟写到雄风大漠、阳关古道，她以黄钟大吕般的声音评说大千世界，开掘民族精神，显示出女性作家少有的阳刚劲健之气。韩小蕙近年来也颇为引人注目。她的散文主要抒写两个方面的内容：探询和表现女性的生存状态，观照和思考社会、历史与人生。《兵马俑前的沉思》、《有话对你说》等作品将对生活对人生的深层领悟融入丰富的历史内容之中，发散着凭古吊今的萧索苍凉之感，既有厚重的历史感，又有鲜活的现代感。马丽华则以一部《走遍西藏》确立了她在90 年代文坛上的地位。《走遍西藏》深入考察了藏民族的风土习俗，细心探测了藏人丰富的精神世界，立体地描写了神奇的自然景观，其间不断穿插对人类生存困境的思索，对苦难的悲悯，和对灵魂的追问，蕴含着丰富的历史学、文化学、人类学、宗教学和文学价值。在马丽华推出《走遍西藏》之后，一贯写作唯美纯情散文的柔弱的素素也走进东北的苍茫原野，将自己的灵魂融入大东北莽莽苍苍的历史，重塑一个崭新的自我，写出了“独语东北”系列散文。《走近瑷珲》、《黑颜色》、《消失的女人》等“大东北散文”以其多重文化意蕴和充满生命活力和情感张力的文字显示了作者对社会历史人生的强烈关注。

同样是关注社会人生，台湾女作家通常不像大陆同行那样取历史的视角，她们更多的是从现实出发，指涉和审视紧迫的现实问题和社会人生矛盾，因此现实感显得更为强烈。

龙应台的作品广泛涉及教育问题、环保问题、法制问题、政治问题、中西文化和国民心态问题，表现了对台湾现实社会和文化的强烈关注。历来女作家的笔触多温厚细腻，少阳刚之气，多感性，少理性，尤其少有人写尖锐的社会批评和文化批评。龙应台主要以杂文文体针砭时弊，暴露现代社会的积习痼疾，痛陈事实，揭出病根，表现了对台湾现实社会和文化的强烈关注，在环境污染、世情冷漠、文明沦丧的世界烧起一把“野火”，作品发挥了匕首与投枪的作用。《中国人，你为什么不生气?》叙写现实社会中人们面对种种丑恶、黑暗现象时一味忍耐、退让，结果由“沉默的大多数”成为沉默的牺牲者、受害者。《生了梅毒的母亲》揭露台湾的环境污染问题。《幼稚园大学》对台湾的教育体制提出质疑。《天罗地网》抨击充满教条的生活环境。龙应台采取的反对权威、批判现状的立场，鲜明地凸现出知识分子的社会良知和公民的责任感。这种不受制于强权、真实和纯粹的“在野”之声，对于那些在自我吹嘘、自我慰藉的“酱缸”里泡了几十年的台湾民众，具有振聋发聩的作用。

洪素丽是又一位深具社会意识的作家。她的散文艺术视野开阔，既有自己人生历程的记述和描绘，也有对人生世相的冷静思考，更有对社会、自然、生态问题的大范围切入。从她的散文中，读者可领略到一般女作家所不具备的广度。《悲歌岛乡》反映了对民主化进程的关注。《水中影》通过一个旧式女子——守寡的贞妇的形象否定了传统女性丧失自我的人生价值观。《黄昏城》体现了作者对自己生存的现实世界的深切关注。洪素丽还写作了大量生态散文。在《昔人的脸》中她告诫人们："没有人类，大自然可以生存得更好；人类没有大自然，却一天也活不下去了。"《海岸之夏》、《海岸之冬》等作品通过对鸟类等自然生态的描写来正面阐扬生态环境意识。而《海岸线》、《多多鸟的传奇》等作品则通过描写生态环境被破坏所造成的触目惊心的恶果，从反面来呼吁全社会应加强生态环境的保护。从这些作品中，我们可以看到一颗热忱关注台湾命运和人类未来的赤诚灵魂。

张晓风在台湾文坛素以"亦秀亦豪"、风格多样而著称。早期作品大都为讴歌大自然和赞美亲情友情爱情的篇章；进入 20 世纪 70 年代，张晓风由过去着重抒写"小我""私爱"转向抒写"大我"之爱，表现出对人世的深切关注和对民族文化的强烈认同；而 20 世纪 80 年代中期以后，张晓风的关怀面越来越广，她努力探索人生真谛，作品在抒情的同时带有更多的思辨和哲理色彩。每当想起民族的悠久历史和灿烂文化，她便血脉贲张，神采飞扬，激动不已。"望着那犹带中原泥土的故物，我的心忽然澎湃起来。走过历史，走过辉煌的传统，我发觉我竟是这样爱着自己的民族、自己的文化。"（《细细的潮音》）从这份赤诚的爱国之情出发，张晓风散文表现出对社会现实的关注，对海峡两岸隔绝的民族悲剧的悲愤。《愁乡石》、《何厝的番薯田》、《十月的阳光》等作品都鲜明地抒写了爱国思乡的情绪。在散文集《你还没有爱过》、《再生缘》、《从你美丽的流域》等作品中，张晓风进一步扩大关注视野，表现人类大爱，走向了"大我"的境界。

三、个体体验的激情言说

20世纪70年代末80年代初，女性主义思潮登陆台岛，并迅即发展为席卷全岛的女权主义运动。大陆尽管到20世纪80年代后期才开始受到这一思潮的影响，但近年来也已形成一定的规模，且有后来居上的趋势。在这一思潮影响下，两岸女性散文产生了显著的变化。女作家以前所未有的热情关注女性的地位和命运，追求自我价值，强调个性独立，大胆地向女性的生命本体和潜意识进行深层掘进，努力将女性从懦弱、自卑、依附中解救出来使之真正走上自主、自立、自强的道路。她们的作品女性意识空前高涨。受到女性主义思潮影响的大陆作家有王英琦、叶梦、苏叶、韩小蕙、斯妤、唐敏、赵玫、丹娅、舒婷等，在台湾则有张晓风、喻丽清、简媜、龙应台、李昂、苏伟贞、张曼娟、朱天文、朱天心等。

总的来说，这些女作家的散文在以下几个方面取得了突破：第一，重塑现代女性的人格和精神；第二，更为自觉地反省女性的命运，袒露女性的内心世界；第三，在一些传统的题材如婚恋题材等方面有着全新的表现。这标志着女性散文发展到了新的阶段。

王英琦宣称："用整体人格向世界说话。"① 这可看作新女性作家的共同宣言。她们以充沛的现代女性意识来武装自己，破除男权中心文化的偏见，其作品体现出具有现代意义的女性自我意识、主体意识和生命意识。

对自我的追寻是重塑现代女性人格的核心。因此，寻找自我，并进而叩问人生真谛是许多女性散文的主题。一些作家还将自我的寻找与女性的整个生存状态联系起来，作品视野较为开阔。王英琦《我遗失了什么》对自己的人生道路进行了深刻的反思，表达了对自己的个性被扭曲、欲望被扼杀的深深的悲哀。在《美丽的茧》中，作者坚

① 王英琦：《用整体人格向世界说话》，《当代文坛》1999年第6期。

定地表示："让世界拥有它的脚步，让我保有我的茧……以回忆为睡榻，以悲哀为覆被。这是我唯一的美丽。"从而表达了固守自我本色的决心。韩小蕙的《不喜欢做女人》勇敢地认识自己，解剖自己，以女性的眼睛探询自身的生存状态，对女性长期以来丧失自我，精神上、人格上居于附庸地位的处境大胆提出质疑，响亮地喊出："不喜欢做女人。"与韩小蕙对男权中心文化的抨击不同，张小娴则从正面提出了新女性的人格追求，她在《透视爱情》中如此重塑女性形象："新好女人最大的特色不是贤良淑德，而是独立自主，自给自足，是否从一而终不重要，最重要的是跟自己喜欢的人在一起；新好女人懂得赚钱也懂得化钱；新好女人不会给变心男人三次机会；新好女人自己有应酬，有自己的社交圈子；新好女人知道女人最大的成就不是找到归宿，而是不用求男人。"作者在这里传达出了渴求自主、自立、自尊、自强的女性的心声。

在追寻自我的过程中，女作家敢于真实地袒露女性生活的种种情状和隐秘的内心世界，她们的散文充满着对个体生命体验的激情言说。在《渔父》里，简媜抒写了自己一段复杂的心路历程，她将自己心灵深处最隐秘的情感不加掩饰地呈现出来，真切生动地展示了一个女作家独立的自我人格。喻丽清在《造型》中也剖析了自己的内心世界，状画出时时想突破自己与现实生活中无须突破之间的矛盾，表现了现代女性不愿墨守成规、不安于现状的骚动的灵魂。唐敏的《女孩子的花》以隐喻手法借水仙花的生长过程来暗示女性的命运。水仙的柔美、芬芳和易受伤害，正与女性生命的美丽、超凡脱俗和在现实中常遭挫折的处境，具有同构性。作者温婉而略带伤感地描摹出女性心理世界。周佩红的《轨迹》以意识流手法表现了一个女性灵魂艰难苦涩的呼唤，展示了理想与现实的矛盾，人生追求与生命困窘之间的错位。赵玫的长篇系列散文《心路历程——以爱心　以沉静》则大胆地呈现了一个敏感多思、细腻伤感的知识女性的情感世界，写出了人生道路上的诸种矛盾。

在面对爱情、婚姻这样的传统母题时，新女性作家也有着不同于往常的新处理。李昂的《移情》以寓言故事的形式表达了对爱情的看法。在一个古老的单相思故事里，作者揭示了真正的爱情不是单方面的付出，也不是双方的相互追逐，只有两个人真正心心相印，由绚烂归于平淡才能获得生命中不能承受之重的爱情。李昂的另一篇散文《猫咪与情人》写的是所谓现代人的爱情，探讨了现代社会一个颇为时髦且敏感的话题——“情人”问题。面对一个对自己毫无承诺的情人，在经历了最初情爱浓烈的阶段后，她感到了情感的无望。作者理性地剖析了情感的两难：“经过历练的无望情感，因着少去今生今世在一起的承诺，时间长久后，逐渐寻到出路，要不痛下决心玉石俱焚，远远离去；要不就能化为更深的真情，忍受得了人世间的缺憾，表面上少去风波，内底里仍然惊涛骇浪。”① 这种大胆而又率真的笔触表现了现代女性全新的爱情观念。而深受现代精神洗礼的简媜在长篇散文《四月裂帛》中则明确表示：“我不要求你成为我的眷属如同我厌烦成为任何人的局部，你不必放弃什么即能获得我的灌注，我亦有难言的顽固却能被你呵护，我们积极相聚也品尝不得不的舍离，遂把所能拥有的辰光化成分分秒秒的惊叹。如果爱情是最美的学习，我愿意作证，那是因为我们学到了布施胜于索取，自由胜于收藏，超越胜于厮守，生命道义胜于世俗的华居。想必你了解，婚姻只是情爱这海的一叶方舟，如果我们愿意乘桴浮于海，何必贪恋短暂的晴朗——要纵浪就纵浪到底吧！我已拍案下注，你敢不敢坐庄?”② 这充分反映出新女性在两性关系上强烈要求人格独立、精神自由、地位平等的心声。

与李昂和简媜相比，叶梦则走得更远。她打出了性爱散文的旗帜，由对情的关注转向对性的关注，以隐喻手法表现灵与肉的冲突，她的散文勃现着强烈的生命意识。《不能破解的密码》、《我不能没有

① 李昂，施叔青著：《李昂施叔青散文精粹》，花城出版社1997年版，第88页。

② 简媜：《简媜散文》，浙江文艺出版社1994年版，第333—334页。

月亮》、《月之吻》、《潮》、《梦中的白马》、《今夜，我是你的新娘》、《生命的辉煌时刻》、《失血的灵肉苍白如纸》等作品大胆而含蓄地从少女的初潮、初吻、新婚之夜、蜜月一直写到新生命的孕育、出生，构成了一个完整的性爱系列。在这些作品中，叶梦将女性的情感体验和性爱体验作了狂放恣肆、率真自然的展示与宣泄。如《生命的辉煌时刻》以隐喻手法大胆地写性爱："他像一个斗士走入这个荒原，他以他不屈不挠的努力使这片土地解冻，开始他的垦荒"，于是，"生命在这一刻，封闭的城堡被攻破，固守的庄园拆去了所有的栅栏，冰冷的玉佛已经回暖。""经过一场场暴风雨的洗礼，我们像一对无知而笨拙的鸟在混混沌沌的暗夜中探索和挣扎，一切愉悦、窃喜，一切害怕、恐惧，一切紧张、颤抖都随暴风雨过去了。""凭着我的直觉，我感觉有一颗种子落入我的土地。这是一颗勇敢而强健的种子。"在这里，叶梦毫不掩饰地展示女性的生命活动和情感体验，她以严肃认真的写作态度脱离了低级趣味，成为女性生命文化的代言人。这种放达和洒脱，一扫女性散文常见的矫揉造作和甜腻滥情，给女性散文的发展吹来了一股凉爽的清风。

总的来说，尽管由于政治经济条件和文化环境的差异使当代海峡两岸女性散文呈现出各自的艺术风貌，但两岸作家在关注人生，表现女性的处境和命运，抒写女性情感世界方面有着许多相似之处。她们开掘传统母题，同时又大胆开拓创新，从而使当代海峡两岸女性散文呈现出绚丽多姿的审美风采。

（原载《中国文学研究》2002 年第 3 期）

香港当代文学的格局与走向

1950年以降的当代阶段，是香港文学真正形成自身独立品格和个性的时期。此前的香港文学基本上是祖国大陆母体文学的一个延伸，只居于附庸的地位，几次文学高潮乃至文学的传薪播火工作，都依赖于南来的内地作家，香港本土作家除侣伦等少数几位外，创作均尚未成熟；且由于作家队伍流动性大，对港地生活缺乏深刻体验，像《虾球传》那样具有鲜明香港地方特色和浓郁的乡土气息的作品颇为少见。20世纪50年代以后，香港的社会政治环境相对独立。随着香港日益成为著称于世的商业大都会和自由贸易港，香港文学呈现出越来越显著的都市文学特征，在“两岸三地文学”的历史架构中占据了重要一翼的地位。

（一）

1874年，王韬创办《循环日报》副刊，在香港开始了文学的传薪播火工作。本世纪初，郑贯公、黄鲁逸、黄世仲等纷纷来到香港，他们虽或移居，或暂住，但都留下了弥足珍贵的文学足迹，对香港文学的发展产生了深远的影响。这似乎为香港文学预设了一个基本格局。此后直至20世纪50、60年代，外来作家一直是香港文学的主力军。

活跃于20世纪50、60年代香港文坛的大多是外来作家。其中一部分是新中国成立后仍留在香港的左翼作家，另一部分是陆续由内地拥来的右翼文人。他们以丰硕的创作成果占据了香港文坛的主导地位。其创作实绩主要表现为：长篇小说方面，有徐訏的《江湖行》，徐速的《星星·月亮·太阳》、《樱子姑娘》，金庸的《射雕英雄传》、《天龙八部》、《笑傲江湖》，李辉英的《天涯海角》，张爱玲的《秧歌》、《赤地之恋》，黄思骋的《长梦》，唐人的《金陵春梦》，刘以鬯的《酒徒》，高旅的《困》等；散文集有叶灵凤的《文艺随笔》、《读书随笔》、《能不忆江南》，徐訏的《传杯集》、《传薪集》，徐速的《心窗》，司马长风的《段老师的眼泪》、《北国的春天》等；诗集有力匡的《燕语》、《高原的牧铃》，李素的《远了，伊甸》、《生之颂赞》、《街头》，何达的《洛美十友诗集》。这一时期，香港本土作家也在崛起。这里所谓本土作家，并非一定出生于香港；凡在青少年时代来到香港，在港岛接受教育，而后长期生活在香港的作家，都可视为本土作家。侣伦的《穷巷》、舒巷城的《太阳下山了》、夏易的《香港小姐日记》等都是本土作家创作的长篇力作，而吴羊璧、金依、海辛、张君默等也都在各自的创作领域崭露头角。他们虽暂时还不能与外来作家抗衡，但已成为香港文学一支不容轻忽的生力军。

从“文革”后期开始，内地移民大量拥入香港，移民中包括一部分文化人。他们进入到香港文化圈，以自己在内地和香港的双重人生经验，参与香港的文化和文学建设。具有代表性的新一轮南来作家有陶然、颜纯钩、东瑞、陈娟、陈浩泉、白洛、巴桐、张诗剑、梅子、王一桃、傅天虹、黄河浪、秦岭雪、蓝海文、王璞、梦如等。曾敏之等老作家在离港多年后也重返香港，在文坛十分活跃。20 世纪 70 年代初开始，除了内地赴港作家外，还有一批来自台湾和海外的作家加入外来作家行列。余光中、思果、金耀基、施叔青、钟玲、犁青、董桥、蒋芸等或移居香港，或在香港长期工作，共同为香港文学的繁荣作出了努力。施叔青的《香港三部曲》系列小说，余光中的散文集《青青边愁》、《记忆像铁轨一样长》、《凭一张地图》，思果的散文集《香港之秋》、《沙田随想》等，都是香港文学的重要收获。

20 世纪 70 年代以后，本土作家阵容空前强大。他们大都出生于战后，在香港接受了良好的正规教育，对香港有着与生俱来的认同感。其中一部分作家还曾赴欧美留学。既深且广的文化背景使他们的创作在主题取向、艺术视野、审美趣味等方面大大超过了前辈本土作家。也斯、西西、小思、梁锡华、黄维樑、黄国彬、陈耀南、潘铭燊、吴煦斌、古苍梧等作家的创作，有力地提升了香港文学的艺术品位，使现阶段香港文学的发展呈现出蓬勃的生机。

“外来作家”和“本土作家”本是基于不同的文化背景和生活经验而将作家队伍作出的分类。20 世纪 70 年代以前的外来作家对香港的认识和感受明显弱于本土作家。这具体表现为不少外来作家由于无法消化和提升香港生活经验而只能继续挖掘昔日内地生活记忆，有相当一部分作品仍以内地生活为题材；而一些描写香港社会生活的作品，其观照视角和审美把握与本土作家的作品相比，存在着明显差距，香港色彩较淡。“草根性”及对香港社会生活的深切体认成为本土作家创作的一大优势。舒巷城的代表作《太阳下山了》以鲤鱼门筲箕湾一带小市民生活为描写对象，全方位地展示了香港社会众生相，呈现出鲜明的香港“乡土”特色，其语言也发散着浓郁的香港生活气息。这一时期，如此道地的“香港文学”作品似乎只能出之于本土作家。但 20 世纪 70 年代后，本土作家的这一优势消失了。“文革”后期移居香港的内地作家大都从社会底层开始奋斗，接触的社会生活面广阔，在艰苦创业过程中对人情世态、社会环境有了深刻的认识。他们的创作关注现实，贴近生活，有一份厚重感。陶然的小说有一定代表性。从处女作《冬夜》开始，他的创作始终以香港人为中心，描写港人的感情和心灵世界。他对香港都市社会的描绘和对商品经济环境中人的命运的揭示是细腻而深刻的。巨贾富商，歌女影星，工人职员，乞丐难民，警察劫匪等等，在陶然笔下都成为鲜活的形象。长篇小说《一样的天空》从多种视角叙述了陈瑞兴和王承澜在香港“搏杀”了 20 多年的坎坷奋斗史，展示了主人公复杂的心路历程，开掘出香港社会深厚的底蕴。长期的生活积累及对都市社会的深切体认使外来作家的创作颇具香港特色。

外来作家从生活底层崛起，而后散布于社会各个领域，成分复杂，有的经商，有的行医，有的编刊物，有的办出版社，有的在大学任教……与之相比，本土作家则大多从事着文化、教育工作。这一背景使他们的创作重知性，尚理趣，追求艺术品位，富有思想深度。梁锡华、黄维樑、潘铭燊被誉为学院文苑“三剑客”，其作品风格虽各异其趣：梁锡华为文喜好铺陈张扬，寓庄于谐，机敏俏皮，文风恢宏壮美；黄维樑散文情理交融，意蕴隽永，文风平易自然；潘铭燊散文具有强烈的思辨色彩，旁征博引，思路开阔；但在上述诸方面则是一致的。也斯、西西等本土作家则醉心于小说艺术实验，在现代主义香港化方向进行了有益的尝试。

（二）

中国历来是一个十分重视文学的政治教化功能的国度，“文以载道”是中国文学悠久的传统，西方文化的强力介入并未使香港当代文学逸出中国文学的整体框架。1949 年以后，由于特殊的政治经济地位，香港与祖国大陆及台湾发生着微妙的关系。倾向台湾当局的右翼势力，亲共的左派力量，以及崇尚西方民主的西化势力，结成各自相对独立的政治阵营，共同营造着当代香港的政治文化。这种政治文化在较长一个时期里使香港文学的政治功能大大加强，与同时期的祖国大陆文学、台湾文学表现出明显的同构性。

新中国成立前后，南来的左翼作家大部分返回内地参加新中国的革命和建设。郭沫若、茅盾等一大批著名作家的离港大大改变了 20 世纪 40 年代左翼力量一统文坛的局面，香港文学出现新的格局。与此同时，对新政权持有异议和疑虑的右翼作家则从内地拥入香港。他们在美国新闻处及亚洲基金会的支持下，创办《人人文学》、《中国学生周刊》、《祖国》、《大学生活》等杂志，组织出版社，鼓吹反共文学，与台湾的“反共战斗文艺”遥相呼应。一时间，香港文坛呈现出向右转的趋势。面对右翼文人的进攻，留港的左翼作家以三联书店、商务印书馆、中华书局为基地，在《大公报》、《文汇报》、《新晚报》三大报副刊及《良友杂志》、《文艺世界》等刊物上发表作品予以反击，与反共文学浪潮相抗衡。在两种力量对比中“右”的方面明显占据上风。两股势力的长期对峙，对香港当代文学产生了深刻的影响。黄继持先生曾指出：“不论四十年代的‘左’，五十年代的‘右’，占主导地位的文化人多是从中国内地转移来此的，关心中国政治文化，多于关注本港。如果说有文艺思潮，多不外是大陆或台湾的回声与摹本……”① 这一论断一语中的。而从港外的政治形势来看，此时东西方冷战格局已经形成，社会主义世界与反共阵营之间的较量将长期存在。世界的冷战格局与本港的政治环境相结合，更使香港文坛笼罩着浓厚的政治文化氛围，因此五十年代的香港文学作品大都具有鲜明的政治色彩。

张爱玲与香港似乎有着不解之缘。20 世纪 30 年代末 40 年代初，她自上海赴香港读书。近三年的香港生活使她在回沪后迅即写出《沉香屑》、《心经》、《倾城之恋》等一组以香港生活为题材的小说。这些“香港传奇”以独特的人生体验和奇异的风格为她在中国现代文学史上赢得了重要地位。1952 年，她再次由内地赴港。在第二次居港的三年多时间里，她接连创作了《秧歌》、《赤地之恋》两部长篇小说，引起很大争议。张爱玲长于描写旧时代的阴郁人生和人们的病态心理，其作品的政治色彩本来极淡，但这两部作品在取材、主题、风格等诸方面都明显有别于其 20 世纪 40 年代的作品，政治倾向鲜明。创作上的这种变化其实是必然的。1949 年，新生的人民政权结束了张爱玲奢华的生活，改变了其人生方向。贵族出身、接受过多年英式教育的张爱玲在深感“无可奈何花落去”的同时，对中共政权自然会产生不满乃至怨恨的情绪。到港后，她在反共倾向明显的美国新闻处工作，在这样的背景下写出《秧歌》、《赤地之恋》等反对共产党政权的作品也就不足为奇了。只不过张爱玲由厌恶政治到在很大

① 黄继持：《文艺、政治、历史与香港》，《八方》第 7 辑，第 76 页。

程度上把创作作为政治的工具这个弯转得也太大了，作品失去了先前圆融、练达的风格，生硬、不近情理之处颇多。《秧歌》以土改和抗美援朝为背景，描写解放初期江南乡村生活。作品着力渲染了共产党领导下农民的极度贫穷，揭露了新生政权的所谓残酷无情和非人道，以及由此给农民带来的深重灾难。作者围绕着饥饿来搬演故事，字里行间明显流露出对共产党的敌视和偏见。《赤地之恋》表现的则是知识分子在“土改”、“三反”、“抗美援朝”等运动中的命运，通过主人公的爱情悲剧和人生悲剧，揭露人与人之间的残酷斗争。这两部概念化的小说问世后，立即得到反共势力尤其台湾当局的欢迎，被当作攻击中共政权的有力武器。

像张爱玲这样原本远离政治、躲避政治的作家尚且无法摆脱政治文化的包围和影响，更遑论本来就亲共的左翼作家和倾向国民党的右翼文人了。文学的政治化与泛政治化，成为20世纪50、60年代香港文坛的一个显著特征。徐速的《星星之火》等小说反共的创作意图较为明显，姑且不论，即便如《星星·月亮·太阳》这样受到广泛好评的作品，在某种程度上也是为反共的政治服务的。这部长篇小说以爱情为题材，叙述了主人公徐坚白与阿兰（星星）、秋明（月亮）、亚南（太阳）之间的感情纠葛。作者把故事放在抗战时期战乱的社会环境里，在近似言情小说的叙述框架中渗透着反共的思想意识。徐訏的长篇巨著《江湖行》也不难看出政治的投影。作品从20世纪20年代中期写起，一直写到抗战胜利前夕，其间写到“剿共”等事件，明显表现出对共产党的敌视态度。另一方面，左翼作家的创作倾向性也很鲜明。唐人、高旅、侣伦、舒巷城、夏易、吴其敏、何达、黄蒙田、叶灵凤、夏果等作家关心香港社会，体察百姓疾苦，其作品往往直面人生，批判现实，切中时弊。唐人的创作较有代表性。其以蒋介石一生经历为题材的长篇历史小说《金陵春梦》纵贯一部中国现代史，反映了作者对中国现代历史进程的理性思考，表现出鲜明的政治立场。

文学的政治化尤其泛政治化对20世纪70年代以后的香港文坛仍

然具有不小的影响。20 世纪 70 年代初开始陆续来到香港的陶然、东瑞、陈浩泉、颜纯钩、陈娟、张诗剑、王一桃、杨明显等都较为关注重大的社会问题，相当深入而细致地表现现实人生。1984 年中英两国政府签署了《中英关于香港问题的联合声明》，香港从此进入为期 12 年回归祖国的“过渡期”。这一重大的政治生活引起许多作家的关注。反映“九七”回归的创作，贯穿于整个“过渡期”。刘以鬯的《一九九七》，叶尾娜的《长廊》，陶然的《天平》、《天外歌声哼出的泪滴》，梁锡华的《头上一片云》，白洛的《福地》，陈浩泉的《香港九七》等等，从不同的角度反映了“九七”前夕香港的世态人心，以爱国主义思想鼓舞港人把个人命运与祖国命运联系在一起，从而揭示出香港必然回归的主题。

政治化和泛政治化是香港当代文学的一大潮流。在政治、经济、军事、文化、教育等多种因素中，政治对文学的影响和制约最为直接而显著。任何文学或个人要摆脱政治的影响都是极为困难的。尽管如此，有一批香港作家仍然试图摆脱政治的干扰，走纯艺术之路。他们虽然走得十分艰难，但一直不懈地探索着，为香港文学开拓出一片异样的风景。文学的纯艺术化与文学的政治化这一对矛盾，微妙地共存于香港当代文学之中。

1955 年，由王无邪、昆南等合办的诗刊《诗杂》出版。其主要作者包括杜红、卢因、蓝子（西西）等。这是一个在西方现代主义思潮影响下，不满足于当时香港文学政治化的倾向，努力追求纯艺术道路的年轻作者的集合体。1956 年马朗主编的《文艺新潮》出版。这本杂志集翻译、理论、创作于一体，把香港现代主义文学推向高潮。紧接着，《新思潮》、《好望角》、《香港时报》副刊、《浅水湾》等报刊纷纷加盟，积极介绍和发表现代主义文学作品。活跃于这些文艺阵地的西西、李英豪、戴天、王无邪、蔡炎培、江诗吕等一批年轻的作家勇于创新，大胆开拓，以富于前卫性、实验性的创作有力地推动现代主义文学向前发展。而影响最大的当推资深作家刘以鬯。1963 年他出版了中国第一部意识流长篇小说《酒徒》，饮誉海内外。这部作品全方位地表现了现代都市人的精神状态，透视了在金钱支配下现代人灵魂深处的矛盾和痛苦。作者借鉴了意识流和象征主义的表现手法，始终将焦点对准主人公隐秘、幽暗的内心世界，借助醉与梦的荒诞来折射现实社会的病态、不合理，走出了一条成功的艺术道路。刘以鬯的小说突破了传统小说的框架，在现代主义与现实主义的结合上进行了大胆的尝试，其小说因此被称为“实验小说”。《寺内》、《蜘蛛精》、《除夕》、《蛇》等是运用现代人的观念和表现手法创作的一组故事新编，具有别具一格的意味。如《蜘蛛精》取材于《西游记》，写唐僧终于未能抵挡住蜘蛛精的诱惑，作者通过对人物内心世界的挖掘，表现人性的弱点。在《蟑螂》、《链》、《吵架》、《打错了》等以现代生活为题材的小说中，作者对小说艺术进行了更为多样的实验，有许多创新之处。《打错了》全篇不到一千五百字，分上下两段，上段没有打错的电话插入，遂发生主人公陈熙被汽车压死的悲剧，下段陈熙接了一个打错了的电话，便成为车祸的旁观者。重复的结构和迥异的结局，一方面固然表现了作者对人生无常的感叹，另一方面显示了艺术上的独具匠心，可以引发读者对小说的内容和形式、意念和技巧作多方面的思考。

20世纪70年代后，香港现代主义文学继续发展。西西、也斯、吴煦斌等人的创作迅速走向成熟。其中，西西是最具影响力的前卫作家。她对现代小说的各种类型几乎都进行过实验。在艺术表现上，西西突破了单一的叙事模式和表现手法，她的每部作品在形式和手法上都绝少重复。《玻璃鞋》将童话和写实相结合，《鱼之雕塑》采用散文笔法，《春望》借用电影表现手法，《奥林匹斯》引入新小说派的技巧……西西在不断创新中建立起卓尔不群的艺术风格。与西西相比，作为学者的也斯在探索小说艺术方面显得较为理性。他常常以文化人的视觉透视香港社会，表现中西两种文化在现实世界中的交汇、冲突。文化人的哲思和睿智使他努力避开习见的简单化的表层描述，更多地采用符号化、象征化的叙事策略，这样，他对都市、社会、人生的关照就达到了一般作家难以企及的精神高度。在艺术表现方式上，也斯具有开阔的胸襟，诸如写实的、超现实的，现实主义的、后现代主义的，诗意的、散文化的，在其作品中熔为一炉，形成了别具一格的审美取向。

文学的政治化、泛政治化带来的社会性，与文学的纯艺术化带来的先锋性，成为香港当代文学的两种重要品质。

（三）

人们通常把香港当代文学分成严肃文学和通俗文学两个部分，这自然是有道理的。但香港文坛是否真存在截然对立的严肃文学和通俗文学两个阵营，则是需要加以讨论的。

所谓“严肃文学”和“通俗文学”本是一种权宜的提法。两者之间并没有截然的界限，且随着时代的变迁，还会互相转化。《诗经》中“国风”部分收入的大都是民间歌谣，无疑属于“通俗文学”，但后世却把它列为经典之作了。《水浒传》、《西游记》、“三言二拍”等明清通俗小说，今天也无争议地成了古典小说。

似乎存在着一种成见，作品一旦被贴上“通俗”的标签，其艺术水准、思想境界必然低下，与“高雅”无缘了。因此作家便像躲避瘟神般地躲避通俗文学，唯恐与之扯上关系而影响自己的文学地位。不少文学工作者对通俗文学采取轻视甚至不屑一顾的态度。《酒徒》中莫雨的一番话很有代表性：“真正的文艺工作者常常弄得生活都成了问题，为稻粱谋，只好违背自己的良知去写武侠小说。”该作品中热衷于前卫文学的主人公也愤激地表示：“写过通俗文字的作者，将永远被摒弃在文学之门外！写过通俗文字的作者，等于少女失足，永远洗刷不掉这个污点！”① 这很能说明严肃文学界对通俗文学的态度。

香港当代文坛的实际情形又如何呢？黄维樑先生曾对 1983 年香

① 刘以鬯：《酒徒》，中国文联出版社 1985 年版，第 61、137 页。

港55家中文报纸中的13份日晚报作过统计，发现近400个专栏绝大部分登载的是以武侠小说、科幻小说、爱情小说、框框杂文为主要形式的通俗文学作品。① 事实上，除了一大批专业的通俗文学作家外，许多严肃文学作家都写过通俗文学作品或“半流行”作品。徐訏、徐速等知名作家均曾在报纸上发表过连载的“流行”小说。更有些作家一方面坚持严肃文学创作，另一方面为了解决生计问题又以笔名发表通俗文学作品。

通俗文学是个鱼龙混杂的大世界，其中不乏宣扬暴力、渲染色情、揭露黑幕、胡编乱造的低劣之作。但格调、品位较高，令读者开卷有益的优秀作品也不少见。金庸、梁羽生等的武侠小说，唐人、倪匡等的科幻小说，亦舒、依达、严沁等的言情小说，南宫博等的历史小说，梁凤仪的财经小说，项庄、梁小中、胡菊人、林燕妮、阿浓、三苏等的框框杂文，在一定程度上代表着香港当代文学的成就。无论就数量还是就质量而言，通俗文学是香港当代文学半壁江山的说法并非夸大之辞。一部香港当代文学史应该是通俗文学与严肃文学双翼齐飞的文学史。

香港当代通俗文学的繁盛景象在华文文化圈中是一个奇异的现象。中国内地由于政治等方面的原因在建国后30年里通俗文学基本绝迹，直到20世纪80年代初才死灰复燃；台湾通俗文学尽管起步较早，出现了诸如古龙武侠小说、高阳历史小说、琼瑶言情小说等通俗文类，但既无法与岛内的严肃文学相抗衡，其成就也似乎不及香港通俗文学。这种文学现象正体现出香港特色。香港地处东西方文化冲撞的前沿地带，华洋杂处，各种思想、主张交汇，形成了一个颇具张力、相对自由宽松的文化空间。这就为通俗文学的生产和流通创造了便利的条件，又为通俗文学培养了广大的读者队伍。自20世纪50年代起，香港工商经济持续快速发展，在向现代资本主义大都市的转变过程中，大众的文化消费需求也不断飙升，激烈的社会竞争，紧张的

---

① 黄维樑：《香港文学初探》，中国友谊出版公司1987年版，第2页。

工作压力，快节奏的生活方式，使人们自然而然地选择通俗文学，在这种比较轻松的文学样式中获得娱乐、消遣和慰藉。

美国当代著名文化理论家弗·杰姆逊在《后现代主义或晚期资本主义的文化逻辑》一文中概括出后现代主义的一个基本特征："高级文化和所谓大众商业文化间的旧的（实质上是高级现代主义式的）界限被取消了，出现了充斥文化工业的形式、范畴和内容的新型文本，而这种文化工业正是从利维斯、美国新批评直到阿多尔诺和法兰克福学派的所有现代理论家猛烈抨击的对象。"① 作为对现代主义的一种"反动"和超越，在后现代社会中，一向不登大雅之堂，为人轻视和辱骂的通俗文学和通俗文化登堂入室，占据了显赫的地位，高雅文化（文学）与通俗文化（文学）的鸿沟趋于弥合。诸如"肥皂剧"和读者文摘文化，夜间节目和二流好莱坞电影，平装本哥特式小说、传奇作品、流行传记、科幻小说、侦探小说等所谓的准文学作品，成为文化消费的"主餐"。尽管这里论及的是后现代社会的文化现象，却也较为符合香港文学的发展走向。香港是否已进入后现代社会的问题此处存而不议，需要指出的是香港通俗文学与严肃文学的界限确实存在着渐趋模糊以至弥合的态度。

金庸的小说是香港当代文学乃至整个20世纪中国文学的一大奇迹，在海内外享有盛誉。台湾有"金学"，北京的一批青年学者把金庸列入20世纪中国文学大师的行列且座次仅次于鲁迅、沈从文、巴金。金庸还因其小说创作的成就被北京大学聘为名誉教授。这些足以说明金庸的文学地位之高。然而，金庸创作的却是武侠小说——一种地地道道的通俗文类。金庸的一大成就正在于他通过自己的创作实践，把武侠小说这种通俗文学样式提升到了文学殿堂。他充分发挥武侠小说的文类优势，同时又融进传统文化精神、现代意识等丰富内容，创作出14部规模宏大、情节曲折、人物鲜明、意蕴丰厚、博大

① 王岳川、尚水编：《后现代主义文化与美学》，北京大学出版社1992年版，第75页。

精深的艺术精品。它们是武侠小说，但已与传统的武侠小说大相径庭。它们是通俗小说，但又真正突破了“雅”与“俗”的界限，非“通俗文学”所能涵盖得了。金庸小说对人性的开掘之深、对中国文化的表现之精，是许多严肃文学作品无法与之相提并论的。这正体现了香港通俗文学雅化、精致化的方向。

这并非只是金庸个人努力的方向。从框框杂文的发展演变中，也可清晰地看到这一趋势。框框杂文是香港作者最多、读者面最广、内容丰富、社会影响较大的一种通俗文类。它篇幅短小，长则千字左右，短则一二百字，通常在五百字上下。内容极为广泛，从政治、经济、教育、艺术、医药、投资、旅游，到风花雪月、养狗养猫……无所不写，无所不包。而风格也是千姿百态，有华丽派、怀旧派、主妇派、书生派、爱国派、嬉戏派、文静派、风骚派、洋化派、梦呓派等等，① 林林总总，争奇斗妍。框框杂文的这些特点使它成为大众文化消费的热点。人们通过它来获取资讯，调剂情绪，得到快餐式的娱乐和消遣，“在忙碌的生活中，框框杂文是最容易消化的早餐或下午茶，和晚上松弛神经的长寿电视节目《欢乐今宵》一样，是‘不可一日无此君’的大众精神粮食。”② 20世纪70年代后，一批学者型作家跻身于框框杂文创作队伍。梁锡华、董桥、黄维樑、潘铭燊、陈耀南、小思、黄坤尧、张五常等纷纷在报纸上开辟专栏，发表社会批评和文明批评。这批学贯中西，具有丰富的文化素养和敏感的文学心灵的作家，在小小的方块之中挥洒学识，书写性灵，出入古今，沟通中外，方寸之间文化气息甚浓，思想容量亦大，在很大程度上提升了框框杂文的品味。他们的作品也正反映出香港文学兼融雅俗的趋势。

通俗文学精致化是香港文学的一个基本走向。它反映了大众文化消费进入了健康、有序的轨道。这是值得充分肯定的。与此相适应，严肃文学的发展也出现了显著的变化。在高度商业化的都市社会中，

---

① 参见《博益月刊》1988年5月第9期。

② 黄维樑：《香港文学初探》，第3页。

严肃文学的读者市场日渐萎缩，这就迫使作家研究读者心理，进一步反思雅俗共赏，以解决严肃文学的生存问题。注重故事性和趣味性，增强作品的可读性，这成为不少严肃文学作家新的追求。严肃文学的通俗化、流行化与通俗文学的雅化、精致化这两股潮流汇合在一起，成为香港当代文学一道亮丽的风景线。

（原载黄维樑主编《活泼纷繁的香港文学——一九九九年香港文学国际研讨会论文集》，中文大学出版社2000年版）

香港学者散文的文化品味

学者散文的勃兴和蔚为大观，是20世纪70年代以后香港文坛上一个重要的文学现象。这类散文以学识为基础，表现对文化、对人生深刻的领悟，显示出民胞物与、有容乃大的情怀。它大大提高了香港散文的文化品位，并为香港文学赢得了很高的声誉。

所谓学者散文，指的是学者型作家创作的散文。余光中曾提出："它包括抒情小品、幽默小品、游记、序文、书评、论文等等，尤以融合情趣、智慧和学问的文章为主。它反映一个有深厚的文化背景的心灵，往往令读者心旷神怡，既羡且敬。"（《剪掉散文的辫子》）这一界定揭示出了学者散文的深厚内涵。学者散文的写作者主要是学者，一些非从事学术研究但具有相当造诣者也能写出优秀的学者散文。同样，学者写的散文并非都能归入此类。正如余光中所说："这种散文，功力深厚，且为性格、修养和才情的自然流露，完全无法作伪。学得不到家，往往沦幽默为滑稽，讽刺为骂街，博学为炫耀。"因此，学者散文是作者学养、机智、才情和辞采的完美融合，它汇感性和知性、情趣和理趣于一炉，具有很高的审美价值和文化品位。

学者散文是中国现代散文的重要分支。胡适、周作人、朱自清、徐志摩、林语堂、梁实秋、沈从文、梁遇春、王力、钱锺书等著名作家创作了大量优秀的学者散文，从而使学者散文在现代文学中大放异彩。香港学者散文秉承了"五四"以来学者散文的流风余绪，并加以发扬光大，形成了自己的特色。这与香港特定的人文社会环境有着密切的关系。作为国际性大都会，香港处于中西文化的交汇点上，它吸引着世界各地众多的华人学者作家。20 世纪 70 年代以来，思果、曾敏之、余光中、金耀基、陈之藩、刘绍铭、董桥、梁锡华、陈耀南、小思、黄国彬、黄维樑等学者型作家纷纷来到港岛。他们虽有的短期停留，有的久居于此，但无例外的是，他们在工作之余都挥洒七彩健笔，写下了许多隽篇佳构，成为学者散文中的佼佼者。

香港学者散文作家群有着深厚的中西文化背景。他们从小受到中国传统文化和古典文学的熏陶，基本上都在中国完成高等教育，尔后负笈欧美，在西方文化的洗礼中获得更高学历。丰富的人文知识的积累使他们洞悉世事人情，对中国的历史文化乃至整个人类文明有一种深切的终极关怀。因此，香港学者散文最鲜明的特色就是具有浓重的书卷气。这不仅仅指作品的知识容量大，更重要的是指作品显示出浓重的文化人气质。它具体表现为旁征博引，学贯中西，探幽究微，知识密集，内涵丰富。梁锡华的散文很具代表性。梁锡华是中西学问皆好的名学者，当代少见的岭南才子。多年的学者生涯和丰富的人生阅历，使他的散文学识广博，学问稠密，古今中外的典故资料、人文风习、历史时事，无不汇罗笔下。其书卷气之重，直追梁实秋、钱锺书诸人。董桥也是学者散文的重镇。他认为散文单单美丽是没有用的，最重要的是内容，而这内容则是学、识、情的统一。他说："散文须学、须识、须情，合之乃得 Alfred North Whitehead 所谓'深远如哲学之天地，高华如艺术之境界'。"（《这一代的事·自序》）他的散文题材广泛，纵横捭阖，洒脱不羁，才思泉涌，表现出儒雅的文化精神和热烈的中国情怀。黄维樑则自称散文创作是其学术研究之外的"副产品"，他的散文作品依然跃动着文化人的灵魂，《大学小品》、《我的副产品》等散文集清晰地凸现出他的学术素养、思想深度，写出了治学的阅历、读书的趣味和丰富的人生体验。

这种多学识、富理趣、重知性、不卖弄的特点在其他学者散文中同样存在。曾敏之是一位学识渊博的老作家。他的散文内容丰富，政治、经济、文化、历史掌故、艺林轶事包罗万象。其散文集《望云海》中有不少篇章纵横古今，洞幽烛微，探寻文史长廊中的珠贝，在历史与现实之间注入自己的爱憎感情，文笔沉郁顿挫，摇曳多姿。余光中七八十年代曾在香港中文大学任教十余年，他有不少脍炙人口的散文名篇便写于港岛，如《高速的联想》、《催魂铃》、《春来半岛》、《山缘》、《鸡同鸭讲》等都堪称学者散文的典范之作。《催魂铃》从电话的发明人写起，写到王维的辋川别墅，写到阿根廷的邮差，写到《世说新语》，写到《雅舍小品》，一直写到科幻著作《二〇〇一》，其中又穿插不少古典诗词，上下古今纵横驰骋，知识容量极为丰富，充分显示了作者广博的学识和横溢的才气。

丰富的知识容量和勃现于字里行间的文化人的气质，使香港学者散文一出现便产生了广泛的影响。但如果仅止于此，它的价值是有限的。学者散文作家群由此出发，将笔墨洒向文化和人生的各个层面。于是，我们看到香港学者散文在旁征博引、探幽究微的同时闪耀着智慧的火花，富有思想深度，显示出睿智的特点。思果的散文集《沙田随想》、《香港之秋》纵论社会，畅谈人生，目光深邃，文笔洒脱，颇具睿智。《五十肩》以自嘲笔法写老年人生理上的种种变化，在散漫不经意的笔墨中描绘了一幅老年衰残景象，以貌似悲观的语调表现达观情怀，写出了一个智者的风范。《抛》写丢弃许多身外之物的事。从儿童到成年再到老年，人不断地收集东西，而后又不断地抛弃，直到离开这世界时彻底抛弃所有的身外之物，这不断的轮回反复，正从一个侧面勾勒了人生历程。思果语带苍凉地写出现代人的悲哀。朱立的《同情韩愈》写自己不同的年龄阶段对韩愈《祭十二郎文》的不同感受，曾嘲笑韩愈“年未四十，而视茫茫，发苍苍，齿牙动摇”，而今“文章学问没有老韩的一半好，身体状况却已有迎头赶上之势”，因而悲从中来，对老韩的遭遇有了深切的体认。写到结尾处，作者笔锋陡转，在另一层面与韩愈作对比，寓庄于谐，妙趣横生，意味深长。梁锡华的《漫语慢蜗牛》对人们习见的蜗牛进行新的描绘和阐释。在他睿智的目光洞照下，一向为人所厌恶的蜗牛被赋予新的生命意义。蜗牛“谦卑自牧”，“你看它们行进的步伐：慢，不错，但谁及它们稳重？它们两对触角作先锋探路，遇物必缩。你说它们畏这畏那么？非也。它们其实是步步为营，却又锲而不舍。缩，是的，但绝非一缩永缩，而是缩后必伸……它们在前进的道上，即使遇阻遇挫，还是一分分、一寸寸地力爬。”作品对这种蜗牛精神大加礼赞，其中蕴含着深邃的哲学意蕴。逯耀东的《坐进“糊涂斋”》则写出了现代人“处处无家处处家”的情怀，作者高屋建瓴地将我们民族的整个历史概括为“筑墙”到“拆墙”的历程。“筑墙”即是造万里长城，古代君王通过长城把人民围起来，封闭起来，而近代以后，生活在“墙”里的人们爬上城头走到“墙”外，走向现代化。作为一个史学家，逯耀东将历史与现实融合起来，使作品具有一种沉郁顿挫的历史厚重感。这种由学识而来的睿智在其他作家的作品中仍然存在。黄维樑的《大学小品》、刘创楚的《问题人生》、何秀煌的《人生小语》、董桥的《这一代的事》等都是感怀人生、寻找生命真谛的力作。

香港学者散文重知性，尚理趣，但这并不意味着摒弃感性，缺乏情趣。恰恰相反，香港学者型作家在写作知性散文的同时，还创作了大量描人状物、写景抒情的作品，而且在他们的作品中往往感性与知性相交融，兼具情趣和理趣。如果说前述作品偏重于显示作者的学识和睿智的话，那么这类作品则表现出作者出色的文学才情。感情充沛，文笔优美，辞采飞扬，这同样是香港学者散文的当行本色。余光中的《高速的联想》写崇拜速度，喜欢在高速公路上驱车奔驰，“高速，使整座雪山簇簇的白峰尽为你回头，千顷平畴旋成车轮滚滚的辐辏”。他渴望在大陆西北广袤的原野上以最快的速度飞驰，于是他写道：

> 中国最浪漫的一条古驿道，应该在西北。最好是细雨霏霏的黎明，从渭城出发，收音机天线上系着依依的柳枝。挡风窗上犹浥着轻尘。而渭城已渐远，波声渐渺。甘州曲，凉州词，阳关三叠的节拍里车向西北，琴音诗韵的河西孔道，右边是古长城的雉堞隐隐，左边是青海的雪峰簇簇，白耀天际，我以七十哩高速驰

入张骞的梦高适岑参的世界，轮印下重重叠叠多少古英雄长征的蹄印。

这段文字显示了余光中超拔的想象力和杰出的文学才华。他十分巧妙地化用王维、王昌龄、高适、岑参等几位诗人作品的典故，文句新鲜活泼，浑然天成，颇具弹性和张力，其精深的古典诗文修养在充满感性的语言中发挥得淋漓尽致。他的写景状物文字同样优美。请看他笔下的吐露港："文静如湖的吐露港，风软波柔，一片潋滟的蓝光，与其说是海的女儿，不如看作湖的表妹。港上的岛屿、半岛、长堤、渡轮，都像是她的佩饰，入夜后，更亮起渔火与曳长如练的橘色雾灯。这样明艳惹眼的水美人……"（《山缘》）在彩笔的精心点染下，俊秀迷人的吐露港呼之欲出。类似这样声情并茂、感性十足的笔墨在余光中的散文中俯拾即是。

余光中的文学才华在香港学者散文作家群里是突出的，但这并不意味着其他作家的才情便尽在他的光芒掩映之下。事实上，学者型作家的才情争奇斗妍，各具特色。有的冲淡，有的隽秀，有的儒雅，有的雄健，有的飘逸，有的质朴……极难定于一尊。

欣赏完余光中笔下的吐露港，我们再来看一看梁锡华眼中的八仙岭："这几簇壮美的峰峦天天弄形弄影。或戏耍着云霞，为自己轻盈地戴一顶白帽；或伤时感事，沉重地给自己罩起百叠黑冠。白也罢，黑也罢，那份情怀，都深远。……偶尔，在清晨，或雨后，八仙近腰或山脚处，给造化拈起素笔长长的横拖一两痕乳白，轻盈得像腰带、像衬裙；那秀健的仙姑峰，就有招岚起舞的姿态了。"文字之精美，想象之新奇，直可以与余光中散文相媲美。这也正显示了梁锡华散文的语言特色：自由洒脱，妙语连珠，学识渊博而又绝少学究气，感情充沛，兼擅理趣和情趣。其他作家的抒情写景作品也都以饱蘸感情的笔墨抒写人事景物，字里行间温情涌动。再来看一组忆旧怀人的作品。曾敏之的《司马文森十年祭》以传神的笔墨写出了老友司马文森治学为人的风范，语言朴实无华，感情真挚深沉。小思的《记任国荣老师》抒写对业师的敬重、思念之情，寥寥数笔便把一位外冷内热的严师形象刻画得栩栩如生。金耀基的《在历史中寻觅》以舒徐的笔调传达出对国学大师钱穆先生的仰慕、怀念，通过叙写几件生活小事写出了一个言谈亲切、风趣可爱的长者形象。宋淇的《秀才人情》主要写作者与夏志清、余光中、黄国彬三人的文学因缘，深厚的友情溢于言表。这一组散文共同的特点是感触细腻，情慷浓重，作者在对生活的细心感受中营造出色彩柔和、气氛温馨的善美的艺术世界。这也是学者散文抒情小品的普遍倾向。

如果说学识、睿智、才情的融合反映了香港学者散文的基本风貌，并进而形成“深远如哲学之天地，高华如艺术之境界”，那么，这还不是香港学者散文的全部。至少可以说还没有达到最高的艺术境界。香港学者散文中的上乘之作还以其学者的幽默、智者的幽默给读者以极为美妙的艺术享受。一个富足、开放、宽厚的心灵，必然是幽默的心灵。幽默，这是睿智者的人生态度，是从博大宽容的胸怀中产生出来的。香港学者散文中不乏幽默之作，但真正臻于幽默的上乘境界的，当推梁锡华、余光中、董桥的作品。

梁锡华的散文常以悲天悯人的胸怀透视人生诸层面，将学识、睿智纳入幽默生动的语言中，嘲事讽世而又自我调侃，亦庄亦谐，不滞不粘，妙趣横生。《从旅游厕所想起》开首便道：“旅游厕所的目的何在？除了增加见闻，我想，最破天荒的莫如唤醒群众去认真重视自身的‘出口’事业。”“出口”本是贸易术语，在这里却用来指人的排泄，大大出人意表，而细想想在字面上两者颇相通，如此用法增加不少趣味，令人不能不赞叹作者的机智和俏皮。但这还不足以充分显示作者的才情，他更将笔触往纵深延伸：“‘民以食为天’这话太片面，应该配上‘人以拉为地’才有平衡感和美感、灵感。”看似无理，实则至理，一本正经的语言中蕴藏着的却是通俗幽默的情趣。再往下，他从封神榜中的混元金斗——现代厕所的老祖宗，说到南海、顺德的“水厕”、粤北的“大厕”等等，将神州厕粹如数家珍般地娓娓道来，在半真半假之中体现出庄谐互渗的趣味。梁锡华虽不时运转嘲讽的笔墨，但似乎更善于以自我调侃的语气行文谋篇。《博士“真腻拖”》叙述自己落难异邦，虽获博士学位却找不到工作而沦为“真腻拖”（清洁工人）的困窘，文中不乏愤激之情，但作者善用自我调侃来表现自己的狼狈相和可怜样，在学识中挥洒幽默才情，从而使作品妙趣横生，引人入胜。这种自我调侃式的幽默，实乃幽默散文的上乘境界。余光中的幽默散文则别有一番情趣。《催魂铃》、《沙田山居》、《我的四个假想敌》等作品以丰富的想象来驾驭笔墨，文思如洪水奔流，文采斐然，幽默情趣随处可见。他的散文，白话、古文、洋文、土语、俗语、笑话各种文句相互交织，相映生辉，从而形成豪放雄健、幽默风趣的文体风格。

与梁锡华、余光中的幽默相比，董桥的幽默则多了份洋味。他的散文既显出中国人的智慧，又不乏英国式的绅士风度。他的幽默常常由妙喻构成，令人拍案叫绝。如《藏书家的心事》以男人与女人的关系来写人对书的感情：“字典之类的参考书是妻子，常在身边为宜，但是翻了一辈子未必可以烂熟。诗词小说只当是可以迷死人的艳遇，事后追忆起来总是甜的。又长又深的学术著作是半老的女人，非打点12分精神不足以深解；有的当然还有点风韵，要命的是后头还有一大串注文，不肯罢休……”

自然，香港学者散文并非篇篇都是精品。有些作品学究气过重，有些作品在学、识、情的结合方面存在着欠缺之处，也有些作品太油、太顺，未能提供回味的余地。但这些无损于学者散文总的成就和价值。

从总体上来说，香港学者散文以渊博的学识、非凡的睿智、超拔的才情和独特的幽默显示了自身卓越的文化品位。归根结底，香港学者散文显示了香港严肃文学的一个重要方面。

（原载《世界华文文学论坛》1996 年第 4 期）

海外华文文学的文化价值取向一瞥

在跨文化的研究视野中，海外华文文学以其丰富的文化内涵引起了人们越来越多的关注。

二十余年前，当海外华文文学在祖国大陆读者面前刚刚崭露头角的时候，这种迥异于中国文学的华文文学新的书写便令人感受到蓬勃的生机和活力。它所提供的艺术内容和审美分量为人们认识与理解中国文学提供了一个新的参照系。在对海外华文文学的诸种观瞻和考察中，海外华文文学所包含着的中国情意结尤其引起了人们的关注。许多研究者执着于海外华文文学中的乡愁书写的诠释，努力挖掘海外华文文学对中华文化传统的继承和弘扬。尽管这一倾向后来因被批评者与文化民族主义混为一谈而影响了其一定的研究深度，但它无疑抓住了海外华文文学的民族性向度。我们固然反对海外华文文学研究中的狭隘的民族主义立场，但也没有必要刻意回避海外华文文学所具有的中国文化因素。事实上，这些中国文化因素正构成了一种鲜明的文化价值取向。

作为海外华人肯定自我存在的重要方式之一的海外华文文学，从诞生之初起，它就具有了鲜明的文化特色。华文文学从中国走向世界并进而形成海外华文文学，是同历代华人在海外的流寓、拓展，同以儒家文化为代表的中国文化在海外的传播紧密联系在一起的。中国与世界各国的文化交流，始于西汉时期。后随着一代代中国人出洋谋生，华文文学也流传到了各个华人聚居的地区，并渐渐出现了各地区的海外华文文学。总的来说，海外华文文学在其发展过程中，大体上经历了三个历史阶段：华侨文学阶段，从华侨文学向华文文学过渡阶段，成熟的华文文学阶段。这三个历史阶段正是中华母体文化与居住国文化既相冲突又相交流、融合的过程。

下面我们可以从对新马华文文学和北美华文文学发展道路的举例分析中，深入理解：海外华文文学既反映了海外居住国的社会生活、人文景观、自然景观以及人们特有的心理特征，又承继了中华民族文化的传统血脉，表现了中国意识和中国情结。

新马华文文学的发展道路在东南亚华文文学的整体格局中深具典型性。它鲜明地体现了20世纪不同历史阶段华文文学的多样性和差异性。新加坡和马来西亚是华人比例最高的两个海外国家，其中，马来西亚华人占总人口的30%以上，新加坡的华人更高达80%左右，因此，一方面这两个国家的华文文学立足于本土，反映了新马华人社会不同时期的历史面貌，另一方面它们又与中国文化保持着密切的关系。马来西亚和新加坡的华文文学诞生于20世纪20年代，是在中国"五四"新文学运动风潮的激荡下成长起来的，尔后长期深受中国新文学的影响，同样具有反封建、反传统的精神。尤其是20世纪20年代后期，由于中国国内形势急剧变化，许多青年流亡南洋，他们与当地的文学青年一起组织文学社团，创办文学刊物，开展文学创作活动，使东南亚华文文学获得迅速发展。从20世纪20年代到40年代二次大战结束为止，新马华文文学基本上与中国文学同步发展，其发展轨迹明显呈现出中国新文学的辐射和影响。中国爆发全面抗战后，一批著名的中国作家如郁达夫、巴人等来到南洋在华侨中从事抗日文化宣传活动，中国的抗日救亡文学对新马华文文学更产生了直接的影响，新马华文文学固有的现实主义传统得到大大强化。文艺工作者从"抗日卫马"的文艺实践中深刻认识到文艺作品一定要与社会实践密切结合，真正为新马社会和人民群众的利益服务。不过，这一时期新马华文文学本质上属于侨民文学，大体上可视为中国新文学的一个延伸。二次大战结束后，马来西亚成为一个新兴的民族国家，尔后新加坡宣布独立。这时马来西亚和新加坡华族经历了由华侨社会向华人社会进而向居住国国民社会的转化。这一转化给新马华文文学带来了重大的影响。人们意识到，新马华文文学应该脱出呼应中国文学的格局而形成自己的特色，应该以落地生根的心态去寻求对南洋社会、文化的认同。在这一背景下，新马华文文学同中国新文学的直接联系大为削弱，取而代之的是对中国文学的一种艺术上的借鉴，华文文学工作者致力于文学的本土化进程，他们关注小人物的命运，努力开掘有着浓厚南洋色彩的题材，追求语言的乡土情韵，创作了大量体现着为民请命的社会良心、洋溢着浓郁热带乡土风情的作品。苗秀的《火浪》、《长夜行》等长篇小说将书中人物置于日寇入侵新加坡这一特殊历史时期，描写了新加坡华人的历史命运和感情世界，呈现出鲜明的南洋地域特色。方北方的《马来亚三部曲》通过对几代华人命运变迁的状写，描绘了马华社会的历史和现状，探讨了马华民族形成的艰难进程及民族文化所面临的困境。其他如赵戎的小说以浓重的笔触描述了茫茫热带雨林和醉人椰子花香，弥漫着南洋风情和马来情调。而姚拓的小说则更多地显示了马华文学在本土化的进程中仍保持着与中国传统文化的血肉联系，作品展现了东南亚华裔虽漂泊异乡但不失中华民族乐天幽默气质的历史。80 年代以后，新马华文文学在众声喧哗之中呈现出开放的发展态势。既有对现实和历史进行深刻反思的力作，也有对个体生命进行激情言说的佳构，还有体味人生百态的活泼灵动的艺术篇章；而呈现对华族命运的现实关怀的作品仍占相当大的比重。即使是距传统较远的新生代作家，他们对多元化格局中的中国文化也还有着很大的热情。诚如有的评论者指出的："他们把华文不只是看作一种媒介的工具、一种身份的认同，他们写作也不只是承担起传承文化香火、维系华族血脉的使命。他们用华文创作，是在汲取着历史，又守着未来。"[①] 融合着中国文学传统和本土文学传统双重因素的新马华文文学传统，正在不断的发展之中。

---

① 黄万华：《新马百年华文小说史》，山东文艺出版社 1999 年版，第 28 页。

与新马华文文学相比，北美华文文学尽管呈现出更多的西方文化影响的痕迹，但中国文化的影响同样不容忽视。

中国人侨居美洲大陆有着悠久的历史。尤其在19世纪，大批中国劳工来到美国，为美国的建设作出了重大的贡献。1882年，中国驻旧金山总领事黄遵宪便创作了歌颂在美华工的长诗《逐客篇》。20世纪初，出现了一批反映旅美华侨被压迫、受侮辱生活的作品，如：《苦社会》、《劫后余烬》、《黄金世界》等。这些作品在国内发表和出版后，产生了一定的影响。20世纪40年代是美国华文文学较为活跃的一个时期，在《新苗》等文艺刊物及《中美周报》、《美洲华侨日报》、《民气日报》等报纸的文艺副刊上，发表了大量华文作品，华文文学创作日益繁荣。20世纪60年代，台湾出现了留学热潮。白先勇、陈若曦、欧阳子、张系国、非马、许达然、叶维廉、郑愁予、杨牧等许多当今美华文坛上颇负盛名的作家大都在这时来到美国留学，进入了他们创作的黄金时期，也开拓了北美华文文学新的繁荣的局面。这些作家是怀着崇尚西方文化，拥抱现代文明的目的来到西方世界的，而一旦真正置身于西方社会，他们却产生了文化认同危机。面对异域文化的强力冲击，作家们对先前忽视了的民族文化产生了新的认识，他们在两种文化的碰撞中深感到孤独和困惑。於梨华的《又见棕榈，又见棕榈》，白先勇的《纽约客》，张系国的《游子魂组曲》等，都突出地表现了对异域文化难以认同的困惑，状写出留美无根一代的哀歌。《又见棕榈，又见棕榈》中的牟天磊感慨道："和美国人在一起，你就感觉到你不是他们中的一个，他们起劲地谈政治、足球、拳击，你觉得那与你无关。他们谈他们的国家前途、学校前途，你觉得那是他们的事，而你完全是个陌生人。不管你个人成就怎么样，不管你的英文讲得多流利，你还是外国人。"① 这反映了生活在东西方文化夹缝、政治夹缝、历史夹缝中海外移民的共同文化心态。

① 於梨华：《又见棕榈，又见棕榈》，福建人民出版社1980年版，第34页。

20 世纪 80 年代以后，美国华人文学迎来了又一个高潮。钱歌川、董鼎山、纪弦等文坛前辈笔耕不辍，时有新作问世；聂华苓、於梨华、陈若曦、喻丽清、张系国等中老年作家也显示了旺盛的创作活力，成为美国华文文学的主力军。此外，还有一批新锐作家开始在文坛崭露头角，他们深入美国社会生活，不仅探索和表现包括唐人街在内的华人社会，还将艺术触角伸向整个美国社会现实，思考和回答现实生活中的诸多问题，使美华文文学呈现出鲜明的本土性特征。

从上述分析中，我们可以清楚地意识到海外华文文学反映了中外文化相互碰撞、相互渗透的过程。海外华文文学是中国文化的延伸，同时又蕴含着世界各地区、各国家固有的文化因素，她不仅是中国文学在空间上的一种延伸和渗透，而且是与异族文化碰撞最敏感的部分。她的发展、演进正反映了中外文化相互碰撞、相互渗透的过程。作为移民文学，海外华文文学有着明显的发展轨迹。20 世纪上半叶，移民海外尤其是移民欧美的老一代移民为了融入主流社会，努力拥抱欧美强势文化，这一时期的海外华文文学侧重于书写移民如何适应、融入主流文化，对母体民族文化（弱势文化）又流露出依依难舍的情怀。20 世纪下半叶特别是末期，随着全球化进程的加速发展，具有双重文化身份的移民在全球经济文化交流中发挥着越来越重要的作用。新一代移民开始重新审视和认知自己的文化身份。因此，这一时期的海外华文文学由先前的对民族文化的排斥转向对民族文化的认同。从总体上来说，在海外华文文学作家中，中华母体文化意识与居住国文化意识处于既相冲突又相融合的状态。

随着海外华文文学不断走向成熟，其文化价值取向也发生了转变。中国日益提升的国际地位为中国文化的传播搭起了一个宽广的平台。到 20 世纪 90 年代，“文化中国”理念的建构成为海外华文文学一股新的潮流。

所谓“文化中国”，不是政治概念而是一个文化概念，它体现的是海外华文文学在不同文明的交流和融合过程中的一种文化立场。20 世纪 90 年代世界文化的多元化格局已充分地显示，21 世纪世界文化的走向不是一种文化吃掉另一种文化、一种生活方式代替其他生活方式，而是互相取长补短，共同发展。在这一大趋势中，源远流长的中国文化必将迎来新的发展高峰。海外华文文学作家显然看到了这一趋势，不少人在思考新世纪中国文化的价值和影响，他们在更广阔的文化视野中踏上了对中华母体文化的追寻、认同、回归之路。“文化中国”的提出正反映了他们对民族、文化、中西价值观念等所进行的深刻思考。尽管这一理念现在还只是部分海外华文文学作家的自觉追求，但可以想见，随着中国在世界新格局中战略地位的进一步确立，“文化中国”必将成为海外华文文学的一个新的价值生长点。

（原载《世界华文文学论坛》2003 年第 1 期）

第二辑

周作人与台湾当代小品散文

“五四”时期是20世纪中国文学的黄金时期。在中国文学由文言文向白话文的转变过程中，在传统文学观念为现代文学观念所取代的转折关头，一批新文学巨匠应运而生。他们在文学的各个门类取得了丰硕的成果。其中，尤以散文的成就最为突出。鲁迅认为：“到‘五四’运动的时候，才又来了一个展开，散文小品的成功，几乎在小说戏曲和诗歌之上。”① 林语堂甚至断言：“十四年来中国现代文学唯一之成功，小品文之成功也。”② 朱自清在回顾“五四”时期的创作实际时也明确指出：“最发达的，要算是小品散文。”③ 他进而勾勒了“五四”散文绚丽多姿的盛况：“就散文论散文，这三四年的发展，确是绚烂极了：有种种的样式，种种的流派，表现着，批评着，解释着人生的各面，迁流曼延，日新月异：有中国名士风，有外国绅士风，有隐士，有叛徒，在思想上是如此。或描写，或讽刺，或委曲，或缜密，或劲健，或绮丽，或洗练，或流动，或含蓄，在表现上是如此。”④ 在“五四”散文洪流中，周作人的名士小品，丰子恺的禅趣小品，朱自清的儒雅散文，冰心的温柔散文，以及鲁迅的杂文等

---

① 鲁迅：《小品文的危机》，《南腔北调集》。

② 林语堂：《〈人间世〉发刊词》，《人间世》1934年4月5日创刊号。

③ 朱自清：《背影·序》，见《现代散文序跋选》第33页，百花文艺出版社1983年版。

④ 朱自清：《背影·序》，见《现代散文序跋选》第33页，百花文艺出版社1983年版。

等，不仅对当时的文坛产生了广泛的影响，在后世的创作中也有着深长的回应。

台湾当代文学是近乎在一片文化废墟上发展起来的。1945 年，台湾摆脱了日本殖民统治，回到祖国的怀抱。然而，20 世纪 50 年的殖民统治和长时期的皇民化运动给台湾社会打上了深深的烙印。光复后，台湾作家大都存在着变换语言工具的问题，需要实现由日文写作向中文写作的转变。如日据时期的著名作家杨逵此时要向正在读小学的女儿从头开始学中文。因此，可以说台湾当代文学大体上是由一批大陆赴台作家开创的。这既包括梁实秋、台静农、纪弦、钱歌川、谢冰莹、张秀亚、覃子豪、王蓝、陈纪滢等在大陆业已成名的作家，也包括琦君、林海音、余光中、洛夫等在大陆接受教育而在 20 世纪 50 年代崭露头角的年轻作家。尽管台湾当局出于政治的考虑把大陆进步文学统称为“三十年代文学”予以全面封杀，但由于上述作家都深受现代文学尤其是“五四”文学的影响，因此“五四”文学与台湾当代文学的血缘关系事实上是无法隔断的。就散文而言，由于散文抒写的主要是个人的真情实感，较少带有政治色彩，因此“五四”散文对台湾当代散文的影响更直接更显著。其中，周作人因其独特的审美追求和艺术风格对台湾散文的发展尤其产生了较大的影响。

周作人在 20 世纪中国散文史上的地位早有定评。早在 1922 年，胡适就在《五十年来中国之文学》中作出评价：“这几年来，散文方面最可注意的发展乃是周作人等提倡的‘小品散文’。这一类的小品，用平淡的谈话，包藏着深刻的意味；有时很像笨拙，其实却是滑稽。这一类的作品的成功，就可彻底打破那‘美文不能用白话’的迷信了。”① 钟敬文认为：周作人的散文“文体是幽隽淡远的，情思是明妙深刻的，在这类创作家中，他不但在现在是第一个，就过去两三千年的才士群里，似乎尚找不到相当的配侣呢”。② 废名则说：“中

---

① 《胡适文存二集》，第 212 页。

② 钟敬文：《试谈小品文》，《文学周报》1927 年合订本第 7 卷。

国现代的散文，待开始以迄现在，据好些人的闲谈，知堂先生是最能耐读的了。”① 而与周作人早已分道扬镳的鲁迅，1936 年在回答埃德加·斯诺提出的“中国新文学运动以来最优秀的杂文作家是谁”的问题时，举出了一个以周作人为首的五人名单：周作人、林语堂、周树人、陈独秀、梁启超，② 也没有抹杀周作人的散文成就。虽然周作人在现代散文史上的地位未必一定排在“第一”或真是什么“空前绝后”，但作为一代散文大家，他的创作产生了广泛的影响却是不争的事实。尽管他后来因附逆下水变节而为国人所不齿，但对于他的散文成就，我们还应予以充分肯定。

阿英在《周作人小品序》里以 1929 年作为转向的界限，将周作人的小品散文分为两个时期。这一分期把握住了周作人思想和创作的发展脉络。大体上说来，周作人在 1928 年底以前的创作充分显示了其小品散文的艺术风格和成就，他对现代散文所作出的贡献主要体现在这一时期。结集出版的散文集有《自己的园地》（1923 年）、《雨天的书》（1925 年）、《泽泻集》（1927 年）、《谈虎集》（1927 年）、《谈龙集》（1927 年）、《永日集》（1929）等。其中，有浮躁凌厉、充满战斗活力的谈论时事的杂文，有不尚技巧、文风朴拙的读书随笔，有周作人自称之为“美文”的艺术性散文。而最能体现周作人散文个性和艺术风格的则是他的“美文”。周作人在 1921 年发表的《美文》一文中说：“外国文学里有一种所谓论文，其中大约可以分为两类。一批评的，是学术性的。二记述的，是艺术性的，又称作美文，这里面又分出叙事和抒情，但也很多两者夹杂的。”③ 他后来又说：“美文”是“个人的文学之尖端，是言志的散文，它集合叙事说

---

① 废名：《知堂先生》，《人间世》第 13 期，1934 年 10 月 5 日。

② 见斯诺整理、安危译：《鲁迅同斯诺谈话整理稿》，《新文学史料》1987 年第 3 期。

③ 周作人：《美文》，《晨报副刊》，1921 年 6 月 8 日。

理抒情的分子，都浸在自己的性情里”。[1] 周作人在大力提倡“美文”的同时也身体力行。《山中杂信》、《吃茶》、《谈酒》、《乌篷船》、《故乡的野菜》、《苍蝇》、《苦雨》等名篇独抒性灵，弘扬个性，拥抱自我，娓娓而谈，在自然随便、漫不经心的运笔中，将知识、哲理、趣味融为一体，营造出平和冲淡的艺术境界。

周作人的这部分散文与现实保持着较远的距离。“五四”落潮后，周作人从时代浪尖上跌落下来，深切地感受着面对歧路的迷茫和孤寂。他回到“自己的园地”，皈依闲适冲淡，崇尚名士情趣，以求得灵魂的安宁和心理的平衡。写于 1923 年 7 月的《寻路的人》表明了他的人生价值取向：在人生的旅途上，他“只想缓缓的走着，看沿路的景色，听人家的谈论，尽量地享受这些应得的苦和乐”。周作人推崇明清名士派的文章，从中获得摆脱精神困境的良方。他说：“我们谈明清有些名士派的文章，觉得与现代文的情趣几乎一致，思想上固然难免有若干距离，但如明人所表示的对于礼法的反动则又很有现代的气息了。”（《〈陶庵梦忆〉序》）又说“明朝的名士的文艺诚然是多有隐遁的色彩，但根本却是反抗的”。（《〈燕知草〉跋》）甚至认为：“中国新散文的源流我看是公安派与英国的小品文两者所合成，而现在中国情形又似乎正是明季的样子，手拿不动竹竿的文人只好避难到艺术世界里去，这原是无足怪的。我常想，文学即是不革命，能革命就不必需要文学及其他种种艺术或宗教，因为他已有了他的世界了。”（《〈燕知草〉跋》）由推崇公安派等明清名士派作品到为自己逃避现实、躲进象牙塔寻找理由，从中可以窥见周作人思想发展的脉络。周作人渐渐由“叛徒”变成“隐士”，确立了“生活之艺术”的人生态度。他的小品散文正是这一人生态度的艺术表现。

由于现实环境的严酷和政治斗争的尖锐，周作人的冲淡散文在 20 世纪 30、40 年代影响愈来愈小，周作人自己也只能当当“文抄公”。在建国后很长的一个时期里，冲淡型散文在大陆几乎销声匿迹。

---

① 周作人：《看云集·冰雪小品·序》，开明书店 1932 年版。

然而，在海峡彼岸，经梁实秋、林语堂等人的传播，由周作人开创的这一型散文倒绵延不绝，成为台湾当代散文的一大景观。

梁实秋早年在清华读书时，就曾代表清华文学社慕名前往八道湾，邀请周作人赴清华讲演，从此与周作人有了交往。1934 年，梁实秋到北京大学任教，和周作人同在一个系工作达三年之久，经常成为苦雨斋的座上客。“我很敬重他，也很爱他的淡雅的风度。”① 梁实秋不仅推崇周作人的风度，也喜爱他的冲淡散文。1940 年，入蜀后的梁实秋开始写作《雅舍小品》，陆续发表在《星期评论》、《时与潮副刊》、《世纪评论》等报刊上，引起文坛关注。《雅舍小品》明显受到周作人的苦茶小品及英美随笔的影响，说古道今，谈人论物，取材于平凡的日常人生，不为时尚所左右，节制情感，发掘理趣和情趣，体现出一种清雅通脱、闲适恬淡的艺术品格。如《雅舍》一文写作者在重庆北碚曾住过一种青砖砌柱，黑瓦盖顶，四壁是竹篦泥墙，看上去瘦骨嶙峋单薄可怜的陋室，他却不以为苦，反而恬然称之为“雅舍”。作者以人生本来如寄的人生态度对待客居生活，视陋室为一自足独立的小天地：“我住‘雅舍’一日，‘雅舍’即一日为我所有。即使此一日亦不能算是我有，至少此一日‘雅舍’所能给予之苦辣酸甜，我实躬受亲尝。”这是一种通达超脱、知足自持的处世态度和人生追求，从中可以领略到梁实秋从客赏玩、随缘而处、优游自在的雅人品性和名士风度。这与周作人在《雨天的书》、《泽泻集》等散文集中所表现出的艺术精神是一脉相承的。到台湾后，梁实秋在散文艺术上精益求精，不断地发展这一型散文的艺术风格，出版了《雅舍小品续集》、《雅舍杂文》、《雅舍忆旧》、《雅舍谈吃》以及《谈徐志摩》、《看云集》、《西雅图杂记》等 20 余种散文集。他熔性情、学识、修养于一炉，集雅人、名士、学者于一身，成为堪与周作人媲美的闲适派散文大家。梁实秋长期在台湾师范大学任教，他的散文风格

---

① 梁实秋：《忆周作人先生》，《在家和尚周作人》，四川文艺出版社 1995 年版，第 14 页。

又影响了子敏 、萧白、杨牧等一批作家，因此他被誉为台湾文坛的一代宗师。

林语堂是又一位受到周作人影响的作家。在《语丝》时期，他们都是《语丝》周刊的中坚力量，过从甚密。林语堂对周作人的散文甚为推崇，认为“周作人闲逸清顺，是散文应有的正宗，白话文应有的语调”。① 30 年代，林语堂先后创办了《论语》、《人间世》、《宇宙风》三种小品文半月刊，提倡“以自我为中心，以闲适为格调”，鼓吹幽默、性灵，正与周作人所提倡的冲淡散文相呼应，周作人也常在这些刊物上发表作品。林语堂的散文创作大致经历了与周作人相仿佛的过程。早期，他是以激进的资产阶级民主主义者的身份出现在文坛上的。他以勇猛的姿态向北洋军阀统治下的中国黑暗社会开战，表现了一个封建叛逆者无所畏惧的精神。《悼刘和珍杨德群女士》、《祝土匪》、《回京杂感四则》等作品都呈现出浮躁凌厉的气势。随着时代的变迁，林语堂的政治态度和创作倾向发生明显的变化。面对尖锐复杂的社会政治斗争、日益严重的白色恐怖和风起云涌的人民革命运动，林语堂感到困惑和茫然。他从进步的文化阵营中退了出来，躲进了“有不为斋”，成为政治上消极退让的绅士。在文学上则改变了浮躁凌厉之气，公开打出幽默的旗号，声称“幽默本是人生之一部分，所以一国的文化，到了相当程度，必有幽默的文学出现”。林语堂还借对公安派 、竟陵派的评述，提出了“性灵”主张，认为“性灵就是自我”，“文章者，个人性灵之表现”，提出任情抒写自我，反对文学的功利作用。据此，他创作了大量幽默闲适、冲淡平和的小品散文。这类作品大都收集在《大荒集》、《有不为斋集》中。1936 年林语堂移居美国，1966 年赴台定居。1974 年在台湾开明书店出版《无所不谈合集》。此书共收散文 200 篇，大都为回台定居后所作。作者追忆往事，寄情自然，以亲切平易的笔墨娓娓而谈，平中有奇，时时

---

① 林语堂：《记周氏兄弟》，《在家和尚周作人》，四川文艺出版社 1995 年版，第 20 页。

飘逸着诱人的幽默气息，显示出卓然的智慧和平和淡泊的心境。从《说乡情》、《来台后二十四快事》、《论东西思想之不同》、《记鸟语》等篇什中，读者可以感受到二三十年代冲淡散文香火在台湾的一脉流传。

从总体上来说，周作人的散文属于学者散文。周作人精通多种外文，博览群书，在中西文学方面都有深厚的造诣。据他的学生张中行说："在我熟识的一些前辈里，读书的数量之多，内容之杂，他恐怕要排在第一位。多到什么程度，详说确说，他以外的人做不到。但可以举一事为例，他说他喜欢涉览笔记，中国的，他几乎都看过。如他的文集所提到，绝大多数是偏僻罕为人知的，只此一类，也可见数量是如何大。何况还有杂，杂到不只古今，还有中外。他通日语、英语和希腊语，据我所知，他之熟悉日文典籍，似乎不下于中文典籍。"①正因为周作人有博学、博览、博识的底子，所以他的散文旁征博引，探幽究微，知识密集，内涵丰富，具有浓重的书卷气。《苍蝇》一文在不到二千字的篇幅里，引了希腊路吉亚诺思（Lukianos）的《苍蝇颂》，处女默亚（Muia）被变成苍蝇的传说，诃美洛思（Homeros）的史诗，法勃耳（Fabre）的《昆虫记》，《诗经》，小林一茶的俳句，《埤雅》，以及绍兴小儿谜语歌等等，不可谓知识不密集。《伟大的捕风》全文二千余字，引用的书籍有：《旧约·传道书》、拉瓦尔（Lawall）的《药学四千年史》、梭罗古勃（SoLogub）的小说、易卜生的《群鬼》、吕滂（Le Bon）的《民族发展之心理》、巴思加耳（Pascal）的《感想录》等。这些作品正显示了周作人学识的渊博。举凡古今中外的典故资料 、人文风习、历史时事，无不汇罗笔下，这充分构成了周作人散文知性的一面。不过，尽管周作人散文材料丰富，知识容量大，但由于他在引书的方法上很讲究，采取的是一种漫话闲谈的方式，注重情趣，因此往往会飘逸出举重若轻的风采。

---

① 张中行：《再谈苦雨斋》，《在家和尚周作人》，四川文艺出版社 1995 年版，另 46—47 页。

学者散文是台湾当代散文的一个重要分支。从梁实秋开始，写作这一型散文的有余光中 、吴鲁芹、杨牧、张晓风、许达然、庄因、林文月等。余光中曾对学者散文作出界定 ：“这一型的散文限于较少数的作者。它包括抒情小品、幽默小品、游记、序文、书评、论文等等，尤以融合情趣、智慧、学问的文章为主。它反映一个有深厚的文化背景的心灵，往往令读者心旷神怡，既羡且敬。”① 这一番话仿佛就是对周作人散文作出的总结，它甚为符合周作人的创作实际。周作人的散文也正是由抒情小品 、幽默小品、游记、序文、书评、论文等构成的。由此也正可看出台湾学者散文与周作人的渊源关系。

关于这一问题，我们可以通过对余光中散文理论和创作实践的分析，来加以进一步探讨。作为台湾学者散文的大力倡导者和实践者，余光中为学者散文的发展作出了重要贡献。在台湾散文作家中，余光中是有着独特风格的一位。他的散文感性充沛，词藻瑰丽，想象奇特，节奏明快，文笔洒脱，建构了一个奇异的艺术世界。余光中在散文中追求“弹性”、“密度”、“质料”，主张以博大的胸怀拓展散文的疆域。在评论包括他自己在内的台湾第三代散文家的创作时，余光中说：“他们当然欣赏古典诗词，但也乐于运用现代诗的艺术，来开拓散文的感性世界。同样，现代的小说、电影、音乐、绘画、摄影等艺术，也莫不促成他们观察事物的新感性。”②这确是夫子自道。余光中在自己的散文创作中，除融汇中外各种传统的散文笔法外，还大量融入现代诗的笔法，小说的技巧，电影蒙太奇的手法，以及绘画的色彩，音乐的旋律等，从而创造出开放自由兼容并包富于弹性的新的散文文体。余光中有着渊博的古典诗文修养，善于将典故用得非常巧妙，浑然天成。如《高速的联想》结尾一段文字：

---

① 余光中：《剪掉散文的辫子》，《文星》1963 年 5 月号。

② 余光中：《亦秀亦豪的健笔》，《你还没有爱过》，大地出版社 1981 年版，第 4 页。

中国最浪漫的一条古驿道，应该在西北。最好是细雨霏霏的黎明，从渭城出发，收音机天线上系着依依的柳枝。挡风窗上犹浥着轻尘，而渭城已渐远，波声渐渺。甘州曲，凉州词，阳光三叠的节拍里车向西北，琴音诗韵的河西孔道，右边是古长城的雉堞隐隐，右边是青海的雪峰簇簇，白耀天际，我以七十哩高速驰入张骞的梦高适岑参的世界，轮印下重重叠叠多少古英雄长征的蹄印。

这里将王维、王昌龄等几位唐代诗人作品典故熔铸成新的意境，既富于创造性又显得自然贴切。古色古香的情韵与现实世界融合在一起，营造出清新亮丽的艺术境界。将余光中与周作人进行比较，可以发现，余光中的文学领域包括散文、诗歌、评论、翻译，这与周作人的文学天空基本一致。再就余光中的散文理论和创作而言，也与周作人有着诸多相合之处。这里仅举一例。散文家都非常注重语言。余光中一向重视文言、现代口语和西化语在文本中的整合，他对散文语言是这样要求的："现代散文当然以现代人的口语为节奏的基础。但是，只要不是洋学者生涩的翻译腔，它可以斟酌采用一些欧化的句法，使句法活泼些，新颖些；只要不是国学者迂腐的语录体，它也不妨容纳一些文言的句法，使句法简洁些，浑成些。有时候，在美学的范围内，选用一些音调悦耳表情十足的方言或俚语，反衬在常用的文字背景上，只有更显得生动而突出。"① 事实上，他的许多优秀散文在上述三方面是融合无间的。如：

近邻是一两盆茉莉和一盆玉兰。这两种香草虽不得列于离骚狂吟的芳谱，她们细腻而幽邃的远芬，却是我无力抵抗的。开窗的夏夜，她们的体香回泛在空中，一直远飘来书房里，嗅得人神摇摇而意惚惚，不能久安于座，总忍不住要推纱门出去，亲近亲

① 余光中：《剪掉散文的辫子》，《文星》1963年5月号。

近。比较起来，玉兰修长的白瓣香得温醇些，茉莉的丛蕊似更醉鼻餍心，总之都太迷人。(《花鸟》)

在这段文字里，“芳谱”、“远芬”、“神摇摇而意惚惚”、“丛蕊”、“醉鼻餍心”等都是古色古香的文言词汇、句法，而“她们细腻而幽邃的远芬，却是我无力抵抗的”、“开窗的夏夜”却是典型的欧化句法。简洁浑成的文言，井然有序的西语，亲切自然的现代口语，这三者和谐融合，既保持着流畅的白话节奏，又显现出充满弹性的语言风格。我们再来对照周作人关于散文语言的论述：“以口语为基础，再加上欧化语，古文，方言等分子，杂糅调和，适宜地或吝啬地安排起来，有知识与趣味的两重的统制，才可以造出有雅致的俗语文来。”① 可以看出，两人对散文语言的要求如出一辙，即都要求将口语、欧化语、古文、方言加以杂糅调和，从而创造出雅致的富于表现力的现代散文。从中不难发现周作人对余光中的影响。

（原载《江海学刊》2003 年第 4 期）

---

① 周作人：《〈燕知草〉跋》，《周作人早期散文选》，上海文艺出版社 1984 年版，第 352 页。

中国现代文学史视野中的余光中散文

自“五四”新文学运动以来，在中国现代文学近百年的发展历程中，散文一直占据着极为重要的地位。朱自清 1928 年在对“五四”以后新文学诸文体进行一番比较后指出：“最发达的，要算是小品散文。”① 他进而勾勒了其时散文创作绚丽多姿的盛况：“就散文论散文，这三四年的发展，确是绚烂极了：有种种的样式，种种的流派，表现着，批评着，解释着人生的各面，迁流曼延，日新月异：有中国名士风，有外国绅士风，有隐士，有叛徒，在思想上是如此。或描写，或讽刺，或委曲，或缜密，或劲健，或绮丽，或洗练，或流动，或含蓄，在表现上是如此。”② 鲁迅在 1933 年也认为：“到‘五四’运动的时候，才又来了一个展开，散文小品的成功，几乎在小说戏曲和诗歌之上。”③ 而林语堂在 1934 年更断言：“十四年来中国现代文学唯一之成功，小品文之成功也，创作小说，即有佳作，亦由小品散文训练而来。”④ 然而，需要指出的是，与诗歌、小说、戏剧等其他文体相比，中国现代散文受外来文学的影响最小，因此它的变革和创新的进程也就缓慢得多。当外国各种文学思潮、流派、主义、技巧被

---

① 朱自清：《背影·序》，《朱自清全集》第 1 卷，江苏教育出版社 1996 年版，第 30 页。

② 同上，第 33 页。

③ 鲁迅：《小品文的危机》，《鲁迅全集》第 4 卷，人民文学出版社 1957 年版，第 442 页。

④ 林语堂《〈人间世〉发刊词》，《人间世》1934 年 4 月 5 日创刊号。

纷纷传播进来并产生影响的时候，中国现代散文更多地沿着自身发展的轨道稳健地向前发展而较少革新。这自然存在着一定的负面性。如何使散文创作更鲜活生动地状写人生、表现个性，如何使散文创作更适应人们审美意识和审美趣味的变化，如何使散文创作与其他文体更为协调地发展，这是散文家需要着力思考的问题，也是影响和制约散文发展的关键问题。从这一角度来加以考量，余光中的散文创作就有了特殊的意义和价值。

一

20世纪50、60年代，海峡两岸的散文创作都呈现出一派兴旺景象。祖国大陆的散文家面对崭新的时代和社会，热情洋溢地讴歌新人新事新天地，散文文本中回荡着热烈、欢乐、明快的旋律。从《中国新文艺大系·散文集》（1949—1966）所选篇目来看，其时散文作家队伍十分庞大，既有冰心、叶圣陶、丰子恺、茅盾、巴金、老舍、曹禺、沈从文、李广田、柯灵等一大批二三十年代就活跃于文坛的中老年作家，也有杨朔、刘白羽、吴伯箫、赵树理等延安时期成长起来的知名作家，还有峻青、艾煊等建国以后崭露头角的青年作家。然而，在这种繁荣的背后，散文创作存在着深刻的危机。一是作家主体精神的失落。面对"反右"、"大跃进"等政治运动，极少有作家进行深刻的反思与批判，散文呈现出清一色的颂歌形态。二是艺术本体精神的偏离。其时，散文作家的根本任务在于如何把抽象的革命理念和热烈的革命情怀转化为具体的形象，来感染读者，使人产生共鸣，因此，散文作家的题材选择和运用、艺术构思和艺术想象都必须服从于既定的"中心思想"。一时间，"散文是文学的轻骑兵"、"形散神不散"的观点大为流行，而杨朔模式、刘白羽模式、秦牧模式则成了那一时代的经典。同一时期，台湾散文界也一派繁荣景象。梁实秋、杨逵、钟理和、罗兰、张秀亚、琦君、吴鲁芹、林海音、思果、陈之藩、王鼎钧、艾雯、林文月、子敏、季薇、萧白、亮轩等众多散文名家极一时之盛。然而，此时的台湾散文创作也存在着明显的不足，作家在题材选择、语言运用、意象营造、风格追求等方面，大都继承“五四”散文的流风余韵，墨守成规，缺乏开拓创新。其时，台湾文坛正席卷着现代主义风潮，诗歌和小说领域正进行着一场大变革。因此，散文领域也亟待革新。概而言之，自“五四”发端的中国现代散文在经历了辉煌的发展后进入了艺术低谷。现代散文需要进一步高扬主体精神，革故鼎新，回归艺术本体，开创新的文体和风格。

1963年，在现代诗领域独领风骚的余光中发表了《剪掉散文的辫子》。这是余光中倡导“散文革命”的纲领性文献。这篇文章将当时文坛流行的各种散文概括为三类，即所谓“学者的散文”、“花花公子的散文”、“浣衣妇的散文”，逐一加以分析、抨击，而后援“现代诗”之例提出了“现代散文”的概念。

《剪掉散文的辫子》对“现代散文”的内涵作了充分阐述，称这是“讲究弹性、密度、质料的一种新散文”。文章指出：“现代散文的年纪还很轻，她只是现代诗和现代小说的一个幺妹，但是一心一意要学两个姊姊。……专写现代散文的作者还很少，成就自然还不够，可是在两位姊姊的诱导之下，她会渐渐成熟起来的。”① 作为一个在现代诗创作方面已颇有成就和影响力的诗人，余光中在指出散文落伍的同时毫不掩饰地表示散文要向已走向现代主义的现代诗和现代小说学习。事实上，在《剪掉散文的辫子》发表之前，余光中对“散文革命”的问题已有过深入的思考。在第一本散文集《左手的缪斯》的《后记》里，他接连发问：“我们有没有‘现代散文’？我们的散文有没有足够的弹性和密度？我们的散文家有没有提炼出至精至纯的句法和与众迥异的字汇？最重要的，我们的散文家们有没有自《背

① 余光中：《剪掉散文的辫子》，《余光中集》第4卷，百花文艺出版社2004年版，第162页。

影》和《荷塘月色》的小土地里破茧而出，且展现更新更高的风格。"[①] 在余光中"散文革命"的理念中，他着力强调的是语言的锤炼、文体的经营和风格的创新，其所谓"质料"指的便是语言的品质，"弹性"指的是文体的包容性和适应力，"密度"则是指一定篇幅内的美感分量。余光中倡导的"现代散文"是一种"超越实用而进入美感的，可以供独立欣赏的，创造性的散文"，[②] 他认为这种散文应该呈现出与"五四"以来的散文迥异的全然创新的风格。

1960 年代前期的余光中对自己诗歌创作的成就颇为自负，他给第一本散文集取名为《左手的缪斯》便流露出对诗的偏爱：只有在写诗的右手休息的时候，才让左手写点散文。他明确地把散文称为自己的"副产品"，只能算是"诗余"。在《左手的缪斯·后记》里，余光中声称："将这些副产品献给未来的散文大师。"在第二本散文集《逍遥游·后记》里，他又说："只要看看，像林语堂和其他作家的散文，如何仍在单调而僵硬的句法中，跳怪凄凉的八佾舞，中国的现代散文家，就应猛悟散文早该革命了。"余光中在这里一直透露了自己写作散文的缘由。作为一个现代诗人，他最初之所以分出手去写散文，正在于对散文创作现状的不满。这与鲁迅当年写作新诗的情形颇有些相似。鲁迅曾说："只因为那时诗坛寂寞，所以打打边鼓，凑些热闹；待到称为诗人的一出现，就洗手不作了。"[③] 余光中始料未及的是，这副产品后来竟然越写越多，由"小藩成为大邦"，以至于余光中在 1986 年在为散文集《记忆像铁轨一样长》写自序时不得不郑重声明："散文不是我的诗余。散文与诗，是我的双目，任缺其一，

---

① 余光中：《左手的缪斯·后记》，《余光中集》第 4 卷，百花文艺出版社 2004 年版，第 128 页。

② 余光中：《剪掉散文的辫子》，《余光中集》第 4 卷，百花文艺出版社 2004 年版，第 154 页。

③ 鲁迅：《集外集·序言》，《鲁迅全集》第 7 卷，人民文学出版社 1957 年版，第 4—5 页。

世界就不成立体”。[①] 后来还一再澄清自己与散文的关系：“不是经营殖民地，而是建国。”[②] 1999 年台湾文坛评选出台湾文学经典 30 种，余光中的诗集《与永恒拔河》入选，但他并不满足，很为自己的散文没有入选抱屈：“如果《与永恒拔河》可以入选，我想我的散文起码也可以入选。”[③]

由此可见，从 1960 年代前期开始，余光中一方面在理论上大力倡导散文革命，推崇一种讲究弹性、密度、质料的新散文——“现代散文”，另一方面身体力行，进行“现代散文”的创作实践。“我尝试把中国的文字压缩，捶扁，拉长，磨利，把它拆开又拼拢，摺来且叠去，为了试验它的速度、密度和弹性。我的理想是要让中国的文字，在变化多殊的句法中，交响成一个大乐队，而作家的笔应该一挥百应，如交响乐的指挥杖。”[④] 余光中以成功的创作实践着自己的艺术主张，他为中国现代散文的变革和创新作出了重要的贡献。

二

余光中曾发表过一篇引起很大争议的文章《论朱自清的散文》。他从意象营造、抒情方式、语言等方面对朱自清的散文进行了评论，认为朱自清散文“交待太清楚，分析太切实”，“有碍想像之飞跃，情感之激昂”，其意象“好用明喻而超于浅显”，尤其是“好用女性意象”；“另一瑕疵便是伤感滥情”；至于文字则“往往流于浅白、累赘，有时还有点欧化倾向，甚至文白夹杂”。文章指出：“到了七十

① 余光中：《记忆像铁轨一样长 · 自序》，《余光中集》第 6 卷，百花文艺出版社 2004 年版，第 7 页。

② 余光中：《桥跨黄金城 · 自序》，《桥跨黄金城》，人民日报出版社 1996 年版。

③ 见 1999 年 2 月 5 日《联合报》副刊。

④ 余光中：《逍遥游 · 后记》，《余光中集》第 4 卷，百花文艺出版社 2004 年版，第 297—298 页。

年代，一位读者如果仍然沉迷于冰心与朱自清的世界，就意味着他的心态仍停留在农业时代，以为只有田园经验才是美的，那他就始终不能接受工业时代。”① 朱自清在海峡两岸有着广泛的影响，他的散文名篇被选入两岸教科书，影响了一代又一代读者。余光中之所以把朱自清散文作为批评对象，与其对散文革命的倡导密切相关，他对于“今日的文坛上，仍有不少新文学的老信徒，数十年如一日那样在追着他的背影”② 很不以为然，因此要拿朱自清开刀。另一方面，人们往往忽视的是，其实更深层次的原因在于，余光中与朱自清的散文观乃至“五四”一代作家的散文观有着很大的分歧。

在朱自清看来，散文“是与诗，小说，戏剧并举，而为新文学的一个独立部门的东西，或称白话散文，或称抒情文，或称小品文。这散文所包甚狭，从‘抒情文’，‘小品文’两个名称就可知道”。③ 显然，朱自清所理解的散文是狭义散文，只是指抒情文，而且抒情文与小品文是可以互指的，它“兼包‘身边琐事’或‘家常体’等意味，所以有‘小摆设’之目”。④ 既如此，朱自清自然看重散文的抒情性和纯粹性，强调散文要写得细致而生动，“意在表现自己”，⑤ 抒发个人的情感，感性丰沛。在朱自清之前，周作人所推崇的“美文”，强调的也正是“艺术性的，又称作美文，这里边又可以分出叙事与抒情”。⑥而周作人举出的欧美美文作者的代表如爱迪生、兰姆、欧文、霍桑，亦都是以抒情见长的散文作家。他后来在《冰雪小品选序》

① 余光中：《论朱自清的散文》，《余光中集》第5卷，百花文艺出版社2004年版，第562—572页。

② 同上，第578页。

③ 朱自清：《什么是散文》，《朱自清全集》第4卷，江苏教育出版社1996年版，第363—364页。

④ 同上，第364页。

⑤ 朱自清：《背影·序》，《朱自清全集》第1卷，江苏教育出版社1996年版，第34页。

⑥ 周作人：《周作人早期散文选》，上海文艺出版社1984年版，第269页。

中又重申现代散文“是言志的散文，它集合叙事说理抒情的分子，都浸在自己的性情里，用了适宜的手法调理起来”。[①] 他强调散文要独抒性灵，流露性情。郁达夫也认为：“小品文字的所以可爱的地方，就在它的细，清，真的三点。”[②] 而其散文创作，也往往是以自身的感觉和心境为主线，以坦率、真诚的笔调自由抒写，或漫言细语，或侃侃而谈，感性十足。李素伯在对二十年代小品散文创作进行总结时明确指出：“把我们日常生活的情形，思想的变迁，情绪的起伏，以及所见所闻的断片，随时的抓取，随意的安排，而用诗似的美的散文，不规则的真实简明地写下来的，便是好的小品文。”[③] 可以说，尽管“五四”一代作家的散文也有一些是较具知性的，但追求感性、注重抒情是一时的风尚。

对于散文的感性和知性问题，余光中声称：“一开始我就注意到，散文的艺术在于调配知性与感性。”[④] 在他看来，所谓感性，“是指作品中处理的感官经验；如果在写景、叙事上能够把握感官经验，而令读者如临其景，如历其事，这作品就称得上‘感性十足’，也就是富于‘临场感’（Sense Of immediacy）。一位作家若能写景出色，叙事生动，则抒情之功已经半在其中，只要再能因景生情，随事起感，抒情便能奏功。”所谓知性，“应该包括知识与见解。知识是静态的，被动的，见解却高一层。见解动于内，是思考，形于外，是议论。议论要有层次，有波澜，有文采，才能纵横生风。不过散文的知性仍然不同于论文的知性，毕竟不宜长篇大论，尤其是刻板而露骨的推理。

① 周作人：《周作人散文》第2卷，中国广播电视出版社1992年版，第287页。

② 郁达夫：《清新的小品文字》，《闲书》，上海良友图书印刷公司1936年版，第92页。

③ 李素伯：《什么是小品文》，《小品文艺术谈》，中国广播电视出版社1990年版，第49页。

④ 余光中：《炼石补天蔚晚霞》，《余光中集》第1卷，百花文艺出版社2004年版，第5页。

散文的知性该是智慧的自然洋溢，而非博学的刻意炫夸。说也奇怪，知性在散文里往往要跟感性交融，才成其为‘理趣’。”① 散文的功能通常有抒情、叙事、写景、状物、说理、表意之分，余光中认为，这些功用往往相辅相成，“一篇散文若是纯然议论，就会变成大则论文小则杂文；若是纯然抒情，而又无景可依，无事可托，就会失之空泛。”②出色的散文，常常是知性之中含有感性，或是感性之中含有知性，而其所以出色，正在两者之合。余光中形象地指出：“就像一面旗子，旗杆是知性，旗是感性：无杆之旗正如无旗之杆，都飘扬不起来。文章常有硬性、软性之说：有杆无旗，便失之硬性；有旗无杆，又失之软性。又像是水果，要是一味甜腻，便属软性，而纯然苦涩呢，便属硬性。最耐品味的水果，恐怕还是甜中带酸，像葡萄柚那样吧。”③ 因此，他看重感性与知性兼长、诗情与哲理并茂的散文家。如何才能成为这样的散文家？余光中说：“一位真正的散文家，必须兼有心肠与头脑，笔下才有兼融感性与知性，才能‘软硬兼施’。”④据此，他在评价唐宋八大家时，对苏轼的评价明显高于王安石，认为苏文的感性与知性融洽，相得益彰，而王文的感性嫌弱，衬不起知性。在评价现代散文家时，他认为徐志摩的散文缺乏知性来提纲挈领，失之芜杂，感性的段落固多佳句，但每逢说理，便显得不够透彻练达；陆蠡、何其芳等人的感性散文所呈现的问题则更甚于徐志摩。而现代学者散文既不要全面的抒情，也不须正式的说理，而是要捕捉情、理之间洋溢的那一份情趣或理趣。梁实秋的《雅舍小品》偏于前者，钱锺书的《写在人生边上》则偏于后者。余光中对将感性和

---

① 余光中：《散文的知性与感性》，《余光中集》第8卷，百花文艺出版社2004年版，第333页。

② 余光中：《银匙勺海的世间女子——序陈幸蕙的〈黎明心情〉》，《余光中集》第8卷，百花文艺出版社2004年版，第144页。

③ 余光中：《散文的知性与感性》，《余光中集》第8卷，百花文艺出版社2004年版，第337页。

④ 同上，第338页。

知性交融、情趣和理趣互渗的后辈学者散文作家余秋雨大加推崇："比梁实秋、钱锺书晚出三十多年的余秋雨，把知性融入感性，举重若轻，衣袂飘然走过了他的《文化苦旅》。"①

余光中为多位散文家的作品写过序。他在序中往往以感性与知性是否融合为尺度，作为衡量散文家创作水平高低的标准。他认为董崇选的《心雕小品》"比正经文章较少拘束而具感性，同时又比抒情文章较多见解而具知性。……有情有理，正是我所说的感性与理性兼顾，诚为杂文之常道"。② 他说张晓风的抒情散文"甚为饱满的感性，经灵性和知性的提升之后，境界极高"。③ 他评价孙玮芒"在感性的描写、叙事、幻想之余，每每能急转直下，用知性的简化、秩序化来诠释纷繁的现象"，是"感性与知性兼长、诗情与哲理并茂的阳刚作家"。④ 他说金圣华的《桥畔闲眺》"主题虽有知性，文笔却带感性，加以时代感与现实感并不很强，所以又有点接近小品、随笔"。⑤ 他认为陈幸蕙《黎明心情》的问题正在于感性与知性的融合出了问题："她细于观察，深于同情，也善于想像……但是她念念不忘自励自许，所以议论不绝，而另一方面，又往往没有搭足叙事的架子来落实情理。……如此，议论多而事件少，抒情的潜力就未能尽情发挥，颇为可惜。"⑥

---

① 余光中：《散文的知性与感性》，《余光中集》第8卷，百花文艺出版社2004年版，第333、337、338、343页。

② 余光中：《一面小旗，漫天风势——序董崇选的〈心雕小品〉》，《余光中集》第8卷，百花文艺出版社2004年版，第160页。

③ 余光中：《亦秀亦豪的健笔——我看张晓风的散文》，《余光中集》第7卷，百花文艺出版社2004年版，第318页。

④ 余光中：《飙到离心力的边缘——序孙玮芒的〈忧郁与狂热〉》，《余光中集》第8卷，百花文艺出版社2004年版，第175—176页。

⑤ 余光中：《译话艺谭——序金圣华的〈桥畔闲眺〉》，《余光中集》第8卷，百花文艺出版社2004年版，第185页。

⑥ 余光中：《银匙勺海的世间女子——序陈幸蕙的〈黎明心情〉》，《余光中集》第8卷，百花文艺出版社2004年版，第144页。

余光中在散文理论和散文批评实践中一直主张感性与知性的融合。他并不排斥感性散文或知性散文，但对于单纯感性或知性的散文评价较低。他认为一流的抒情文往往见解过人，而一流的议论文也往往笔带感情。余光中在散文中追求的是一种写景出色、因景生情、叙事生动、借事兴感、声色并茂的艺术世界。在面对抒情、叙事、写景、状物、说理、表意等诸种散文功能时，不同的作家会有所偏重，而真正的散文大家则能做到融会贯通，兼擅各项，感性与知性兼融，情趣和理趣互渗。

余光中在散文创作中始终贯彻着感性与知性融合的艺术理念，进行了富有成效的艺术实践。

在余光中的散文中，以抒情散文比重最大。他将其自称为“自传性的抒情散文”。① 与其他作家的抒情散文相比，余光中的这类作品固然也具有自传性和写实性，但他更多地将诗情诗意融入散文中，感情充沛，感性极强。与此同时，他又敏于自剖，善于引证和议论，这就使散文兼具知性和理趣。《逍遥游》想象奇诡，辞采飞扬，气势恢弘，意象繁复，很富有抒情性。余光中的灵感显然来自于庄子的同名散文，文中借鉴了庄子《逍遥游》的典故和意象，诸如“御风而行”；“怒而飞，其翼若垂天之云，抟扶摇而上者九万里”；“朝菌死去，留下更阴湿的朝菌，而晦朔犹长，夜犹未央”；“南有冥灵，以五百岁为春，五百岁为秋。蟪蛄啊蟪蛄，我们是阅历春秋的蟪蛄”，等等。但余光中生活在一个乘坐飞机旅行的时代，作为现代人他有着庄子所没有的现代生活体验和现代观念意识，因此他的逍遥游的豪情就有了与庄子大异其趣的意味。他先作太清的逍遥游，然后笔锋陡转，由逍遥游写到行路难，在思想和情感经历了古今中外一番遨游之后，在心灵历经困顿和煎熬之后，余光中的 精神“蝉蜕蝶化”，进入了一个新的境界。

---

① 余光中：《逍遥游·后记》，《余光中集》第4卷，百花文艺出版社2004年版，第297页。

《鬼雨》、《塔》、《黑灵魂》、《莎诞夜》、《九张床》、《四月，在古战场》、《登楼赋》、《地图》、《伐桂的前夕》、《蒲公英的岁月》、《听听那冷雨》、《花鸟》、《记忆像铁轨一样长》等一批“自传性的抒情散文”，也大都如《逍遥游》一样意气勃发，笔势纵横，意象纷繁，具有强烈的自传性，感性沛然；而在抒情、写实的同时又适时插入议论，妙趣横生，兼具知性。

游记是散文的一种。余光中对游记创作倾注了很大的热情。《隔水呼渡》共收散文16篇，其中游记就有13篇之多。而在这之前，从《左手的缪斯》到《凭一张地图》，他已写作了25篇游记。1993年他为《从徐霞客到梵高》写《自序》时，明确承认：“近年来我写的散文渐以游记为主。”① 究其原因，一则与他性喜旅游，游历较广有关，二则要谈到游记这种文体的特点了。余光中曾写过《杖底烟霞——山水游记的艺术》、《中国山水游记的感性》、《中国山水游记的知性》、《论民初的游记》等系列论文，系统地探讨了游记的感知性问题。余光中认为：“中国游记的真正奠基人当然是柳宗元：到了《永州八记》，游记散文才兼有感性和知性，把散文艺术中写景、叙事、抒情、议论之功冶于一炉。这种描述生动感慨深沉的文体，对后来的游记作者影响久长。”②又说：“散文游记要到宋代才有恢弘的规模，不但议论纵横，而且在写景、状物、叙事各方面感性十足，表现出更为持续而且精细的观察力和想象力。”③ “徐霞客的游记兼有文学的感性和地理的知性。”④ 在余光中看来，感性的浓厚与强烈，知性的圆润与通透，是一篇出色的游记的要件，因此，“最上乘的游记该是写景、叙

---

① 余光中：《从徐霞客到梵高·自序》，《余光中集》第6卷，百花文艺出版社2004年版，第345页。

② 余光中：《杖底烟霞——山水游记的艺术》，《余光中集》第6卷，百花文艺出版社2004年版，第350页。

③ 同上，第351页。

④ 同上，第354页。

事、抒情、议论，融为一体，知性化在感性里面，不使感性沦为‘软性’。”①

余光中的游记富有感性和知性。一方面，他充分调动敏锐的感官经验，给读者营造出如见其景，如临其境的艺术效果。余光中这样写沙漠七月的太阳：

> 绝对有毒的太阳，在犹他的沙漠上等待我们。十亿支光的刑询灯照着，就只等我们去自首了。……会施术的太阳还不肯放过我们。每天从背后追来，祭起火球。每天下午他都超过我们，放起满地的火，企图在西方的地平线拦截。②

他用“绝对有毒”来修饰太阳，又把太阳比作刑询室里犯人头上“十亿支光的刑询灯”；又用拟人手法说太阳会“施术”，会“从背后追来，祭起火球”，“放起满地的火”，这样来表达固然极为生动地状写出了烈日当空、酷热难耐的情形，更重要的是，这样的描写动感十足，富有现场感，感性十分丰沛。再看他写丹佛城的雪景：

> 一拉窗帷，那么一大幅皎白迎面给我一掴，打得我猛抽一口气。……目光尽处，落基山峰已把它重吨的沉雄和苍古羽化为几两重的一盘奶油蛋糕，好像一只花猫一舐就可以舐尽一样。白。白。白。白外仍然是白外仍然是不分郡界不分州界的无疵的白，那样六角的结晶体那样小心翼翼的精灵图案一吋一吋地接过去接成千哩的虚无什么也不是的美丽，而新的雪花如亿万张降落伞似的继续在降落，降落在落基山的蛋糕上那边教堂的钟楼上降落在

① 余光中：《中国山水游记的知性》，《余光中集》第6卷，百花文艺出版社2004年版，第385页。

② 余光中：《咦呵西部》，《余光中集》第4卷，百花文艺出版社2004年版，第308—311页。

人家电视的天线上最后降落在我没戴帽子的发上当我冲上街去张开双臂几乎想大嚷一声结果只喃喃地说：冬啊冬啊你真的来了我要抱一大捧回去装在航空信封里寄给她一种温柔的思念美丽的求救信号说我已经成为山之囚后又成为雪之囚白色正将我围困。①

这段写景真乃神来之笔，感性充沛。一是充分调动视觉、触觉、嗅觉，奇思妙喻不绝。早就期待着邂逅一场雪，现在蓦然间面对窗外满世界的雪，作者惊喜万分。“一大幅皎白迎面给我一掴，打得我猛抽一口气”，正写出了乍一见到大雪时的愕然和惊喜。而覆盖着皑皑白雪的落基山峰作者把它比喻为“几两重的一盘奶油蛋糕”，足见他对雪景的偏爱，更显示了想象力的丰富与奇特。二是标点符号的运用别出心裁。这里的标点符号运用不合常规，但看似武断，实则正表达出作者在惊见苍茫雪景时的喜悦心情。“白。白。白。”这三个句号，突出了满世界的白，给人以毋庸置疑的感觉，后面二百余字仅用三个逗号隔开，形成了十分复杂的句子结构。这种“语无伦次”正透露出作家满心的惊喜。

余光中的游记不仅写景充满感性，叙事也感性十足。如《塔阿尔湖》：

在很潇洒的三角草亭下，各觅长凳坐定，我们开始野餐，野餐可口可乐，桔汁，椰汁，葡萄，烤鸡，面包，也野餐塔阿尔湖的蓝色。②

这里叙述的是在塔阿尔湖边的野餐，这本是寻常事，但一句“也

① 余光中：《丹佛城》，《余光中集》第5卷，百花文艺出版社2004年版，第50—51页。

② 余光中：《塔阿尔湖》，《余光中集》第4卷，百花文艺出版社2004年版，第99页。

野餐塔阿尔湖的蓝色”则使感性臻于饱和，把天蓝蓝湖蓝蓝心旷神怡的情状传神地叙写了出来。再如《隔水呼渡》：

突然，高岛把瓦斯灯熄掉，黑暗的伤口一下子就愈合了。只剩下窸窸的窄剑不时挥动着淡光，在追捕零星的鹭影。

在黑沉沉的深夜里，身处一片十几公里的生态保护区，照明的只有一盏瓦斯灯和一支手电筒，当瓦斯灯突然熄掉，周围顿时漆黑一片，作者却说“黑暗的伤口一下子就愈合了”；而手电筒发出的光则更显细而窄，于是而有“只剩下窸窸的窄剑不时挥动着淡光，在追捕零星的鹭影”的说法。此处艺术感受力和艺术想象力得到了很好的融合。余光中游记的感性往往是在这样超拔的艺术想象力的作用下达成的。

余光中游记在富有感性的同时，也深具知性。游记因涉及地理的沿革、历史的兴替、人文古迹的变迁等因素而易显示出知性，而人们在观光、游历的过程中也往往会就山水立论，生发出历史的感喟、人生的感悟，这使游记往往兼有感性和知性。与一般的游记不同的是，余光中的游记始终活跃着一个情感充沛、观察敏锐、想象超群、知识丰富、个性鲜明的“我”，他善于将知识、经验和思想融入叙事、写景、抒情之中，在叙事、写景、抒情之余生发议论。因此，余光中的游记通常感性饱满，知性圆通，读者既能获得身临其境的现场感，又可获得启迪和教益。《梵天午梦》叙写的是赴泰国旅游的见闻和感受。作者在曼谷的佛寺间流连，他用生动的极富感性的笔墨描绘了庄严而华丽的玉佛寺的景象。粉白的宫墙，金黄的纪念塔，怒目张臂、巨喙昂扬的禽王格鲁达的雕像，背负蓝天、头角峥嵘的屋脊两端的翘发，亿万信徒瞩目的泰国国宝碧玉佛像，等等，都被精细而传神地刻画了出来。作者在叙述、描写的过程中，对泰国这一白象王国的相关知识也作了介绍，诸如佛教传入泰国的历程，僧侣在泰国的地位，泰国钱币上图案的由来，泰国最神圣的国宝玉佛命运的变迁等。这些知识增强了作品的历史感和人文气息。与此同时，作者又不时生发感慨和感悟，如：

> 佛家告诫：色即是空。然而这一切金碧辉煌、法相庄严，岂非都是镜花水月？大概我六根不净，六尘犹染，尚在色界与众浮沉，离无色之界尚远。对我而言，佛是宗教，更是艺术。对我而言，要入真与善，仍须经由美的“不二法门”，可谓妄矣。不过对于芸芸众生，寺庙之美仍是眼根耳根，不得清净，也无须戒绝吧？

余光中不是佛教徒，作为艺术家他对于“一切金碧辉煌、法相庄严”自然会有自己的认识，这一番议论正道出了他对于佛的独到见解，引人深思。

三

文体问题是关系着中国现代散文发展的一个本体问题。“五四”以后，人们在谈到现代散文时，常常要么将它和美文混为一谈，要么将它等同于小品文。胡适在 1922 年写的《五十年来中国之文学》中说：“白话散文很进步了。长篇议论文的进步，那是显而易见的，可以不论。这几年来，散文方面最可注意的发展，乃是周作人等提倡的‘小品散文’。这一类的小品，用平淡的谈话，包藏着深刻的意味；有时很像笨拙，其实却是滑稽。这一类的作品的成功，就可彻底打破那‘美文不能用白话’的迷信了。”① 阿英在《小品文谈》里也谈到：“正式的作为正统小品文的美文，引起广大读者注意的，却是由《晨报副刊》转载在《小说月报》（1922 年）上的周作

---

① 胡适：《五十年来中国之文学》，《胡适文集》第 3 卷，北京大学出版社 1998 年版，第 263 页。

人的《苍蝇》一文起。"[①] 叶圣陶在谈到现代散文时说："像这样的文体，我们叫它做小品文。不用小品文的名称，那就叫它做文学的散文也可以。……把散文这东西也看做文学，大家分一部分心力来对着它，还是较近的事情。而成为文学的散文，正就是我们现在所说的小品文。"[②] 钟敬文在《试谈小品文》一文中也直接用小品文来解释散文："新文学运动以来，大家似乎多拥挤在小说、诗歌、戏曲等大道上去，散文——小品文——似乎是一条荆棘丛生的野径，肯去开辟的人尚不大多。"[③]

余光中对散文文体有着自己的认识。第一，他所谓的散文是广义的散文。他表示"不很喜欢把散文限于传统小品的格局"。[④]他认为："把散文限制在美文里，是散文的窄化而非纯化。"[⑤]因此，在《左手的缪斯》、《逍遥游》、《望乡的牧神》、《焚鹤人》、《听听那冷雨》、《青青边愁》等几部散文集里，散文和论文都是混合在一起的。他声称："事实上，在我的笔下，后者和前者（前后者分别指论文和散文——引者注）往往难以截然划分。我的散文，往往是诗的延长；我的论文也往往抒情而多意象。"[⑥]一直到《分水岭上》，余光中才开始把两者分开。在他看来，散文应包括抒情散文、闲逸小品、书评、专题论文、序言、杂文等多种类别。他甚至认为好的散文还存在于哲

---

① 阿英：《小品文谈》，《阿英文集》，生活·新知·读书三联书店1981年版，第108页。

② 叶圣陶：《关于小品文》，《叶圣陶集》第9卷，江苏教育出版社2004年版，第104—105页。

③ 钟敬文：《试谈小品文》，《小品文艺术谈》，北京：中国广播电视出版社1990年版，第33页。

④ 余光中：《小梁挑大梁》，《余光中集》第8卷，百花文艺出版社2004年版，第130页。

⑤ 余光中：《美文与杂文》，《余光中集》第6卷，百花文艺出版社2004年版，第196页。

⑥ 余光中：《焚鹤人·后记》，《余光中集》第5卷，百花文艺出版社2004年版，第161页。

学、史学和科学著作中，只要具备感性之美和知性之美，就是好的散文。显然，他的散文观是具有弹性和张力的。第二，余光中的散文文体意识是开放、自由而又多元的。他不赞成把散文写得很像“散文”，而是主张要拓展散文的疆域，使散文在文体上更具弹性。他认为陈幸蕙的散文偏重抒情和议论，叙事太少，几乎没有对话，风格单一，缺乏变化，他给她开出的“药方”是“向小说与戏剧借兵，向小说去借叙事，向戏剧去借对白”。① 在给张晓风的散文集《你还没有爱过》写序时，他评论了包括自己在内的台湾第三代散文家的创作：“他们当然欣赏古典诗词，但也乐于运用现代诗的艺术，来开拓新散文的感性世界。同样，现代的小说，电影，音乐，绘画，摄影等等艺术，也莫不促成他们观察事物的新感性。”②这确是夫子自道。在他看来，优秀的散文家应该是通晓各种文学艺术的“通才”，而不是只会散文一体的“专才”。

余光中开放自由的散文文体意识是在20世纪上半期的散文文体意识基础上一次新的突破。20世纪之初，梁启超在《清代学术概论》中提出了“新文体”的概念，他声称：“至是自解放，务为平易畅达，时杂以俚语韵语及外国语法，纵笔所至不检束，学者竞效之，号‘新文体’。”③周作人在《燕知草·跋》中这样要求散文语言：“以口语为基础，再加上欧化语，古文，方言等分子，杂糅调和，适宜地或吝啬地安排起来，有知识与趣味的两重的统制，才可以造出有雅致的俗语文来。”④林语堂在《论文》中则要求散文“以性灵为主，不为

① 余光中：《银匙勺海的世间女子——序陈幸蕙的〈黎明心情〉》，《余光中集》第8卷，百花文艺出版社2004年版，第145页。

② 余光中：《亦秀亦豪的健笔——我看张晓风的散文》，《余光中集》第7卷，百花文艺出版社2004年版，第314页。

③ 梁启超：《清代学术概论》，《饮冰室合集·专集之三十四》，中华书局1989年版，第62页。

④ 周作人：《燕知草·跋》，《周作人早期散文选》，上海文艺出版社1984年版，第352页。

格套所拘，不为章法所役”。①

相比较而言，余光中在继承借鉴前人观点的基础上，散文文体意识更为灵活、更为自由、更为开放。余光中在建构自己的散文文体时，除融会中外各种传统的散文笔法外，还大量融入现代诗的笔法，小说的技巧，电影蒙太奇的手法，以及绘画的色彩，音乐的旋律等，从而使散文文体呈现出鲜活多变，富于弹性的特色。而在散文语言方面，他认为："白话文在当代的优秀作品中，比起二三十年代来，显已成熟得多。在这种作品里，文言的简洁浑成，西语的井然条理，口语的亲切自然，都已驯驯然纳入了白话文的新秩序，形成一种富于弹性的多元文体。"②他对现代散文语言提出了明确的要求："现代散文当然以现代人的口语为节奏的基础。但是，只要不是洋学者生涩的翻译腔，它可以斟酌采用一些欧化的句法，使句法活泼些，新颖些；只要不是国学者迂腐的语录体，它也不妨容纳一些文言的句法，使句法简洁些，浑成些。有时候，在美学的范围内，选用一些音调悦耳表情十足的方言或俚语，反衬在常用的文字背景上，只有更显得生动而突出。"③显然，他追求着一种文白交融、中西相济的语言境界。语言和技巧的有机结合，余光中便创造出了一种开放自由、兼容并包、富于弹性的新的散文文体。

余光中散文在文体上最突出的特点是以诗为文。其实，在中国现代文学史上，以诗为文一直是散文创作的一个传统，朱自清、徐志摩、杨朔等堪称代表。这类散文往往意象繁富，辞采华美，抒情性强，充盈着诗情画意。余光中作为一个深受现代主义文学精神影响和熏陶的作家，作为一个曾经坚信"许多诗人用左手写出来的散文，比

---

① 林语堂：《论文》，《林语堂名著全集》第14卷，东北师范大学出版社1994年版，第157页。

② 余光中：《从西而不化到西而化之》，《余光中集》第7卷，百花文艺出版社2004年版，第278页。

③ 余光中：《剪掉散文的辫子》，《余光中集》第4卷，百花文艺出版社2004年版，第161页。

散文家用右手写出来的更漂亮”①的现代主义诗人，他对于文字、意象、节奏固然极为敏感。值得人们注意的是，他的“以诗为文”不是一般意义上的借鉴诗歌的特点，而是将现代主义诗歌的表现技巧和方法融入散文创作之中。这使他的“以诗为文”有着鲜明的特色。

首先，余光中常常将白话、文言、欧化语三者融合，追求陌生化的表达效果，他的散文因如此特殊安排而在节奏、意境上产生奇特的魅力。如：

> 近邻是一两盆茉莉和一盆玉兰。这两种香草虽不得列于离骚狂吟的芳谱，她们细腻而幽邃的远芬，却是我无力抵抗的。开窗的夏夜，她们的体香回泛在空中，一直远飘来书房里，嗅得人神摇摇而意惚惚，不能久安于座，总忍不住要推纱门出去，亲近亲近。比较起来，玉兰修长的白瓣香得温醇些，茉莉的丛蕊似更醉鼻餍心，总之都太迷人。(《花鸟》)

在这段文字里，“芳谱”、“远芬”、“神摇摇而意惚惚”、“丛蕊”、“醉鼻餍心”等都是古色古香的文言词汇、句法，“她们细腻而幽邃的远芬，却是我无力抵抗的”、“开窗的夏夜”却是典型的欧化句法，而“亲近亲近”则是直白的口语。简洁浑成的文言，井然有序的西语，亲切自然的现代口语，这三者和谐融合，既保持着流畅的白话节奏，又充满着弹性和语言张力。

其次，余光中借鉴了现代诗变形、夸张、象征的手法来构造散文的意象。在他的笔下，雄伟的落基山可以像一盘奶油蛋糕：“落基山峰已把它重吨的沉雄和苍古羽化成为几两重的一盘奶油蛋糕”(《丹佛城》)；也可以是巨恐龙的化石：“落基山是史前巨恐龙的化石，蟠蟠蜿蜿，矫乎千里，龙头在科罗拉多，犹有回首攫天吐气成云之势，

---

① 余光中：《剪掉散文的辫子》，《余光中集》第4卷，百花文艺出版社2004年版，第153页。

龙尾一摆，伸出加拿大之外，昂成阿拉斯加”（《丹佛城》）。他能把“夏季”想象成“南瓜”，而“人”则变成“蝉”：“当夏季懒洋洋地长着，肥硕而迟钝如一只南瓜，而他，悠闲如一只蝉”，而“黄昏是一只薄弱的耳朵，频震于乌鸦的不谐和音”（《塔》）。这些想象完全是一个现代主义诗人的想象，充分显示了其独特的艺术感受方式。因此而形成的具有现代诗特点的崭新意象大大提高了散文的艺术感染力。

余光中的散文不仅以诗为文，也引入了小说的叙事手法和笔法。他借鉴了小说的叙事方法和叙事视角。《食花的怪客》、《下游的一日》等篇什在情节设置、细节描写、心理刻画、人物对话等方面，都显示出小说影响的痕迹。而在叙事视角的设置方面，余光中“自传性的抒情散文”大部分采用第一人称，也有一部分则采用第三人称，如《四月，在古战场》、《塔》、《下游的一日》、《焚鹤人》、《伐桂的前夕》、《听听那冷雨》等。第三人称的叙述扩大了审美距离，便于作者从容冷静地梳理人生，抒写感情，营造客观化的效果。《焚鹤人》写“他”对孩子的歉疚和懊悔心理，在舒缓的叙述中，“他”的暴怒、施虐，一一顺序展开，尤其是放飞风筝的情形，从具体的细节到人物的对话、表情，无不描绘得惟妙惟肖。《塔》抒写独在异国的孤独和感伤。暑假里，“偌大的一片校园，只留下几声知更，只留下，走不掉而又没人坐的靠背长椅”，以及“他”这个来自东方的教授。“他”寂寞难耐，“孤意于回忆和期待之间，像伽利略的钟摆，向虚无的两端逃遁，而又永远不能逸去”。这种第三人称的叙述，避免了情感不加节制的宣泄，且由于距离感的过滤，产生了哀而不伤的审美效果。

余光中在散文文体的经营过程中，还借鉴了电影蒙太奇的技巧，如《伐桂的前夕》、《四月，在古战场》等。同时也追求音乐美和绘画美，如《塔》、《南太基》、《塔阿尔湖》、《听听那冷雨》、《花鸟》、《春来半岛》等。多向度的延伸，多种艺术手法的融合，使余光中散文在文体上不断推陈出新，深具实验精神。

余光中在《大诗人的条件》一文中引用了英国诗人奥登所说的大诗人的条件：一是必须多产，二是在题材和处理手法上必须范围广阔，三是在洞察人生和提炼风格上必须显示独一无二的创造性，四是在诗体的技巧上必须是一个行家，五是其创作一直处于蜕变之中。奥登认为这五个条件具备了三个半左右就是大诗人。[①]以此来反观作为散文家的余光中，应该说他具备了上述五个条件。他以自觉的散文革新理念，以半个多世纪至今仍在不断开拓中的丰富而高质量的散文创作实践，在中国现代散文史上占据了重要的地位，成为卓尔不群的一代散文大家。他的散文艺术探索为中国散文的发展提供了多方面的启迪。

（原载《中国现代文学研究丛刊》2011 年第 12 期）

① 余光中：《大诗人的条件》，《余光中集》第 5 卷，百花文艺出版社 2004 年版，第 293—294 页。

留予他年说梦痕 一花一木耐温存

——琦君散文论

无论从哪个角度透视五十余年来的台湾散文，我们都无法漠视琦君的存在。就台湾当代散文发展而言，人们通常把活跃在五十年代散文文坛上的作家称为第一代作家，其中既有梁实秋、台静农等“五四”时期的老作家，也有五十年代崛起的散文新秀，如琦君、林海音、胡品清、徐钟佩等。这一代作家直接秉承了“五四”散文的流风余绪，开启了众多的散文领域，给台湾散文发展以恒久而深刻的影响。被誉为“台湾文坛上闪亮的恒星”的琦君，可称得上是这一代作家中的翘楚。

琦君，原名潘希真，1918年出生于浙江省永嘉县瞿溪乡。其父为官多年，喜欢收藏古籍、碑帖、字画，家中藏书丰富。由于家庭的熏陶，琦君自幼酷爱文学，六岁时，父亲便为她请家庭教师讲授古典文学。十二岁随父母迁往杭州，考入弘道女子中学。中学期间，阅读了大量现代文学和外国文学作品，并开始文学创作，发表了《我的好朋友——小黄狗》等散文作品。高中毕业后以优异成绩被保送杭州之江大学中国文学系，成为现代词坛巨擘夏承焘先生的得意门生。她随夏先生研读古籍，咏诗填词，深受其学识、人格的影响，并在词学方面有了很深的造诣。大学毕业时正值抗战爆发，她辗转于上海、永嘉等地，饱经忧患，深感国破家毁之痛。1949年渡海到台湾，历任“高检处”纪录股长和“司法行政部”编审科长等职。1969年自“司法部”退休，任教于中央大学和中兴大学中文系，教授新旧文学。她还经常参加文学活动，1966 年随妇女写作协会代表团访问韩国，1972 年应美国官方邀请出访美国，1986 年她出席了在纽约举行的第四十八届国际笔会学术活动。

琦君到台湾后，一直坚持文学创作。自 1953 年出版第一本小说散文合集《琴心》起，她陆续出版了散文、小说、儿童文学、诗词、评论等著作近三十种。在她的多种著述中，以散文创作成就最高。她先后出版《烟愁》、《溪边琐语》、《琦君小品》、《红纱灯》、《三更有梦书当枕》、《桂花雨》、《细雨灯花落》、《读书与生活》、《千里怀人月在峰》、《与我同车》、《灯景旧情怀》等十几种散文集。她的散文曾获得台湾"文艺协会散文奖"、"台湾文学作品著作金鼎奖"、"台湾第十一届'国家'文艺奖"，还被译成英、日、朝等多种文字在国外出版，受到海内外读者的广泛欢迎。

一

琦君散文涉及的领域是较为广泛的。她写在台湾的所经所历，写在海外的所见所闻，也写记忆中的故土风情。她写亲情、爱情，也写真挚的友情，情愫纤细浓重。她以一颗纯真、博大的爱心热烈地拥抱人生，在对生活的细心感受中体味和领悟生命的真谛，营造出一个色彩柔和、气氛温馨的真善美的艺术世界。

在琦君的散文中，最能撩人心弦、激起人共鸣的当推忆旧怀人之作。

琦君是一个深受民族文化熏陶的传统型、中国式的作家，她周身涌流着中国传统文化的血液，她的情感体验和情感表达也完全是中国式的。远离故土家园的生活境遇，使她对故乡故土产生深深的眷恋和怀念。这种情感随着岁月的推移越来越明显，越来越强烈，最后终于从笔端奔涌而出。在回顾自己的创作道路时，琦君说："我是因为心里有一份情绪在激荡，不得不写时才写，每回写到我的父母家人与师友，我都禁不住热泪盈眶。我忘不了他们对我的关爱，我也珍惜自己对他们的这一份情。像树木花草似的，谁能没有一个根呢？我常常想，我若能忘掉亲人师友，忘掉童年，忘掉故乡，我若能不再哭，不再笑，我宁愿搁笔，此生永不再写，然而，这怎么可能呢？"①

正是从这个"根"出发，琦君以一支生花妙笔倾注满腔热情去写故乡风情，追忆当年的流水年华，抒写了许多怀念父母亲人和师友的抒情篇章。这类作品构成了她散文创作的主干。

在琦君的记忆中，故乡是无限美好的。故乡的湖光山色、一花一木，无不令她梦萦魂绕。琦君把自己的情思化作彩笔，在作品中描绘出一幅幅色彩斑斓的江南水乡山水图和风俗画。在《西湖忆旧》里，她满怀深情地写出了"西湖十里好烟波"，画出了"居近湖滨归钓迟"、"桂花香里啜莲羹"的动人美景，在她的笔下，西湖是"明眸皓齿的佳人"，而古寺名塔则是"遗世独立的高人逸士"；泛轻舟徜徉荷花丛中，头顶上绿云浮动，清香的湖风轻柔地吹拂着面颊，耳听远处笙歌，只觉得自己仿佛已成为远离尘嚣、在大自然中尽情享受清凉的隐者了。这是一幅多么令人心驰神往、赏心悦目的图画！在《红纱灯》里，作者给我们描绘了浙东过年时生动有趣的热闹景象。每年腊月送灶神的前一天，外公便赶几十里山路给"我"送来红枣糖年糕和用糯米粉捏成的"各色各样的玩意儿，麻雀、兔子、猪头、金元宝"，他还给"我"糊式样别致的红纱灯。这一年，外公用大红薄仿绸扎出两盏有四只脚，可以提也可以摆在桌上的玲珑精巧的六角形红纱灯。提灯会那天，长长的提灯队伍手持灯笼、火把，敲着锣鼓吹着箫拉着胡琴，从街心走向河边，所到之处鞭炮声不绝于耳，灯光火光照得雪夜都成粉红色了。在其他一些作品中，作者还写到了浙东妇女每年七月初七才洗一次头的规矩和看庙戏等地方风俗。这些具有鲜明地方特色的民俗风情在琦君的笔下是那样的生动、亲切，充分表现了在经过长时期的隔绝后作者对故乡故土的深切思念。琦君把自己对故

① 琦君：《写作回顾》，《琦君自选集》，黎明文化事业股份有限公司1975年版，第14—15页。

土亲人浓浓的思念和爱恋通过这一类追念童年生活的怀旧散文尽情抒发出来，从而使作品不仅具有较大的认识价值，而且有着很高的审美价值。

琦君对故乡的强烈思念不仅体现在对故乡风物风俗的细致描绘中，更重要的，她打开记忆的闸门，把浓得化解不开的思念倾注到亲人师友的具体描写里。她努力捕捉那些最亲近的人的音容笑貌、性格特征，通过日常生活来加以表现。她写父母，写外公，写姨娘，写堂叔、小姐妹和老师，等等；其中笔墨用得最多、写得最生动的是她的母亲。与小说要求塑造相对完整的人物形象不同，散文作品里描写的人物较多的是形象的一个剪影或性格的某一侧面，从某些生活片断中折射人物的心灵之光。琦君的怀人之作便是如此。在昔日的生活中，她的母亲是一个勤劳、善良、慈爱、能干，具有三从四德传统观念的旧式妇女，琦君在不少作品中都写到了自己的母亲，而每篇作品都通过若干生活片断揭示出母亲性格或品德的一个方面。《毛衣》突出地描写了母亲对“我”的慈爱、关怀，那股洋溢着浓郁亲情的母爱从毛衣的故事中毫无保留地挥洒出来。《衣不如故》则状写了母亲不重打扮、节俭持家的美德。母亲“年轻时候至多是蓝底白花衫裤，中年以后，不是安全蓝，就是藏青”。“在我的记忆里，母亲像一片蓝天，没有云彩，没有星星，也没有月亮。”作者禁不住感叹道：“无光无色的衣服，也就是母亲无光无色的一生。”《倒帐》写母亲达观的人生态度。因银行倒闭，家中的财产损失了一大半，但母亲将这得失看得很淡：“人，要那么些钱做什么？只要够吃穿，一家子身体健康就好了。”《髻》则表现了母亲的内心痛楚和满腹的幽怨哀愁。父亲娶了一个姨太太，这个姨娘穿着时髦，打扮得珠光宝气，光彩照人，母亲忍气吞声而又自惭形秽，于是才三十多岁便梳了一个老太太才梳的鲍鱼头，把自己打扮成小老。作者将母亲的忍让顺从、与世无争的性格通过一个小小的发髻非常巧妙地透露了出来。在另外一些作品中，作者还写了母亲性格的其他方面，如《阿荣伯伯》写她的善良，《母亲那个时代》写她的勤劳、能干，《母亲新婚时》写她的爱情生活，等等。这些分散在不同作品中的母亲性格的各个侧面融合起来，便构成了完整的母亲形象。作者把自己对母亲炽热的爱和强烈的思念凝注笔端，通过对日常生活的具体描写，为读者塑造出一个既有中国妇女传统美德又有独特个性的栩栩如生的母亲形象。

琦君是散文家，同时又是小说家，曾出版过《菁姐》、《百合羹》、《卖牛记》、《缮校室八小时》、《七月的哀伤》、《橘子红了》等小说集，擅长于采用小说的笔法来写人物。她的散文既能抓住人物外貌特征进行肖像描写，也能深入人物内心世界进行心理描写。她注重以形写神的手法而又能细腻地把握人物的情感律动，因此她笔下的人物摇曳多姿、生动传神。如她抓住外公的三绺雪白的长胡须这一特征写他的温和、慈爱，并引出外公借白胡须巧扮财神爷劝谕小偷的轶事。（《祖父的白胡须》）又如她把握母亲的一头秀发写母亲的美丽："母亲乌油油的柔发却像一匹缎子似的垂在肩头，微风吹来，一绺绺的短发不时拂着她白嫩的面颊。她眯起眼睛，用手背拢一下，一会儿又飘过来了。她是近视眼，眯缝眼儿的时候格外的俏丽。"（《髻》）母亲的柔美、秀丽、飘逸顿时跃然纸上，给人以深刻的印象。再如她抓住父亲的一颦一笑便把父亲的内心世界揭示了出来。母亲梳了个"鲍鱼头"，父亲便"直皱眉头"；姨娘洗过头后，轻柔的发丝在空中飘散开来，父亲看了"眼神里全是笑"，特别当姨娘梳了各种各样的时髦发型如凤凰髻、羽扇髻、同心髻、燕尾髻，便"越发引得父亲笑眯了眼"。父亲对发妻和小妾的爱憎好恶及喜新厌旧的心理在眉眼之间充分显示了出来。

在忆旧怀人散文里，琦君还描述了自己童年时的种种趣事。在《红纱灯》、《下雨天，真好》、《压岁钱》、《我的童话时代》、《三更有梦书当枕》、《算盘》、《衣不如故》等作品中，作者写出了童年生活的种种情状，父母亲人的疼爱关怀，少年不识愁滋味的天真欢欣。从这些仿佛是自画像的作品里，我们看到了一个聪明活泼、勤奋好学、天真单纯而又有些调皮贪玩的女孩子的形象。这个形象与林海音在《城南旧事》中描写的英子有着异曲同工之妙。琦君怀着对故土亲友的挚爱，通过对生活片断的生动描写追怀往昔人事，从中寄寓了乡国之思、亲友之情。她以“温存”之笔，画出了昔日的“梦痕”。这些饱含深情的怀旧之作，犹如三更夜雨，声声拨动着读者的心弦，给人们留下了温馨、隽永的艺术情思。

乡愁是20世纪50、60年代台湾文学的一个重要主题。海峡两岸的隔绝使许许多多身在台湾的大陆游子亲人离散，有家难回，感染上浓重的乡愁。大量的文学作品抒发了这种难以排遣的乡愁。这种乡愁文学是台湾同胞渴望重回故里叶落归根、与亲人团聚心理的艺术表现。台湾评论家齐邦媛曾说：“就题材而论，这二十多年（注：指五六十年代）的文学作品有将近一半是具象化的乡愁。由于对家乡和往事 固执的怀念，我们产生了一种独特的民族文学。虽然讲了许多有趣的故事，却同时严肃地检讨了我们民族的特质。”① 由此可知，乡愁文学是20世纪50、60年代台湾文坛的重要文学现象。

在乡愁文学中，琦君的散文是很有代表性的。读她的散文，你会感到浓重的乡思扑面而至，你会被剪不断理还乱的离愁紧紧包围。那一篇篇感触细腻、情愫浓重的乡愁散文，引起了众多流落他乡的远方游子的共鸣。

琦君到台湾后曾写过一首《虞美人》词：“锦书万里凭谁寄，过尽飞鸿矣，柔肠已断泪难收，总为相思不上最高楼。梦中应识归来路，梦也了无据。十年往事已模糊，转悔今朝分薄不如无。”词中流露出作者远离故土的苦闷、惆怅，充分表达了思念家乡、怀念亲人的情感。故乡，像一个慈爱的母亲，声声呼唤着她。这种与故乡精神上的联系使琦君成为一个把根深扎在故乡大地上的作家。她顽强地伸展着地下的根，吮吸着故乡的养料，可以说，她的才华，她的艺术灵感，她的创作激情都是故乡和亲人师长所赋予的。正因为如此，琦君以整个灵魂拥抱故乡，讴歌故土，奏出了一支支令人回肠荡气的思乡

① 齐邦媛：《司马中原笔下震撼山野的哀痛》，见叶维廉主编《中国现代作家论》，联经出版有限公司1976年版，第333页。

曲。她渴望着早日回到故乡，“在先人的庐墓边安居下来，享受壮阔的山水田园之美，呼吸芬芳静谧的空气。我要与梦寐中曾几度相见的人们，真正的紧握着手，畅叙别绪离情”。她焦急地自问：“难道那一天会远吗？”① 思乡之情溢于言表。

琦君把乡思乡愁融入作品的艺术构思和具体描写之中。从她叙述和描写童年生活的系列作品中，我们可以发现，琦君的散文创作有一个完整的整体构思。她系统地描写了那些最为撩人心弦、最能引发人乡愁的故乡风物、故乡习俗，甚至一阵来自海峡这头的清风，一只南归的大雁都能令她触景生情，满腹愁怨。她写西湖风光、浙东山水，写提灯会、看庙戏、压岁钱、红纱灯，写下雨天唱鼓儿词，听“秦雪梅吊孝”、“郑元和学丐”，等等，笔下流露出对昔日生活的留恋，格调时而清新流畅，时而抑郁低回，读来颇为感人。在《西湖忆旧》一文中，她描绘了平湖秋月、孤山梅鹤、三潭印月、灵隐仙境等西湖景色，记述了当年游玩时的情景和感受，其间穿插了不少有关西湖的民间传说、历史掌故，字字蕴含深情。其中“桂花香里啜莲羹”一节，作者追忆当年桂花铺地的美景，遥想母亲的拿手点心桂花枣泥糕，不觉思绪万千，感叹道：“不知何故，桂花最引我乡愁。在台湾很少闻到桂花香，可是乡愁却更浓重了。”好一副桂花香里思故乡的忧郁情怀！满目伤心景，只为难见故乡人。琦君不仅把乡思融进对故乡风物的描写中，更重要的，她把刻骨铭心的乡愁化为对故乡亲人师友的精心刻画。亲人师友的音容笑貌依然那般亲切熟悉，但有的已长辞人世，活着的也音讯寂寥，相见无期，真可谓“十年生死两茫茫，不思量，自难忘”！琦君紧扣童年生活进行艺术构思，运用大量笔墨再现童年世界。悠悠流逝的岁月没有冲淡她心中的亲人们的形象，相反地，由于时间距离的作用，这些形象更加美好动人，其间曾纠缠着的恩恩怨怨也早已烟消云散，剩下的唯有永恒的思念。她笔下的外公

---

① 琦君：《写作回顾》，《琦君自选集》，黎明文化事业股份有限公司1975年版，第15页。

乐观开朗、慈爱善良，手里总捏着旱烟筒，脚下无论冬夏总拖一双草拖鞋，三绺雪白的长胡须飘洒在胸前，连眉毛也是雪白的，一副“财神爷”的模样。外公讲不完的故事，使她小小的心灵，懂得了仁慈、友爱、诚实、勇敢诸种美德，“而且觉得一个人学好并不是太难的，因为外祖父也做到了。”① 琦君用生动的语言写出了外公的美好形象，表达了深切怀念之情。她也倾诉了对父亲的强烈思念，她写父亲对自己学业上的严格要求，写父女垂钓西湖之畔的乐趣，写父亲酷爱收藏古籍的读书人秉性，写父亲晚年的寂寞心境，笔端隐含无尽惆怅。时间的流逝加深加浓了她对亲人的怀恋之情，就连当年自己曾怨恨过的姨娘，若干年后在作者笔下也成了值得同情的女人，琦君对这个夺走了母亲幸福的女子始怨终怜，写出了其晚景的凄凉，寄予深深的同情。

在台湾女散文家中，同样写乡愁，张晓风的散文显得激情飞扬，情感外露，抑郁中勃现着豪气，每次回望故土，她都要心潮澎湃，“血脉贲张”，“心灵脆薄得不堪一声海涛”，② 激动之情难以自抑。张秀亚的乡愁散文则情意缱绻缠绵，且多用象征手法，笔墨含蓄隐晦，在繁复的意象中，泼洒着忧郁色彩。而琦君，更多的是采用白描手法写人叙事，在缓缓的叙述和具体描写之中，倾吐出浓重的乡愁。琦君的散文，不像张晓风的那样会产生强烈、紧张的精神刺激，也不会像张秀亚的那样会给人抑郁低回、莫测高深之感。读琦君的散文如同在浓荫下品一杯清茶，心情恬淡轻松，偶尔也有一缕淡如烟丝的哀音潜入耳中，又使人若有所思，难以释怀。她的散文犹如滴露雨荷，清香四溢；又似山中清泉，情深意长，韵味无穷。

琦君的散文风格是独特、鲜明的。良好的家庭教育，形成了她优

---

① 琦君：《我的童话时代》，《琦君自选集》，黎明文化事业股份有限公司 1975 年版，第 36 页。

② 张晓风：《愁乡石》，《晓风散文集》，道声出版社 1976 年版，第 171 页。

雅、娴淑的性格；亲人师友的慈爱关怀，又使她充分地感到人间的温暖、幸福，她在无忧无虑、充满温情的环境里度过了童年。这样的生活境遇使她的散文呈现出柔美、舒展、淡雅、温馨的色调。而小时候起逐渐形成的深厚的古典文学功底使她在营造意境、渲染气氛方面出神入化、挥洒自如，进入了很高的艺术境界。在她求学期间，父母相继离开人世，尊敬的师长也纷纷离散，她体验到生离死别的滋味，经历了人世间的艰难坎坷，那颗敏感、充满温馨的心灵里便注入了浓重的哀怨和惆怅，这使她的作品变得凝重、含蓄，在活泼之中加入了几分沉滞、伤感，表现出对人生的感悟和遐想。独特的生活经历和文学艺术上的博采众长，使琦君的散文形成了清新淡雅、温柔敦厚、古朴隽永的艺术风格。

琦君深受我国温柔敦厚诗歌传统的影响，她的作品温婉柔美，谐而不谑，哀而不伤。无论忆旧怀人还是感悟人生，她都能将浓烈的感情平淡出之，虽略带哀怨，却常能超脱释怀。《倒帐》写自己一家赖以为生的积蓄被一个所谓的朋友赖掉了，始则整天愁眉苦脸，怨恨满腹，但很快思想发生了转变，认识到："得失只可视作生活点缀，实不应为此郁郁于怀的。"最后提出："我们不妨以幽默闲适的心情，度着平静而现实的生活，不为将来做太多的打算，也不为过去而留恋懊丧。"作者在这里表达了安贫守拙、知足常乐的人生态度。又如《外祖父的白胡须》写外祖父对小偷和骗钱人的宽恕和怜悯，借此表现了"施比受更为有福"的人道主义思想。再如《髻》写了母亲和姨娘两个女人的遭遇，十几年过去了，当作者回顾当年那一段恩恩怨怨，想到亲人都已离开人世，她已不那么激动，"对于人世的爱、憎、贪、痴，已木然无动于衷"，剩下的只有对人生深深的思索："这个世界，究竟有什么是永久的，又有什么是值得认真的呢?"这些作品无不表达了作者温柔敦厚、闲适轻松、乐天安命的处世哲学。琦君的散文没有大起大落、激烈复杂的矛盾冲突，也没有大喜大悲的感情纠葛，她是以一颗温存的心去细细体味"生涯中的一花一木，一喜一悲"，从中闪烁着哲理的火花。即使是过去曾经历过的痛苦和烦恼，她也能“化痛苦为信念，转烦恼为菩提”。她将自己达观开朗的人生态度完整地融进了创作之中。

琦君的散文素以淡雅隽永著称。她的散文语言犹如行云流水，朴素自然，没有雕琢的痕迹。她又常在不经意中适当化用古诗词，或营造意境，或渲染气氛，或点化哲理，使作品在古朴中富有诗意，韵味隽永。如下面这一段夜游西湖的情景描写，读后便令人流连忘返：

> 湖面上朵朵粉红色的荷花灯，随着摇荡的碧波，飘浮在摇荡的风荷之间，红绿相间。把小小船儿摇进荷花叶丛中，头顶上绿云微动，清香的湖风轻柔地吹拂着面颊。耳中听远处笙歌，抬眼望天空的淡月疏星。此时，你真不知道自己是在天上还是人间。如果是无月无灯的夜晚，十里宽的湖面，郁沉沉的，便有一片烟水苍茫之感。①

琦君的散文中有大量的对偶句、排比句。她在回忆童年生活时记述了外祖父的许多拆字巧对，颇为生动有趣。如“此木为柴山山出，因火成烟夕夕多”，“哥哥门外送双月（朋），妹妹窗前捉半风（虱）”，“一点两点三点冰冷酒，百头千头万头丁香花”，② 等等。琦君用词很讲究形象、贴切、准确、生动，显示出锤炼语言的深厚功底。如“那些有趣的好时光啊，我要用雨珠的练子把它串起来，绕在手腕上”；“院子里各种花木，经雨一淋，新绿的枝子，顽皮的张开翅膀，托着娇艳的花朵”（《下雨天，真好》），既富于想象，又蕴含着浓郁的诗意。对琦君的散文语言，罗家伦曾作过这样的评价：“文字清丽雅洁，委婉多彩。写风景有诗意，写动作颇细腻，写人物颇富

---

① 琦君：《西湖忆旧》，《琦君自选集》，黎明文化事业股份有限公司1975年版，第165页。

② 琦君：《我的童话时代》，《琦君自选集》，黎明文化事业股份有限公司1975年版，第38页。

于温柔敦厚的人情味。”[①] 这是颇为中肯的。

当然，琦君的散文也并非尽善尽美。如她笃信佛教，因此对人生的感悟常常变成对佛教教义的诠释；她的温柔敦厚思想也往往成为不分是非的慈悲的菩萨心肠。又如在她笔下，旧时代的农村被描绘成恬静安逸的世外桃源，几乎看不到时代的影子。思想内容上的这些缺憾，在一定程度上损害了琦君散文的艺术感染力量。这是我们在阅读琦君的散文时不能不看到的。

（原载《世界华文文学论坛》1992 年第 1 期）

① 罗家伦：《菁姐·序》，今日妇女杂志社 1954 年版。

现代主义时代的浪漫精魂

——杨牧散文论

在20世纪台湾文学史上，杨牧是少有的诗文双绝的作家。这位从20世纪50年代起伴随着现代主义文学潮流成长起来的诗人、散文家，以自己丰厚的创作实绩成为台湾文坛一个举足轻重的作家。1999年《联合报》举办了“台湾文学经典”评选，杨牧的诗集《传说》和散文集《搜索者》同时入选，他也成为入选的唯一跨两个文类的作家。

杨牧是台湾现代主义文学时代的一个精灵。他本名王靖献，另有笔名叶珊。1940年，生于台湾花莲。1956年，还在花莲中学就读的杨牧即卷入了刚刚兴起的台湾现代主义文学运动，他创作的诗歌陆续发表于《现代诗》、《创世纪》等诗刊及一些报纸副刊。1959年，杨牧考入东海大学，在写作诗歌之余又开始了散文创作。此后，他一手写诗一手写散文，兼擅翻译和评论。1964年赴美留学，先后获爱荷华大学艺术硕士和柏克莱大学比较文学博士学位。在这一时期，杨牧被视为现代诗的代表人物屡遭指责和非议，但他始终不改初衷，一直参与现代主义文学活动，在为现代主义鼓与呼的同时，出版了大量的文学作品。其中，诗集有《水之湄》、《花季》、《灯船》、《非渡集》、《瓶中稿》、《禁忌的游戏》、《海岸七叠》、《时光命题》、《杨牧诗集Ⅰ》、《杨牧诗集Ⅱ》、《杨牧诗集Ⅲ》；散文集有《叶珊散文集》、《年轮》、《柏克莱精神》、《搜索者》、《交流道》、《飞过火山》、《山风海雨》、《一首诗的完成》、《方向归零》、《疑神》、《昔我往矣》等。

作为一个颇具代表性的现代主义作家，他却又对浪漫主义情有独钟。这突出地表现在他的散文创作中。杨牧的散文既有现代性品格，又深具浪漫情怀；既不断地求新求变，在实验中寻求突破，又保持着一贯的抒情特色，形成了独特的艺术风格。

一

由“现代诗社”、“蓝星诗社”、“创世纪诗社”共同发起的台湾现代主义文学运动，20世纪50年代后期首先在诗歌领域产生了重大的影响。其时，年轻的杨牧对现代主义一见钟情，大胆地进行了现代主义诗歌创作实验。“那也正是我开始自觉地实验着新技巧垦拓着新境界的时候，而这实验和垦拓一旦开始，便无休止之日；到今天我还在持续着这件工作。”① 在诗歌创作过程中，杨牧感到有些思想和感情用诗来表现有较大的局限，而用散文这一文体则更为真切和真实。他认为：“诗是压缩的语言，但人不能永远说压缩的语言，尤其当你想到要直接而迅速地服役社会的时候，压缩的语言是不容易奏效的。我常常想，这大概是我也写散文的原因。”②因此，他在大学时代就开始进行散文创作。

在第一本散文集《叶珊散文集》洪范版《自序》中，杨牧对欧洲浪漫主义文学进行了概括，对其拥抱自然的赤子之心、山海浪迹上下求索的抒情精神以及挑战权威反抗苛政和暴力的精神大加赞赏；他还对华兹华斯、柯勒律治、济慈、雪莱、拜伦、叶芝等浪漫主义诗人的作品进行了分析，而对济慈和叶芝尤为推崇。杨牧自诩是一个“浪漫主义者”，“藉济慈之名，宣扬着拜伦的道理。这些大抵以散文为

① 杨牧：《杨牧诗集Ⅰ·后记》，洪范书店1978年版，第2页。

② 杨牧：《两片琼瓦》，《叶珊散文集》，洪范书店1977年版，第224页。

之，也收在这本散文集里”。①杨牧在这里清晰地梳理了自己与浪漫主义的关系。这也为我们理解他的散文创作指引了一条途径。

在以《叶珊散文集》为代表的早期散文中，杨牧充分表现了他所服膺的浪漫主义精神。《叶珊散文集》收录的散文大都属于抒情散文，抒写了作者自 19 岁至 25 岁的思想和感情。作者寄情于自然山水，拥抱质朴文明，追索生命意义，呈现出唯美纯真的浪漫情怀。《昨日以前的星光》充满浪漫主义的激情。作者写到，自己孩提时光是在数星光中溜过去的，长大后才发现星光离得太远了，眼前正有一个更可以亲近的世界。当他感到自己对世界有了新的认识后，“我开始把自己视为宇宙的中心，我信仰我自己”。他在文学浩瀚的大海上找到了自己的国土，这时，他踌躇满志：“晨光是另外一种意义的晨光，星夜是另外一种意义的星夜，我自另一个立足点在宇宙万物间把握住了生命的价值。”②由此，作者不再消沉，不再沉湎于过去，对昨日之我进行了否定，表现了以今日之我去开创一个新天地的豪情。《山窗下》抒写了对生命的充实和空虚的思索。作者先写在美国听柴可夫斯基第五交响曲的感受，他在管弦声中很自然地想到黑夜里的寒风和细雨，荒蛮原始的风景；又写大学时在台湾听老师讲授古希腊悲剧《俄狄浦斯王》的感受，当时仿佛一刹那被造物主拍醒，强烈地感受到了人类的悲剧意识；他意识到：“那是记忆的力量，一切悲惨的想像确实在一瞬间被诗句剥得坦然，鲜血淋漓。”当岁月把心灵磨得苍老之时，生命的充实和空虚就不是简单而能说清的了，失落或获得也并没有那么重要，留下的只有“始怜幽竹山窗下，不改清阴待我归”的思古之幽情了。作品表现了对生命意义上下求索的精神。

《叶珊散文集》的第二辑名为“给济慈的信”，共有 15 篇散文。这一组作品以浪漫主义大诗人济慈为倾诉对象，表达自己对生活和生

---

① 杨牧：《自序》，《叶珊散文集》，洪范书店 1977 年版，第 8 页。

② 杨牧：《昨日以前的星光》，《叶珊散文集》，洪范书店 1977 年版，第 24 页。

命的思考。《绿湖的风暴》开篇就显示出与浪漫主义向中世纪探索相似的气氛和情调："你该不会想到百余年后的今夜，濡湿的今夜，我突然忆起那村庄，在破败凄凉里联想到你。你知道宋朝吗？宋朝的美，古典的惊悸。那一次我一脚踏进一座荒凉的宗祠，从斑驳的黑漆大门和金匾上，我看到历史的倏忽和曩昔的烟雾，蒙在我眼前的是时空隐退残留的露水。我想到你，一个半世纪以前的你，想到你诗里的中世纪，想到你憧憬的残堡废园，像有许多凋萎的花瓣飘落在身边，浮香淡漠，夕照低迷。"①接着，作者由陆游的小楼写到济慈在汉普斯第的小楼，由东方山群里的绿湖、阿眉族人的生活方式、山林里的野鹿和山猪，一直写到济慈生命的价值和意义，将中西、古今融为一体，在对原始的、质朴的美的捕捉中，寻求与古典浪漫主义诗人灵魂的契合。《山中书》写自己之所以独自到寂静无人的山中去，是为了寻找一点逝去的自我，拭亮蒙尘的心灵；同时也为了从心灵上更好地了解济慈，去参悟寂寞的真谛。抛去尘世的喧嚣，看着云朵在流动的水中变幻舒卷，他期盼自己对大自然的好奇心不死，永远保持纯洁的心灵。济慈笔下曾写过："假如死亡也像云彩一样沉落下来……"在杨牧看来，云彩沉落是自然现象，以此来看待死亡和毁灭，又何必喟叹伤感呢。他从大自然和浪漫主义诗人的作品中，对生命有了新的领悟。

在早期散文中，杨牧以大自然为抒情载体，表现了一个在中西方文化熏陶中成长起来的青年知识分子内心的忧郁、寂寞、感伤，而正是在自然山水和书籍的启迪下，更是在浪漫主义诗人的影响下，他找到了排遣孤独、感伤的途径。如果说孤独、忧郁是现代主义所给予他的时代感受的话，浪漫主义则使他学会从自然山水和原始质朴的生活中寻找到生命的智慧和青春的价值。杨牧的散文正是这样将现代主义的哲思和浪漫主义的情怀融合在一起，形成了独特的散文风格。

---

① 杨牧：《绿湖的风暴》，《叶珊散文集》，洪范书店1977年版，第67页。

二

杨牧是一个在艺术上不断追求创新的作家。求新求变是他散文创作永恒的主题。

在《叶珊散文集》出版后的四年里，杨牧自称把时间分配给了“古典的研究，诗的创作”，其原因在于：“我对散文曾经十分厌倦，尤其厌倦自己已经创造了的那种形式和风格。我想，除非我能变，我便不再写散文了。”这说明杨牧是一个不满足于创作现状的作家，他渴望突破；同时也暗示他正积蓄力量，谋求新变。他清醒地意识到：“变不是一件容易的事，然而不变即是死亡。变是一种痛苦的经验，但痛苦也是生命的真实。”① 他由此开始寻求突破，写出了《年轮》这一本形式和风格发生了很大变化的“心影录”。

《年轮》最引人瞩目的是对于散文文体的新的实验。杨牧改变了原来所擅长的短篇散文的写作范式。《年轮》是一篇长篇散文，由三部分组成，表现了一个身处美国的中国留学生对社会、自然、人生的广泛思考，反映了他的社会意识的觉醒。作者将现代诗的表达方式大量运用到散文创作中，使文句跌宕起伏，颇具张力；意象繁复，象征意蕴丰富。与先前的散文相比，《年轮》在抒情方面则保持了一贯的浪漫情调。如：“我来唱一支温暖的歌，我们已经走进密林。从这里继续前行，越过小溪，就到我种植玉米的农地；我亲手搭建的木屋立在冷冽的瀑布下，我有足够的甜美的饮水，也可以灌溉，也可以沐浴。我带着你，走向我种植玉米的农田。”②这种情感和笔调，我们在《叶珊散文集》里常常能看到。然而，随着年龄和阅历的增加，它们或者会渐渐消失，或者会不断转化。正如杨牧所说的，“浪漫是古代，

---

① 杨牧：《年轮·后记》，《年轮》，洪范书店1982年版，第177页。

② 杨牧：《柏克莱》，《年轮》，洪范书店1982年版，第18页。

单纯是童年，两者都注定要消灭——消灭在现代，消灭在成年。”①因此，他要用笔抓紧记录下来，抒写即将消失的浪漫。

1982年出版的散文集《搜索者》是杨牧散文创作的一个高峰，也是台湾现代主义文学时代的散文绝响。这本书所收的二十篇散文都写于1977年以后，这正是台湾现代主义文学的末期。杨牧继续着他的艺术追求，寻求新的突破。他自称：“收在这本集子中的散文都是我五年来尽可能以肯定的心情来叙事抒怀的文章。……所谓抒怀和叙事往往是不可分割的，甚至在这种抒怀和叙述之中，更掺和着物像的描写和知识思想的解析。现代散文务求文体模式的突破，这是我的信念；当然理论不难，实践维艰，则于文学艺术本身而言，我也在搜索着，而且终将不停地搜索下去。”② 这本散文集对社会和人世的关怀大为扩大，叙事成分大大加强，象征、隐喻手法的运用臻于化境，对人生意义的思考和追索亦步入成熟境地。而从一开始创作便彰显其独特风格的浪漫抒情，此时则走向了深沉内敛。

这本散文集的开篇《搜索者》为全书定下了一个创作基调。作品写的是独自驾车去温哥华岛“搜索”的经历和感受。这次“搜索”源于作者某一天清晨醒来时忽然感受到的一丝“细微而强大”的召唤，在神秘不可知力量的牵引下，他开始了去温哥华岛的旅行。对他来说，这是一种全新的体验，没有明确的目标，没有固定的旅程，他所搜索的是自己难以说清的东西。而在想像中的似曾相识的地方，他获得了关于时间的秘密、关于生命的启迪和关于自由的新感悟。由此，一趟似乎是没有目的的旅程，就成了一次关于生命意义的庄严的搜索。作者把搜索的过程与华兹华斯的一首十四行诗，与高山大雪中神圣的寂静以及从中获得的启示，巧妙地结合起来，使全篇在充满象征性的哲思中渗透着浪漫神秘的气息。由于对人生道路的寻觅和生命意义的追索常常会处于无法确定的状态，因此搜索往往是盲目的，甚

① 杨牧：《后记》，《年轮》，洪范书店1982年版，第181页。

② 杨牧：《前记》，《搜索者》，洪范书店1982年版。

至是反复多变的。正像杨牧在《出发》中所写的："我的车子快速北上，仿佛充满了决心要离开一个什么地方，去寻找一个什么地方，而事实上我在犹豫，心里毫无声息，因为我不知道我在寻找什么。……我忽然觉得自己很奇怪，不晓得自己在做什么。好像寻觅着，却不像是真实；逃避着离开着。"①

在整部《搜索者》中，杨牧一直致力于探索。如他在《科学与夜莺》中表示："我们对宇宙系统的参与，只要一息尚存，我们不能停止生长，不能不继续搜索。"②作品通过雪与夜莺、诗与科学、诗与幸福、短暂与永恒等一系列复杂关系的探讨，表达了对宇宙人生的关怀。文中写到一个核子物理学家从济慈的抒情诗《夜莺曲》中获得启迪，解开了心志感情的困惑，这正说明了科学与艺术既相对立又相辅相成的关系。《三代以前农家子》全文初看似乎是单纯的叙事，叙写植树种菜的经历，但作者显然志不在此，他通过自己种菜养花所经历的种种困难、屡试屡败的园艺体验，深刻地感悟到："理论与实践之间，幻想与现实之间，存在着多么辽阔的鸿沟。"其余诸篇无论是写纽约、西雅图、普林斯顿还是写花莲、兰屿和大陆，无论是叙事的还是抒情的，作者一直坚持不懈地探索人与自然、人与社会的关系，在自然的变迁和人生的转换中实现着其究天人之际的终极目标。"《搜索者》中大部分的作品，都以一种旅程的线索——亦即透过对自然、对地域的观察，描摹出感情思想的轨迹；换言之，以空间所得去探讨时间的意义。"③正是在旅程的不断转换中，在自然和人生的不断交融中，杨牧的生命意义得到了升华。

《搜索者》之后，杨牧步入了成熟、稳健的创作境界。此后出版的各种散文集基本上延续着《搜索者》的创作路子。《疑神》、《星

① 杨牧：《出发》，《搜索者》，洪范书店 1982 年版，第 12—13 页。

② 杨牧：《科学与夜莺》，《搜索者》，洪范书店 1982 年版，第 20 页。

③ 何寄澎：《永远的搜索者——论杨牧散文的求变与求新》，《台大中文学报》第 4 期（1991 年 6 月），第 169 页。

图》继续表现出形而上的色彩，对宇宙、宗教、生命等一系列重大命题进行探讨，追索世界的本质意义。如《疑神》涉及到了祭坛上和壁龛里供奉的神的形象，经书和祷文中的神的符号，以及人们日常生活中各种与神相关的习俗，通过神人关系的探询，表现了对真与美的形而上的思考，作品兼具哲理性和抒情性。而《山风海雨》、《方向归零》、《昔我往矣》这三部自传体散文，则在叙事的基础上致力于探索“诗人之我”的成长历程，追寻时代社会风潮与自我性格之塑造，在诗与美的交汇中活画出一颗丰盈、饱满的文学心灵。

三

杨牧最初是以现代诗驰名文坛的。他的诗歌意象精致繁富，节奏舒放自如，语言纯净圆熟，诗思纵横辽远。因此，杨牧在刚尝试写作散文时，仅仅把它当成了副业。他曾认为：“一个写诗的人不甘‘单纯’，又提笔写散文，似乎是很自然的事。……散文是诗人的副产品，大概是无可否认的。”① 然而，在长期的散文创作实践中，他渐渐改变了当初的观点。在1982年出版的《搜索者》的《前记》里，他指出：“原来我在诗以外曾经用散文的形式记载了这些试探和搜索的经验，而且已经这么多年了。现在我必须承认散文对我来说是和诗一样重要的。”② 把散文和诗在自己的创作中放在同等重要的地位，这是基于杨牧散文文体观念的转变。他认识到：“当散文臻其极高之时，本不乏立霄干云之作，其起承之气势，其转合之跌宕，其动人移人，绝不在诗之下。我个人冷暖试之，觉其戛戛乎难哉。”③

杨牧有着自觉而强烈的散文文体意识。与他在主题上探索生命的

---

① 杨牧：《两片琼瓦》，《叶珊散文集》，洪范书店1977年版，第223—224页。

② 杨牧：《前记》，《搜索者》，洪范书店1982年版。

③ 杨牧：《诗与散文》，《文学知识》，洪范书店1979年版，第17页。

无穷意义相适应，他在散文艺术上一直在寻找属于自己的表现方法和表现形式。丰富的历史人文知识，精深的古典文学造诣，广博的西方艺术素养，使杨牧的散文艺术殿堂建筑在坚实的中西文化交融的基础上。杨牧的文学观具有开放性，他钟情于《诗经》、陶渊明、元明小品戏曲、英国诗学及中世纪欧洲文学，并寻找连接中西艺术的桥梁。作为现代散文载体的语言，他主张取法多样，“引车卖浆者流的声音是我师，古人刻意的声音是我师，甚至西方文字中其尤为骇异的声音也是我师。承其三者，浑化之，搅拌之，过滤之，沉淀之，终于变成我生理的一部分，气之动物，物之感人，或抒情，或说理，发语遣词运用自如，缓急合度，高下皆宜，这才是我们理想的散文。”① 这一散文观既是其散文创作的出发点，也是对自己散文创作的概括和总结。杨牧还将诗歌创作的表现技巧融入散文之中，使散文具有诗的风采、诗的气质，显示出诗质散文的特点。

富有象征性是杨牧散文的重要特点。象征、暗示本是诗歌创作的常用手法，杨牧则将其运用到散文创作中，以此来表现对生命意义的探寻。他深受17世纪玄学诗人的影响，“静坐窗前，时兴千岁之忧”。他常采用内心独白的方式表现对人生乃至整个生命意义的思考。《山窗下》起首便道：“记忆里有许多青山。”这青山既是客观的青山，也是人生心路中的青山：那给精神世界强烈刺激的事件，正如青山一般永远留存在记忆深处。接着作者列举种种事例，指出生命的充实和空虚是说不清楚的。岁月和路程把心灵磨得苍老，得到的同时实际上也意味着失去，因此作者感叹：在时间和空间的迷雾里，不知道失落了或获得了什么。谈及记忆中的最后一座青山——那偏僻、落后、贫困的故乡，他依然迷惘：“我几乎不知道自己身处何方，我也不知道心里填塞的是骄傲抑是哀伤，是充实抑是空虚。”这篇散文细腻地展示了作者的独特心态和对人生奥秘的探寻。《作别》在心灵深处回首

---

① 杨牧：《诗与散文》，《文学知识》，洪范书店1979年版，第22—23页。

自己的流浪生涯。回首过往，他向过往告别；总结羁旅，他向羁旅作别；在整理异国诗章时，他向异国作别。作者以高度象征的手法否定以往，告别在异国的羁旅，把握现在，扎根于故国的实际。他坚定地声称："不能把握到的我们必须泰然地放弃，不论是诗，是自然，或是七彩斑斓的情意。"作品极为含蓄地映照出异乡游子的心绪与心境。《一九七一至一九七二》记载着作者对自然、对人生的重新发现与认识。在1972年冬的西雅图，作者抚今追昔，对于多年来"战争着自己，奋斗着自己"的被动生活深感疲倦和迷惘，甚至感到了某种绝望，他要和过去的10年生命，决绝地分开，"一如决心涉水，让四野的草木霎时失去了应有的芬芳；一如熄灯，让斗室漆黑，在恐惧的寒凉和孤独里，那么无聊地追问自己，或许绝望的尽头就是新生。"①在一场大雪过后，他对人生、对自然突然有了新的发现，他看到了"比基督还庄严，比基督还真的雷尼尔山"，这一伟大的自然凌驾于神的世界之上，在这新的发现中他获得了新的力量和勇气，心灵在净化的同时得到了充分自由。作品通篇采用富于象征、暗示的意象含蓄地表现了深沉的情感和深邃的哲理。

追求音乐性是杨牧散文的又一特色。杨牧通常不采用骈偶排比的句式，而是依据情感的自然流泻和语言的自由运作安排节奏，追求不骈偶不排比的音乐境界，因此他的散文自由活泼，挥洒自如。如《调寄小连琐》的开头一段："若有人在墙外吟诗。其声凄楚，我仿佛也将听到，元夜凄风却倒吹，流萤惹草复沾帏。连琐，在深夜。夏天正催赶着时流如漫漫江水。蝉憩于深夜，夏虫也为我沉默，那无人的女墙。而我燃灯，看窗外水溶溶的黑暗，在那不可辨识的神秘里，连琐，或将捏得出一片秋风，一片秋雨。"②这段文字意象繁富，节奏感

① 杨牧：《一九七一至一九七二》，《年轮》，洪范书店1982年版，第129页。

② 杨牧：《调寄小连琐》，《叶珊散文集》，洪范书店1977年版，第37页。

强，语言复沓跳跃，具有音乐美和意境美，仿佛是不分行的诗。又如《自剖》剖析自己的心灵世界，思路和行文无拘无束。其中写到新的陌生的忧愁挡住了人生的道路，作者写道："陌生的山，陌生的海，陌生的路；啊！忧愁，我已经尝到你秋来落下的第一颗苦果！啊！忧愁，我已经瘫倒，你埋葬了我吧！"① 这里将忧愁喻为山、海，以示自己不堪其重负，而在语言的处理上又依情感的波折流动安排节奏，颇有回肠荡气之力。再如《岛屿记载》叙写去台湾东南海上的兰屿旅行的经历和感受，在接触了一个真实的兰屿并对兰屿及其居民的生命状态有了基本的把握后，作者面对人们对于兰屿的争辩写了这样一段文字："而兰屿默然。它善良，但它也不免处心积虑想通过某种方法去攫取些什么；它天真，但它也充满了欲望；它纯朴，但它有时候是虚荣的。它可以率性而行去寻求快乐，但它也常有判断失误的时候，和你我一样；它小心地保护着它拥有的琐琐碎碎，和你我一样，不善于施与，善于索要；而也和你我一样，它盲目地坚持着，自以为大方，慷慨，公平。"② 这里连用了数个排比句，写出了兰屿的多面性和复杂性，而在语言上则一环紧扣一环，形成了铿锵激烈的音乐性，产生了无可辩驳的逻辑力量。

杨牧散文的另一大特色是感性充沛，知性圆融，创造了一个感知性互渗交融的艺术境界。

关于散文的感性和知性，台湾有不少作家都很重视，进行过专门的研究。余光中就曾提出："一开始我就注意到，散文的艺术在于调配知性与感性。"③ 在他看来，所谓感性，"是指作品中处理的感官经验；如果在写景、叙事上能够把握感官经验，而令读者如临其景，如历其事，这作品就称得上'感性十足'，也就是富于'临场感'

① 杨牧：《自剖》，《叶珊散文集》，洪范书店 1977 年版，第 33 页。

② 杨牧：《岛屿记载》，《搜索者》，洪范书店 1982 年版，第 142 页。

③ 余光中：《炼石补天蔚晚霞》，《余光中集》第 1 卷，百花文艺出版社 2004 年版，第 5 页。

(Sense Of immediacy)。”所谓知性，“应该包括知识与见解。……散文的知性该是智慧的自然洋溢，而非博学的刻意炫夸。说也奇怪，知性在散文里往往要跟感性交融，才成其为‘理趣’。”① 余光中还进一步提出：“一篇散文若是纯然议论，就会变成大则论文小则杂文；若是纯然抒情，而又无景可依，无事可托，就会失之空泛。”② 出色的散文，常常是知性之中含有感性，或是感性之中含有知性，而其所以出色，正在两者之合。余光中形象地指出：“就像一面旗子，旗杆是知性，旗是感性：无杆之旗正如无旗之杆，都飘扬不起来。文章常有硬性、软性之说：有杆无旗，便失之硬性；有旗无杆，又失之软性。”③ 余光中在散文理论和散文批评实践中一直主张感性与知性的融合。他认为一流的抒情文往往见解过人，而一流的议论文也往往笔带感情。而真正的散文大家则能做到融会贯通，兼擅各项，感性与知性兼融，情趣和理趣互渗。余光中自己在散文中追求的便是感性与知性兼长、诗情与哲理并茂的艺术境界。

与余光中等不同，杨牧则从中国古代文学中寻找理论资源。他推崇陆机《文赋》提出的“诗缘情而绮靡”、“赋体物而浏亮”，认为“缘情是内省的工夫，体物则为外观的修养”，“最能够达到完美境界的文学作品，几乎都是结合了缘情和体物两种技巧，而又维持着绮靡和浏亮两种风格之平衡的文学作品。这种平衡的功力何由致之？曰理性的向导致之。文学固然是艺术想像力的发挥，文学仍有待理性的指引。”④ 在他看来，散文的感性未受知性规范前，往往不着边际，迷

① 余光中：《散文的知性与感性》，《余光中集》第8卷，百花文艺出版社2004年版，第333页。

② 余光中：《银匙勺海的世间女子——序陈幸蕙的〈黎明心情〉》，《余光中集》第8卷，百花文艺出版社2004年版，第144页。

③ 余光中：《散文的知性与感性》，《余光中集》第8卷，百花文艺出版社2004年版，第337页。

④ 杨牧：《文学与理性》，《文学知识》，洪范书店1979年版，第45—46页。

漫泛滥；只有受到了知性的修正导引，才能产生真正优秀的文学作品。杨牧在散文创作中贯彻着感性与知性融合的艺术理念，进行了卓有成效的艺术实践。《山坡定位》写到乘船驶向金士屯一节，先点明时间地点人物，描绘海上风光，写越往大海的方向航行阳光越明亮，心旷神怡的感觉溢于言表；接着笔墨一转，写普济海湾三哩以外的群岛与西雅图截然相反的气候：陆上风雨，岛上晴朗，每次对航都是一次阴晴两极的经验。作者进而议论：快乐的时候，勇于航向风雨；忧愁的时候，又何不买一张单程票，航向灿烂的阳光？他感叹，假如人生的抉择都这么容易该有多好！但他经过思考后得出结论：人生的抉择也许就是这么容易。这里先写海上旅程，接着又将人生喻为航程，对人生的走向和抉择进行理性思考，既提升了作者的精神世界，也升华了作品的艺术境界。《土拨鼠刍言》由印第安人关于土拨鼠的传说写到天地宇宙时序的变化，再写到大自然逸出常规，使樱花等植物被反常的温暖所骗过早地开花、过早地凋谢，那一番花自飘零、坠落泥泞的情景描写十分生动。接着，作者写植物尽管没有土拨鼠那样天赋的预感，但其实并不愚蠢，只是时常处于一种不可抗拒的困境中，他着力对北美洲的鲑鱼每年从海中回溯河流的生命型态进行了细致的描写，突出了其顺应自然呼声的天性。最后，对人类破坏自然环境的行为予以反思和批判。作品将印第安神秘的传说与大自然奇妙的变化，以及对生态环境恶化所引发的忧思融合在一起，因景生情，借事兴感，叙事生动，写景出色，营造出感知性交融的艺术境界。

综上，杨牧以诗笔为文，将现代主义的哲思和浪漫主义的情怀融合在一起，在行云流水而又颇具象征性和音乐性的诗性语言中，抒发深沉情感，传达学者识见，高度浓缩地展示了自己的心路历程。他营造了感知性交融互渗的散文艺术世界，形成了清丽飘逸、唯美内敛的独特风格，开拓了现代散文的新境界。

[原载《徐州师范大学学报》（哲学社会科学版）2012 年第 6 期]

历史记忆·乡野传奇·生命体认

——论尉天骢散文集《枣与石榴》

在台湾当代文坛，尉天骢是个有着传奇色彩的人物。他早年创办《笔汇》月刊、《文学季刊》、《文季》季刊、《中国论坛》，提倡文学关注社会、关怀乡土、关心民众，团结起一支志同道合的作家队伍，产生了广泛的影响。在七十年代的乡土文学论战中，他对乡土文学的一系列重大问题作出了精辟论述，大力倡导建设现代乡土文学，奠定了其作为杰出的文艺理论家的地位。他为人仗义，交游广泛，与统派领袖陈映真是多年的朋友，而曾经的独派大佬陈芳明也是他的座上宾；他以自己的真诚、热情、豪爽得到了朋友们的认同。黄春明便称："他在我心目中的权威和尊严，就是这样建立起来的。"①

综观尉天骢的著述，当以文学评论为主。其《民族与乡土》、《路不是一个人走出来的》、《理想的追寻》、《荆棘中的探索》等批评和理论著作，以其强烈的现实精神、鲜明的时代色彩、崇高的文学理想，对台湾文学的发展产生了较大的影响。从这些著作中，人们充分感受到一个思想深刻、理想执着的现实主义文学理论家的情怀。如果说尉天骢的文学评论令人领略到他的严肃、深邃、理性一面的话，那么他的散文创作则更多地呈现出他的平易、朴实、感性的特点。《天窗集》、《众神》等散文集，使读者在娓娓道来的叙述中走进尉天骢的情感和心灵世界。而晚近出版的《枣与石榴》，更令人感受到尉天

① 黄春明：《牵着记忆的风筝》，《枣与石榴》，台北印刻出版有限公司2006年版，第10页。

骢的率真和童心，他在对过往人生的梳理和抒写中，传达出一个身在别处、心在流浪、魂在故乡的文化人的苍凉情怀。

一

对于中国人而言，现代中国历史是一个极为复杂的集合体。它承载着民族巨大的苦难和不幸，它包孕着凤凰涅槃般的理想和希望。异族侵略的屈辱，连年战争的创伤，两岸隔绝的悲愤，成为我们民族共同的历史记忆。

作为一个出生在1935年的中国人，尉天骢的身世和经历有着后世的人们所难以想象的艰难与痛苦。尚在牙牙学语，就要面临日寇的枪炮和刺刀，他在连天的抗日烽火中学会奔跑和呼号，从身为游击战士奋勇杀敌的父辈身上，他学会了无畏和坚强；刚刚品尝到抗战胜利的欢欣，他却又在小学课堂的不断迁徙中懂得了内战的惨烈，个人在大时代浪潮中的无奈和无助。又在懵懵懂懂中，他从黄淮大地出发，踏上了流浪的旅程，在茫茫海上寻找着自己的归宿。陌生的海岛，不可捉摸的命运，无法预知的前程，使他渐渐懂得了他乡是故乡，应立足于现实，走出一条属于自己的路。沉重的历史感，无可推卸的社会责任感，成为尉天骢在文学道路上跋涉的助推器。

尉天骢在散文中表现了其深刻的历史记忆。自然，散文创作与历史著作甚至回忆录有着显著的区别。它不需要对历史事实作精细的描述，也不需要时刻突出历史的主线，它表现的是深藏在作者心里的一些记忆，甚或是一些历史碎片。隐藏在心灵深处的对故土亲人的怀恋，对童年往事的追忆，对现实人生的不满，在采用了种种方式难以排遣的时候，唯有通过笔墨来纾解。尉天骢的散文正是这样，"在经过众多人间的种种遭遇以后，更能看清哪些才是真正值得人们去珍惜的"。①

① 尉天骢：《枣与石榴》，台北印刻出版有限公司2006年版，第12页。

尉天骢散文中的历史记忆聚焦在乡土社会平凡的人事上。通过捕捉过往生活的种种点滴，他立体地呈现了三四十年代黄淮平原的历史风貌和乡情民风，细腻地描绘出一个个乡土人物鲜活的历史面容。

《尚大爷》是“我”家的一个帮工，为人仗义、有趣，他会抓小鸟，会捉蚂蚱，会用高粱秆子编鸟笼；在父亲发脾气打人时，尚大爷总会护着“我”：“二兄弟，二兄弟，打孩子能这个打法吗?”因此，“我”喜欢尚大爷，喜欢和他一起睡在牛屋里，听他讲鬼故事，几十年后还关心着他，想念着他。作者通过尚大爷儿子结婚、战乱中帮东家看家、动乱中照顾昔日东家等细节描写，写出了这一人物的善良、正直、义气，呈现出一个可亲可敬的乡土形象。《秧大娘》写的是“我”的奶妈，这是同村的一个远房伯母。她嗓门大，没心眼，到哪里都是人们逗乐的对象。和这样一个没心没肺的奶妈在一起，“我”充分体验到了童年的快乐。白天跟着她东逛西逛，晚上和她的儿子秧哥挤在一个炕头上；她带着“我”在池塘里洗澡，讲七仙女的故事、牛郎织女的故事，和“我”一起做游戏，使“我”的童年生活多姿多彩，生动有趣。一直长到四岁，“我”才正式回到自己的家。而在这原本属于自己的家里，“我”却一直感到自己是外人。读到这里，不禁使人想起艾青的《大堰河——我的保姆》，“我”的遭遇与诗中主人公的经历何其相似。而秧大娘和大堰河的内心世界也是如此惊人的一致：“有些人就说我憨，说从上到小真是秧大娘的儿子，而秧大娘比我更憨，憨到成天想象着我长大后讨媳妇的样子。她经常和我说要讨个比自己大三岁的才好。”而深爱着乳儿的大堰河也在想着乳儿讨媳妇时的情景：“大堰河曾做了一个不能对人说的梦：/在梦里，她吃着她的乳儿的婚酒，/坐在辉煌的结彩的堂上，/而她的娇美的媳妇亲切的叫她‘婆婆’。”两位乳母的结局也是同样的不幸：“大堰河，含泪的去了！/同着四十几年的人世生活的凌侮，/同着数不尽的奴隶的凄苦，/同着四块钱的棺材和几束稻草，/同着几尺长方的埋棺材的土地，/同着一手把的纸钱的灰，/大堰河，她含泪的去了。”而秧大娘则在大饥荒的年代，饿死在逃往青海投奔儿子的路上，其结局同样令人感叹不已。在《老南瓜奶奶》中，作者则描绘了另一类型的乡土人物形象。老南瓜奶奶是乡人俗称的巫婆，除了替人求神问卜，还经常给人治病，尽管只是扎扎针、放放血、拔拔罐，但在缺医少药的乡下她给人带来了温暖。老南瓜奶奶长得黑壮黑壮，圆圆滚滚的像个道地的老南瓜。她不仅长相奇特，还特别能吃，自然也很能干活，每天天刚一亮，就打着赤脚下田了，翻地、摘绿豆、拾棉花，她都比别人快，挑水、推磨、砍树、挖沟，对她来说都是小事一件。当然，作为巫婆，她在做法事迎神的时候更能显示出她的与众不同。她敲着铜磬，时而念念有词，时而失声痛哭，进入一种无我出神的状态。"如果说这个时候她的灵魂已经出窍了，倒不如说她已整个身心进入另一个高深莫测的世界；说她是老南瓜，倒不如说她是一尊道道地地的大菩萨。"在对上述乡土人物的叙述中，作者传达出浓浓的乡思乡情，这份情感没有随着时间的流逝而淡去，它倒更像窖藏的老酒，越陈越香醇。他对于乡土人物命运的关注和叙写，正表现出他对于曾经生养他的淮海这片土地的深挚感情。

淮海大地在经济上欠发达，自然环境比不上江南富庶的鱼米之乡，历史上经历过数次黄河决口，且由于地理位置特殊，历来是兵家必争之地，战火不断。生活在这块土地上的人们由此形成了乐天知命、坚韧刚毅的性格。尉天骢在散文中写了故乡的系列乡土人物，表面看来，他是为了保存记忆深处的那些人和事，以慰藉乡思乡情，实质还有更深一层的意旨，他在抒写乡土人物的生命状态的同时，努力表现他们的人生观念和生命意志，挖掘那一片土地上的精气神。

《众神》写了一群脚踏实地，为民众做事的人。伯父和他的一些同学从城里回到乡下，他们不因故乡的贫瘠、落后而逃离，而是带着乡亲们为改变这种落后面貌而辛勤努力，他们把人的意义和价值加以扩大，因而成为家乡的人们永远怀念的人。伯父虽然在28岁就英年早逝，但他的名字一直在乡间流传着。作品写出了一群社会脊梁的形象。作者感叹："在那种没有人关怀的年代，几个少年凭着纯真和不忍之心所做的一点小事，对那些挣扎在生活边缘的人，有着多么深厚的意义了。”《巨柱》勾勒了曾祖母平凡而又不寻常的人生。家道中落，儿子早亡，面对满门未成年的孙子孙女，曾祖母独自把家庭重担扛起，家道又渐渐中兴。这得益于曾祖母的善良、正直、豁达，她善于把自己的生活与四周的人、四周的事、四周的作息融合在一起，在千变万化的世界中寻求和谐。这一种人生风范使作者大受教益，领会了“纵浪大化中，不忧也不惧”的真正意义，“我渐渐领会到一股坚强的力量，在不断地突破商品的污尘而发芽、茁壮”。而在《老南瓜奶奶》中，作者从老南瓜奶奶身上同样发掘出她的乐天知命、自由自在的人生态度：“平日里，她真的活得很自在：穷，整不倒她；水灾、旱灾、虫灾整不倒她，就连兵灾也折磨不倒她。她的坚韧和坦然，使人一见到她，就会联想到：人世再苦，总有些东西让人觉得应该活下去。”

与一般的乡土散文、乡愁散文不同，尉天骢的散文既没有陷于对乡土风物的迷恋和乡土人物的歌颂，也未掉进伤情、滥情的窠臼，他自由出入于历史与现实、记忆与感悟之间，对历史记忆的书写与对现实人生的省思相结合，形成了过往与当下的相互观照，其人生意蕴也就越发丰厚。

二

在审美形式方面，尉天骢散文的一个鲜明特征是强烈的传奇色彩。

乡愁曾经是20世纪50、60年代台湾文学的一个重要主题。海峡两岸的隔绝使许许多多身在台湾的大陆游子亲人离散，有家难回，感染上浓重的乡愁。大量的文学作品抒发了这种难以排遣的乡愁。这种乡愁文学是旅居台湾的大陆人渴望重回故里叶落归根、与亲人团聚心理的艺术表现。何欣曾说：“就题材而论，这二十多年（注：指20世纪50、60年代）的文学作品有将近一半是具象化的乡愁。由于对家乡和往事固执的怀念，我们产生了一种独特的民族文学。虽然讲了有趣的故事，却同时严肃地检讨了我们民族的特质。”[①] 乡愁文学因此成为台湾文坛重要的文学现象。在通常所读到的忆旧怀乡散文里，作者往往着力描述自己童年时的种种趣事，流露出作者远离故土的苦闷、惆怅，充分表达了思念家乡、怀念亲人的情感。琦君到台湾后曾写过一首《虞美人》，十分典型地表现了这种心态：“锦书万里凭谁寄，过尽飞鸿矣，柔肠已断泪难收，总为相思不上最高楼。梦中应识归来路，梦也了无据。十年往事已模糊，转悔今朝分薄不如无。”在台湾散文家中，同样写乡愁，张晓风的散文显得激情飞扬，情感外露，抑郁中勃现着豪气，每次回望故土，她都要心潮澎湃，“血脉贲张”，“心灵便脆薄得不堪一声海涛”，[②] 激动之情难以自抑。张秀亚的乡愁散文情意缱绻缠绵，且多用象征手法，笔墨含蓄隐晦，在繁复的意象中，泼洒着忧郁色彩。张拓芜从童年的记忆中捡拾一个个带有梦幻色彩的美丽图景，以赤子的火热情怀和纯真童心写下了许多记述故乡山水、民情民风和童年生活情趣的作品，在其心灵深处，故乡的一块酥糖、一片茶叶、一滴清泉、一尾琴鱼、一座小山丘、一辆纺车……都被理想化、抒情化，染上了鲜明的思乡怀亲色彩，他的每一篇抒写故土亲人的散文，都散发着那份日思夜想、难以排遣的浓重乡愁。而琦君，更多的是采用白描手法写人叙事，在缓缓的叙述和具体描写之中，倾吐出浓重的乡愁，读琦君的散文如同在浓荫下品一杯清茶，心情恬淡轻松，偶尔也有一缕淡如烟丝的哀音潜入耳中，又使人若有所思，难以释怀。

与上述作家相比，同样写乡土风物和故乡人事，尉天骢散文则另辟蹊径。这其实源于作家对故土的新体认。少小离家，在外漂泊数十年，原以为这辈子再也回不到故乡了，岂知世事难料，最终却又回到

---

① 齐邦媛：《司马中原笔下震撼山野的哀痛》，《中外文学》二卷三期（1973 年 8 月）。

② 张晓风：《愁乡石》，《晓风散文集》，台北道声出版社 1976 年版，第 171 页。

了故土。然而，沧桑巨变，眼前的故乡早已物是人非，令人徒增悲怆与无奈。“这种亘古未有的变化，岂是单纯的‘乡愁’两个字可以说得了的。……就这样，我的写作已经不是一般通常所说的写作，而是一种想在无言的境遇中对过往的一切所作的追思。”① 尉天骢进而说：“这些年，经历过人世的沧桑以后，我渐渐觉得艺术的追寻应该是经由人间的种种经验而超然于事件之上、情节之上、功利之上的沉思。”② 因此，尉天骢赋予淮海这片原本高唱《大风歌》、民风剽悍、多慷慨之士的土地更多的传奇色彩。

《马铃》中叙写的老爷爷的传奇，颇有乡野传奇的意味。老爷爷年轻的时候，朝廷取消了科举考试制度，青年人的传统上进之路中断了，紧接着厄运不断，庄稼歉收，水灾、旱灾、蝗灾一波接一波涌进家门，随之而来的是持续的社会动乱。为了保卫家园，老爷爷决定弃文习武，组织乡民走上了造反的道路。在经历了一场场杀戮、见过太多的牺牲之后，老爷爷崩溃了，他感到有很多鬼日日夜夜徘徊在自己身边，他们的脖子上滴着血。老爷爷求遍了神仙和菩萨，灵魂丝毫不得安宁，没过几天，头发全白。他每天骑着马，不停地绕着村子狂奔，于是人们习惯地听到“呱哒呱哒”狂奔的马蹄声和“咣当咣当”激越的马铃声，直到多年以后老爷爷从外乡流浪回来去世以后，人们还常在夜里听到他的马蹄声和马铃声。“他去世不久，那匹跟着他的马也死了。但是很多人说，它没有死，只是暂时跑开了，因为很多时候人们仍然听见它在村子四周奔驰着，那么焦急，那么关注，那么永不止息……”作品将老爷爷的传奇与动荡的社会和人们的愿望相结合，紧紧抓住他组织乡民造反、千里走单骑、愁白少年头等传奇性经历加以渲染，着力表现他生前在多灾多难中保卫着家园，在他死后，

① 尉天骢：《枣与石榴》，台北印刻出版有限公司2006年版，第236—237页。

② 尉天骢：《枣与石榴》，台北印刻出版有限公司2006年版，第237页。

人们相信他还在守护着村庄。由此，苍茫的原野，朴拙的村民，“咣当咣当”的马铃声，与无时无处不在的老爷爷的英魂浑融一体，构成了颇具神秘色彩的乡野传奇。

《血碑》更是组合了传说、灾难、愚昧、暴力、血腥、神秘等多种元素，展示了一个相对落后的乡土环境中人们的生存状态和苦难命运。在苦难中长大的大柱二柱兄弟走上寻亲之路，却遭到亲人杀戮，只留给世人一块无字的血碑。作者把各种人事置于抗战这一时代背景下，但又尽可能地淡化时代色彩，更多地去表现乡人原始的生命力，以及诸如亲情与仇恨、寻亲与复仇等复杂的情感纠葛。在这里，崇高与卑下，怀乡与守望，苟安与杀戮，界线似乎没有那么泾渭分明，取而代之的是对人生无奈的感喟。作者将这些变成传说，在对如烟往事的追思中，传达出他对故乡故土的特殊情怀。

这一审美特点在《井上》、《叫魂》、《那一盆炉火》、《邵莲花》等篇中都有鲜明的体现。《井上》中的大头二没有大号，没有人知道他的真正名字，但他是方圆几十里人尽皆知的人物。作者突出表现了他的传奇色彩，会赶马车，会一套搓鞭子的绝活，会耍一手响声比大雁的叫声还要嘹亮和辽远的鞭子，会唱包公戏，还有一个俊俏媳妇。然而这样一个心地善良、人人喜爱的传奇人物，去城里办事时被拉夫去了远处，最后竟不知所终，其传奇性的结局令人唏嘘不已。而《叫魂》一开篇便叙写故乡叫魂的神秘习俗：只要左邻右舍、家中亲人出现上吊情形的，人们便会疯狂地嘶喊，要用全村的力量把魂魄争夺回来。接着，作品叙述三婶子平常中又带有些传奇意味的一生，写她因忧郁病而上吊的前因后果，在一声声叫魂的呼唤中弥漫着神秘气息和苍凉情调。

三

在回顾自己的散文创作历程时，尉天骢说：“就这样，我的写作已经不是一般通常所说的写作，而是一种想在无言的境遇中对过往的一切所作的追思。”①

散文是与人生最贴近的一种文体。作者的生活、情感和人生感悟在散文中往往以轻松、自由的笔墨铺陈开来。尉天骢在散文创作中倾注了极大的热情去描绘故乡人物、风土人情，在生动的叙述和具体的描写中传达着自己对过往历史的记忆，营造出一个个带有深厚文化积淀的乡野传奇。但尉天骢的散文创作还不止于此。在经历了人生的种种遭遇之后，他更加明白了到底什么是人需要珍惜的，什么东西才能真正温暖人心。他通过笔下的故乡人事表现了自己对人生的思索和生命意义的追寻。

《枣与石榴》叙写的是一个在村子里最年长的老奶奶的人生。她经历过白莲教起义、红灯照运动和八国联军入侵，见识多了就把人生的磨难看淡了，尽管丈夫早亡，两个儿子正当盛年也都相继离世，只留下一门孤寡，但老奶奶坚强地挺了过来，达观地生活在自己的小天地里。生活像节令一样循环往复，但老奶奶却能看见其中的成长和变化，感受到盼望和喜悦。“冬天的雪还没有融化，她就在盼望着打春以后杏花开得满树满园了。孙子刚上小学，她已经在叙说着讨孙媳妇的事了。”她每天必做的事就是给全家烙饼，她能把那些过往的旧事像过电影似的一遍又一遍地细细咀嚼，又一层又一层地和入面中，一张一张地擀到烙饼里去，她的烙饼“经过鏊子一烤，便整个院子都香甜起来”。老奶奶对周围人事的关怀，对人生的积极态度，让人看到了一种生命的风范，恰如淮海大地上白杨的高洁和榆树的朴实。

《那一盆炉火》抒写的是在动荡的年代，国破家亡的岁月里，茅草屋的家中那一盆炉火的温暖。一家人围着炉火，交流着情感和信息，这里有浓郁的亲情和久违的安宁。炉火正象征着生活的希望，尽管外面动乱不已，但家里即便再简陋，它也是温暖和幸福的港湾。作品传达出平安是福的生活理念。而身为邮差的旺兴小舅，虽然从小瞎了一只眼，但他做事极为认真，乡邻托付的事无不尽力办好，加上他

① 尉天骢：《枣与石榴》，台北印刻出版有限公司2006年版，第13页。

连结着城市和村庄，传递着人们想要了解的各种信息，他便得到了人们由衷的欢迎和信赖。从他身上，能充分体会到乡下人的善良、踏实和自信。他在温暖了别人的同时也极大地丰富了自己人生的意义。

尉天骢对故乡的记忆和艺术表现，既是他个人的，有着独特的视角和方式，同时也是时代的，寄寓着整整一代人的希望和梦想。他的散文也因此在平实的叙述背后，隐藏着沉重而深邃的主题，隐然勾勒出一颗孤独、忧郁而又略带感伤的灵魂。

尉天骢的好友许国衡对他有过这样的评价："比起他的许多同辈作家，天骢可以说是得天独厚，他没有完全受到西化、现代化的影响，也没有哗众取宠被市场化污染，他数十年如一日地写他的浓烈的乡土作品，就像他故乡的驴子一样，固执地独自站在那棵枣树下，默默地咀嚼着遍地皆是的枣子，甜甜的带着一丝苦涩。"① 这真可谓知人之论。数十年来，尉天骢经历了欧风美雨的洗礼，西方文学艺术给了他许多滋养，但他没有因此而走上西化的道路。与之相反，他以一个坚定的现实主义者的姿态，立足于本民族的文化立场，始终关注社会现实和文化乡土，对西化观念和媚俗的消费文化进行了抨击，显示了他与现实、与乡土的血肉联系。散文集《枣与石榴》正充分呈现出他的这一价值取向和精神追求。他在历史记忆和故土情结之间找到了散文创作的立足点，在对精神原乡的艺术抒写中传达出悠长且深广的文化情怀。

（原载《世界华文文学论坛》2013 年第 3 期）

① 许国衡：《"驴子"与我》，《枣与石榴》，台北印刻出版有限公司 2006 年版，第 20 页。

台静农苏雪林散文合论

就台湾文学发展而言，从20世纪20年代到40年代自成一个时期，台湾的新文学由萌生、发展到跌入低谷，经历了一个轮回。由于日本殖民当局强制推行皇民化运动，正待发展壮大的台湾新文学在这一时期遭受重大挫折。1945年台湾光复以后，饱受摧残和虐杀的台湾新文学传统原本可以重振雄风，发扬光大了，遗憾的是绝大部分作家已习惯于日语写作，此时面临着转换语言系统、改用汉语写作的问题。这在很大程度上制约了文学的发展。也正是由于这样的历史际遇，大陆赴台作家的历史作用就显得分外突出。可以说，台湾当代文学的新局面主要是由大陆赴台作家开创的。这既包括梁实秋、台静农、苏雪林、纪弦、钱歌川、谢冰莹、张秀亚、覃子豪、王蓝、陈纪滢等在大陆业已成名的作家，也包括琦君、林海音、余光中、洛夫等在大陆接受教育而在20世纪50年代崭露头角的年轻作家。从台湾光复到1949年前后，这些作家因各种原因陆续来到台湾，开始了他们新的文学历程。他们将“五四”文学的流风余绪播洒到台湾，大大密切了台湾文学与“五四”文学的亲缘关系，并直接促成了台湾文学在20世纪50年代的复兴。

在这些赴台作家中，台静农和苏雪林的情形颇为相似。他们都是“‘五四’的产儿”，都是在“五四”新文化思潮的推拥下由皖地来到新文化的发源地北京接受新文化精神的影响而走上文学道路的。他们也走过了大体相同的人生道路，先为作家后为学者而且都是专攻古代文学的学者，先在大陆各大学任教后于台湾光复以后相继来到台湾任教，集作家、教授、学者于一身。而且，他们都与鲁迅有着很深的渊源关系，只不过一个是坚定的拥鲁派，而另一个则大半辈子没有放弃攻击鲁迅。更重要的是，台静农和苏雪林作为渡海赴台的战后第一代台湾作家，台湾为数甚少的20世纪20年代业已成名的著名作家，他们不仅培养、造就了一批批台湾文学人才，还以自己的创作影响、带动了后辈作家，将“五四”新文学的传统传播到台湾，对台湾文学的发展作出了重要贡献。他们是台湾文学的一代宗师。因此，将台静农和苏雪林这两位作家放在一起进行探讨，是一件很有意义的事情。限于篇幅，本文主要从散文创作方面来探讨两位作家取得的成就及对台湾散文发展的影响。

一

台静农（1902—1990），字伯简，安徽霍邱人。少时在汉口读中学，未毕业即到北京大学中文系旁听。1924年转到北大研究所半工半读。在鲁迅的帮助下与李霁野、韦素园、曹靖华等共同组织未名社，开始文学创作。台静农在20世纪20年代以小说创作著称，先后出版了两部小说集——《地之子》、《建塔者》，成为20年代颇具代表性的乡土小说作家。鲁迅在《中国新文学大系·小说二集》导言中给台静农以很高的评价：“在争写着恋爱的悲欢，都会的明暗的那时候，能将乡间的死生，泥土的气息，移在纸上的，也没有更多，更勤于这作者的了。”① 1927年起，台静农先后在北平中法大学、辅仁大学、北平大学任教，因参加左翼文艺运动数次被捕。1935年后，任厦门大学和山东大学教授。抗日战争爆发后，他举家迁徙四川，任职于国立编译馆。1946年10月渡海去台湾，任台湾大学中文系教授，直至1973年退休。台静农晚年著述以学术研究为主，并以书法驰名海内外。在台湾出版的著作有《〈天问〉新笺》、《静农论文集》、

① 《鲁迅全集》第6卷，人民文学出版社1953年版，第207页。

《龙坡杂文》等。2000年，华夏出版社编辑出版了多卷本《台静农文集》。

台静农的散文取材较为广泛，或追忆往昔，怀念故人，或谈文论艺，传播学问，或写序作跋，关怀人文。尽管作品数量不算丰厚，但质素很高，反映了一个文化老人宽广的文化视野和博大的人文关怀。

忆旧怀人是台静农散文的一个重要内容。在这类作品中，作者抚今追昔，以自然质朴的笔墨，直抒胸臆，娓娓而谈，抒写了浓重的怀旧之情、伤逝之情。台静农在文坛驰骋数十年，交游甚广，平素结识的有不少是学界名流、文学巨匠、知识精英，他以长于传记的文笔捕捉这些友人的音容笑貌、人品性格，信手写来，栩栩如生。《北平旧事》叙述了当年在辅仁大学工作时的一些往事，写到了一部分同事，虽寥寥数笔，却形神毕现。其中有国文系主任余嘉锡，史学系主任张亮丞，数学教授常福元，以及英千里、沈兼士、陆和九等人，作者均能抓住人物特征娓娓而叙，涉笔成趣，怀旧之情溢于言表。《记波外翁》则记叙了台湾大学中文系教授乔大壮（波外翁）的音容笑貌及其坎坷的一生。波外翁"身短、头大，疏疏的长须，言语举止，一派老辈风貌"，但这样一个正直的老派知识分子在阴暗的现实面前却只能以纵酒来麻醉自已，慰藉那孤寂的心灵，最终以自尽走上消极反抗的道路。作者剖析了他自毁的原因："从他片断的谈话中，我所了解的，一个旧时代的文人，饱受人生现实的折磨，希望破灭了，结果所有的，只是孤寂，愤世，自毁。"这无疑是知人之论。《追思》回顾了与许寿裳二十年的交往，对许寿裳"谦冲慈祥，临事不苟"的性格多有描述，充分表达了对许寿裳遇害的悲愤之情。《酒旗风暖少年狂》则记叙了晚年避居江津的陈独秀的人生境况，作者由陈独秀题写的诗词、书法写到他曾经有过的诗酒豪情，以及历经坎坷后依然保有的磊落倔强之气，写出了人物"烈士暮年"的落寞情状。

《伤逝》是忆旧怀人散文中的名篇。文化名人张大千和庄慕陵是作者的两位老友，他们曾经过往甚密，但后来老友们却相继离世。作者以沉重的笔墨，勾勒了两位老友的点滴往事，抒写了浓浓的伤逝之情。张大千年轻时才华横溢，精力过人，看画神速，“每一幅作品刚一解开，随即卷起，只一过目而已”；而到作画时，待吃过晚饭，“当场挥洒，不到子夜，一气画了近二十幅，虽皆是小幅，而不暇构思，着墨成趣，且边运笔边说话，时又杂以诙谐”。但到晚年，张大千精力明显不济，“看他作画的情形，便令人伤感”。作者最后去医院加护病房探望，“虽然一息尚存，相对已成隔世，生命便是这样的无情”。生命原本就是如此脆弱。而另一老友庄慕陵也终至一病不起，他曾经酒气干云，此时虽不能饮，但“饭桌前还得放一杯掺了白开水的酒”，以“表示一点酒人的倔强”，“当我一杯在手，对着床榻上的老友，分明生死之间，却也没有生命奄忽之感”。老友对生命的执着和顽强，更凸现出作者的伤逝、悲悼之情。作者一方面伤悼生命的流逝，感叹时光的无情，另一方面低缓地唱出了一曲深情的友谊之歌。

台静农在给洪素丽的散文集《浮草》作序时写道：“无根的异乡人，都忘不了自家的泥土。”他注重一个作家在作品中表现乡土情感。在台静农的散文中，就有着浓重的乡土感和乡土情怀。他把当初的台大寓所称为歇脚庵，“既名歇脚，当然没有久居之意。身为北方人，于海上气候，往往感到不适宜，有时烦躁，不能自已”，并有诗云：“丹心白发萧条甚，板屋楹书未是家。”（《龙坡杂文·序》）这种乡土情结使台静农散文蕴含着一种浓郁的思乡之情。《谈酒》是很有代表性的一篇。一位朋友从青岛带来两瓶苦老酒，勾起了作者无限的思乡情。他喜欢苦老酒，“可也不因为它的苦味与黑色，而是喜欢它的乡土风味。即如它的色与味，就十足的代表它的乡土风”。苦老酒是他思念曾经的生活地山东的一个载体，看到了苦老酒，实则看到了故土的风情，感受到了故土的温馨。而杂酒则蕴含着他在四川江津白沙的一段生活。台静农写的是苦老酒与杂酒，其实表达的则是他对故友亲人的深切思念和热烈的乡土情愫。富有乡土气息的“酒”成为使台静农抒写乡愁的载体。

作为“五四”新文化精神的嫡系传人，台静农有着阔大的文化视野和传承人文精神的自觉意识。在一系列谈文论艺的散文中，他谈古论今，深入浅出，笔锋恣肆，内容涉及多个领域，见解深刻而独到，学理情交融，具有极高的文化品位。这类作品首先具有深刻的学理性。作者引经据典，纵横捭阖，谈论书画，论述作家，评说历史，"拉杂写来"，洒脱而灵动。《〈夜宴图〉与韩熙载》一文知识密集，内涵丰富，且不失趣味和才情，很好地体现了学理情的融合。《书〈宋人画南唐耿先生炼雪图〉之所见》说到骆宾王、唐太宗、韩愈、白居易等众多历史人物，文中穿插宗教、绘画、诗词、神话、传说等种种内容，可称得上是学者散文的代表作。《辽东行》、《随园故事抄》等篇也都在对历史的还原中，再造历史情境，在指点历史、臧否人物的过程中，挥洒着对人生的深刻领悟。他为旧雨新知的著作写序作跋时，则往往议论与回忆相结合，在简要评说著作的同时，深情地忆起往事，铺叙友谊。如《〈病理三十三年〉序》、《〈六一之一录〉序》等。这些在对人物和著作的议论评述中表现着自己的情绪与襟怀的文字，一方面形成自我与人物的和谐，另一方面则体现为借人咏己，呈现出其散文含蓄蕴藉的独特风格。

二

苏雪林（1897—1999），原名苏梅，字雪林，笔名绿漪女士，祖籍安徽太平县。20世纪20年代中期开始创作，以富有特色的散文蜚声文坛，成为与冰心齐名的"闺秀派"代表作家，是"女性作家中最优秀的散文作者"。[①] 散文集主要有《绿天》（1928年）、《青鸟集》（1938年）、《屠龙集》（1941年）、《归鸿集》（1955年）、《苏雪林自选集》（1975年）等。苏雪林的散文风格独特，既具有女性作家的柔美气质，感触细腻，清新明丽，又具有女作家少有的阳刚之气，雄浑豪放，激愤慷慨，别具魅力。

《绿天》是苏雪林第一部散文集，以笔名绿漪印行，共收散文六

① 阿英：《现代中国女作家·绿漪论》，北新书局1931年版。

篇。其中《绿天》、《收获》、《小猫》是单篇散文，《鸽儿的通信》内含14篇通信，《小小银翅蝴蝶的故事》由6节小故事前后连接而成，《我们的秋天》则由7篇相对独立的散文构成。在这些早期散文中，作者着力抒写了两个方面的内容，一是表现女主人公的爱情体验，二是歌咏自然美景。

苏雪林是在现代思潮的洗礼下成长起来的，又到法国留过学，个性解放思想对她产生了很深的影响；同时她又无法摆脱传统观念的束缚。她的婚姻便是母亲包办的，在父母之命和内心的爱情追求之间痛苦挣扎了很长一段时间后她无奈地结婚了。《绿天》里所表现的其实并不是作者自己真实的夫妻感情，而是她对理想的夫妻生活的理解和期盼。她侧重的是主观想象，是爱情理想，而不是现实状况。正如作者所说："书中描写过去生活大半是'美丽的谎言'，有几篇实录，也经过若干夸大。"① 但这并不影响作者情感的真实和表现的真切。她在有缺陷的婚姻生活中真诚地梦想着男欢女爱、夫妻恩爱。《鸽儿的通信》、《绿天》、《小猫》和《书橱》、《瓦盆里的胜负》等篇便是对夫妻相思相爱情意的真诚抒写，表现了夫妻相聚时的欢乐和离别后的相思之情。《绿天》倾吐了作者的心声："世上哪有绝对的真幸福呢？我们又何妨将此地当作我们的'地上乐园'。""一切我们过去生命里的伤痕，一切时代的烦闷，一切将来世路上不可避免的苦恼，都请不要闯进这个乐园来罢，让我们暂时做个和和平平的好梦。"《鸽儿的通信》则以爱人出远门后一天一封书信的方式记录下女主人公的思念与深情。

与此同时，散文集《绿天》还热烈抒发了对大自然的赞美，描绘了一幅幅大自然美丽动人的图景。作者以天真的童心、丰富的想象来观照大自然，使自然具有了丰沛的生命力。她这样写树和云："有一株双叉的榆树最高，天空里闲荡的白云，结着伴儿常在树梢头游来游去，树儿伸出带瘿的突兀的瘦臂，向空奋拿，似乎想攫住她们，云

① 绿漪：《我写作的动机和经过》，《青鸟集》，商务印书馆1938年版。

儿却也真乖巧，只永远不即不离的在树顶上游行，不和他的指端相触，这样撩拨得树儿更加愤怒，臂伸得更长，好像要把青天抓破。”(《绿天》）在这里，树和云都有着鲜活的生命和鲜明的个性，尤其云仿佛是一个调皮、灵动的顽童。她这样写水：“水是怎样的开心呵，她将那可怜的失路的小红叶儿，推推挤挤的推到一个漩涡里，使他滴滴溜溜的打团转儿，那叶儿向前不得，向后不能，急得几乎哭出来，水笑嘻嘻的将手一松，他才一溜烟的逃走了。”（《鸽儿的通信》）这些描写，情感纯真，充满童心。此外如《扁豆》、《金鱼的劫运》、《秃的梧桐》等篇，也都是出色的写景美文。

在20世纪30年代以后的散文创作中，随着时代的发展，随着作家与现实生活的进一步贴近，苏雪林散文的社会性不断加强。苏雪林将自身经历与时代的风云、历史的变迁、文化的冲突交织在一起，艺术视野日益扩大。1941年出版的《屠龙集》大体有三个方面的内容：一是揭露日本侵略者烧杀抢掠罪行的，如《乐山惨炸身历记》、《敌兵暴行的小故事》等；二是弘扬民族正气，讴歌中华儿女爱国主义精神的，如《寄华甥》、《奇迹》等；三是记述战时知识分子动荡生活与痛苦经历的，如《炼狱——教书匠的避难曲》、《雨天的一周》、《家》等。此时的苏雪林充满爱国热情，她认为人生是战斗的，“人活着不仅为自己，也为大众。”（《老年》）在《屠龙》里，她描绘了一位威武的天神勇敢屠龙的壮观场面；在《奇迹》里，她热情讴歌阵亡的抗战将士：“你们的英魄，安息在天上，你们的行传，铭刻在国民的记忆，你们的名字，长留青史，放射万丈的光芒。”这一时期苏雪林的散文具有悲壮美、崇高美。

到台湾后，苏雪林写了不少记游散文。她以优美的文笔，描绘了青岛的栈桥灯影，黄山的旖旎风光，罗马的地下墓道，彭贝依古城遗址等世界自然文化名胜。这些记游散文，大都收在《苏雪林自选集》里。

苏雪林的散文具有鲜明的特色。一是具有诗画美。苏雪林的散文诗中有画，画中有诗，既注重诗意的开掘，又注重画面的组合，具有诗画的美。苏雪林写景，善于运用各种色彩来表现大自然的神韵。如

《黄山游踪》："居高临下，放眼一望，但见无穷无尽的峰嶂，浓青、浅绿、明蓝、沉黛，以及黄红赭紫、靡色不有，有如画家，打翻了颜料缸。"可谓浓墨重彩，绚丽多姿。再如《绿天》："园中的草似乎多时不曾刈除了，高高下下长了许多杂草，草里缠纠着许多牵牛花，和茑萝花，猩红万点，映在浅黄浓绿间，画出新秋的诗意。还有白的雏菊，黄的红的大丽花，繁星似的金钱菊，丹砂似的鸡冠，也在这荒园中杂乱的开着……"色彩的搭配和线条的勾勒恰到好处，立体地呈现出一幅杂草丛生的荒园景象。二是具有趣味美。苏雪林为文幽默洒脱，她的散文颇富谐趣和雅趣。在《鸽儿的通信》中作者以鸽儿为比喻来写夫妻生活："你在家时，曾将白鹇当了你的象征，把小乔比做我，因为白鹇是只很大的白鸽，而小乔却是带着粉红色的一只小鸽，他们的身量，这样的大小悬殊，配成一对，这是有些奇怪的。我还记得当你发现他们匹配成功时，曾异常欣喜的跑来对我说：'鸽儿也学起主人来了；一个大的和一个小的结了婚!'"字里行间流露出夫妇生活中特有的天真与情趣。苏雪林的古典文学造诣颇深，对古典诗词有深入的研究，她写景状物常引经据典，为文典雅，富有趣味性。《秋夜的星星》抒发的是孤寂惆怅之情，为表达自己的感受，作者引用了龚定庵诗《秋心》，张衡的诗《四愁》，并认为"曹子建的《洛神赋》，陶渊明的《闲情赋》，以及古人无数没有对象的情诗都可归入这一类"，最后作品以《浮士德》来结尾。读者从中不难领略到苏雪林知识的渊博，为文的典雅。

三

"五四"发端的中国现代散文在文体上具有鲜明的特征。它崇尚个性，追求真实，立足于作者自己，忠实于个人的思想感情和审美感受，以此来对抗"瞒"和"骗"的文学。这种散文自由灵活，取材广泛，文字活泼，不拘一格，或描绘世态，或抒发感情，或追求趣味，或状写自然美景，或挥洒知识才情，凡此种种，不一而足。至于散文风格，朱自清曾在1928年勾勒过“五四”以后散文创作绚丽多姿的盛况：“就散文论散文，这三四年的发展，确是绚烂极了：有种种的样式，种种的流派，表现着，批评着，解释着人生的各面，迁流曼延，日新月异：有中国名士风，有外国绅士风，有隐士，有叛徒，在思想上是如此。或描写，或讽刺，或委曲，或缜密，或劲健，或绮丽，或洗练，或流动，或含蓄，在表现上是如此。”①

在“五四”一代作家中，台静农和苏雪林有着许多共性的方面。他们都来自于封闭保守的旧式家庭，从小接受的封建传统的教育。是“五四”的春潮把他们推涌到北京，从此他们在新思潮、新文化的洗礼下走上了新文学之路。他们的创作都体现了“五四”时代精神。

而在具体的创作路径、创作领域和创作方法上，台静农和苏雪林又有着各自鲜明的特色。

台静农的散文沉郁质朴，知性灵动，情理交融，含蓄蕴藉。他的忆旧怀人散文受到了鲁迅《朝花夕拾》的影响。鲁迅开创了现代记叙抒情散文的传统，他的散文集《朝花夕拾》大都取材于昔日的经历，包括童年的生活、故乡的习俗、留日的见闻等等。鲁迅从昔日童年生活中捡拾美好的记忆，以纪实的笔法表现童真童情，涉笔成趣，语言明快。台静农的忆旧怀人散文无论在选材、叙事笔调还是在记叙人物方面，都借鉴了鲁迅散文的风格。如在叙写人物时，鲁迅采用了他所擅长的白描手法，往往寥寥数笔，形神毕现。《阿长与山海经》中“黄矮而胖”，“一到夏天，睡觉时她又伸开两脚两手，在床中间摆成一个‘大’字”的长妈妈；《藤野先生》中“解散辫子，盘得平的，除下帽来，油光可鉴，宛如小姑娘的发髻一般，还要将脖子扭几扭”的“清国留学生”；《范爱农》中“高大身材，长头发，眼球白多黑少”的范爱农，等等，都给读者留下了鲜明的印象。而在台静农的散文中，常可见到鲁迅的这种笔法。《北平旧事》中的余嘉锡“原

① 朱自清：《背影·序》，《朱自清全集》第1卷，江苏教育出版社1996年版，第33页。

是前清举人，在北京作过官，自己说是六品小京官。他面孔白皙，黑黑的八字须，步履稳重，不苟言笑，给人的印象，严肃而有官派”。而张亮丞“因病的关系，不到四十岁，须发皆白，面孔又异于常人的红润。一次他搭胶济火车，没得座位，张宗昌的兵看他那样的老，居然让座给他。援庵先生喜拿这事向他开玩笑，说他鹤发童颜，张宗昌的大兵都被感动了”。数学教授常福元，“圆脸长须，肥短身材，步履从容，而和蔼可亲。……此老更善说笑话，警策而有含蓄，使你笑了以后还有余味。”其他如英千里、沈兼士、陆和九等人，作者也都抓住人物特征娓娓而叙，形神毕现。又如《记波外翁》写波外翁“身短、头大，疏疏的长须，言语举止，一派老辈风貌”，“初与波外翁相处，使人有不易亲近之感，不因他的严肃，而是过分的客气，你说什么，他总是说‘是的，是的’，语气虽然诚恳，却不易深谈下去”，活画出了波外翁的音容笑貌。

而在谈文论艺的知性散文创作中，台静农走的则是“五四”学者散文的创作路子。“五四”时期，学者散文的杰出代表是周作人。早在1922年，胡适就在《五十年来中国之文学》中作出评价：“这几年来，散文方面最可注意的发展乃是周作人等提倡的‘小品散文’。这一类的小品，用平淡的谈话，包藏着深刻的意味；有时很像笨拙，其实却是滑稽。这一类的作品的成功，就可彻底打破那‘美文不能用白话’的迷信了。”① 周作人提倡“美文”，也创作了一些“美文”，但从总体上来说，周作人的散文属于学者散文。周作人精通多种外文，博览群书，在中西文学方面都有深厚的造诣。据他的学生张中行说：“在我熟识的一些前辈里，读书的数量之多，内容之杂，他恐怕要排在第一位。多到什么程度，详说确说，他以外的人做不到。但可以举一事为例，他说他喜欢涉览笔记，中国的，他几乎都看过。如他的文集所提到，绝大多数是偏僻罕为人知的，只此一类，也可见数量是如何大。何况还有杂，杂到不只古今，还有中外。他通

① 《胡适文存二集》，第212页。

日语、英语和希腊语，据我所知，他之熟悉日文典籍，似乎不下于中文典籍。”① 正因为周作人有博学、博览、博识的底子，所以他的散文旁征博引，探幽究微，知识密集，内涵丰富，具有浓重的书卷气。《苍蝇》一文在不到二千字的篇幅里，引了希腊路吉亚诺思（Lukianos）的《苍蝇颂》，处女默亚（Muia）被变成苍蝇的传说，诃美洛思（Homeros）的史诗，法勃耳（Fabre）的《昆虫记》，《诗经》，小林一茶的俳句，《埤雅》，以及绍兴小儿谜语歌等等，不可谓知识不密集。《伟大的捕风》全文二千余字，引用的书籍有：《旧约·传道书》、拉瓦尔（Lawall）的《药学四千年史》、梭罗古勃（SoLogub）的小说、易卜生的《群鬼》、吕滂（Le Bon）的《民族发展之心理》、巴思加耳（Pascal）的《感想录》等。这些作品正显示了周作人学识的渊博。不过，尽管周作人散文材料丰富，知识容量大，但由于他在引书的方法上很讲究，采取的是一种漫话闲谈的方式，注重情趣，因此往往会飘逸出举重若轻的风采。台静农的知性散文也往往引经据典，纵横捭阖，谈古论今，深入浅出，具有极高的文化品位。《〈夜宴图〉与韩熙载》由南唐顾闳中的《夜宴图》谈起，考证这幅连环画的主题与当时社会生活的关系，其间引用了《宣和画谱》、《南唐书》、《江南野史》、《五代诗话》和陆游的《避暑漫抄》等古籍，并将《夜宴图》与《花间词》对举，考辨其写实精神，文章知识密集，内涵丰富，趣味和才情并举，很好地体现了学理情的融合。《书〈宋人画南唐耿先生炼雪图〉之所见》，先引《故宫图画录》介绍了故宫博物院收藏的《宋人画南唐耿先生炼雪图》，接着引《南唐书·耿先生传》、《江淮异人录》中相关记述，论证南唐时确有耿先生其人和“炼雪”的神话，又引《抱朴子》来说明“炼雪”乃道士之方术，而后从赵翼的《瓯北诗话》谈到吕岩的《渔父词》和五代词集《花间集》中的《女冠子》，从敦煌曲《内家娇》说到骆宾王、唐太宗、韩愈、白居

① 张中行：《再谈苦雨斋》，《在家和尚周作人》，四川文艺出版社1995年版，第46—47页。

易等众多历史人物，文中穿插宗教、绘画、诗词、神话、传说等种种内容，是学者散文的精品之作。其他一些篇什也大都在采取漫话闲谈的方式，情趣和理趣共生，呈现出含蓄蕴藉、沉郁内敛的独特风格。

苏雪林的散文则感性充沛，意象鲜活生动，情愫浓重。一方面，她的散文具有“五四”“闺秀派”作家共同的特点，抒写亲情和爱情，讴歌童真和大自然，在对日常生活的叙写中营造色彩柔和、气氛温馨的艺术世界。另一方面，她又具有女作家少有的阳刚之气。在早期的散文创作中，苏雪林并不是纯然以超脱的态度来表现爱情、描写自然，她也写下了一些直面现实、关注人生的作品。发表于1925年的记实散文《在海船上》、《归途》等，记述的是作者由欧洲返回祖国途中的见闻和感受，文中既涉及东西方文化冲突的问题，也揭示了中国人的民族劣根性，表现出对民族命运的深深忧虑。她悲愤地写道：“军阀政客专横，不足畏惧；外国人的残杀，不足痛心，一切一切，由国际地位上所得的耻辱，不足愤慨，只要我们有人起来干，换言之就是养成干的实力，这些困难，都可以消弭而排除的。但干的人在哪里？过去？没有。现在？没有。将来？也没有。”（《归途》）这种对于民族文化阴暗面的审视和追问，以及由此表现出的民族忧患意识和文化批判精神，在20世纪20年代的中国女作家中是罕见的。而1941年出版的《屠龙集》正面表现了抗战时期的社会生活，揭露了日本帝国主义的侵华罪行，讴歌了中华儿女的爱国主义精神，弘扬了民族正气，其悲凉慷慨之气真可谓巾帼不让须眉。

在台湾当代文坛上，台静农和苏雪林这两位从“五四”走来的文学老人成为“五四”文学薪火的传播者。在他们的影响和启示下，台湾散文界形成了学者散文和“闺秀派”散文两个创作群体。写作前一型散文的有余光中 、吴鲁芹、杨牧、张晓风、许达然、庄因、林文月等。而“闺秀派”散文家则有琦君、张秀亚、罗兰、廖玉蕙、刘静娟、喻丽清、简宛等一批女作家。在他们的共同努力下，台湾散文出现了繁盛的局面。

[原载《徐州工程学院学报》（社会科学版）2011年第6期]

张晓风散文论

张晓风，笔名晓风、桑科、可叵，原籍江苏铜山，1941 年生于浙江金华。1949 年随父母到台湾。小学期间与同学成立“绿野文艺社”。1952 年考入台北第一女子中学，后转学屏东女中。1958 年考入东吴大学中文系，毕业后留校任教。1967 年以散文集《地毯的那一端》获中山文艺散文奖。1975 年后任教于阳明医学院。张晓风 60 年代中期开始文学创作。早期以散文和戏剧并举，发表了《画爱》、《第五墙》、《武陵人》、《自烹》、《和氏璧》、《严子与妻》等戏剧作品。1975 年后则主要创作散文。张晓风的散文创作数量十分丰富，60 年代以来先后出版了《地毯的那一端》、《愁乡石》、《步下红毯之后》、《你还没有爱过》、《再生缘》、《三弦》、《我在》、《从你美丽的流域》等十多部散文集，在台湾文坛享有盛誉。余光中说：“张晓风不愧是第三代散文家里腕挟风雷的淋漓健笔，这枝笔，能写景也能叙事，能咏物也能传人，扬之有豪气，抑之有秀气，而即使在柔腕的时候，也带一点刚劲。”① 王文兴则认为：“张晓风的文字，其运用之灵活，在当今的我国作家中几不作第二人来想。”②

1964 年，张晓风开始了散文创作生涯。在《地毯的那一端》、《愁乡石》等早期作品中，她以敏感纤细的心灵去感应自然和人生，写出了许多讴歌大自然和赞美亲情的篇章。在这一时期，张晓风的风

---

① 余光中：《亦秀亦豪的健笔》。

② 王文兴：《张晓风的艺术》。

格是真率热烈的，犹如深山里一株怒放的红枫，又似飞溅直流的瀑布，作者或歌或号，大喜大悲，感情直露，作品具有强烈的感情色彩。

对大自然的热情讴歌构成了张晓风早期创作的主要特色。张晓风以女性作家特有的细腻纯真的情感去把握和捕捉大自然的美，在清风明月、山松野草之间驰骋想象，营造物我一体、情景交融的意境。

张晓风长期生活在现代都市社会，居住在水泥板和水泥板之间的狭小空间里，她十分向往大自然，喜欢徜徉在山水之中。一旦置身于广阔无垠的大自然，她便充满喜悦，兴奋不已，“赤着足在石块与石块之间跳跃着”，“恍惚以为自己就是山上的一块石头，溪边的一棵树。”一切世俗的烦恼消失了，胸中的愁闷随着瀑布一泻而尽，全身心感到一种彻底的放松。《魔季》和《归去》等作品把这种对大自然的热爱、眷恋表现得淋漓尽致，作者写出了充满生机和活力的大自然的春天。

伴随着对大自然的讴歌、赞美，张晓风展开了丰富奇特的想象。“天空的蓝笺已平铺在我头上，我却又苦于没有云样的笔。”（《画晴》）这是何等的气魄！“阳光的酒调得很淡，却很醇，浅浅地斟在每一个杯形的小野花里。”（《魔季》）这种想象不可谓不新颖！而在《归去》中，作者把疾风中翻飞的翠叶比作是正在演奏的琴键，把整个山谷看作是如同大风琴的共鸣箱，这种想象简直要直追盛唐诗人了。

描写友情、亲情、爱情，抒发对美好感情的眷恋和向往，这也是张晓风这一时期散文创作的一个重要内容。友情、亲情、爱情，是文学作品亘古不变的主题。张晓风以她特有的方式向读者抒发了对朋友的友情，对家人、儿女的亲情，对丈夫的爱情，从而使读者领略到其丰富多彩的感情世界。《到山中去》《霜橘》、《光环》、《归去》、《不能被增加的人》等都抒发了与朋友赤诚的友情。与友人相伴而游的畅快、惬意，相濡以沫的体贴、温情，朝夕相处、同窗共读的甜蜜、喜悦，这些成为张晓风反复抒写的内容。而在《绿色的书简》、《回到家里》、《初雪》、《初绽的诗篇》等作品中，作家则以温馨的笔墨写出了对家人的关爱。《初雪》和《初绽的诗篇》都是作者写给儿子诗诗（一个多么富有诗意、蕴含爱心的名字）的，表现出母亲对孩子深挚、热烈的爱。有些人把孩子作为摆设来满足自己的虚荣心，以孩子的健康、美丽向人炫耀，张晓风对此很愤慨，她响亮地喊出："诗诗，如果我们骄傲，是为你本身而骄傲，不是为你的健康美丽或者聪明。你是人，不是我们培养的灌木，我们决不会把你修剪成某种形态来使别人称赞我们的园艺天才。你可以照你的倾向生长，你选择什么样式，我们都会喜欢——或者学习着去喜欢。"这是更高层次上的母爱，包含着对孩子的充分信任和理解。作为一个妻子，张晓风在作品中也表现了对丈夫炽热的爱情。《地毯的那一端》从两人相识开始写起，写到他们的相恋相爱，一直写到自己决定踏上铺满花瓣的红地毯，与地毯那一端所信赖的人一起，共同走过漫长的人生之路。作品写出了对丈夫的爱恋和信赖，写出了陶醉在爱情海洋里的甜蜜和幸福："我们活在梦里，活在诗里，活在无穷无尽的彩色希望里。记得有一次我提到玛格丽特公主在她婚礼中说的一句话：'世界上从来没有两个人像我们这样快乐过。'你毫不在意地说：'那是因为他们不认识我们的缘故。'我喜欢你的自豪，因为我也如此自豪过。"

艺术无止境。一个有个性、有独特风格的作家，需要不断地开阔视野，扩大题材，丰富和发展自己的个性与风格，使艺术走向成熟。从《步下红毯之后》开始，张晓风的题材和风格发生了明显的变化。从内容上来说，她的作品由过去着重抒写"小我""私爱"转向抒写"大我"之爱，表现出对人世的深切关注和对民族文化的强烈认同。从风格上来说，早期创作中的那种大喜大悲减少了，注重营造意境，向往生命的深沉和严肃，笔墨老辣，风格明朗隽永，被余光中誉为"亦秀亦豪的健笔"。

作为炎黄子孙，张晓风周身涌流着黄河、长江的激浪，割舍不了深植于民族土壤的赤子之情。每当想起祖国、民族的悠久历史和灿烂文化她便"血脉贲张"，神采飞扬，激动不已。"望着那犹带中原泥土的故物，我的血忽然澎湃起来。走过历史、走过辉煌的传统，我发觉我竟是这样爱着自己的民族、自己的文化。”（《细细的潮音》）强烈的民族自豪感和认同感使作家无条件地挚爱着我们的土地、我们的民族，关怀着故土上的万事万物。《河出图》中写作者去看关于黄河的摄影展，图片上猝然横向天际的黄河使她灵魂震颤，产生了强烈的爱国热情：“爱她，只有一个不成逻辑的理由——只因河出图洛出书自山海经自禹贡自诗经自乐府自李杜以来，她一直是我们的河，是我们生命最原始节拍。”《你还没有爱过》中的“爱”是指对国家民族的爱，这是一种“温柔的、巨大的、坚实的、强悍的爱”，谁如果没有体会过这种情感，“谁就不能算真正爱过”。面对政治阻隔、国家分裂的现实，张晓风常常热泪纵横。不能亲临黄河，不能回归故土，不能在“每个江南草长的春天回到旧日的梁前”，这使她感到“五内挖净似的空虚”。张晓风喜欢旅游，到过不少国家和地区，可无论是在日本、韩国、泰国，还是在印度、帕米尔、美国，她心里想的始终是祖国，牵挂着的是故土的同胞。在那一篇篇域外游记中，随处可见对祖国和民族的关怀和热爱。比如身在尼泊尔，她想的却是一山之隔的中国：“一山相隔，山外有多绵长的一条路，有多悠长的一个故事，一段五千年的密密实实的起伏情节。而我，为什么偏偏站在这一面看山？”（《远程串门子》）从这些地方，我们可以真切地感受到作家对祖国和民族文化深厚的爱。这种民族情感深深地融进了作家的感情世界，成为其创作的基调。

这一时期，张晓风还写了许多忆旧怀人之作，描写了生动的人物形象。这些人物，有的是文化界的前辈，有的是文坛同仁，也有的是普通的山地同胞，在张晓风的笔下，他们都十分亲切而又自然。

一般的散文作品写人往往化整为零，即每篇只记述人物的一个生活片断，写人物性格的某一侧面，很难表现完整的人物形象。张晓风的散文则不同，她善于运用小说笔法，准确、细腻地刻画人物的外貌、心理和性格特征，人物形象栩栩如生。《半局》中的杜公杜奎英“粗眉毛，瞪凸眼，嘎嗓子，而且还不时骂人”，有着鲜明的个性。

作家撷取生活中的许多小故事构成了其完整的性格特征。杜公爱憎分明，“看到不顺眼的人或事他非爆出来不可”，不管是不是得罪人，因此很多人都觉得他“嘴刻薄，不厚道，积不了福”。杜公在学业上有独到的见解，他“绝顶聪明，才思敏捷，涉猎甚广，而且几乎可以过目不忘”。这样一位粗犷率真、脾气偏执、愤世嫉俗、不拘小节的东北大汉，感情却是很细腻的，“杜公谈起恋爱，差不多变了一个人，风趣、狡黠、热情洋溢”。作家抓住人物的性格特征，惟妙惟肖地活画出人物的灵魂。《一个东西南北人》则用素描的笔法勾勒人物，描画主人公管管的种种奇事，使形象活现纸上。管管看到月亮；会说：“请坐，月亮请坐。”看见春天，他会说：“春天坐着花轿来。”过年，别人贴对联，他却贴诗。而写起诗来，则不用“我”，专用“吾”。他才华横溢，多才多艺。他是诗人，却又会写散文，而且写得比散文家还好。在电影里他演禅师，在家里又趴在地上给儿子当马骑。他吃喝享受样样精通，喜欢酒，喜欢辣椒大蒜，喜欢蟋蟀，喜欢松树，喜欢松鼠，喜欢在枪上插一撮野百合或水姜花。他对画有研究，又能拉起嗓子唱苍凉凄紧的铁板快书……作者最后感叹道：“对于这天不管地不收的老孩子，这非儒非圣非仙非妖却又亦人亦怪、亦正亦邪、亦柔亦霸的管管，你能把他如何呢?”全篇写得妙趣横生，使人忍俊不禁，给读者以十分强烈的印象。其他作品如《看松》、《大音》、《她曾教过我》、《找个更高更大的对手》、《蜗牛女孩》、《江河》等也都描写了生动传神的人物形象。

张晓风写人散文的最为成功之处在于她能够从自身的体验出发，结合人物的性格写出自己的切身感受。她善于把握叙事角度，将人物的趣闻轶事依据一定线索贯穿起来，并将浓厚的感情融会其间，这样就摆脱了传记的呆板，使形象鲜明生动，呼之欲出，颇有“传神”之功。同时她又能依据人物身份性格的不同和主题表现的需要，安排不同的笔墨，把握住雅俗、文白、巧拙之间的分寸。这显示了作家深厚的文字功力和精湛的表现技巧。

这一时期，记游写景仍然是张晓风喜欢描写的一个题材。与前一时期相比，这类散文的意境有了较大的开拓。泛舟喀什米尔夜晚的湖上，作者觉得像是在一只巨大的“地勺”里，那只勺清可见底，甘洌可饮。抬头望天，正好望见北斗七星——“勺子星”。这时作者便驰骋想象：“不知这只瓢勺意欲舀些什么，舀些玄思吗？舀些光芒吗？舀亿万年来人们的仰望吗？在星子的天勺与大湖的地勺之间，我们的小舟也许是一只小勺吧？只舀一小时的湖上良辰。我自己也是一只小勺吧？舀一生或痴或狂的欲望。”（《地勺》）短短的一段文字，从天上说到地下，由世界说到自己，层层递进，波澜起伏，意境深邃。在这类散文中，《常常，我想起那座山》所取得的成就是十分突出的。它不仅是张晓风写景抒情散文的代表作，也是台湾当代散文名篇，无论结构、意境、想象还是文字技巧，都堪称一绝。请看这样一段文字：“山从四面叠过来，一重一重地，简直是绿色的花瓣——不是单瓣的那一种，而是重瓣的那一种——人行水中，忽然就有了花蕊的感觉，这种柔和的、生长着的花蕊，你感到自己的尊严和芬芳，你竟觉得自己就是张横渠所说的可以‘为天地立心’的那个人。”作者把纷至沓来的群山比作花瓣，水上的自己比作花蕊，想象奇妙无比，给读者以十分强烈的美感享受。这是张晓风所特有的“豪喻”。再如：

> 剪山为衣，抟水为钵，山水的衣钵可授之何人？叩山为钟鸣，抚水成琴弦，山水的清音谁是智者？山是千挠百折的璇玑图，水是逆流而读或顺流而读都可以的回文诗，山水的诗情谁来领管？
>
> 俯视脚下的深涧，浪花翻涌，一直，我以为浪是水的一种偶然，一种偶然搅起的激情。但行到此处，我忽竟发现不然，应该说水是浪的一种偶然，平流的水是浪花偶而憩息时的宁静。

这简直就是诗了。诗的想象，诗的情趣，诗的语言，诗的节奏，诗的力度，组成了一个完美的意境。能在写景抒情散文里挥洒诗才，营造优美的诗的意境，这需要散文家具有诗人的才华。张晓风其实就是写“不分行诗”的诗人。

在《再生缘》的后记里，张晓风说白居易曾渴望别人认识他更多的层面，“气的只是别人似乎已把‘完整的白居易’变成‘有限的长恨歌’”。同样地，张晓风也希望别人对她有全面的认识。她固然不否定年轻时的自己及作品，但她更“喜欢岁月和风霜的感觉，……更心许的却是今日的自己”。随着人生经验的增加，张晓风的创作层面不断拓展，关怀面越来越广，尤其是1980年以后，她在创作中更多地融进自己的人生经验，感悟人生，努力探索人生真谛，使作品在抒情的同时带有明显的思辨和哲理色彩。这时的张晓风已不再是当年那个步上地毯步下地毯的青年了，而是“行至人生中途”，思想深邃，品尝过人生五味的著名作家了。这一时期，她的创作表现出壮阔深沉的艺术风格。

在人生的旅程中，张晓风是积极进取的。她热爱生活，执着地追求美好的人生。早期作品中那种如《我喜欢》所表现出的对生活和人生带有冲动性的情感在“行至人生中途”的张晓风的作品中大为减少了。年龄的增长，境遇的变迁，心态的成熟，这在作品中留下了鲜明的印迹。成熟期的张晓风，更注重状写对人生深沉的思考，表现人生的种种复杂性。《我在》第二辑《矛盾篇》中所收的作品都是直接写人生矛盾的。《矛盾篇》之一展示的是这样一对矛盾：“爱我更多，好吗?”与“爱我少一点，我请求你”。一方面，作者渴望得到更多的爱，生命短暂，岁月匆匆，她希望用爱填补每一个空间；另一方面，她又不愿意获得太多的爱，“因为爱使人痴狂，使人颠倒，使人牵挂，我不忍折磨你。”她要努力地把“小我”之爱转化为“大我”之爱。在《矛盾篇》之二中，作者列出了另一对矛盾：“我渴望赢”与“我寻求挫败”。在《矛盾篇》之三中，作者又围绕“狂喜”和“大悲”这一对矛盾范畴来揭示生命的秘密。

优秀的文学家也应该是哲学家，他不仅要洞察人情，也要积极去探索人生真谛，对人生作出合理的解释。由于种种原因，人们无法穷尽世界的奥秘，常常只能望洋兴叹。张晓风在创作中也显示出这一情形。在用笔墨探讨人生的时候，她常常现出无奈的心绪，使作品流露出怅然若失的情调。《我不知道怎样回答》就比较典型地反映了这种心态。在复杂的人生面前，人们往往找不到一个确定的答案，然而又何必一定要苦苦去找呢？人生究竟有多少事情是可以说得清楚的呢？《只因为年轻啊》进一步阐明了这种思想。年轻人由于阅历不深，人生经验欠缺，喜欢对人生作一些简单、肤浅的回答，作者无限感慨地叹道：这一切都只因为年轻啊！在《我要去放风筝》中，作者更是把无奈的心绪表现得淋漓尽致。这里写的是一个梦。作者在梦中要放风筝，却不知道去哪里放，也不知道该怎么放，而且最要紧的是手里根本就没有风筝，然而"我"却那么快乐，一种只知道自己要去放风筝的快乐。这种情景与人生是何其相似！在漫长的人生道路上，因为受种种条件的限制，获得成功的机会不多，但人们总是被理想所鼓舞，陶醉在虚幻的境界中，像放风筝一样兴致极高地去做某件事情，尽管到头来也许一事无成。

在探讨人生问题时，张晓风的人生态度是积极的。她注意到了人生的繁复性，揭示出人世的矛盾，但总的来说，她是信奉和谐美的，她的作品中极少见人生尖锐的矛盾冲突，更多的是对人生的关怀和热爱。她用创作努力地去做一件有益于世道人心、完美自己、启发别人的工作。

张晓风以她那枝生花妙笔在散文天地里辛勤耕耘，结出了丰硕的果实。她从中国文学传统中吸收了丰富的养料，同时又努力借鉴西方文学技巧，熔中西艺术经验于一炉，形成了别具一格的散文艺术。张晓风的散文结构缜密，技巧圆熟，想象丰富，语言精美，意境隽永，情愫浓重，其关怀面之广，内蕴之深，笔力之劲健，在台湾当代作家中是出类拔萃的。近年来，她又努力超越自己，大胆创新，文笔更加老辣，意蕴更为深邃。我们期待着张晓风在以后的艺术实践中写出更多更好的关怀人生的新篇章。

（原载《台港文学选刊》1992年第3期）

钟玲散文的率真个性和文化情怀

作为一个有着在台湾、香港、祖国大陆和美国等地跨域生活丰富阅历的女性作家，一个长期在台湾、香港、美国的高等学府从事教学研究工作的学者型作家，钟玲的散文摈弃了学院出身的作家常有的学究气和八股味。她的散文以率真、平易、质朴见长，而在字里行间又涌动着知识女性的文化情怀，有着卓尔不群的艺术品格。

散文是与人生最贴近的一种文体，它往往以质朴的语言、真挚的感情去感染人，打动人。然而，这并不是说散文就不需要技巧，不需要艺术，真正优秀的散文作品正是在看似不经意间营造情调，抒发情感，挥洒情韵和哲思，引发读者的共鸣。钟玲的散文正可以从这样的视角来加以探寻。

一

钟玲的散文创作视野开阔，题材多样，结集出版了《赤足在草地上》、《山客集》、《群山呼唤我》、《美丽的错误》、《爱玉的人》、《大地春雨》等多种散文集。她的散文作品，情感真挚，描写细腻，去雕饰，不做作，感性丰沛，表现出率真热烈的艺术个性。

怀人散文在钟玲的散文中有着突出的地位。她写父母、丈夫、师长、同学，写生活中遇见的各色人等，她努力捕捉这些人物的个性特征，通过一个个细小的生活画面状写他们的精神风貌，表现出作者丰富的情感世界。

胡金铨是香港名导演，世界公认的武侠电影大师，1987 年曾被时代周刊评为国际最出色的 50 位电影导演之一，执导过《侠女》《龙门客栈》《大醉侠》《大地儿女》《空山灵雨》等电影名片。钟玲 1978 年与胡金铨结婚后夫唱妇随，原本对电影缺少研究的她却应胡金铨之请，为他编写了《山中传奇》等电影剧本。《我看金铨拍戏》、《胡金铨的“开麦拉”》等散文叙写的是在拍摄《空山灵雨》和《山中传奇》的韩国外景地，钟玲从妻子及合作者的角度对作为电影导演的胡金铨的感受，通过胡金铨在拍戏过程中一丝不苟的细节描写，表现了他在电影创作中的艺术个性和审美追求。在人们的印象中，电影导演在电影拍摄现场一言九鼎，霸气十足，更何况像胡金铨那样的大导演。然而，“当胡金铨喊‘开麦拉’的时候，完全不是这么回事。之前他会一丝不苟地督导：灯光是不是打对了，摄影机是不是位置摆好，镜头里的布景是否符合他的想象，道具人员是否准备就绪，演员有没有屏息进入角色的内心世界。还有，唉，该由云层中露脸的太阳是否露了脸。然后，胡金铨会用轻到几乎听不见的声音对身边镜头后面的摄影师说‘机器’！两秒钟后他用美国腔的英文低声说：‘Camera.’他的声调低而平稳，甚至有沉重的感觉。”（《胡金铨的“开麦拉”》）正是因为胡金铨在艺术上一丝不苟、精益求精，在片场调度有方，指挥若定，精心注意到每一个细节的完美和各部门的协调配合，他才能拍出那么多的艺术佳作。在《我看金铨拍戏》一文中，作者主要写胡金铨在韩国首尔近郊的风景名胜地民俗村抢拍戏的情景。下午四点半，《空山灵雨》的一场戏完工了，胡金铨看离太阳落山还有一个小时，便不肯浪费时间，拉着钟玲和副导演在民俗村疾走，看看有没有可以临时抢拍的戏。在一个莲池畔，他忽地双眼发亮，传令男女主角立即换下《空山灵雨》的行头，穿上《山中传奇》的装束，赶来拍“新婚戏”。他“入定似的凝视着眼前的景物”，“果决而迅速地”安排好摄影机的位置，一个深浅有致的画面出现了：一对情侣在垂柳下吹笛，远处有楼台和山头的落日。等胡金铨把一切安排妥当，大叫一声“开麦拉”时，太阳已落到山头，正一丝丝地下沉到山后去，永恒的、完美的一刹那被定格了。作为一个亲历者，钟玲并不掩饰自己的情感，她由衷地赞叹："在他喊'开麦拉'之际，却更像一位战场上指挥大军的将军，能临危而不乱，一肩挑起所有的责任和困难。……不是我替他吹嘘，他颇有大将之风呢。"钦敬之情溢于言表。而在《四朵花：胡金铨周年祭》中，钟玲则写出了胡金铨这位大导演随和、幽默、率性的一面："朋友聚餐一定请他为上宾，他带给他们欢笑，也带给自己欢笑，在由薄转浓的酒意之中。大餐桌就是片场，他成为男主角，贮藏数十年的逸史、掌故、笑话，滔滔涌出。满座友人不是听入了神，就是笑弯了腰，而他自己则一杯又一杯，直到他半醉了，瞪大眼一副顽童表情，很多话都敢讲了。"胡金铨的形象固然生动而传神，而在这副笔墨中，我们又何尝不能体会到作者随和、率真的个性呢。

曾以《风萧萧》、《江湖行》风靡一时的徐訏，1949 年后生活在香港，直至 1980 年辞世。钟玲在他生命的最后几年与之结识，对他有了较多的观察和了解。《三束花，送徐訏》一文便写出了这位文坛名家的晚年风采和个性。"徐訏却独立在门外石阶尽头，看不出是快七十岁的人了，依然那么英挺，依然很有风采。他的嘴坚定地抿着，一双眼珠灰黝黝的，注视着楼外的雨丝，像是深潭一般，蓄满了落寞。"这股落寞，是在高度商业化的香港都市社会中形成的，尽管周遭的环境是喧哗而热闹的，徐訏却感到落寞而安静，于是每次相见，钟玲"总不时见到他眼中那股落寞"。她对这位文坛前辈充满理解："大概虽然他在香港住了三十年，他与此地的商业社会仍然格格不入吧！即使他近年写了不少以香港为背景的短篇小说，字里行间也嗅不出香港的气息。不管是文字、人物、事件，都处理得干干净净，没有一丝香港的喧哗和忙乱。"作者要把白菊、桂花、莲花这三束花送给徐訏，是有深刻寓意的。在物欲横流的社会里，白菊以其幽芳雅致、风骨清高成为宁静、超脱的象征。而桂花不张扬，不招摇，悄悄地绽放，以其淳朴淡雅、清丽飘逸的品格，将她的迷人清香洒向人间。莲花则生性高洁，"出淤泥而不染，濯清涟而不妖"，她是纯洁和神圣的象征。钟玲借这三束花表现了徐訏在攘攘之社会中不追名逐利，人淡如菊，甘于寂寞，不与世俗同流合污的精神。这种宁静、淡泊、低调的品格，正是现代社会所需要的。

美国当代著名诗人王红公是钟玲博士论文的研究对象。这是一位热爱中国文化、个性极为鲜明的老顽童式的作家，钟玲在与他交往的过程中，对他有着极为深刻的印象。谈起梅兰芳的《贵妃醉酒》，王红公一时兴起，“大步走到客厅一角，然后踮起脚尖，一步一摇地碎步走到厅中央，再拔尖嗓门，娇唤一声，我忍不住大笑起来，不是笑他模仿得不像，而是因为他的模样非常逗人。这位年近古稀的老人，须发俱白，橄榄形的身材，又高又大，瞪着一双铜铃似的大眼，披袭宽袍大袖的和服，居然学起娇慵无力的杨贵妃!”（《热爱中国文化的王红公》）王红公虽年近古稀却精力健旺，他养着条名叫青青的浑身乌亮的大黑狗，在王红公家里，钟玲最爱听他和青青的“二重唱”：“那个冬夜吃完晚饭，我们几个人在客厅聊天，青青躺在火炉旁取暖。王红公忽地仰头向天，拉长脖子，‘呜呜……’狼嗥似的长啸。青青立刻跳起身来，走到王红公面前坐下，双眼发亮地瞪住王红公。然后它也仰头向天，拉长脖子‘呜……’长号起来。他们一人一犬的二重唱，粗犷而狂野，响彻了寂静的山头。”（《四十年的差距》）这里既写出了王红公的野性和他的生命力，也充分表现了他率真的个性。

在《狗缘》、《落水狗》、《护土英雄忠狗》等散文中，钟玲着力抒写了她与狗的情感和缘分。这些作品笔墨细腻，感性十足，既写出了狗的个性，也展示了钟玲内心世界的丰富性。《狗缘》写的是当年作者在九龙油麻地一个狭小的宠物店遇见了一只大约只有一两个月大的小白狗，它非常消瘦，走路都有些摇晃，但却精力十足，在笼子里一直纠缠另一只爱困的棕色小胖狗。面对这只有着旺盛生命力的斑点狗，正处于凄清之中渴望温情的钟玲把它带回了家，从此她和这条狗成就了十二年零十个月的缘分，她有机会探索狗的内心世界，更了解了狗对人的温情和忠诚。《落水狗》叙写这条斑点狗生活中的趣事，写它由先前的恐水症到后来喜欢戏水，潮去的时候追逐水浪，潮来的时候狠咬浪花，将这条“淑女”狗写得形神毕现，妙趣横生。《护土英雄忠狗》则续写这条“淑女”狗的胆小，它因胆小而遭到黄花猫和鹦鹉的欺负；但正是这条胆小的狗，它面对凶险的入侵者，战胜了自己的弱点，勇敢地守卫领土，击退了小偷。作品以狗的口吻来叙述斗贼过程，惟妙惟肖，颇有情趣。

钟玲是至情至性的。在《生命可以承受的沉重》中，她写到父母病重时，她和他们在一起合力击退了死神，尽管付出了许多，尽管不知以后会如何，但她感谢命运给了她机会，能够陪伴双亲走完他们最后一段路程。她说：“焦虑过、痛楚过、还报过、关爱过，人才活得更实在，将来也能更坦然地面对自己的死亡。”《火化与水济》写在火化场的感悟，作者将正在接受火化的父亲与一株倒地的橡胶树联系在一起，她要用水济的方式救活这棵树，她感到：“此刻，这棵树正接受水济，由死亡步向生命；父亲也接受火焰的净化，步入一种崭新的、透亮的存在。”她由此对生和死有了新的领悟。而在《轮回》中，她则叙述了自己大学时代的一段如烟往事，真实地呈现了她的自恨、悲哀和失落，那种内心的冲突和自我的折磨是读者所久久难以忘怀的。

二

作为一个知识女性，一个长期浸润在中西文化交融之中的学院派作家，钟玲的散文有着博大的文化情怀。

中国素有“玉石王国”的美誉，数千年来形成了自己独特的、博大精深的玉文化体系。玉文化的产生发展与演变，贯穿于整部中国文化史。玉文化深刻地反映着中国的政治、哲学、道德、礼仪、宗教、审美等复杂的社会历史现象。因此，中国人爱玉、崇玉的行为有着丰富的文化内涵。

从1980年起，钟玲迷上了中国古玉，而且特别迷恋那些随棺入过土、变了色的古玉。她因此写了一系列以玉为题材的、文化内涵丰富的散文。

《爱玉的人》从自己名字“玲”的本义“佩玉相碰、叮叮咚咚的声音”谈起，写自己和玉的一世情缘。中学读《红楼梦》，就对玉产生了遐想，希望将来也能找到贾宝玉所有的那么一块玉，可以寄托自己的灵性，寄托对人生一切的爱和欲。然后又从新石器时代说起，谈玉和中国人之间深厚的渊源关系，玉的宗教神秘色彩，以及中国人“种族潜意识”里对玉的崇拜。而在伦敦大英博物馆里和一片玉蝉的奇遇则唤醒了她潜意识中对玉的崇拜和依恋。这是汉朝丧葬时含在死者口中用的。她陷入沉思：为什么汉朝人死后舌上要敷一块玉？为什么要雕成蝉形？玉蝉所蕴藏着的斑斓丰富的色彩，究竟是它的原色还是入土以后才变化而成的？她由此开始了中国玉文化的研究考察之旅。在藏玉的朋友家，在公开的玉展上，在古董店里，她流连忘返。而第一次买玉的经历，更让她领略到了玉的神秘力量。随后发生的一连串的神奇事情，使她相信拥有的这块玉环上附着精灵，与自己精气相通，从而护佑自己。这篇散文既叙写了作者和玉的情缘，更表现了中国玉文化的源远流长、博大精深，在对玉文化的探寻中抒发了自己的崇拜、敬畏之情。《香港觅玉记》则通过对在香港寻玉过程的叙述，表达了对中国古玉世界的崇敬和神往。白玉环，古玉镯，人面琮镯，渔翁得鲤像，福寿碟，龙凤佩，这些都是作者20世纪80年代在香港寻觅到的玉器，每一次觅玉都有一个故事，难得的是，作者不仅把觅玉的过程当成是对中国古玉世界探寻的过程，也写出了古玉世界的世道人心，读后能引发读者深长的思索。

也正是因为对中国古玉的热爱，1996年，在得知徐州狮子山西汉楚王陵挖出了精美绝伦的玉器后，钟玲和台湾的一些玉友专程从高雄赶到徐州。钟玲亲眼观赏了徐州博物馆里质地绝佳、造型殊异的玉戈、玉璜等精美古玉；她还来到古墓发掘地点参观考察了楚王陵。在观赏古玉的同时，她对楚王陵这座明显被盗挖过的古墓产生了浓厚的兴趣：到底是谁盗挖了古墓却又把玉器留了下来？于是她写了《是谁盗挖西汉楚王墓?》。作者运用了历史学、考古学的知识，对这一问题进行了颇有趣味的探究，对盗墓的年代和谁是盗卖者提出了自己的看法，作品深具知识性和文学性。而结尾处的“盗墓者的心声”，更充分显示了作者的艺术想象力：“此刻，就是你刘戊这暴虐之主受报应的时刻。一盏油灯幽幽地照亮了这漆黑的洞，也照亮兄弟侄儿们满脸的胡须，兴奋的眼神。我们已经顺利掩出图中所画的第四块大石。刘戊啊，聚集在你墓门之前的这十个人与你全都有血海深仇。我的曾伯祖就是被你赐死的，他就是你王陵的监造吏。残酷的你，不仅杀害曾伯祖全家九口，还灭我们的族，那血腥的日子，你派侍卫杀了我族人二百五十四人，幸亏我祖父逃了出去，带走了监造图。身为长子的我，即将进入你的墓穴报仇，我们要把你的尸体烧成灰；我们要将你的金银珠宝全都带走，让你死后一无所有，让你的魂魄无所依附……”

在《热爱中国文化的王红公》、《我的忘年之交》、《四十年的差距》等作品中，钟玲主要叙写了她和美国诗人王红公的交往，生动传神地刻画了王红公的个性和形象。读者在阅读过程中同时也真切地感受着中国传统文化的深厚底蕴。Kenneth Rexroth 是一个标准的美国人，他热爱中国文化，精通中国古典诗歌，因此给自己起了个气势非凡的中国名字“王红公”。钟玲因研究他的诗歌而与之相识，而后成为忘年交。正是在与王红公交往过程中，钟玲不仅对王红公及其诗歌有了越来越多的认识，并由他对中国文化也有了更深刻的理解。在上述散文作品中，作者写出了一个熟悉中国儒道思想、诗歌、戏剧、山水画、陶瓷……自觉地把中国古典诗的意象融入自己的诗歌创作中，致力于把中国古典诗歌翻译介绍到西方的杰出的美国诗人的形象。作者深入探究：是什么力量，驱使这位碧眼的虬髯大汉，拼命吸收中国文化？原来，这一切源于王红公在中国文化中找到了西方文明所欠缺的智慧，他深深地感到中国古典诗人对于友谊、忠义、爱情、大勇所表现出的价值观值得西方人学习。因此，他常以中国文学艺术为内容在学校演讲，在报纸开专栏，他要把中国文化介绍给众多的美国人。钟玲在王红公中西合璧的家庭中，在他具有中国诗风的文学作品中，在他围绕着中国文学艺术的交谈中，立体地呈现出这位美国诗人的中国文化情怀。而作者自己对中国文化的理解和认识在这一叙写过程中也自然而然地反映了出来。

钟玲散文的文化情怀还表现在她的寻史探幽、文化考察的散文篇章中。《我去过李永平的吉陵》写作者到马来西亚演讲，其间在当地朋友的陪同下，寻访李永平小说《吉陵春秋》中的吉陵。寻访的过程实际上是对马来西亚传统文化的考察过程。表现历史与现实的交融，民俗文化的变迁，这构成了作品的主要内容。《南方的美感》主要表现了台湾南部的生活艺术。在对一系列人和事的描写中，作者发掘出台湾南部人不受传统规范、诉诸直觉、追求独特创意和美感的生活的艺术。《匈牙利的忧郁》则抒写了在布达佩斯街头的见闻和感受，在文化考察中作者感受到“匈牙利人的忧郁是由他们的历史中渗透出来，深沁入他们的血液之中”。她对受了七百多年苦难的匈牙利民族表现出了深切的同情，

从总体上说，钟玲的散文是细腻温婉的，感性充沛，情愫浓重，个性鲜明；又有相当一部分篇章意蕴丰厚，文化内涵丰厚，兼具圆融的知性。她善于捕捉生活的细节，营造富于表现力的意象，细致生动地抒写自己的感受。她又能透过寻常事物探寻其深藏的文化意义，在娓娓叙述中传达自己对人生和社会的认识。感性和知性的融合，使钟玲散文具有了独特的艺术风格和审美价值。

（原载《香港文学》2012 年第 6 期）

林燿德散文论

在20世纪中国文学史上，散文无疑得到了长足的发展。作为一种古老的文学样式，散文背负着沉重的历史因袭，正因如此，它所取得的成就也就更令人们珍视。早在“五四”时期，当中国现代散文刚获得初步发展之时，学界便给予高度评价。鲁迅认为：“到‘五四’运动的时候，才又来了一个展开，散文小品的成功，几乎在小说戏曲和诗歌之上。”① 林语堂甚至断言：“十四年来中国现代文学唯一之成功，小品文之成功也。”② 朱自清在回顾“五四”时期的创作实际时也明确指出：“最发达的，要算是小品散文。”③

然而，我们不能不看到，由于文类的特殊性，散文与小说诗歌戏剧相比，发展的步伐相对迟缓。就台湾文坛而言，20世纪60年代以前的台湾散文承续“五四”散文的流风余绪，仍然沉湎于周作人、朱自清、冰心、徐志摩等散文家的艺术模式和审美境界，缺乏开拓创新精神。而从20世纪50年代开始，台湾诗坛和小说界则相继掀起现代主义文学运动，到20世纪60年代初，现代主义成为台湾文学主潮。在文学的其他门类发生重大变革之后，散文再固守先前的模式就

① 鲁迅：《小品文的危机》，《鲁迅全集》第4卷，人民文学出版社1957年版，第442页。

② 林语堂：《〈人间世〉发刊词》，《人间世》1934年4月5日创刊号。

③ 朱自清：《背影·序》，见《现代散文序跋选》第33页，百花文艺出版社1983年版。

越发显出审美格局和表现形式的陈旧。在这一背景下，1963 年余光中发表了倡导“散文革命”的纲领性文献《剪掉散文的辫子》，试图用现代诗的艺术精神革新散文，使它在现代主义的旗帜下蜕旧变新，成为现代文学大家族中新的成员。在余光中等人的影响和带动下，台湾当代散文在继承中有了较大的突破，出现繁盛的局面。

在台湾当代散文的发展过程中，林燿德的出现有着不同寻常的意义。

一

林燿德（1962—1996），辅仁大学法律系毕业，曾任《四度空间》艺术指导，《草根》诗刊编辑，《辅大新闻》主笔，《台北评论》主编等。林燿德的文学空间十分广阔，在近 20 年的文学生涯中，他写诗，写小说，写散文，也写评论，对各种文类都有成功的尝试。作为一颗过早陨落的文坛彗星，林燿德留下了较为丰厚的文学遗产。就散文创作而言，他从 20 世纪 80 年代初开始起步，在短短数年间便以前卫的、深具开创意识和实验精神的成果，将台湾都市文学推进到一个新的天地。1987 年和 1993 年，他相继结集出版了两部散文集《一座城市的身世》和《迷宫零件》。这是台湾都市文学创作极为重要的收获。

20 世纪 80 年代出现的都市散文是值得人们深切关注的文学现象。尽管写作这一型散文的作家并不多，但由于它包含着全新的质素而使它在散文史上具有了革命性的意义。它对于 20 世纪 90 年代大陆出现的都市散文不无启迪意义。关于都市文学的内涵，郑明娳认为：“广义的都市文学包含两个层次：以城市生活为描写题材的市民文学以及掌握社会变迁并运用新的思考方式创作的狭义的都市文学。”①这里“以城市生活为描写题材的市民文学”实际上指的是传统的都市文学。巴金的《家》、《春》、《秋》、《寒夜》，老舍的《骆驼祥

① 郑明娳：《现代散文现象论》，大安出版社 1992 年 8 月版，第 60 页。

子》、《离婚》、《牛天赐传》，茅盾的《蚀》、《子夜》，以及30年代新感觉派的许多作品，都可视作广义的都市文学。而随着时代的发展，城乡之间的界线愈来愈模糊，由于资讯的发达、网络的普及，出现了迥异于传统含义的都市。林燿德认为："都市文学不一定发生在都市，都市文学可能发生在海上，发生在荒野之中。"（《都市中的诗人》）这正说明了林燿德对新都市文学的深刻认识。与传统都市文学关注更多的是城市风俗人情、市民生活大相径庭，新都市文学的着眼点主要在于都市情绪、都市意识和现代观念。"它应既具有从众的、通俗的、消遣的一面，又具有与之相平衡的、个性的、高雅的、张扬着新的人文精神的一面；既具有赞赏着我们的都市化进程的一面，又具有着批判着这一进程带来的新的弊病，新的危害的一面……"①因此，从本质上说，新都市文学着力表现的是现代的文化观念、生活方式和都市意识；至于都市景观和都市风情，倒不是主要的了。正如痖弦所分析的："新都市文学，照林燿德的说法，主要是表现人类在'广义的都市'下的生活情态，表现现代人文明化、都市化以后的思考方式、行为模式，它的多元性、复杂性以及多变性。"② 也正是在这一意义上，我们可以清楚地观察到林燿德对台湾都市文学的发展所作出的贡献。

二

由于工商经济的迅猛发展，20世纪60年代出生的作家，其故乡绝大部分已是都市。作为生于斯长于斯，从小呼吸着都市空气的作家，林燿德对于都市的感受迥异于前辈作家。他热烈地拥抱和关怀都市，是一个完全接纳都市的人。他曾说过："整部人类文明史无疑将

① 金岱：《都市文学与"都市"象征》，《学术研究》1998年第8期。

② 痖弦：《在城市里成长》，《林燿德散文》，浙江文艺出版社1999年3月版，第3—4页。

发展中的箭头指向都市化的路径……与其说诗人在适应时代、向终端机投降，不如说诗人正紧紧抓住时代的咽喉吧……他们进一步要摆脱千年来的隐遁和怀旧心态，而昂然抬头，以人的自觉去前瞻和关切未来。”（《都市里的诗人》）基于这一心态，他将自己置于后工业时代的文化背景中，冷静客观地观察都市，理解都市，把握都市，既看到都市的正面，也注视其负面。在台湾文坛上，林燿德是创作都市散文最力也最为引人瞩目的作家之一。他在后现代的文化语境中充分施展其艺术视角，作品明显呈现出后现代的书写风尚，“林燿德的散文在很多方面都显示出他是国内鼓动后现代风潮的急先锋之一，时代意识十分敏锐。”① 有的论者这样评论他的小说风格：“特别是那涵盖远古至未来的广阔时空幅度、对日益迫近的后工业文明的敏锐感应以及作品的内容和形式均表现出的强烈的实验性，构成林燿德小说与众不同的独特风格。”② 事实上，时空的广阔性、感应的敏锐性和强烈的实验性，同样也是林燿德散文的鲜明风格。

从20世纪80年代初开始，台湾逐渐向后工业社会过渡。“随着城市数目的增加和密度的增大，人与人之间的相互影响增强了。……正是这种对于运动、空间和变化的反应，促成了艺术的新结构和传统形式的错位。”③ 丹尼尔·贝尔据此对一种新的社会结构进行了描述，提出了“后工业社会”的概念。丹尼尔·贝尔所谓的“后工业社会”“常常也被称为消费社会、媒介社会、信息社会、电子社会或‘高技术社会’，等等”。④ 在向后工业社会过渡过程中，都市作为消费中

---

① 吴潜诚：《游走在后现代城市的想象迷宫——重读林燿德的散文创作》，《联合文学》1996年3月号。

② 朱双一：《资讯文明的审视焦点和深度关照——林燿德小说论》，《联合文学》1996年3月号。

③ ［美］丹尼尔·贝尔：《文化：现代与后现代》，《后现代主义文学与美学》，北京大学出版社1992年2月版，第3页。

④ ［美］弗里德利希·杰姆逊：《后现代主义或晚近资本主义的文化逻辑》，《后现代主义文学与美学》，北京大学出版社1992年2月版，第75页。

心、媒介中心、信息中心和高技术中心，其独特的魅力正日益彰显。

事实上，作为后工业化进程中的一个突出现象，都市化固然意味着现代人获得了新的生活空间和生产方式，同时也意味着现代人的精神世界得到大大拓深拓展。“都市是现代精神的滋养地。都市将人性无情地放在急骤的竞争与演变中予以曝光。”[①]深刻变动着的都市故事、都市生活和都市人的精神世界，成为新都市文学勃兴的主要动因。

林燿德将关注的目光投向现代都市人的生存状态。他是“台湾社会从工业文明向后工业文明过渡阶段的具有前瞻性时代高度的文学精灵。”[②]林燿德热情地赞美现代都市的伟力，笔下不时出现这样的文字：“绚烂的朝阳正升起，都市的靓容显露出爽朗艳丽的色彩和光泽，一座座矗立的建筑好似正在晨祷，任是谁站在这硕大无朋的都市里，都可深刻地感觉到：这一切正是文明的本身在说话。”（《靓容》）不过，林燿德更多的则是以现代意识对都市神话给予大胆质疑。都市是一个国家最富有现代精神和时代特征的文化景观，但与此同时，都市也存在着诸多局限。都市的发展隔开了人和土地的天然联系，水泥和柏油覆盖着几乎所有的土地。楼群之间的狭窄地带成为大自然的象征，“把一棵树看作百棵树，一朵花视作万朵花，都市人把公园当作大自然浓缩成的药片”（《靓容》）。为了能接近土地，都市人竟发出“住一楼真好”的感叹（《“住一楼真好”》）。作者清醒地意识到，在都市繁荣的靓容里，蕴藏着难以解决的文明苦果，诸如人口膨胀、交通拥挤、环境污染，他禁不住感叹：“都市呵，交织着文明和无明、交杂着希望和失望、交融着理性和谬性……”（《靓容》）他形象地把都市中到处弃置的垃圾称为“无声暴力”：“相对于噪声这种多声道的前卫美学，平日触目所及的垃圾不愧是一种无声的暴力。”（《无声

---

① 黄鹤：《南国作家对现代都市的阐释》，《学术研究》2000年10期。

② 朱双一：《近20年台湾文学流脉》，厦门大学出版社1999年8月版，第369页。

暴力》）都市的孩子被关在狭小的空间里，高楼上的铁窗隔断了他们与自由天地的联系，“三个不满6岁的孩子被条纹铁窗划割成无数部分，6只立体的小手戏剧化地伸出规整的框格，像一幅嵌在铝缘中的超现实小品。”（《目击者》）

在现代都市社会里，紧张而机械的生活使人成为“都市符号”。《搜集者》写出了都市人的异化。在现代都市社会中，人们悲哀地发现自己的存在是靠那些大大小小的证件证明着的，于是为了证实自己活在这个虚幻的世界上，都市人便被培养成证件的搜集者。《钥匙》中写到钥匙这种金属片实际上是人的权利和权力的象征：“每把钥匙代表我们在不同团体和时空中所处的地位，争了一世，也许只为取得另一把钥匙，校长室的、院长室的、董事长室的……”《W的化妆》中，作者强调：“化妆后的你才是真正的你，卸妆时的你只不过是一具空白的躯壳。”那个以优雅的姿势淋浴，整妆，打粉底，上腮红，画眉，描眼影，涂唇膏，而后乘电梯去上班的女人，正是重重包裹中的异化了的都市人的象征。在《幻》中，作者再次表示：“化过妆的脸，才是这座城市的真正面目。”面对都市这座假面砌成的堡垒，人们深感生命的无依和无奈，莫名地产生异乡人的感觉：“以都市为故乡的人，当他逐渐地成长，却又矛盾地被都市这个妖娆的女人烙上异乡的胎记。”都市人之所以饲养宠物，是为了慰藉自己的心灵：“在这种连弄臣都不再可靠的世纪，人类饥渴的性灵益加需要宠物来弥补情绪上的失落。”（《宠物K》）林燿德深刻地发现，都市人之间存在着严重的隔阂：“尝试去了解对方语言和发音后的真意成为一种奢侈而吃力的游戏。”（《城》）

在自我与环境的异化过程中，人类的心灵闭锁、疏离，处于深深的焦虑和不安之中。《自动贩卖机》将冰淇淋小姐与自动贩卖机并举，自动贩卖机恪尽职守，取代了人的作用，而机器旁边的贩卖小姐却没有思想，没有表情，沦为木然无心的机器。作者提出了一个发人深省的问题：显示文明趋势的贩卖机“到底是都市的景，还是都市的人物”？作品通过贩卖机的寓言深刻地嘲讽了现代都市人的异化。然而，机器毕竟无法取代人，人类的沉重悲哀和精神上的困惑、失落都无法由机器来取代。随着物质文明的愈来愈繁荣，人类的精神困惑也与日俱增。林燿德在他一系列以猫为题材的作品中，以猫为象征物，借助猫的本质特征来揭示人类的精神世界，因为“它们那种看似高贵的冷漠，正是都市精神的所在”（《都市的猫》）。《楼顶的猫》借猫的形象表现现代都市人的孤独。猫被豢养在与世隔绝低栏大师的楼顶上，“等于是闭锁在半空中的牢狱里”，尽管衣食无忧，但楼顶的猫还是因忍受不了孤独寂寞而失踪了。《猫与布猫》则对现代人爱慕虚荣、崇尚即时文化的心态进行了揭露。现代人注重包装，生活趋向平面化，这从人们在猫与布猫间更多的选择布猫，便可窥见一斑。而在《宠物K》中，作者更将现代人的生存状态加以高度抽象。作品叙写一个人买了一只乌龟回家当宠物，不久他发现养在盆子里的乌龟也在饲养着宠物——孑孓。在这里，人与乌龟，乌龟与孑孓都是饲主与宠物的关系。由此不难令人领悟到，人也常常扮演着宠物的角色。因此，宠物K事实上正指涉着人类自身。人类正像宠物K一样时时面临着既要被抉择又要自我抉择的困境。

处于深深焦虑中的人类为摆脱困境进行着艰苦的努力，林燿德也在不懈地探索着。他的《幻戏记》是这方面的代表作。作品的表层情节很简单：“我”为家中的白猫“H”找一只黑猫为伴，结果失败了。寻找黑猫的过程成为全文主要的情节线索。作品中的白猫被人豢养着，与文明同化了，而黑猫充满着野性，具有反文明的原始力量，花猫则代表着一种混沌，一种被都市化了的动物，“在无数世代的混血之后，都长成一个模样”。“我”不甘于白猫被都市豢养而失去本性，所以要寻找具有“柔和却极为挺直的脊骨，不像那些患肠胃病的花猫有着凹陷的背部”的黑猫。白猫、黑猫、花猫都具有深刻的象征意义。它们指涉的都是现代都市人。“我”寻找黑猫，实际上正是寻找自己遗失在都市文明中的自然天性，寻找迷失的自己。寻找的失败，预示着现代都市人难以摆脱自身的精神悲剧。作品结尾，“我”对“H”许诺：下次一定替它找一只最好的黑猫。这表明作者不放弃寻找的精神。这使作品虽然带着悲哀的情调但并不绝望。

在林燿德的散文中，其他生物也有着深刻的象征意蕴。在都市中，鼠是丑恶的、卑劣的活物。它们不分昼夜地纵横于都市的地下网路，拥有各自的地盘，啃啮着腐败的垃圾，泅浮在充满各种化学物质和人体排泄物的污水中，过着人类所不齿的生活。作者由都市的鼠联想到人："人类所有黑暗的思想和性情，会不会也像数以百万计的丑恶鼠群继续潜伏在都市的底层。"他进而展开更深一层的思考，将鼠疫与人类自身造成的灾难进行比较："思想和疯狂带来的瘟疫，又比生物带来的灾难要可怕多少倍，几场导源于地域扩张理念的战祸，曾经成功地渡过鼠疫所无法穿越的山岳和海洋，摧毁无数善良的都市和爱。"（《九百万只老鼠》）这一观点颇为发人深省。诚然，疯狂的思想在现代社会中造成的危害岂是丑恶的鼠群所能比拟？

林燿德对传统的价值观念进行了解构。作为新世代中思想前卫、深具创新精神的一员，林燿德在散文创作中对先前的诸多思想观念进行了颠覆与整合。林燿德散文的现代性特征突出地表现为他在面对都市主题时采取了一种灵活自如、游刃有余的创作态度。先前的都市文学作家往往表现出较为极端的文化立场，要么排拒要么拥抱，要么憎恶要么赞美。如沈从文以宁静、自然、纯朴的湘西世界来抗拒都市文明，老舍致力于都市病态人生的描写，刘呐鸥则对光怪陆离的十里洋场极尽赞美。就林燿德而言，他的都市观念是颇为现代的，有排拒也有拥抱，有憎恶又有赞美。这是一种多元的文化立场。在现代资讯社会中，传统的一元论的价值观遭到彻底的颠覆。与此相联系，林燿德在创作中往往寻求新的表现，其目的是为了传达一种强烈的不可表现之感，以便形成一种新的创作规则。在林燿德的笔下，动物都是有感情的。玻璃箱中的眼镜蛇，"不停地对玻璃外的许多眼睛感到愤怒，剑拔弩张，一条条鼓起颈，昂首将毒囊中的汁液重复地放射"；有一条虽已剖杀但神经未死的蛇，"犹自扭缠着尾，每一动都似哭着冤，拂打过客的发际，然而它毕竟渐渐松懈下去，终于也认同了其他伙伴，悠闲地在风中摆荡。"而桶里的鳖则是"迟钝而无奈的"，"静候人类进行血腥的处刑游戏”。(《夜市》) 这种感情与农业文明和前工业文明时期的作品中对动物的描写有着本质的区别。这里带有更多的象征、隐喻色彩。他又如此来消解华厦与废墟、欢乐与痛苦之间的界限：建筑工地上，“钢筋、废料和工人留下的泛黄汗衫四处散置，华丽大厦诞生前的情景，竟是如此接近废墟；其实人生的至欢与至悲，看来也是相仿的，高潮中饱欲的面容和哭泣的脸孔又有什么不同?”(《工地》) 林燿德的散文体现了这样一种创作原则：“在现代的范围内以表象自身的形式使不可表现之物表现出来；它本身也排斥优美形式的愉悦，排斥趣味的同一，因为那种同一有可能集体来分享对难以企及的往事的缅怀。”① 他以令人震惊、直逼内心的艺术表现，显示出新生代作家可贵的创作理性。

三

在散文形式上，林燿德也进行了大胆探索。他根据自己对生活的独特感受，将大量科学用语和专门术语运用到创作中，增强了作品的表现力。《一座城市的身世》共收入 52 篇散文，其中，以都市的事物、人物直接命题的作品占了大多数，如《都市的猫》、《楼顶的猫》、《电梯门》、《夜市》、《六十巷》、《临沂街十七号》、《自动贩买机》、《目击者》、《搜集者》、《都市儿童》、《都市里的诗人》、《挖路工人》等；也有一些是以都市中人们的活动为题的，如《保险》、《分期付款》、《排名战争》等。这大大加强了文本的都市文化特征，现代和后现代的色彩较为浓郁。

圣福德·斯克瑞伯纳·阿莫斯认为：“一个作家的语言会创造性

---

① ［阿尔及利亚］让—弗朗索瓦·利奥塔德：《何谓后现代主义》，《后现代主义文学与美学》，北京大学出版社 1992 年版，第 52 页。

地完成于各种有价值的结构中。”①对林燿德来说，他的散文语言既是形象化的，又是高度理性的，洗练精致，严密精确，从容不迫。为了鲜明准确地表现自己的都市理念，林燿德往往不喜用华丽的或含蓄的诗性语言，他擅长运用精确的科学的语言。分期付款是都市人时髦的生活方式，小到录音机、百科全书，大到住房、汽车，都市人都以分期付款的方式消费着，然而人们也为各项预定开支深深苦恼着，林燿德一针见血地指出：“分期付款所支付出去的根本是自己有限的人生。”（《分期付款》）又如《保险》一文先引用《魔鬼辞典》关于“保险”一词的注解：短命者往往能以最低的保费换取最大的利益，然后便用精确简练的语言描述投保的过程：“来回车票式的厚纸卷，在一阵咔嚓咔嚓的机关运作后，瞬间自输出口滑下，那阵短暂的声音干扰，正足以勾起投保人不祥的联想……纸卷的上联是要保申请书，下联是执据；撕下填妥的申请书，送进输入口，保险契约便告成立，法律上一切生效要件已完备。”这种简洁的语言、冷峻的叙事营造出客观化的效果，形成了鲜明的语言特色。

林燿德的散文将感性和知性的内涵相互融合，而尤侧重于理性的形而上思考，从而形成了独具特色的冷峭、肃穆的散文风格。他的作品因其内容的前卫性和形式的大胆创新而不易被读者接受。事实上，林燿德并不是那种只为自己写作的作家，作为一个有着后现代创作倾向的作家，他的创作与传统的“真正的艺术家只为自己写作”② 的文学观念相距甚远。只不过由于他更倾心于都市文学的创作实验，其文本与读者的阅读经验似乎拉开了一段距离，也因此引起了一些人的误解。

与主流散文相比，林燿德的散文缺少个性和情感的流露，比较接

① 圣福德·斯克瑞伯纳·阿莫斯：《结构主义、语言和文学》，《西方学者眼中的西方现代美学》，北京大学出版社 1992 年版，第 458 页。

② ［美］W·C·布斯：《小说修辞学》，北京大学出版社 1987 年 10 月版，第 101 页。

近小说中的寓言体。但他相当一部分作品中仍保持着可读性，尤其是成串的妙喻，形成鲜明的意象，给读者带来了较多的阅读快感。如他把连接在一起的大厦说成“连体婴儿似的”，“如两枚暗黑色的火箭矗立夜空”；将“正义”和“爱心”比喻为“白血球”和“红血球”在“都市的血液里带来防卫和活力”。又如他把都会的夜市说成是“一杯混合了各种水果和冰淇淋的大圣代”，而老婆婆的脸则“如被揉皱的稿纸般的脸”（《夜市》）。都市人是缺乏信仰的，因此他写道：“上帝在都市里，就像草原上的一头鲸鱼。”（《城》）年迈的祖父发音模糊不清，讲的又是一些陈年旧事，作者如此来加以描述：“祖父那时说话总像打翻了一只篮子，里头滚出一些模糊而抽象的东西，一些超过半个世纪并且向上一个世纪缓缓延伸的神奇意象，带着泛黄易脆的色泽。”（《临沂街十七号》）这里有动感，有色彩，有意蕴，内涵丰富而又意象鲜明。这些比喻令人拍案叫绝。

需要进一步指出的是，与同时期其他作家的作品相比，林燿德散文的意象构成和意象内蕴更多的呈现出后现代倾向。他往往突破常规思维模式，采用夸张、变形方式营造出怪诞的意象。“耳语”和“蝶”本是风马牛不相及的，但作者却抓住了它们都会“飘”的特性把二者粘连在一起：“流失的耳语飘出窗口，会不会幻化成蝶呢?”（《房间》）又由于蝶与蛹的因果关系，以及蛹和房间在外观和功能上存在着某些相似性，作者便进一步营造意象：“有的房间就像是蛹，亮着不变的灯光；但是总有些改变一切的决定，化成蝶，或者永远蛰伏。”（《房间》）他这样来写快乐：“快乐是一种链球菌，一个月下来，足够弄死一头公牛。”（《城》）在林燿德的笔下，“火”是有思想，有生命，会说话，喜欢游戏的：“火在木棒上不安稳地伫立；在香头轻轻地呼唤；在失火农舍的窗棂上持续着它的思考；在森林里漫无节制地玩耍嬉戏，一面咳嗽，一面从这个枝头跳到另一个枝头。火是哲学中所谓的普遍者，化身无数，并存世间。”（《火》）意象构造的这一情状使林燿德散文表现出鲜明的感性和知性互相融会的特点。

综上所述，林燿德的散文在台湾当代文学史上有着重要的地位。林燿德以感知性互渗而偏于理性的形而上笔法，深刻地呈现了现代都市人的生存状态，表现了自我与环境的异化过程中都市人的精神焦虑。林燿德以鲜明的现代意识对都市神话给予大胆质疑，对传统的价值观念进行解构，对先前的诸多思想观念进行了颠覆与整合，由此显示出鲜明的后现代主义倾向。他以令人震惊、直逼内心的艺术表现，显示出新生代作家可贵的创作理性。时空的广阔性、感应的敏锐性和强烈的实验性，是林燿德散文鲜明的风格。这些富于前卫性的、极具开创精神的创作，将台湾都市散文推进到一个新的天地。

（原载《中国文学研究》2004 年第 4 期）

第三辑

乱伦禁忌·性压抑·情的迷失

——曹禺《雷雨》与欧阳子《秋叶》的对比阅读

曹禺的《雷雨》与欧阳子的《秋叶》之间的差异是十分显著的。这两部作品一部是写于20世纪30年代的剧作，表现的是中国北方一个带有封建色彩的资本家家庭的悲剧；另一个则是20世纪70年代在美国创作的小说，描写的是一个美国知识分子家庭内部成员的情感纠葛和心理冲突。它们是大相径庭的两部作品。然而，当我们透过这外在的种种区别，深入到作品复杂的人物关系中，细致地解读人物的情感和心理，我们可以发现两个文本的人物关系具有很强的同构性，人物的情感和心理也有着明显的趋同性。而对人物关系和人物命运最后的不同处理，也正反映出两位作家不同的创作理念和方法。

一

"乱伦之爱"是《雷雨》和《秋叶》共同的题材。不同时代、不同社会、不同作者背景、不同体裁的这两部作品，在创作题材及其艺术表现上有着明显的共同之处。曹禺和欧阳子通过对"乱伦之爱"这一题材的深入开掘，都表现了丰富的生活内容，展示了人物复杂的情感和心理世界。在作品的人物关系中，蘩漪和宜芬这两位女性都占据了作品的核心位置，而她们分别和丈夫的儿子的乱伦之爱则成为结构全篇的主要线索。乱伦之爱以及由此而来的乱伦禁忌对人物的心理和命运产生了十分重要的影响。

曹禺的《雷雨》是一个十分迷人的作品。人物关系错综复杂，戏剧冲突强烈集中。作为最具有“雷雨性格”的人物，蘩漪在作品中的位置十分重要。尽管侍萍似乎比她更具有内在的戏剧力量，但在整个戏中，只有她具备并表现出了与周朴园抗衡的能力。正是由于她不断的抗争和近乎疯狂的报复，剧情被一步步推向高潮，最终促成悲剧大爆发。

蘩漪具有极强的戏剧力量。从剧情来看，是蘩漪让鲁贵把侍萍叫回来的，侍萍因此才做梦也不会想到又回到阔别近三十年的周家，从而才会使酝酿了三十年的悲剧得以成熟；是蘩漪尾随周萍来到鲁家，并把周萍关在四凤房内，才会使周萍和四凤的兄妹恋情暴露在侍萍面前；又是她，在周萍带着四凤要离开周家出走的当下，逼着周朴园说出了他和侍萍的关系，终于使悲剧总爆发。而居于戏剧冲突漩涡之中的蘩漪，她的挣扎与抗争其实是非理性的。其奋斗的目标指向只有一个字——“情”。因此，从某种意义上来说，蘩漪和周萍的关系构成了作品的主线，尽管从外在的冲突来看，蘩漪和周朴园的冲突似乎要紧张尖锐得多。

在十七八岁的时候，蘩漪嫁给了比她大 20 岁的周朴园。那时的蘩漪受到个性解放思潮的影响，满怀着对爱情和美满婚姻的憧憬。“这是‘五四’以后所谓‘解放’的资产阶级的女性，任性，傲慢，完全活在爱的情感当中。”①而当时的周朴园正年富力强，事业如日中天，又有留学德国的经历，他无疑是蘩漪心中的白马王子。但结婚后，蘩漪很快失望了。周朴园常年在矿上忙着，难得回家；且他头脑中有着根深蒂固的封建思想，不让蘩漪与外界接触。蘩漪发觉自己嫁给了一个冷酷的丈夫，从他那里根本无法得到自己所渴望的爱情和幸福。这给了她沉重的打击。常年独守空房，灵与肉都无法得到满足，长期孤寂难耐的生活，渐渐又使她由失望沦入绝望的境地。但她事实上并没有熄灭希望的火焰。因此，当周萍出现在她身边的时候，她重

① 曹禺：《关于〈雷雨〉在苏联上演的通信》，《曹禺论创作》，上海人民出版社 1986 年版，第 24 页。

新感受到了青春的活力，周萍的主动挑逗使这座沉睡多年的火山开始了喷发。她把自己全部的情和爱献给了这个男人。然而她未想到或者想到了却不愿意正视的是，她所争取来的幸福却触犯了乱伦禁忌。而这，最终导致了她的幸福的破灭。

在和蘩漪的关系上，周萍一直掌握着主导权。三年前，当他从家乡回到周公馆的时候，这个从小未在父母身边生活的年轻人，头脑中并没有多少封建礼教的束缚，当然也就更无所谓对父亲的敬畏和对家族荣誉的自觉维护了。相反的，由于从小缺失父爱和母爱，他对父亲甚至怀有嫉恨和一定的敌意。蘩漪便曾揭露说："你说你恨你的父亲，你说过，你愿他死，就是犯了灭伦的罪也干。"①因此，周萍与作为继母的蘩漪的相恋，一方面是由于两性相吸，是由于情欲的作用，另一方面也有报复父亲的意味，是对乱伦禁忌的背叛和抗争。这里能看出"俄狄浦斯情结"的作用。在周萍的情感生活中，母爱一直是缺失的。对他而言，母亲只是那张发黄了的照片，只是照片上那个永远凝固了的年轻美丽的早逝女人，只是一个永远难以捕捉到的梦幻。因此，一旦生活中出现了事实上比他年长不了几岁的继母蘩漪时，苦苦寻觅母爱多年而不得的周萍顿时感到母爱有了具体的依托。他主动向蘩漪示爱。"你突然从家乡出来，是你，是你把我引到一条母亲不像母亲，情妇不像情妇的路上去。是你引诱的我！"② 由此可见，他对蘩漪的感情其实也包含着他对母爱的追寻，以及对父权的反抗。然而，在周公馆生活日久，在父亲的严格训导下，在"道德"、"秩序"等一套东西的熏陶下，周萍对自己的乱伦行为产生了强烈的恐惧和悔恨。乱伦禁忌成为高悬在他头上的一把利剑。他对自己的行为追悔莫及："我是个最糊涂，最不明白的人。我后悔，我认为我生平做错一件大事。我对不起自己，对不起弟弟，更对不起父亲。"③ "我恨我自

① 《曹禺选集》，人民文学出版社2004年版，第67页。

② 《曹禺选集》，人民文学出版社2004年版，第67页。

③ 《曹禺选集》，人民文学出版社2004年版，第66页。

己，我恨，我恨我为什么活着。”①他千方百计要摆脱蘩漪，要把自己从乱伦禁忌中解救出来。

《雷雨》的剧情由此变得紧张激烈。蘩漪和周萍的冲突渐渐演变为全局性的冲突，并最终导致矛盾的总爆发。因此，正是从这个角度来说，蘩漪和周萍的关系构成了作品发展的主线。在《雷雨》诸种矛盾冲突中，这是一种最为紧张尖锐、充满戏剧力量的冲突。

与《雷雨》有所不同的是，在欧阳子的《秋叶》中，母子乱伦之爱则构成了作品的基本内容。作品主要表现了来自中国的继母宜芬和中美混血儿敏生之间的情感纠葛。当然，与蘩漪和周萍的情欲泛滥、由爱成仇相比，宜芬和敏生的乱伦之爱要含蓄得多，也更富有诗意。

宜芬在台湾曾有过一场刻骨铭心的婚恋。她和鸿毅相爱，并不顾家庭的反对结婚。但婚后两年，这场甜蜜的婚姻就结束了，爱人遇难身亡，她年纪轻轻就成了寡妇。她只得住回娘家。两年前，母亲又去世了，宜芬不得不考虑起自己的未来。这时，朋友把居留美国的王启瑞介绍给了她。王启瑞是东方历史学的教授，尽管在美国留学、工作数十年，但在思想观念和生活方式方面，一点也不肯洋化，他不喝咖啡，不吃三明治，喝的总是很浓的茶，早晨一定喝稀饭，谈吐之间时时透露出对西方文化的排斥。当初由于很少有中国女留学生，王启瑞只得娶了一个美国妻子，但后来她却与人私奔，留下了儿子敏生。宜芬和王启瑞在经过短暂的通信后，就来到美国和他结婚了。他们谈不上有什么感情基础，且年纪相差二十多岁，丈夫又忙于工作，两人很少感情交流，再加上宜芬不通英文，难以参加美国的社交活动，因此她异常孤独寂寞，“失去了活泼朝气”。正当宜芬百无聊赖地过着平淡的生活时，敏生出现了。这使她感到生活出现了亮色，宜芬“突然

---

① 《曹禺选集》，人民文学出版社2004年版，第147页。

感觉自己枉费过去的青春，一下子全都回了来"。[1] 在只比自己小九岁的敏生面前，她很快觉得自己不再是个继母，倒像是个"体贴的姐姐，快乐的游伴"。她照顾他生活，在他生病时服侍他，陪他聊天。这一次敏生从芝加哥大学回来休假，王启瑞正好去纽约开会，于是宜芬和敏生便有了单独接触交往的机会。宜芬接受了敏生的建议，跟他出去游玩。他们的关系有了实质性的发展。在敏生面前，宜芬"觉得自己忽然变成一个百依百顺的妹妹"。敏生开着车，宜芬"坐在年轻快乐的敏生身旁，耳里听着他断续的哼歌，眼睛望着窗外的青天和亩亩向后退去的玉米田，宜芬感觉生命的活力，在她身上每个细胞中舒展开来"。[2] 他们一起游阿里顿公园，参观林肯故居，在中国餐馆吃饭，在美国酒吧喝酒听音乐，倾心交谈，宜芬陶醉在快乐和甜蜜之中。第二天早晨宜芬起床时，敏生已做好早饭在等着她了，她的幸福感油然而生。接下来的一天里，他们徜徉在水晶湖公园，心灵上有了更深的交流。敏生谈父亲，谈同人私奔的母亲，谈自己；而宜芬也谈起了第一个丈夫，说到伤心处，她失声痛哭。敏生紧紧地搂着她，安慰她，为她抹去眼泪。他们手拉着手，一起走下山，沿着湖边缓缓前行，"在这一片刻，他们消失了自我，与宇宙，大自然，融汇成一体。这一片刻，他们接触了永恒。"至此，宜芬和敏生的关系已发生了一系列变化，她的身份先由继母变成姐姐，又从姐姐变成妹妹，现在又从妹妹变成情人。那一幅两人在夕阳中陶醉地携手走向永恒的画面，分明是一种情人才会有的浪漫情景。他们已忘记了各自的社会家庭角色，在精神和情感上实现了高度契合。但在大自然怀抱中产生的这种情感在现实面前则面临着严峻挑战。一旦回到家里，他们就不得不记起自己的角色，因此，他们踯躅彷徨，久久不愿走进家门，"好像这

---

① 欧阳子：《秋叶》，《魔女》，中国人民大学出版社1994年版，第153页。

② 欧阳子：《秋叶》，《魔女》，中国人民大学出版社1994年版，第155页。

栋房屋，对他们是一种威胁。好像这栋精致豪华的房屋，预卜着恶兆；一踏着内，就有什么魔力要强把交融的两心撕散”。① 宜芬和敏生在这里事实上面对的是乱伦禁忌的沉重压力，此时他们意识到他们不是普通的青年男女，更不应是恋爱男女，他们是母子关系。这是横在他们中间深深的鸿沟。在接下来的这一夜里，无论是宜芬还是敏生，他们的灵魂和肉体、情感和理智，都经受了巨大的冲突。面对乱伦禁忌，宜芬最后恪守住传统的伦理道德，她克制住自己的冲动也拒绝了敏生对她的肉欲要求。

对比《雷雨》和《秋叶》，我们可以看到，两部作品在表现人物面对乱伦禁忌所采取的态度和方法方面有着显著的区别，人物的命运也就出现了截然不同的结果。宜芬尽管在内心深处渴盼着爱情，她为此春心荡漾，情欲骚动，灵魂和肉体、情感和理智经受了巨大的冲突，但最后坚守住传统的伦常观念，压抑住自己的性爱冲动。其结果是维持了现有的家庭。而蘩漪则冲破了传统的伦理道德和乱伦禁忌，一任情欲泛滥，在得到性爱之后很快又失去了，为了保住可怜的爱情，她彻底丧失了理智，最终毁灭了整个家庭也毁灭了自己。由此可见，乱伦禁忌是横在作品中人物脚下的一道跨不过去的门槛。《雷雨》中的周萍因遭遇乱伦禁忌后来主动舍弃蘩漪，但他随后与四凤的性爱却宿命地不自觉地陷入了另一个可怕的乱伦禁忌，从而导致了悲剧结局。从这里也可看出，两位作家虽然对人物命运的处理不一样，但对乱伦禁忌的态度则是惊人的一致。

二

在人物心理的发展过程中，上述两对人物都有一个明显的由“自我”向“本我”发展再到回归“自我”的过程。

---

① 欧阳子：《秋叶》，《魔女》，中国人民大学出版社1994年版，第166页。

对蘩漪来说，长期以来，尽管她生活在一个无爱的环境中，尽管也许表现得还不够好，但她一直努力扮演着贤妻良母的角色。“我忍了多少年了，我在这个死地方，监狱似的周公馆，陪着一个阎王十八年了。”而在儿子周冲的眼里，蘩漪“不是一个平常的母亲，您最大胆，最有想象，又最同情我的思想的”。她尽力维系着自己的形象，一直到周萍出现。但周萍的突然到来，彻底打破了蘩漪原先死水般的平静生活，蘩漪强烈地感受到“我也可以爱”。她曾经当着周冲的面直言不讳：“你的母亲早死了，早叫你的父亲压死了，闷死了。现在我不是你的母亲。她是见着周萍又活了的女人，她又是要一个男人真爱她，要真真活着的女人。”她发疯似的爱上了周萍。于是，在周家便发生了“闹鬼”的种种故事。这时，她的“本我”便充分地暴露出来。她把周萍当作拯救她脱离周朴园冷酷统治的救命稻草，死死地纠缠着他。然而，周萍这时却由于所谓的良心发现而要努力地摆脱她。蘩漪便开始了她的困兽犹斗。她采取了种种似乎为常人难以理解的手段：一是想方设法把四凤从周萍身边赶走。二是苦苦哀求周萍不要离开她，她愿意为周萍付出任何代价，甚至表示：“日后，甚至于你要把四凤接来——一块儿住，我都可以，只要，只要你不离开我。”三是她不惜牺牲亲生儿子周冲的利益，在关键时刻怂恿周冲去追求四凤，派周冲去四凤家；她还在周萍带四凤出走的时候故意叫出周冲，企图利用周冲阻止周萍带四凤离开。四是在周萍出走已成定局的情况下，她使出了最后一招，竟然叫出了周朴园，企图利用周朴园的权威逼周萍留下。在这一系列举动中，蘩漪的“本我”面目暴露无遗。她对周萍可怜地告白：“我已经预备好棺材，安安静静地等死，一个人偏把我救活了又不理我，撇得我枯死，慢慢地渴死。让你说，我该怎么办？”她哀求周萍不要离开她，不要把她一个人放在家，但周萍却表示：“你没有权利说这种话，你是冲弟弟的母亲。”蘩漪狂叫道：“我不是！我不是！自从我把我的性命，名誉，交给你，我什么都不顾了。我不是她的母亲，不是，不是，我也不是周朴园的妻子。”人们不禁要问：那么她到底是谁？她的潜台词便是：我蘩漪不是别人，只是你周萍的情妇。对蘩漪来说，一切都可置之度外，一切都可抛弃，只要周萍愿意和她保持关系，不从她身边离开，她就满足了。她甚至当着儿子周冲的面对周萍说："我没有孩子，我没有丈夫，我没有家，我什么都没有，我只要你说：我——我是你的。"她差不多丧失了所有的脸面和尊严。然而，即便如此，都未能把周萍拉回来。作者在第四幕写到蘩漪从鲁家回来对她有一段描写："……只有她的眼睛烧着心内疯狂的火，然而也是冷酷的，爱和恨烧尽了女人一切的仪态，她像是厌弃了一切，只有计算着如何报复的心念在心中起伏。"蘩漪开始了狂热地报复，对周朴园，对周萍，对四凤，对周鲁两家所有的人，对现存的家庭秩序和道德观念，进行不顾一切、玉石俱焚式的复仇。这完全是非理性的。蘩漪的"本我"在这一复仇中暴露无遗。这种"本我"有着极大的破坏力，在它的作用下，周朴园所谓的最圆满、最有秩序的家庭轰然倒塌，一场大悲剧即将上演。蘩漪做梦也没有想到她的复仇会产生如此可怕的后果。当周朴园不堪她的逼迫当众承认侍萍"她就是萍儿的母亲，三十年前死了的"，此时，蘩漪的"自我"开始复苏："……现在她突然发见一个更悲惨的命运，逐渐地使她同情周萍，她觉出自己方才的疯狂，这使她很快地恢复原来平常母亲的情感。她不自主地愧恨地望着自己的冲儿。"但为时已晚，"本我"的彻底放纵使她的亲生儿子也被葬送了。她自己也走向疯狂。

在周萍身上，同样经历了由"自我"发展到"本我"，而后向"自我"乃至"超我"艰难回归的过程。在回到周公馆之前，周萍或许就是一个"自我"克制力比较差的人，正像曹禺在舞台指示词里所说的那样："在他感情的潮涌起来的时候，……他会贸然地做出自己终身诅咒的事，而他生活是不会有计划的。……他不能克制自己，也不能有规律地终身做一件事。"因此，在他遇到蘩漪之后，他的"自我"便丧失了，完全为情欲所左右，"本我"占据了统治地位。"他一星星的理智，只是一段枯枝卷在漩涡里，他昏迷似地做出自己认为不应该做的事。"在意识层面也许认为是不该做的，但在潜意识层面他却又身不由己地去做了。后来，在父亲周朴园的教导下，在“道德”、“秩序”等等观念的影响下，他的理智开始复苏，于是他的“本我”、“自我”和“超我”便展开了一场大混战。一方面，他想维护家庭秩序，要做一个有道德观念的人，成为他父亲所谓的“健全的子弟”；另一方面，他又觉得自己是个有肉体的人，情欲旺盛，渴望情爱生活。一方面，“他羡慕一切没有顾忌，敢做坏事的人，于是他会同情鲁贵”；另一方面，“他又羡慕一切能抱着一件事业向前做，能依循着一般人所谓的‘道德’生活下去，为‘模范市民’，‘模范家长’的人，于是他佩服他的父亲”。他觉得自己欺骗了父亲是不对的，当理智回来的时候，他更刻毒地恨自己，骂自己卑鄙，他要自己拯救出来，但又缺乏足够的自制力。于是他深感痛苦。他酗酒，永远生活在悔恨之中。即使找到了充满青春活力的新的爱人四凤，他也无法从悔恨中自拔出来。面对蘩漪的一次次纠缠，他选择了逃避，但最终却无法逃避。当真相大白时，他终于无法承受生命之重，走向自我毁灭。充满情欲、向往热烈的狂欢的周萍与有道德感的、要维护家庭“圆满秩序”的周萍，精神颓唐、好冲动的周萍与渴望走出阴影、获得新生的周萍，怀疑的怯弱的周萍与固执的悔恨的周萍，这几种彼此激烈冲突矛盾的身份纠结在他一个人身上，最终导致“自我”的彻底毁灭和“超我”的完全消解。

《秋叶》里的宜芬和敏生大体也经历了同样的心路历程。宜芬之所以在未有深入交往、甚至连面都未见过的情况下把自己嫁给王启瑞，绝非出于爱情。在经历过与鸿毅的那段刻骨铭心的婚恋后，她似乎把爱情看开了。她为自己的实际生活考虑，觉得与美国大学的教授王启瑞结婚，自己后半辈子的生活就有保障了。她要做一个贤妻良母，细心地照料好丈夫王启瑞的生活，她也愿意照顾好还没见过面的王启瑞的儿子敏生。此时的宜芬是完全遵循着传统的伦理道德观念的。“三十岁虽不算老，但她因结过两次婚，又遭遇过不幸，所以在心情上，早已迈入了中年。”[①] 但这并不是说她就没有情欲了，从此就放弃对爱情的渴望和追求了。正与蘩漪相仿佛，在平静的外表下面她实际上有着一颗躁动不安的灵魂。因此，一旦敏生出现，她沉睡的心灵顿时苏醒过来，她重新焕发了青春和活力。她和敏生单独出去游玩，无拘无束地欢笑畅谈，趴在敏生怀里痛哭、倾诉，他们的行为举止完全如情侣一般。此时她已全然忘记了自己继母的身份，沉浸在恋爱氛围之中。夜晚回到家里，宜芬和敏生双双为情欲所困，他们的情欲之火熊熊燃烧。作品对此有精细入微地描写：“她微欠身，拿起他的头，搂进她怀里。她开始抚摸他面孔。她触他头发，触他鼻子。他捧起她的手，压向他猛颤的双唇。她把他从地上扶起。……于是，狂风暴雨般，他们开始拥抱。他搂紧她，狂吻她嘴里，嘴外。隔着单薄睡衣，她的双乳紧贴摩擦他赤裸的前胸。泪水从两人眼中沁出，你贴我沾，分不清她的泪，他的泪。断断续续，他喃喃道出她名字，吻着她，字音不清。他搂紧她腰背，贴压向他，她觉出他身体那处，强烈惊人的反应。”[②] 这显然是丧失理智、复归“本我”的疯狂举动。家庭、责任、道德、伦理、身份这些外在的因素一概不存在了，剩下的只有为情欲包裹着的“本我”。但宜芬最终“超我”战胜了“本我”。恐惧感和道德感使她在最后关头退缩，拒绝了敏生对她性的渴求：“她挣脱坐起，推开他，左右一望。她退缩，眼里闪出恐惧。……她两唇颤抖，满面凄苦，挣扎站起，一步一步，踉跄后退。……退到房间门口，她哀吟一声，转头，窜回自己房间。”[③]在经历了这一场由性冲动到性压抑的暴风雨之后，“一切复归死寂”。

敏生虽然出生在美国，血液中有一半美国血统，但他从小接受了

① 欧阳子：《秋叶》，《魔女》，中国人民大学出版社 1994 年版，第 153 页。

② 欧阳子：《秋叶》，《魔女》，第 167、168 页，中国人民大学出版社 1994 年版。

③ 欧阳子：《秋叶》，《魔女》，第 168 页，中国人民大学出版社 1994 年版。

正统的东方文化、东方道德的教育。"从敏生幼小的时候，启瑞就每天抽出时间，教他说中国话，写中国字。他灌输给他儒家思想，训导他以古典礼仪，伦理道德。"①敏生明白父亲是想把他塑造成理想中的儿子，因此，他知书达理，温文尔雅，很像个生活在孔孟传统下的纯粹的中国人。但自从母亲与人私奔后，他便开始了长期的自我探索。他不断地追问自己：我是谁？是东方人，还是西洋人？是中国人，还是美国人？我循规蹈矩，知礼能让，但这到底是不是我的本性？如果是的话，为什么我不快乐？我心中极欲放纵的情感，又算是什么？这两股力量在他胸中相互争斗，难分难解，他有一种被撕裂的感觉，找不到自我。宜芬的出现，使他感受到了久违的母爱。特别是他在生病的时候，更加渴望母爱，也更感到宜芬对他的重要。在相处的过程中，他对这位只比他大九岁的继母的情感发生了变化，他把她当成了自己的"玩伴"，后又从"玩伴"推进到情人。他抑制不住自己的情感，任凭情欲泛滥、肉欲冲动，若不是宜芬在关键时刻守住底线，他们的关系必定一发而不可收拾。在经过一夜的情与欲的冲突后，敏生最终选择了理智的离开。

从以上分析中我们可以看到，《雷雨》和《秋叶》中的两对人物在面对情欲冲动，在处理"本我"和"超我"的冲突时，一对人物最终选择了克制，另一对人物则迷失在情与欲之中。而从人物关系来看，《秋叶》仿佛是《雷雨》的前戏，而《雷雨》则似乎是《秋叶》的进一步发展。这使它们在某种程度上构成了互文性。

三

虽然《雷雨》和《秋叶》分属于不同的文体，但两者在刻画人物心理方面都有着不俗的表现。

---

① 欧阳子：《秋叶》，《魔女》，第148页，中国人民大学出版社1994年版。

《雷雨》是话剧作品。话剧只能通过台词来推动情节发展，揭示人物性格，表现人物心理。《雷雨》的台词在表现人物心理方面取得了很高的成就。

周冲是一个充满幻想的大孩子，“他藏在理想的堡垒里，他有许多憧憬，对社会，对家庭，以至于对爱情”。① 他亲眼目睹了家庭中种种阴暗、丑恶的生活，他的纯洁的心灵一次次受到伤害。在现实面前他是无能为力的，他只好沉浸在自己编织的白日梦中。在鲁贵家里，他对四凤有这样一段表白：“有时我就忘了现在，忘了家，忘了你，忘了母亲，并且忘了我自己。我想，我像是在一个冬天的早晨，非常明亮的天空，……在无边的海上……哦，有一只轻得像海燕似的小帆船，在海风吹得紧，海上的空气闻得出有点腥，有点咸的时候，白色的帆张得满满的，像一只鹰的翅膀斜贴在海面上飞，飞，向着天边飞。那时天边上只淡淡地浮着两三片白云，我们坐在船头，望着前面，前面就是我们的世界。”②他自以为爱着四凤，他要带着四凤离开这阴郁的世界，到一个理想的地方去。但这理想的地方到底在何处，他其实很茫然。这番具有梦幻色彩的懵懂的话，正表达了周冲的白日梦，表现出一个与现实隔膜的青春萌动期的大孩子的独特心理。这番话也具有意识流的特点。对意识流，曹禺并不陌生。他曾介绍过：“比如‘意识流’，这是一种哲学的观点和写作的方法，我在年轻的时候也接触过，那时我曾看过一本‘意识流’的书，全书从头到尾没有段落，有时没有标点符号，有的地方好像又有标点，确实看不懂。后来，又读过一本法国人写的这类书，那就容易懂多了，也琢磨出味道来。”③上述周冲的台词按意识的流程来安排结构，表现人物虚

① 曹禺：《〈雷雨〉序》，《曹禺论创作》，第 12 页，上海文艺出版社 1986 年版。

② 《曹禺选集》，人民文学出版社 2004 年版，第 118 页。

③ 曹禺：《曹禺夜谈创作、艺术修养及其他》，《曹禺论创作》，上海文艺出版社 1986 年版，第 166 页。

无缥缈的幻想，正具有意识流的特点。

蘩漪则是个阴鸷、矛盾的人物，“她的生命交织着最残酷的爱和最不忍的恨”。[①]这使她有着非常复杂的心理活动。因此她的台词便充满着弹性和张力。尤其值得注意的是，由于她的身份特殊（譬如她与四凤的关系既是主仆的关系，又是情敌关系，她们争夺着同一个男人周萍），因此她的语言又往往含蓄、凝重，具有丰富的潜台词。如第一幕她一出场就碰到四凤，她便和四凤围绕着周萍展开了一场对话。她知道凭自己的身份是不该和一个下人谈大少爷的，但她一方面想从四凤那里了解周萍的确切行踪，另一方面，她也想借此机会刺探四凤和周萍的关系到底发展到哪一步了，于是她或直截了当或旁敲侧击，向四凤一连问了七个关于周萍的问题。这些问题刚柔相济，话中有话，潜台词丰富，透露出她要掌握和控制周萍的狂热心理以及作为公馆女主人在下人面前的专横、威严。

《雷雨》中其他人物的语言也很好地表现出人物的心理状态和心理流程。如周朴园的冷酷、专横、伪善，周萍的怯懦、神经质、怕负责任，鲁贵的狡猾、势利、庸俗，四凤的天真、善良、爱慕虚荣等等，都在对话中很好地传达了出来。

相对而言，作为小说的《秋叶》在表现人物心理方面有着更为有利的条件。小说作者既可以通过人物对话来表现人物的心理状态和心理流程，更可以直接深入人物意识和潜意识来揭示人物心理。欧阳子在作品中对宜芬的性心理和性意识作了深度开掘。那天夜里，刚刚和敏生在外面浪漫了一天的宜芬回到家里，她深为情欲所困，找出那件全新的本想在新婚之夜穿结果却未穿的尼龙纱睡衣，“她脱掉外套，脱掉洋装，脱掉发饰，脱掉衬裙。接着她脱去乳罩，脱去里裤。赤裸着全身，她站在梳妆镜前，藉着昏幽的街光，凝神注视自己。她套下尼龙纱睡衣”。显然，在意识深处，宜芬在期待着什么，她像期待着

---

① 曹禺：《〈雷雨〉序》，《曹禺论创作》，上海文艺出版社1986年版，第10页。

新婚之夜一样期待着性爱的发生。她静静地躺着，等待着，但过了一两个小时却什么都没发生。“于是，她坐起。她感觉口渴。”她起身到厨房找水喝。但在门口，她却迟疑了：我非喝这杯茶不可吗？稍加分析便不难发现，宜芬要喝水这件事不过是她给自己在心理上找了一个借口，她其实是渴望着走出房间见到敏生。因此，当她夜半时分在厨房见到同样为情欲所困的敏生时，她“没有吃惊”，而且跟随他走进他的房间。而她在最后关头由于恐惧感和道德感的原因退缩。她窜回自己房间，“她仆倒床上，抱住枕头，呻吟着，身体扭摆移动，痛苦难熬。眼泪泉涌而下，染得枕上被单上，湿淋淋一片。哦，敏生，敏生，她心里喊，一遍一遍。杀死我吧，杀死了我吧。……哦，敏生，敏生。进来吧。拿我去吧。把我糟蹋了吧。用你强旺的青春，杀死我吧。杀死了我吧。”在这里，作者极为细致地表现了人物的性意识和潜意识，写出了一个缺乏情爱和性爱的中年女性旺盛的情欲，以及由于家庭、责任、道德、伦理、身份这些外在因素而造成的人物的痛苦和矛盾。

如此细腻的性心理和性意识描写，固然与小说这一文体的特点有很大关系，事实上，它与作家的创作倾向和创作方法有着更为密切的关系。欧阳子在台湾和海外华文文学界以擅长创作心理分析小说而著称。她受到弗洛伊德精神分析学说很大的影响。对此，她毫不避讳：“弗洛伊德的学说对西洋近代文学的影响至大，我当然很感兴趣，在写作上也相当受过影响。”①因此，《秋叶》尽管只是一篇短篇小说，但在着力刻画人物的性心理和潜意识，在表现“本我”和“超我”的冲突等方面，我们能感受到作者对弗洛伊德精神分析学说的自觉实践。而曹禺在《雷雨》中更多的则是受到古希腊戏剧的影响。正如他自己所说的：“这个剧有些人说受易卜生的影响，但与其说是受近

① 夏祖丽：《握笔的人——当代作家访问记》，纯文学出版社有限公司1977年版，第181页。

代人的影响，毋宁说受古代希腊剧的影响。”①他又说：“我喜欢艾斯吉勒斯（Aeschyles）他那雄浑、深厚的感情；从优立辟蹄斯（Euripides），我企图学习他那观察现实的本领以及他的现实主义的表现手法，我很喜欢他的《美狄亚》（Medea）。”②由此可见，现实主义的创作手法是曹禺偏爱的创作方法。在《雷雨》及他的大多数剧作中，他都采用现实主义的方法来表现生活。《雷雨》和《秋叶》也因此形成了各自不同的特色。

通过以上的对比阅读，我们可以看到，面对同样的题材，不同的作家大可作出不同的艺术处理；而由于作家的创作观念和创作方法的不同，作品呈现出的艺术风貌也会大异其趣。但只要是优秀的作家，他们的创作原本就是相通的。《雷雨》和《秋叶》都能成为经典文本，便很好地说明了这一点。

（原载《中国文学研究》2007年第4期）

---

① 曹禺：《〈雷雨〉的写作》，《曹禺论创作》，上海文艺出版社1986年版，第4页。

② 曹禺：《曹禺同志谈剧作》，《曹禺论创作》，上海文艺出版社1986年版，第154页。

论王文兴短篇小说的现代主义特征

20世纪五六十年代台湾文坛盛行的现代主义潮流使台湾文学在较短的一段时间内实现了华丽转身。台湾文学在这一时期呈现出开放的艺术姿态和鲜明的西化倾向。

王文兴是台湾现代主义文学的中坚力量。20世纪50年代后期，还在台湾大学外文系读书的王文兴，开始了具有现代主义色彩的小说创作。1960年，他与同学白先勇、陈若曦等一起创办了《现代文学》杂志，高张现代主义大旗，系统地介绍西方现代主义文学理论，自觉地进行现代主义小说创作实践。1973年问世的长篇小说《家变》为他带来了很高的声誉。而上册出版于1981年、下册出版于1999年的长篇小说《背海的人》，则成为台湾现代主义文学最后的绝响。

就创作而言，王文兴小说的数量并不多，除了《家变》、《背海的人》外，他只出版了短篇小说集《玩具手枪》和《龙天楼》（后又将两书合集为《十五篇小说》出版）；此外，还有部分短篇小说未结集。就对王文兴小说研究而言，学界的研究基本上集中于《家变》和《背海的人》，对其短篇小说的研究则成果甚少，明显地呈现出轻短篇重长篇、轻早期创作重中后期创作的特点。

王文兴的短篇小说大体上写于1958年至1964年。这一时期正是台湾文坛现代主义思潮风起云涌之时，由现代诗社、蓝星诗社和创世纪诗社等在诗歌领域内掀起的现代主义文学运动，很快扩展到小说、绘画等领域。王文兴此时开始了他的小说创作实验。这一时期，他写作的都是短篇小说。尽管才是初步的创作实验，但已显示出强烈而又鲜明的现代主义色彩。因此，研究王文兴短篇小说的现代性，对于深入研究王文兴中后期的现代主义小说创作，对于把握台湾现代主义文学的发展脉络及其特点，有着重要的意义。

一

1958 年 4 月，王文兴在《大学生活》第 3 卷第 12 期发表了第一篇短篇小说《守夜》，开始文学创作生涯。至 1964 年，他在《文学杂志》、《现代文学》等刊物共发表了 22 篇短篇小说，初步呈现出一个具有代表性的现代主义小说家的艺术风采。

王文兴在谈到现代主义艺术的精神时，认为“现代主义的精神在于质疑和原始两者”；“质疑和原始，恐怕多半来自于尼采和弗洛伊德的影响。尼采对过去价值观的否定，无疑带动了现代主义的质疑，他对超人观的鼓吹，也大大推助了现代主义的原始崇拜；而弗洛伊德心理的探索，摧毁了外在秩序的世界，对于欲情（libidou）的体认，也与现代主义的原始崇拜息息相关。”[①] 王文兴的短篇小说正突出地表现了“质疑”和“原始”等现代主义的精神。

《草原的盛夏》对严酷的军规、军纪进行了质疑。一队士兵在盛夏顶着烈日来到草原进行野外训练，太阳像“一只疯狂，白亮，须髭怒张的猛兽”，威胁着人们。在军官的训斥、打骂下，士兵们尽管一个个大汗淋漓、头晕眼花、疲惫不堪，但还得坚持训练。令行禁止，纪律严明，不畏艰险，苦练本领，原本这是对军人的基本要求，作为军人自当不怕困难、不怕牺牲、英勇顽强，但这篇小说对此予以了质疑。作品写到一个士兵的自尊心受到军官的伤害后，他的反抗的意志像“一只固执的野牛的头首”难以撳压，他的仇恨像“密集的乌云一般”拥聚得越来越浓，他在心里用着刻毒尖厉的语言诅咒着那个军

① 王文兴：《现代主义的质疑和原始》，《书和影》，联合文学出版社 1988 年版，第 183 页。

官。作品更写到，当夜晚来临后，这片草原恢复了本来面目，“人类白天的所作所为，所流的汗，咒骂，仇恨，枪响，呻吟，乃至忍耐，负责，守纪等美德，都未曾留下丝毫的痕迹”。① 作者从人性的价值、人的自由和尊严的角度，对所谓的忍耐、负责、守纪等美德进行了具有现代主义意味的质疑。

对于处于“情窦初开”时期的许多青年人来说，“性”是一件快乐而美好的事，不少人沉溺其中不可自拔。《最快乐的事》写了一个年轻人在经历了一场激情的邂逅过后，选择了自杀。他在获得了性体验后问自己：“他们都说，这是最快乐的事，but how loathsome and ugly it was!”几分钟后，他又问自己：“假如，确实如他们所说，这已经是最快乐的事，再没有其他快乐的事吗?”年轻人因幻灭而厌世，其实是对人们所认可的一种生活方式的质疑。在别人看来的“最快乐的事”，在他的眼里却是令人厌恶和丑陋的，激情过后，他感到的是深重的幻灭。小说表现出对人生强烈的质疑。

事实上，感悟生命、思索人生是这一时期王文兴小说创作的主要内容。《守夜》在梦境和现实的交错中，呈现出人物对自我的焦虑和不满。范若甫对笔下人物李亚的苦心经营，正是他对自我形象建构的过程。而自我认同的受挫，正意味着他在社会压力面前的无奈。《残菊》表现的也是生活中的不圆满和不如意，也许生命的意义正在于这些永远有欠缺的人生的“残局”中。《欠缺》正像这篇小说题目所揭示的那样，从一个十一岁孩子的眼中去表现生活中的“欠缺”，那个早熟的孩子日思夜想的美貌少妇原来竟是个狠心的骗子，单纯的孩子过早地感受到了人生的“欠缺”。

在王文兴的短篇小说中，有不少作品采用了少年儿童的叙事视角，或者直接表现少年儿童的生活和精神世界。王文兴前述的现代主义的“原始”精神，追求的是“返璞归真”，“带来童稚如儿童一般

---

① 王文兴：《草原的盛夏》，《十五篇小说》，洪范书店2006年版，第50—51页。

的‘简化’新形式”。[1] 他正是通过孩子的视角来表现原始人性，诸如情欲、性压抑、恐惧，等等。《母亲》通过一个叫猫耳的小学生的视角，描写他对离婚女人吴小姐的观察，表现了猫耳性意识的萌动。猫耳等在吴小姐必经的路旁，期待着这个“裸露着雪白的颈子和滚圆修长的白臂”的女人的出现。他明明还是个孩子，但一手叉腰的姿势，“显出模仿成年人的骄傲”。猫耳厌倦与神经质的母亲相处而喜欢和性感的吴小姐在一起，这正是孩子恋母情结的一个代偿。《寒流》中的黄国华是个不到十三岁的孩子，他独自一人沉迷于一个神秘的游戏中，每天放学绕路回家，目的是要路过玻璃店去偷看一张裸体女人画。作者充分表现了这个早熟的孩子性意识的觉醒，他对裸体女人画的迷恋，夜里在被窝里的性冲动，以及过后深深的懊悔和精神上的挣扎。值得注意的是，作者还写出了这个孩子心灵的自我救赎。在经历了一次次心理上的挣扎和失败后，黄国华决定坚决摆脱玻璃店裸体女人画的诱惑，选择独自一人在黑夜中去过铁路桥回家。这是一次冒险之旅，也是一个荡涤灵魂、重新开始的过程。他不知道火车开过的时间，不知道能否通过那桥，在通过铁路桥时，他果然遇到了火车，他和火车展开了一场生死较量。尽管书包带子断了，手和膝盖都擦破了，脸上沾满泥沙，但他在受惊大哭之后很快就自豪起来：“我到底打败你了，这次我到底打败你了！”他感到骄傲：“我已经会了，我已经会对付它了，知道再对付它已不难了，我会再克服它，我一定会再完全地再克服它。”[2] 显然，这里的火车具有象征意蕴。在战胜了心中的魔障后，黄国华获得了成长。《欠缺》则表现了一个十一岁孩子眼中的成人世界的复杂样貌。这个敏感而内向的孩子以他的方式，全身心地爱上了裁缝店女老板，在他看来，那个三十多岁的少妇不仅美丽，眼中露出的善良更重要。他明知这种爱情是没有结果的，

---

① 王文兴：《现代主义的质疑和原始》，《书和影》，联合文学出版社1988年版，第184页。

② 王文兴：《寒流》，《十五篇小说》，洪范书店2006年版，第159页。

但他还是一头陷入绝望的爱情之中不可自拔。他自以为不必像成年人一样作无谓的担忧，只要自己对这少妇的思慕存在爱便存在，他因而十分快乐。这里突出地表现了这孩子的所谓爱情其实是天真无邪、没有杂念的。然而，那位女人却辜负了他对她的美好想象，美丽也许依然，善良则不复存在，她骗了很多人的钱后逃之夭夭。这个单相思的孩子在经历了“失恋”后，对现实社会和成人世界有了新的认识。

恐惧是人的天性，随着经历、环境等的变化，人与生俱来的恐惧感会越来越强。《命运的迹线》便十分形象生动地表现了一个小学生对命运的恐惧。高小明课间被同学拉着看手相，当同学说他生命线太短，只能活到三十岁时，他“心中布满了灰尘”。想到那可怕的死亡，想到死亡是那么的接近，他深感恐惧，寝食不宁。为了改变命运，他“用刀片拉长了他的寿命线，从原来终止于掌心的终点拉起，拉到手腕关节的动脉处”。恐惧差点酿成大悲剧。《黑衣》则表现了一个五岁女孩的恐惧。秋秋在家里的宴会上见到大学教师晋先生，她本能地不喜欢这个穿着黑布长衫的成年人，任凭他怎么用言语和物质手段逗她也不为所动。天真单纯的秋秋直截了当地对保护她的吴阿姨说：“你叫他走开么，我讨厌他的黑衣服。”而黑衣人则要求她：“小孩子要懂得规矩，知道么？不要讨大人的嫌。”显然，秋秋是从自己的本能出发讨厌这个黑衣人，她才不管成人社会的所谓规矩，而黑衣人则以所谓的规矩来要求小孩子。这里通过孩子的眼睛对现实社会秩序提出了挑战。恼羞成怒的晋先生随后扮出极其丑恶的鬼脸几次三番恐吓她，秋秋极为恐惧，发出恐怖的尖叫，继而浑身颤抖地大哭起来。这篇小说有着浓重的隐喻色彩。秋秋所代表的是一个天真纯洁、未经污染的童话世界，然而黑衣人所代表的虚伪、做作、充满邪恶的现实世界与之发生了激烈的冲突，在由厌恶到对抗的过程中，未谙世事的孩子最终败下阵来，被从未经历过的邪恶推入恐怖境地。作品通过孩子的视角揭示出现实社会的伪善和邪恶。

在这些作品中，王文兴深入人物的心理世界，通过对人物内心和情感的细致探索，追寻自我形象和生命意义，表现了对现实生活和社会秩序的质疑与颠覆，揭示了人物在自我和超我之间的挣扎，以及性意识的觉醒和恐惧感，充分反映出现代主义的质疑和原始的精神。

二

杨牧曾认为："王文兴的小说里表现得最沉着有力的主题是，我认为，命运。"他进一步指出："他作品里潜伏最深刻最一贯的精神，就是一种为命运雕像的精神。"① 诚然，杨牧揭示了王文兴短篇小说的一个重要主题，即命运主题。王文兴的绝大部分短篇小说的表现内容都与命运有关，作者揭示了人的命运的错综复杂。这里要讨论的是，王文兴作为一个现代主义作家，当他在小说中处理命运问题时，他的创作又是如何体现出现代性的特点的。

从本质上来说，现代主义文学注重的是对人和人的命运的思考与探求，揭示人的命运的荒诞、虚无。现代社会处于发达的工业文明时代，但同时也面临着物欲膨胀、道德滑坡、信仰缺失。人们在与同类、与社会相处过程中，在复杂多变的人生道路上，常常会有命运多舛或宿命的感觉，会感受到命运的荒诞和残酷。王文兴的短篇小说从多个侧面对命运进行了艺术表现和揭示。

《日历》中的黄开华本是个无忧无虑的大孩子，身体强健，活泼开朗，春日的一天，他怀着对暑假的渴望，计算着离暑假还有多远。他又在一张大白纸上画日历，一年一年地往后写，当他发现自己的生命仅仅能装满一张纸时，他哭了起来。人生的意义在哪里？生命历程又有多长？一张纸能涵盖人生的所有内容吗？显然，这里包含着对人生和命运的追寻，我们从中能感受到命运的残酷性。在感知了生命的短暂和命运的残酷后，黄开华会怎样？作者没有写，留下了想象的空间。而在《命运的迹线》中，高小明则作出了自己的回答。因为生

① 杨牧：《王文兴小说里的悲剧情调》，《传统的与现代的》，洪范书店1979年版，第213页。

命线短他被看相的同学说成短命鬼，面对残酷的命运，他怀着恐惧进行了反抗，用刀片拉长了手掌上的生命线，企图用这种方式来改变命运。作品通过小学生的这种偏激而徒劳的反抗，提出了“命运的有无”和“命运能否被改变”这样沉重而残酷的问题。

《海滨圣母节》的色调同样是凝重的，圣母节欢腾气氛的背后蕴含着的是命运的残酷。出海的渔船遭遇飓风，舵折了，船舱进水，马达也坏了，渔民想尽一切办法都无济于事，在大自然面前人的力量实在太渺小了。在千钧一发、命悬一线之际，渔民唯有向妈祖祷告，祈求圣母保佑。这些终于平安归来的渔民，在圣母节这一天还愿。萨科洛本是个软弱的、缺乏意志力的人，曾许过很多愿却从来没有兑现过。但这次海上遇险，他许下一个愿，要为妈祖舞一堂狮子，他发誓这次绝不食言。圣母节这天，萨科洛果然实现了自己的诺言，为妈祖舞起了狮子，为节日增添了喜庆气氛。然而，小说结尾却安排这样一个虔诚地为妈祖舞狮还愿的渔民，最后却气绝身亡，顶着狮头倒在欢庆的行列中。这一结局令人深思。虔诚还愿的渔民在保佑他的圣母的诞辰日却死于非命，命运的荒谬和残酷由此可见。

在早期篇幅最长的小说《龙天楼》里，王文兴通过对一群军人的描写再次揭示了命运的荒谬性。抛开“战斗文艺”的政治外衣，这篇小说更核心的内涵是探讨人的命运问题。十几位当年的抗日英雄，辗转来到了台湾，命运发生了巨大的变化。曾消灭过鬼子第12骑兵队人称“神枪关夫子”的关师长，现在火车站以摆豆浆摊为生；曾统率战车摧毁敌阵的“铁甲老二”查旅长，则以养鸡为生；组织大刀队保家卫国人称“大刀秦虎”的秦团长，如今给一个教会看大门；而被称为汉奸克星的“段狐狸”段参谋，则已丧失了工作能力，靠微薄的荣民津贴勉强度日……这一群昔日为国浴血奋战、屡建战功的沙场猛将，现在却生活潦倒，晚景凄凉。真可谓命运多舛，造化弄人。作品在某些政治宣传的背后，表现出了对命运的深切关注。

与之相关联，王文兴的短篇小说在揭示命运的荒诞和残酷的同时，还表现了人因自身力量的渺小而产生的无奈感、无助感和强烈的孤独感。

《玩具手枪》很典型地演绎了这一主题。这篇小说竭力表现了一个孤独的主人公对整个社会的反叛，对自己命运的抗争，渲染了现代人的“孤绝感”，其中所蕴含的主题正体现了存在主义哲学中“他人即地狱”的思想。在中学同学生日聚会的热闹场合，胡昭生却疏离于众人之外，孤独地坐在客厅的角落里，他无法融入周围的人群。他敏感而脆弱，内向而拘谨，将客厅里的众人视为无聊者，内心产生了强烈的疏离感，不愿意加入打牌、聊天、听音乐的行列，宁愿一个人沉溺于冥思玄想。然而，他还是成为人们取笑、玩弄的对象。在玩具手枪的枪口下，在众人的包围中，他无奈地承认了自己失败的求爱史。作品从多侧面突出了胡昭生的无助感、无奈感，以及由此产生的“孤绝感”。在生理上，胡昭生的矮小瘦弱与捉弄他的钟学源的高大健壮形成强烈反差，他因此成为钟学源手中的玩物；在心理上，他与客厅里的众人格格不入，形成双向的厌弃；在人格上，他因自己曾经挚爱过一个女生却求爱不得而深陷自卑；在人际关系上，他因不善与人交往而使自己陷入被动尴尬境地。这一切，使他尽管不断地反抗、挣扎，不甘心听从命运的摆布，到头来只会更多地产生无奈感、无助感和孤独感。

三

作为一个深具现代主义艺术精神的作家，王文兴在早期创作中就致力于语言和结构的创新。他对现代主义文学的美学实验曾进行过这样的概括：“我们这一代的‘现代文学’的新的美学试验是什么？我想最简捷了当的说法应该是：散体文学写得像诗，诗则又写得像散体文学。”① 与重人物、重故事的现实主义文学相比，现代主义文学则

① 王文兴：《浅论现代文学》，《书和影》，联合文学出版社1988年版，第188—189页。

重语言、重结构，追求语言和结构的创新，并通过语言和结构的创新来加强小说内涵的丰富性。

王文兴所说的“散体文学写得像诗”，首先指的是现代小说要借鉴现代诗的表现手法，注重语言的锤炼、意象的营造、隐喻象征的运用，使语言更具有表现力。

王文兴的短篇小说注重意象的营造，以象征、暗示的手法扩大想象空间。在《草原的盛夏》中，作者营造了一系列女性的意象。如：

> ①到了正午的时分，云爬了起来了。她们好像怀中抱着许多婴孩的母亲，带着原始的力量，从地平线的下方，伸长了起来。
>
> ②肥胖的白云，变成了油黄之老妈子，再过一会儿，云层的肚腹又变灰了。
>
> ③浓密的乌云，在山顶，怀着生育的痛苦，像孵着鸡蛋的母鸡一样巢孵在山顶上。
>
> ④雨像一位少女，踏着轻盈的纤足，雨，可以看得见她，穿着绯白的纱衣，自草原的西方，如爱人似地投奔过来。
>
> ⑤丘陵上的树，显露得又浓又潮又绿，它们的贞洁，清雅，一如一尊尊圣女。

这些意象既是写实的，也是写意的，反映出了在盛夏炎炎烈日下艰苦训练的军人的情感和心境。他们渴望着云的到来，云可以遮住烈日，云也可以送来雨水，帮助他们解去暑热。因此，在他们看来，云正像怀抱着婴孩的母亲，给他们带来希望和安慰；然而，期盼中的雨竟姗姗来迟，像孵着鸡蛋、怀着生育痛苦的母鸡一样。雨终于来了，他们欢欣鼓舞地迎接着雨的到来，在他们心中，这时的雨像少女般美丽可爱，又如爱人似的投奔过来，他们的喜悦溢于言表。而经历了雨的滋润，他们心情舒展，此时此刻，万物都是清新动人的，又浓又潮又绿的树，在他们眼中正如圣女一般。这一系列意象的内涵是丰富的，情感指向是明确的，令读者对盛夏草原上的人和大自然的关系产生了广阔的联想和想象。

又如《践约》：

> ①林教授的话，往往都在中途蓦然隐没，然后用一个简单的“唉”囊括了一切复杂的结尾。这，就像一个沿着河流游泳的人，游到中途时，忽遭灭顶，少顷，送上来一只圆圆的水泡。
>
> ②他这样想，爱情是生活里的芒刺，拔去了这一根刺，生活便舒适而自在。

刚刚大学毕业的林邵泉，对于父亲并没有多少尊敬。父亲身为大学教授，埋首终日所写的论文却没有任何创见，因此，他看到父亲写的东西便感到愤怒，他对于父亲的言行举止也多有看不惯之处。例①正十分形象地反映了林邵泉听父亲说话时的那种厌恶、憎恨的感受。而例②则反映了林邵泉对于爱情的认识，他特别反感恋爱中的男女交谈时的“俗套”，他觉得无论哪一对，只要他们一交谈便要模仿电影上的对话，这令他讨厌爱情，避之唯恐不及。这里的灭顶之人吐出的“水泡”和“芒刺”这两个意象活画出了人物对特定人事的心态和感受。

王文兴的小说在对人物内心世界和情感的描写过程中，由于大量运用了诗的表现手法，因此使语言精练、含蓄，富有诗意。《大风》中的三轮车夫和台风搏斗了一天，经历了诸多磨难，终于要收工回家了。他抑制不住内心的兴奋和喜悦，独白道：

> 哦，静下来，台风，静下来，我已经快到家了。等我走进了家，无论你再怎么撒野，对我已不生作用。家的里面，是没有风雨的。看，在那万般的黑暗中，点了蜡烛的一洞小窗，是我的家。银花还没有睡哩，她等着我。万般黑暗中的一窗灯火，银花，你为我点着的。虽然它的蜡焰是这么渺小，但无论外界的风多强，雨多大，蜡焰依然平安地点着，好像安稳睡在土地堂的帐

幕里。银花，开门啦，是我，从台风里回来了。①

这段文字质朴自然，与人物的身份十分相符，看似不事雕琢，实则高度凝练，生动传神地表现了三轮车夫不怕艰险、乐观开朗的内心世界和对生活的热爱，充满诗意的美。而台风的形象，也有象征意义，正象征着生活中的磨难。三轮车夫经历了磨难，生活的意义更丰富了。

除了语言的锤炼、意象的营造外，王文兴还注重小说节奏和结构的把握。他擅长在作品结尾处采用"陡转"的结构形式。在对人物的内心世界深刻揭示和对人物命运充分铺陈的基础上，他往往采用急转直下、戛然而止的方式收缩全篇。《命运的迹线》中，高小明在经历了对短命的种种恐惧后，出乎人意料地采取用刀片拉长生命线的方式来反抗命运、改变命运。这种极端的方式绝对是人们难以想象的，它给人们留下了深长的思索：是否真的有命运存在？如果有的话，人的命运是否可以预知？人的命运又能否被改变？《欠缺》中，作者先极尽铺垫，写裁缝店女老板的美丽、善良，在那个早熟孩子的心目中，她俨然是一个完美的女神，他把自己"全部的爱情热烈献送给她"。然而，就是这样一个"不仅美丽，露出的善良更重要"的女人，在作品最后却被证实是个骗子。这突然的结果一方面固然使那个早熟的孩子感受到了人生的"欠缺"，另一方面也足以使他对以后的人生道路产生怀疑和动摇。《海滨圣母节》结尾处，虔诚的舞狮人萨科洛的突然身亡，也令人们匪夷所思，对命运产生新的思考。而《最快乐的事》中的男主角在经历了"最快乐的事"后却选择自杀，也给读者留下了很多悬念。

王文兴短篇小说的现代主义艺术探索是多方面的。王文兴深入人物的心理世界，通过对人物内心尤其是潜意识的细致探索，追寻自我

① 王文兴：《大风》，《十五篇小说》，洪范书店2006年版，第66页。

形象和生命意义，表现了对现实生活和社会秩序的质疑与颠覆，揭示了人物在自我和超我之间的挣扎，充分反映出现代主义的质疑和原始的精神。王文兴的短篇小说在揭示命运的荒诞和残酷的同时，还表现了人因自身力量的渺小而产生的无奈感、无助感和强烈的孤独感。在小说艺术方面，他改变了“五四”以后小说的叙事模式，借鉴吸收了现代诗的表现方法，注重意象的营造和语言的创新，以象征、暗示的手法扩大想象空间，从而使作品精练、含蓄，富有诗意。王文兴小说的这些探索和实验，呈现出鲜明的现代性特征，王文兴后来因此成为最具有现代性特点的台湾当代小说家。王文兴这一时期的小说艺术探索也为《家变》和《背海的人》等现代主义杰作的出现作好了充分的艺术准备。在《家变》主人公范晔的身上，明显地能看到高小明、胡昭生、林邵泉等的影子。而主题的提炼、意象的营造、语言的锤炼，更可在《家变》和《背海的人》中找到发展的痕迹。

（原载《中国现代文学研究丛刊》2012 年第 12 期）

论《家变》的文学史意义

在20世纪中国文学的发展进程中，《家变》是一部不容忽视的作品。1973年，王文兴苦心经营了七年之久的长篇小说《家变》由寰宇出版社出版，立即在台湾文坛引发了强烈的争议。《中外文学》、《书评书目》等主流刊物接连发表评论文章，颜元叔、林海音、朱西宁、罗门、刘绍铭、欧阳子、张系国、张汉良、王鼎钧、隐地、吕正惠等一大批作家、学者撰文参加讨论，真可谓极一时之盛。在讨论中，出现了两种截然不同的声音。誉之者认为："《家变》在文字之创新，临即感之强劲，人情刻画之真实，细节抉择之精审，笔触之细腻含蓄等方面，使它成为中国近代小说少数的杰作之一。"① "无论在文字、结构和思想来说，《家变》是台湾文学二十年来最令人惊心动魄的一本突破性的小说。"② 贬之者则认为：王文兴是"'落后'的社会里彻底西化的知识分子"，不是"生错了地方"，就是"受错了教育"；③《家变》所宣扬的"完全是'弱肉强食''适者生存'的西方哲学论调，中国人的浑厚圆熟，悲天悯人的情怀到哪里去了"？④

① 颜元叔：《苦读细品谈〈家变〉》，《中外文学》第1卷第11期，1973年4月。

② 刘绍铭：《十年来的台湾小说：一九六五—七五》，《中外文学》第4卷第12期，1976年5月。

③ 吕正惠：《王文兴的悲剧》，《小说与社会》，联经出版公司1988年版，第21页。

④ 简苑：《我对家变的一点感想》，《书评书目》第8期，1973年9月。

这场讨论在台湾文坛持续了很长一段时间。

围绕着《家变》进行的讨论及其各种意见，正反映了人们对台湾现代主义文学的基本态度。20世纪50年代由诗人纪弦发起的台湾现代主义文学运动，到20世纪60、70年代达到高潮。对于这场文学运动，人们见仁见智，众说纷纭，曾发生过多次论争乃至论战。而王文兴是一个最为典型的现代派作家，其《家变》无论在思想观念还是在艺术形式方面，都鲜明地体现着现代主义文学的精神。1999年，台湾《联合报》举办了“台湾文学经典”的评选活动。此次活动规格高，规模大，参与面广，影响深远。包括10部小说、7部诗集、7部散文集、3部剧本、3部文学评论著作在内的一个世纪台湾文学中的30部作品最后入选“台湾文学经典”。曾经饱受争议的《家变》这次也顺利入选。今天，重新审视这部台湾现代主义文学的经典作品，我们应该把它放到20世纪中国文学的发展史中加以考察，只有这样，《家变》的意义和价值才能充分地凸显出来。

一

《家变》在思想内容上最为人诟病的是对“家庭”和“中国传统文化”的颠覆和反叛。对于“家庭”，小说主人公范晔在日记中曾予以如此猛烈的抨击：

> ——家！家是什么？家大概是世界上最不合理的一种制度！它也是最最残忍，最不人道不过的一种组织！在一个家庭里面的人们虽然在血统上攸关密切，但是同一个家庭里的构成的这一撮人历来在性格上大部都异如水火！——怎么可以不管三七二十一的把他们放在共一个环境里边？强把一家三个人都迫他们集中在一块，就仿佛像是令三头族类根本不相同的恶兽——例如猛虎，

戾狮，怒豹——齐囚在小小一只兽监底里面。①

他愤怒地发誓：

我将来，我现在发誓，我不要结婚！假使我或者背叛了是一誓矢的话，我也一定断断不会去生养小孩子女出来！我是已经下定了决心不再去延续范姓的这一族线的族系流传了——②

范晔的这种家庭观念引发了人们的担忧，也遭到了一部分读者的激烈反对和批评。"《家变》使我们害怕，不敢一读再读，理由可能是这本书揭发了不少做人儿子的连对自己也不敢承认的隐私。"③"《家变》告诉我们，在西化的最高峰，台湾的知识分子是如何反叛他们自己的文化传统的。"④ 凡此种种，评论界有相当一部分人把《家变》当作了西化的典型文本来加以批评。他们的批评带有浓厚的意识形态色彩。评论者一是把小说主人公范晔的思想意识视作王文兴的观念，认为作者通过《家变》充分表现出反对中国文化、排斥传统道德的西化倾向，因此《家变》是大逆不道的。二是以传统的伦理观为标准，认为范晔这种不讲孝道、不要家庭的逆伦行为产生了消极的社会影响；而在他们看来，中国传统的家庭制度和伦理观念在西化的浪潮中是需要守护的。

20 世纪 60、70 年代，台湾正处于由传统的农业社会向现代工商社会的转型期，中西文化、新旧价值观念产生了激烈的交锋。这一时期盛行的现代主义文学其根本的精神即是颠覆和反叛，颠覆传统，反

---

① 王文兴：《家变》，洪范书店 2002 年版，第 221 页。

② 王文兴：《家变》，洪范书店 2002 年版，第 224 页。

③ 刘绍铭：《十年来的台湾小说：一九六五—一九七五》，《中外文学》第 4 卷第 12 期，1976 年 5 月。

④ 吕正惠：《王文兴的悲剧》，《小说与社会》，联经出版公司 1988 年版，第 25 页。

叛现存的观念。王文兴就认为现代主义文学的特色主要有两个："第一，是一种质疑的精神，或者说是一种否定的精神；第二个特色是浓厚的思考精神。"①《家变》故事开始的时间是1966年4月，② 这正是西化浪潮席卷台湾思想界、文化界之时，一大批有着现代主义精神的知识分子对现实存在状态产生了怀疑，他们以反叛的姿态抨击现有的社会规范和社会秩序，探索新的生命意义。范晔虐父、逐父行为的背后正反映出对传统伦理和礼教的反叛与颠覆。

从文学史的角度来看，早在"五四"时期，伴随着启蒙主义思潮的兴起，新文化运动的推动者和参与者就开始质疑和颠覆中国传统的伦理观、孝道观与家庭制度。

1917年，吴虞在《家族制为专制主义之根源论》一文中对家族制度进行了攻击，倡议反对孝道。他认为，对双亲和祖宗的忠孝泯灭了个性，因而为专制主义所利用，家庭制度使四亿中国人成了"无数死者的奴隶，因此无法奋起"。1919年，鲁迅在《我们现在怎样做父亲》中，运用进化论理论，批判中国的家族制度是"反自然"的。他寄希望于父辈一代的启蒙者：自己背着因袭的重担，肩住了黑暗的闸门，放他们到宽阔光明的地方去；此后幸福地度日，合理地做人。他把吴虞对父权的攻击，发展为要把孩子从孝道中解放出来。同年，傅斯年则在《新潮》创刊号上发表《万恶之源》，控诉了封建家庭对青年人个性的压制和摧残，对传统伦理道德进行了谴责："《大学》上说，'修身然后齐家'。在古时宗法社会，或者这样。若到现在，修身的人，必不能齐家；齐家的人，必不能修身。……咳！家累！家累！家累！这个呼声底下，无数英雄埋没了。"③ 傅斯年之后，顾颉刚对家族制度作出了进一步的批判。他在《新潮》第1卷第2期上发

---

① 王文兴：《异乡人——存在主义文学的特色》，康来新主编《王文兴的心灵世界》，雅歌出版社1990年版，第127页。

② 王文兴：《家变六讲》，麦田出版社2009年版，第38页。

③ 傅斯年：《万恶之源》，《新潮》第1卷第1号（1919年1月）。

表《对旧家庭的感想》，指出："我们长期暗自忍受着痛苦，根源在于旧家族制度的三个主义：名分主义、习俗主义和宿命主义。"与吴虞等抨击父母权威不同，顾颉刚则重在揭露长期顺从父母权威而形成的心理基础，深入地剖析了妨碍青年个性发展的深层次原因："为什么年轻一代不要求个性发展，其原因在于长辈们已使他们习惯于敬奉而不表达自己的观点；他们能从'父子'、'兄弟'、'夫妇'的名分中，获得安全感。"[①] 叶圣陶在同一期《新潮》上，发表了《女子人格问题》一文，谴责了中国家族制度对女子人格的侮辱。叶圣陶认为，儒家提出了"贤妻良母"的伦理观，用"贞操"观念来束缚妇女，在儒家伦理道德观念的影响下，妇女普遍缺乏自我意识。这是中国妇女缺少独立人格的根源。叶圣陶热诚地希望："女子必须取回自己的人性，因为她们毕竟也是人类中的一部分……如果今天的女子还缺乏一种更积极的认同感，那便是她们自己的过失了。"[②]

面对中国传统的家庭制度，面对父权，中国现代作家在文学创作中运用多种艺术形式进行了生动的描写和无情的揭露。鲁迅在《狂人日记》中通过狂人的形象揭露了礼教吃人的本质，抨击了封建家族制度，发出了"救救孩子"的呐喊。这篇小说对于传统伦常关系进行了大胆的消解。艾青在《我的父亲》一诗中，通过"我"和地主"父亲"的种种关系，表现了与"父亲"的对立，对于"父亲"予以深刻的揭露和否定。诗人这样概括他父亲的"一生"："他是一个最平庸的人；/因为胆怯而能安分守己，/在最动荡的时代里，/度过了最平静的一生，/像无数的中国地主一样：/中庸，保守，吝啬，自满，/把那穷僻的小村庄，/当做永世不变的王国；/从他的祖先接受遗产，/又把这遗产留给他的子孙，/不曾减少，也不曾增加！"诗句中包含着对"父亲"的鄙视和对父权的否定。曹禺在剧本《雷雨》

① 顾颉刚：《对旧家庭的感想》，《新潮》第1卷第2号（1919年2月）。

② 叶圣陶：《女子人格问题》，《新潮》第1卷第2号（1919年2月）。

中写生性怯懦的周萍，当初和蘩漪陷入情网是基于两人都恨周朴园："你说你恨你的父亲，你说过，你愿他死，就是犯了灭伦的罪也干。"周萍深切地感到："周家的空气满是罪恶……在这样的家庭，每天想着过去的罪恶，这样活活地闷死么?"因此，他要离开这个罪恶的家庭去开始新的生活。对封建家族制度和家长专制制度进行更全面、更系统、更深入的艺术表现的，当推巴金的长篇小说《家》。作者将人物的关系和命运置于"五四"时期这一特定的时代背景中加以表现，描写了在高家这个四世同堂的大家庭里年轻一代和封建家长之间的矛盾和斗争。四世同堂乃至于五世同堂原本是中国传统的理想家庭模式。在这样的家庭结构中，家长处于金字塔塔尖的位置，他是家庭的最高统治者，安排和支配着家庭成员的命运。《家》里的高老太爷就是一个这样的角色。他的名言是："我说是对的，哪个敢说不对?"《家》里发生的大大小小的罪恶几乎都和他有关。于是，在高家内部，受到"五四"新思潮影响觉醒过来的年轻一代为了个性解放和婚姻自由，勇敢地反叛大家庭，对封建家长进行坚决抗争。高觉民抗婚的成功和高觉慧离家出走，标志着青年人对传统的颠覆和对家庭的反叛取得了决定性的胜利，同时也象征着封建家长统治地位的动摇乃至丧失，封建家庭秩序的破坏以至于毁灭。

因此，从中国现代文学史的角度来看，颠覆传统、反叛家庭、反抗父权、批判旧道德旧伦理，早已在"五四"以后的启蒙理论和创作实践中得到了充分地表现。中国现代作家在这一问题上显示出了极大的勇气和决心。《家变》所表现的对传统的家庭观念和孝道的反抗，并不是前无古人的创举，而是"五四"以后前代作家基础上的一个继续。只不过在较为强调中国传统文化的20世纪70年代的台湾社会，其鲜明的反叛传统的色彩使人们感受到了惊世骇俗的意味。

二

尽管颠覆传统、反叛家庭早已是"五四"以后现代文学重要的表现内容，但《家变》在这一主题的表现上有着独特的意义和价值。

作为一部现代主义的文学经典，《家变》在文学观念和精神特征方面是充分现代主义的。以现代主义的观念和精神质疑现存的家庭秩序，反叛传统的道德观念，探索人生新的意义，追寻个体生命的本质，这使《家变》与文学史上以往同类题材作品有了显著的区别。

《家变》中具有浓重现代主义色彩的离经叛道的思想内容是通过作品主人公范晔的成长，渐次表现出来的。范晔成长的历史是一部反叛传统伦理、质疑家庭、消解父权的历史。

在范晔五六岁还和父母在大陆时，父母有次一起拿他开玩笑，说他将来是个叛逆儿子。这段情节极富有意味：

> “他奉养你？别做梦噢，几个儿子真的奉养过父母亲的？”
>
> “真是，真是，”父亲伤色地摇颔，“都一样，这孩子必也是那种叛逆儿子。”
>
> 他苦痛且哀伤，极辩说：
>
> “我不会，不会的！”
>
> “现在说容易，将来看会不！那时候安得不是嫌父母丑陋，碍目，拖负，把父母赶逐出屋。我们这儿子是不孝顺的没话说了。你注意他底相貌就是不孝的面象，我们这个儿子准扔弃父母的了。这是个大逆、叛统、弃扔父母底儿子！”
>
> 听着父亲预言的话，他眼睛注投地上，而含仇恨地盯视他们。①

父母原本只是和儿子说说笑话，作为小孩子的范晔却认真了，极力为自己辩护。这说明他尽管还处于童稚期，但在他幼小的心灵里，已清楚地知道不孝是个很大的罪名，他不想做那种叛逆儿子，因此，对于说他“是个大逆、叛统、弃扔父母底儿子”的玩笑话十分反感

① 王文兴：《家变》，洪范书店2002年版，第28—29页。

和恼火。也就是说，范晔并不是天生就是叛逆儿子，在这一阶段，他还是个以孝道为本的孩子，所以他才会对“叛逆”、“不孝”如此反感。吊诡的是，父母的这番玩笑话竟成为预言，最后这恐怕也是范晔所始料未及的。

而事实上，范晔从小就表现出与众不同的叛逆性。小说叙述了范晔有一天因对母亲有逆反言行而被父母用鸡毛帚打了一顿。小孩子有逆反心理、不听话原本是正常的事，而父母为了教训孩子而打骂他们在中国的家庭里也司空见惯，但范晔却表现出了异乎寻常的反应：

> 他是这样恨他父亲，他想杀了他：他也恨他的母亲，但尤恨他父亲！他想着以后要怎么报复去，将驱他出家舍，不照养抚育他。这对待儿子不好的父亲将来好好让他受苦，等那时候从从容容对付他！①

遭到父母打骂产生怨恨情绪是很容易理解的，但这样一个孩子，内心竟会对父母充满如此可怕而恶毒的仇恨。他不但有如此强烈的仇恨，还有非常严密完整的复仇计划，把复仇的步骤一步步考虑得很清楚，真令人感到匪夷所思。但结合范晔后来的反叛传统伦理、质疑家庭的逐父之举，我们可以理解，人物思想性格的发展变化其实是有其内在逻辑的。

范晔11岁的时候，在学校里学会了一点点摔跤，他回到家就和父亲较量，把父亲拦腰一抱，用尽力气要把他摔倒，但父亲却丝毫不动。范晔一次次地从地上爬起来，一心想把父亲斗倒。终于，他乘父亲懈怠之机，伸腿一钩，把父亲绊倒在地。这一幕父子相斗的游戏其实是在普通家庭里经常上演的，但像范晔这样一心要把父亲斗倒，在角斗的过程中“实在在心间恨达了其父亲”；而父亲也诧异，反复地说“怎可以对你爸爸这样”，这种情形在一般的父子间又是很少见

---

① 王文兴：《家变》，洪范书店2002年版，第62页。

的。这反映出范晔在骨子里对父亲权威的反抗性。范晔12岁时已自认为是个反神鬼的人，当母亲在中秋节照例摆上祖宗的神位祭祖，他便与母亲之间发生了一场关于神的恶吵，他骂母亲“虚伪！假道学！虚伪！虚伪”！尽管最终他还是给神位鞠了一个躬，但在心里他对父母亲的迷信已颇为不屑了。以后，当同样的情形再次出现时，他总是以敷衍的态度对付，僵硬地给神位鞠躬，极不情愿地给父亲拜寿，他深深地为着刚才的鞠躬感到极大的“伤辱”，他气愤：这一种的迷信根本不应当存在！这一种孝道也更不应当存在！他趁父母不注意，就出去把橱台上神位前的两枝蜡烛吹灭了。虽然因年少还无力正面对抗父母，但通过这些举动，我们很清楚地看到范晔已把“孝”“顺”都抛弃了。尽管母亲恐吓他：“我告诉你，你知若不‘孝’‘顺’的话，你的祖宗不会轻容你。一切不孝的人一定天诛地除！你给我可要当心！你不‘孝’你的列祖列宗都要严罚你，叫你粉身碎骨，万劫不复！”但他丝毫不为所动。他的反叛传统伦理的叛逆性格此时已经形成。

随着身体和心智的成长，范晔对父亲的敬畏荡然无存，对家庭的依恋和自豪也消失殆尽。有一天，他突然发现原来感觉很高大的父亲原来是个个子奇矮的矮个子，而且是个拐了一只脚的残废。父亲的一些奇怪的生活方式竟然影响了自己十几年，而现在他发现了其中的荒谬和可笑之处。到后来，当他知道了父亲在工作单位的种种表现后，他对父亲更是产生了强烈的鄙视和不信任感。对于家庭的感觉，也是如此。在他16岁的时候，父亲与二哥、父亲与母亲之间发生了一系列争吵，他感到家庭像地狱一样。面对这样的家庭，“他恨至了他的哥哥！”“他由是乃恨透了他的母亲。憎恨她的狡擅演戏。”“他其时遂恨他的父亲千百倍于恨他的母亲！”这是在精神上对家的憎恶、怨恨。而在物质方面，家的贫穷、简陋、肮脏使他感到羞耻，“对于他周遭的环境他可以说是‘恶’憎到极点。”他感到无法忍受下去了。他想过以自杀来摆脱，也用过自慰的方式来予以纾解，但都无济于事。等到他成为C大历史系助教，有了经济能力，而父亲这时又刚好退休缺少了经济来源，他对父亲的态度产生了鲜明的变化。他对家里的钱财进行严格的控制，动不动叱骂父亲，甚至不许他吃饭，关他禁闭，最终由虐父走向了逐父。父亲忍无可忍，只得离家出走。

《家变》是一部现代主义小说，它在日常生活的描写上是写实的，但它在揭示人物面对家庭和父权、传统伦理和孝道观念等态度上，则充满了现代主义的质疑和批判的精神。然而，仅仅有质疑和批判是不够的，作品的不足之处正在于，在批判了传统的家庭伦理和道德观念的种种弊端之后，如何建立起一种健康的新型的家庭关系，在这方面却未能作多少探索。

三

与中国现代文学史上的大量经典作品相比，《家变》的情节显得较为单纯，表层结构并不复杂。作为一部现代主义作品，其突出之处在于，作者致力于人物内心世界的开掘，揭示人物隐秘的心灵活动，形成了复杂的深层心理结构，细致地叙述了范晔如何由一个天真幼稚的儿童成为一个虐父、逐父的大学助教的心理变化过程。在这方面，《家变》显示出了心理分析小说的特点。其对人物内心开掘之深，对日常生活描写之细，在现代文学中是罕见的。

王文兴在谈到现代主义的精神时，认为“现代主义的精神在于质疑和原始两者”，而“质疑和原始，恐怕多半来自于尼采和弗洛伊德的影响。……弗洛伊德心理的探索，摧毁了外在秩序的世界，对于欲情（libidou）的体认，也与现代主义的原始崇拜息息相关”。[①] 王文兴充分运用弗洛伊德的精神分析方法，深入探索了范晔隐秘的心灵活动和复杂的深层心理结构。

范晔在童年时代，对父亲有着明显的原始崇拜。他喜欢和父亲一

① 王文兴：《现代主义的质疑和原始》，《书和影》，联合文学出版社1988年版，第183页。

起沿街漫步，年轻相貌的父亲“温敦煦融的笑着”，而他的“小手舒憩适恬的卧在父亲暖和的大手之中”。五岁时，妈妈问他喜欢爸爸还是妈妈，“他走向了父亲”。他和父亲夜里一起睡，特有安全感：“他皆卧睡临墙之边，父亲睡外周。这是个安适恬宁的角隅。他仿佛卧在人间最最安全的地域，父亲偃卧之身像墙垛般阻住了危险侵害。”在范晔幼小的心中，父亲是高大的：“父亲的身干在他看来非常高，他只及父亲的腰间”；父亲是多才的：“父亲喜于憩闲时咏唱词曲”；洗澡时，父亲纯白而结实的裸体使他惊骇：“他的裸身纯白得像百合花，且从来少有见过这些圆而结实的肉肌”；父亲留学巴黎的经历，“他听了觉得异常骄溢”。这样一位温和、高大、有学问、有教养的父亲，令儿子感到和父亲在一起充满了温暖和安全。

小说也充分地写出了范晔小时候对家的依恋、对父母的爱。有一次他在课堂上学到一篇《我家真正好》的课文，便马上想起“妈妈浅浅的笑貌”和“爸爸温蔼和善的颜面”，竟鼻子一酸哭了起来，“他极想还家”。而在回家的路上，他却突然担心家不存在了，于是一路狂奔：

> 他在接近家的时候不知为甚么突间想到家可能已经不在，在他离家的时辰家可能遭逢了场巨火，已成为平旷，他速迅向前飞跑，想即刻看到究竟。他奔冲途中跌了两次跤。他心快要跳出咽腔来了，他就要看到了！那房子安然如旧的坐落那里，他舒了一大大口气。他闭上眼睑默想他什么都可以失掉不在意，只要是这个家尚在。①

这段文字将范晔的心理活动过程写得十分细腻，把他对家的依恋和珍惜表现得淋漓尽致。那种来自于心灵深处的紧张、恐惧、焦灼、欣喜，被立体地呈现了出来。

---

① 王文兴：《家变》，洪范书店2002年版，第37—38页。

范晔看到邻居家在办丧事，他感受到了死亡的气息。当他意识到父母有一天也会死去时，他顿时感到很害怕，要是父母死了，谁来照料他？他祈祷："请千万别让爸爸妈妈那样早死掉，观音娘娘，假如爸爸妈妈那时死掉他才只十岁，他将怎么好？谁照料看呼他？他恐要在街上流亡当乞食。千万别任爸跟妈妈那样早死掉吖，他还甚需他俩，他还需要他们的照养和暖爱。……天啊，菩萨 ah，观音大娘啊，请别让我所亲爱的爸和妈早死，让我还能很久很长的跟他们一齐，哦，我是多爱多爱他们噢，泪水迷蒙了他的视觉……"① 这里把小学时代的范晔对死亡的恐惧和对父母的爱以及对自己生存的现实考虑融合在一起，写出了人物复杂的情感和心理，他的不舍父母死亡既有对父母的感情因素，也包含着对个体生命的理性考量。

然而正是这样一个孩子，在遭到父母打骂后，却产生了极为强烈的报复心理。他想"杀"了父亲，以后要"驱他出家舍，不照养抚育他"，"将来好好让他受苦"。此时，作者把范晔内心对父母的"怨恨"，计划实施报复的"舒畅"具体地呈现了出来。接着，作者进一步揭示人物的心理活动，写他在意识层面的报复计划：

> 他想他或者应该现下即从家里离去，离了这所家——他走得远远远远的，让他们找他。让他们后悔鞭打了他搞得他如今走勒。他将怎样也不回家，他将从一处流浪到另处，而以后也许他将在一家什么远处都市里头底办公机关里担任一个小当差。不保定他生起病了！他一人睡在小房间中，没有人照护顾看他。他也不通知他们！也许他遂死掉勒！他直到死都和他们没有任何的关系。他感到悲伤的某种满足与快乐。②

计划之缜密，心思之细腻，心理之阴郁，既反映了一个处于逆反

① 王文兴：《家变》，洪范书店 2002 年版，第 44 页。
② 王文兴：《家变》，洪范书店 2002 年版，第 62—63 页。

期的孩子真实的内心世界，也表现出范晔异于一般孩子的特殊个性。正是这样的特殊个性，使他最终走上了虐父、逐父的道路。

作者对范晔成长过程中的叛逆心理有着细致的连续的描写。在经历了父亲与二哥冲突，父亲与母亲争吵，父亲为旧同事所骗、枉做了一场发财梦，父亲在单位里人际关系失当而遭致诸多负面评价等一系列变故后，范晔对父亲的叛逆心理已发展到顶点。其极致的表现是范晔的梦境。范晔在梦中与父亲发生了激烈的打斗，最后竟手持钢刀杀了父亲。这一梦境正可以用弗洛伊德的释梦理论来解析。范晔因在现实世界中无法实现其逐父的愿望，便将“杀父”的欲望压抑到潜意识之中，经过梦境的包装，终于满足了其内心将父亲从生活中消失的意念。颇具意味的是，把范晔从梦境中惊醒的是一场“扭转乾坤”的大地震，这预示着这个家庭正面临着如“大地震”般的重大变故。

王文兴充分调动了心理分析、象征、隐喻等现代主义艺术表现手法，对人物的心理、性格、家庭的命运等进行了细致的描写和揭示，使《家变》呈现出鲜明的现代主义特色。

四

从文学史的角度来看，《家变》在文体上也有着重要的意义。

《家变》在《中外文学》连载时，其独特的语言曾引发很大的争议。据《中外文学》主编颜元叔介绍：“许多人说读不下去，大可停刊。一位敬爱的朋友甚至来信怒骂，如此文字都不通的东西居然替他刊出。”[①]《书评书目》第6期（1973年7月）发表了王鼎钧、隐地、关云等人六篇关于《家变》的评论文章，主要讨论的也是《家变》的语言，批评这部作品文字的诘屈聱牙、冗长不顺畅、不合规范。然而，也有的学者对《家变》的语言则给予很高的评价。颜元叔便认

---

① 颜元叔：《苦读细品谈〈家变〉》，《中外文学》第1卷第11期，1973年4月。

为："《家变》的特色有三：一是文字的精确；二是笔触的细腻；三是细节抉择的妥恰。"① 而王文兴1978年给新版《家变》写《序》时，也对作品的语言颇为自得："'《家变》可以撇开别的不谈，只看文字……'我相信拿开了《家变》的文字，《家变》便不复是《家变》。"②

语言的变革是中国现代文学与古代文学在文体上的最主要区别之一。"五四"新文化运动的一个重要诉求就是语言改革。新文学先驱者们大力提倡白话文，反对文言文，其目的是要改变文学的思考方式和表达方式。相对于数千年的文言文传统，白话文显然体现出鲜明的创新精神，这也构成了文学现代性的重要内涵。然而，以反传统为前提的"五四"时期的语言革命，在随后不久就受到了质疑。周作人就说过："以口语为基础，再加上欧化语，古文，方言等分子，杂糅调和，适宜地或吝啬地安排起来，有知识与趣味的两重的统制，才可以造出有雅致的俗语文来。"③ 可见，一味地强调白话文，固然在言说上能大体保持顺畅，但对于如何更好地增强文学性，还有着很大的探索空间。

在回顾20世纪60、70年代台湾现代主义文学运动的时候，王文兴对"现代文学"的创新和实验精神给予了很高的评价，并对其继承和创新进行了深入的分析："然而它的新，事实上只限于对上一代的美学观点的反其道而行而已，这一种创新并未脱离传统，反而承继了传统，同时综合传统；它的抗衡只是针对上一代，往往还联合上一代以前的许多上一代抗衡上一代。……因此，和传统是一脉相连下来

---

① 颜元叔：《苦读细品谈〈家变〉》，《中外文学》第1卷第11期，1973年4月。

② 王文兴：《家变》，洪范书店2002年版，第4页。

③ 周作人：《〈燕知草〉跋》，见《周作人早期散文选》，上海文艺出版社1984年版，第352页。

的。"[①]《家变》正体现了这一特点。它在语言上的突出特点便是大胆突破"五四"以后白话文的规范，注重文学的创造性；同时，这种突破和创新又来自于对传统的继承。王文兴认为语言要从传统里头来，同时也要接受西方的影响，要善于融会各方面的优点。他把白话、文言、方言和海明威小说体结合在一起，创造出一种迥异于惯常文体的新的文体风格。如：

> 五点钟天亮了，晨光亮明了走廊，但见衣服狼藉于各向，廊边的桌子上玻璃杯错列着，还有一把铜茶匙，一条揉起的手绢。他走过父母亲房间时窥见室中床褥整洁周正，没看到睡过的痕迹。他们收轻手脚地移动，恐天亮即起的动况使邻居生疑。[②]

在这段文字里，"但见"、"狼藉"、"错列"、"窥见"、"生疑"是文言文法，这些从传统中走来的语言和口语、方言相结合，构成了颇具张力的语言结构。而很少有形容词堆砌，多用动词，尽可能选择具体鲜明的语言来进行描写，形成了极为简洁、精练的语体风格，这带有明显的海明威小说体影响的痕迹。

王文兴的小说语言是诉诸听觉和视觉的。"语言已经变成音符、色彩、形状这样的元素，作家就像画家、音乐家一样，他要把这些元素重新组合。"[③] 王文兴在反复阅读中体会节奏、韵律，选择色彩，最终确定作品的文字，创作极为艰难，每天定稿仅为30字。[④] 为了加强阅读效果，他选择怪字、不寻常的助词，甚至自创新字。对此，张汉良予以高度评价："《家变》最成功的地方便是文字的应用，这

---

① 王文兴：《浅论现代文学》，《书和影》，联合文学出版社1988年版，第187—188页。

② 王文兴：《家变》，洪范书店2002年版，第8页。

③ 王文兴：《家变六讲》，麦田出版社2009年版，第28页

④ 王文兴：《家变六讲》，麦田出版社2009年版，第43页。

可分三方面来讨论，第一，作者更新了语言，恢复了已死的文字，使它产生新生命，进而充分发挥文字的力量；第二，他把中国象形文字的特性发扬光大；第三，为了求语言的精确性（主要是听觉上的），他创造了许多字词。”① 王文兴在继承中有了创新，形成了自身独特的语言风格。

王文兴在铸造小说文体的过程中，还善于向其他文学艺术种类借鉴其艺术特点。

对于现代主义文学的美学实验和艺术创新，作为亲历者和实践者的王文兴曾进行过这样的概括：“我们这一个时代的‘现代文学’的特色究竟在哪里？换句话说，我们这一代的‘现代文学’的新的美学试验是什么？我想最简捷了当的说法应该是：散体文学写得像诗，诗则又写得像散体文学。……上文说的诗，意指抒情诗，不包括叙事和戏剧体的大诗。抒情诗的特点历来都偏重：轻人物、轻故事，重结构（如重复，整齐分段）、重语言（浓缩，多意象，句法新创）。小说之诗歌化，也就是采纳了上述抒情诗的特点。”② 诚然，这是夫子自道。王文兴化用了诗歌的象征、隐喻等艺术手段，使《家变》意象丰富而多义，语言凝练而有韵味，意境幽渺而深邃。其实，王文兴在《家变》中不仅仅融入诗歌的特点，他还借鉴了话剧等的艺术表现手段。《家变》在结构上安排了“过去”和“现在”两条时间轴，“现在”用英文字母A到O来表示，共分十五节，叙述的是整个寻父的过程；“过去”则用数字1到157来表示，叙述范晔从小到大的成长历程和心理变化轨迹。因而，在小说中“过去的故事”和“现在的故事”同时展开，形成了匀称、均衡的结构。这种结构形式与曹禺的话剧《雷雨》很相似，很有些锁闭式结构的意味。不仅如此，《家

① 张汉良：《浅谈〈家变〉的文字》，《中外文学》第1卷第12期，1973年5月。

② 王文兴：《浅论现代文学》，《书和影》，联合文学出版社1988年版，第188—189页。

变》中有大量的场景描写，为了揭示人物性格的发展变化，作者善于将前后场景对照起来进行描写，如“家”的外观和内部陈设布置，几次台风的场景描写，等等。这些都是作者有意识地借用了舞台布景。《家变》中人物的对话和独白也十分精彩，作者充分借鉴了话剧的表现特点，使人物的语言充满着动作性、抒情性，又蕴含着丰富的潜台词。诗化的语言，戏剧化的结构，丰富多义的意象，《家变》由此形成了独特的文体特征。

综上，作为一部充满着现代主义艺术实验精神的小说，《家变》的思想内涵和艺术追求既体现着对“五四”文学精神的继承，也有对新的文学思潮的呼应，显示出创新的特质。它所表现出的颠覆和质疑、创新与实验，在20世纪中国文学的现代性征程中，在现代小说艺术的发展史上都有着重要的意义。

（原载《中国现代文学研究丛刊》2013年第6期）

陶然小说论

当我们将陶然的小说置于高度发达的香港资本主义文明的“旋转舞台”上加以审视和考察，细心地解读作家在这一商业文化语境中提供的错综复杂的语言编码，我们对陶然小说的本体意义和审美特征就有了深层的认识。如果说香港当代社会生活的丰富性和多样性构成了香港文学的巨大潜力，那么陶然的创作则有力地显示了这种潜力转变为现实的可能和必然。自1974年发表第一篇小说《冬夜》，陶然迄今已出版二十余部作品，其中有长篇小说《追寻》、《与你同行》、《一样的天空》，中短篇小说集《强者的力量》、《香港内外》、《平安夜》、《旋转舞台》、《蜜月》、《心潮》、《窥》、《红颜》，小小说集《表错情》等。陶然的小说兼擅写实性、抒情性和实验性，在捕捉都市生活繁复多样性的同时注重人性的开掘，以细腻的笔触在精神世界中把握和建构着自己的价值观和美学观。

一

如果按出生地和文化背景的不同将香港作家队伍进行分类，大致可以分为本土作家和外来作家两大部分。一般来说，本土作家由于熟稔香港风土人情，其作品的地方色彩和对香港的感情要浓于外来作家。但也有例外。陶然在1973年才赴港定居，显然属于外来作家，但20多年的港地生活已使他全面港化了。而敏感善思的个性则使他对周围的世界有着深入的了解。深厚的文化背景又使他具有强烈的社会责任感。对香港都市社会的关注和热爱决定了陶然的创作始终以香港人为中心，反映港人生活；描写港人的感情和心灵世界。

海德格尔说过，一切哲学探索本质上必迂愚不合时宜。事实上，不仅仅是哲学，真正深刻的文学也是如此。优秀的作家决不是欺世媚俗的。他以对社会人生的立体描绘和对人性的多维开掘来表现对生命意义的追寻，展示其思想和艺术才华。这固然需要作家具有敏锐的生活观察力和感受力，更重要的则是能在生活激流中保持卓然独立的社会良知和艺术良知。

陶然是一位颇具社会意识的作家。他的小说具有很强的现实性，显示出对香港前途和港人命运的深切关注。九七回归，是香港 90 年代最为重要的政治生活。从 1982 年中英双方开始谈判到 1984 年联合公报发表，直到 1997 年香港最终回归祖国，在十余年的过渡期里，港人一直强烈地关注着前途问题。身为港人，陶然自然也考虑自己的前途，但他更多的则是思索着整个香港的命运。这种思考体现在不少作品中。他是香港最早触及九七回归题材的作家之一。中篇小说《天平》写于 1983 年 9 月。当时中英刚开始谈判，一时间人心惶惶。这篇作品以此为背景，描写了港人的心态。黄裕思和杨竹英的恋爱受到移民潮强有力的挑战。黄裕思未曾想过移民，也没有经济能力离开港岛，杨竹英则将移民看作自己最好的归宿，梦寐以求去美国，在爱情和前途的抉择中她最终放弃了前者。黄裕思在经历留港和移民的矛盾冲突后，认识更趋理性："美国就算再好，也是别人的国家。何况，到了美国，也未必如意。许多人去了。还不是那样潦倒。那样无奈？"这也道出了大多数港人的心声。《人间》主人公李俊扬从乌鲁木齐来香港探望妹妹。刚见面妹妹却飞往美国移民去了。平安夜。他邂逅邓丽嫦。这位摩登少女对年纪比她大一倍的李俊扬产生了浓厚的兴趣——并非真心爱他。而是看中了其父母都在美国，他有移民的条件。所谓的爱情纯粹变成了一种交易。小说写出了港人对"五十年不变"的疑虑和对前途的关切，生动地刻画出一部分人的观望心态。在写于 10 年后的中篇小说《天外歌声哼出的泪滴》里，作者再次涉及九七回归的问题。萧宏盛和袁如媚持续两年的热恋中断，一个至关重要的原因便是袁如媚移民美国了。在许多人眼里，移民意味着有好归宿，因此移民是他们最大的心愿。但也有一些人移了民又跑回香港，如林先生，他感叹："走遍天下，还是香港最好！"萧宏盛目睹这一切，更加坚定地做"留港派"："外国地方再好，也始终是外国人的。"经过十多年的观察、思考，陶然对九七回归的认识日趋深化，从黄裕思、李俊扬到萧宏盛等形象的演变，可以看出其思想发展的轨迹。

作为国际商业大都会，香港以其高度的物质文明引起世人瞩目。香港自然不是地狱，但也不是天堂，而是人间——充满着矛盾冲突的人间。这种矛盾冲突由于对金钱的欲望的膨胀而变得空前尖锐。《蜜月》中的新婚夫妇田宝杰和汪燕玲为了偿还所欠高利贷，在赌场孤注一掷，结果全军覆没，被迫当众做"真人表演"，人的尊严丧失殆尽。《面对面》叙述了前后两家房客之间的一场冲突。只因为区区数百元电器的折价费，新住户见利忘义，百般刁难和谩骂迁出户，甚至报警诬告。《视角》则展现了人间的一幕惨剧。钟必盛发财心切去倒卖黄金，结果输掉了借来的本钱。投机活动的失败扭曲了他的性格，他竟因怀疑妻子与林志璋关系不正常而一刀捅死了无辜的好友。像这样表现小人物命运，描写普通人生活的作品，在陶然小说中占了很大比重。这类寄寓着对普通人生活际遇深切同情的作品较为鲜明地反映出作者的人道主义精神。

陶然的小说展示了香港社会万花筒般的生活。这里既有普通大众，也有生活的幸运儿及亿万富翁。对后一类人物，作者不仅仅描写他们的物质生活，更深入人物的精神层面，揭示其灵魂。他们居住高级别墅，乘坐高级轿车，事业上春风得意，但内心世界并未因此感到满足和充实，他们要承受来自各方面的压力和冲击。《龙吐珠》中的龙有发是个亿万富翁，那尾花去他120万元名叫龙吐珠的风水鱼"保佑"他在生意场上一帆风顺。但金钱并没有带来一切。为了钱，姐夫告发了他，检举他商业犯罪。龙有发陷入惶恐不安之中。《戏》里的余龙步曾经是电影界的红小生，他与首席女影星何蓉蓉恋爱，当发现自己竟然只是何蓉蓉的挡箭牌而被整整利用了三年时，他欲哭无泪，深感戏如人生、人生如戏，自己演惯了戏，想不到在感情生活中竟也客串了一场真实的戏。《网》中的紫薇是影视圈炙手可热的女明星，但在感情上也受到重创。那个自称律师的惯骗窃去了她的感情、金钱和清白之身。紫薇把自己包裹在“网”里，用冷漠来掩饰痛苦，再也不敢轻易抛洒真情。与紫薇相比，《平安夜》里的汪春霞在婚姻上要幸运得多，她凭自己年轻貌美嫁给富商，成为名流之妻，但她也有苦恼，尤其是平安夜那场遭遇，更在她的心中掀起巨大波澜。驾车回家途中，汪春霞遇到持刀劫匪，对方上了她的车，在漫无目的的驰车过程中，她对那个劫匪渐渐有所了解，知道他不是那种穷凶极恶的惯犯，只是因生活所迫铤而走险，因此当他开口表示要“借钱”时，她交出了现金和名贵的钻石戒指。作品细腻地写出了汪春霞的心理变化过程：初遇劫匪时的恐惧，与警察失之交臂时的懊丧，周旋过程中由慌乱而渐趋镇静，脱险时的惊喜，被丈夫怀疑而产生的愤怒和痛心。

对人物内心世界的细腻描写和深切把握显示了陶然敏锐的艺术感受力。陶然不是浮光掠影地点染生活，也不是平面镜像式地反映现实，他善于透视和捕捉人性的繁复性。陶然的小说常常设置两种或数种相互冲突的性格，以鲜明地凸现理想和现实、感情和理智的错位。由此而形成的张力结构，大大丰富和深化了作品的内涵。长篇小说《追寻》中的柳成林和孙启从是同班同学，毕业后应聘到同一家旅行社工作，两人背景相似机会相当，但此后的遭遇却迥异：柳成林被开除，孙启从却升至总经理。作者抓住人物的性格特征，对人物的命运作了充分揭示。柳成林为人正直，富有正义感，但性格内向，不善交际；孙启从轻浮圆滑，为人虚伪，工于心计。柳成林希望通过勤恳的工作和诚实的处世改变地位，孙启从则四处钻营，不择手段往上爬。一个努力维护人的尊严，一个则出卖灵魂；善良正直者在事业和爱情上频频受挫，卑鄙邪恶者却平步青云，名利和情欲均获满足。通过这两种性格的交锋、冲突，作品揭示了在金钱的魔力下不同的人生指向。小说结尾，柳成林终于获得理想的工作并寻觅到志同道合的女友，孙启从则从所谓的事业巅峰摔了下来并暴露出丑恶面目。人物不同的归宿固然不乏理想色彩，却也鲜明地体现了作者的审美价值取向：对理想的追求终究会战胜物欲的膨胀。这是陶然小说的一个基本结构模式。《心潮》中的曹惠明和贾俊生与上述两人关系有着明显的同构性。曹惠明在现实社会中屡遭挫折的境遇正象征着理想的被放逐，而他最终命运转机则意味着理想的救赎。

二

陶然是一个清醒的现实主义者。他对香港都市社会的描绘和对商品经济环境中人的命运的揭示是细腻而深刻的。巨贾富商，歌女影星，工人职员，乞丐难民，警察劫匪等等，在陶然笔下都成为鲜活的形象。陶然对社会问题的关注和表现在香港文坛是很突出的，《天平》、《蜜月》、《视角》等小说都因反映问题尖锐而备受瞩目。

尽管如此，从本质上来说，陶然仍是一个理想主义者。他以堂·吉诃德般的热情拥抱社会，拥抱人生。他是现代都市文明的拥护者，也热烈地礼赞传统的价值观念、道德观念，但这并不意味着他对所有这一切照单全收。都市社会中金钱的魔力、人的异化、人性的沦丧、道德的式微，以及传统观念中保守、落后的成分，陶然都予以大胆质疑。他融传统于现代，在都市钢筋水泥的丛林里建构既充满现代精神又不乏传统气息的美学理想，表现了浓郁的浪漫情怀。陶然的理想是美好的，但在高度发达的商业社会中又是“不合时宜”的，因此其小说主人公往往历经坎坷，具有悲剧性的命运，作品弥漫着忧郁的情调。

《与你同行》是陶然的一部力作。小说以范烟桥由香港回北京母校短短几天的所思所见为经线，以范烟桥与章秋柳二十余年的感情纠葛为纬线，表现了时代浪潮对普通人命运的影响和冲击。类似范、章那样悲欢离合的爱情故事我们已读过不少，但《与你同行》却给了我们一份惊喜，一种新的感受。这不仅仅因为作者采用了独特的叙述方式、新颖的叙事视角和别具一格的结构形式，而主要在于作者把这一段故事置于大时代的背景中，在古都北京和现代商业大都会香港两个价值观念迥异的环境里加以演绎。透过人物的爱情，既可以领略60年代大学生活的浪漫，又可以认识70年代政治风暴的残酷，还可以观照80年代商品经济所造成的普通人的生存困境。在急遽变革的时代里，在反差巨大的环境中，范烟桥的心灵深处始终保持着那一方圣洁的爱情净土。他的身上体现着作者的审美理想和追求。作者对主人公二十多年的感情历程进行了全景式的描绘，从中我们可以看到范烟桥所承载的知识分子传统的价值观念。不管时代风云如何变幻，也不管个人遭遇如何变迁，范烟桥一直以甚为传统的恋旧面目出现，这份执著热烈的感情在现代商业经济社会中是弥足珍贵的。

如果说范烟桥是传统价值观念代表的话，那么中篇小说《天外歌声哼出的泪滴》中的萧宏盛则是现代意识的体现者。萧宏盛与袁如媚相恋两年，其间也有过轰轰烈烈、灵魂震颤的时候，而两人分手时竟那么平淡、理智，仿佛那刻骨铭心的一刻从未发生过。现代人“不求天长地久，但求曾经拥有”的情感价值取向使萧宏盛在面对消逝的恋情时能够坦然自若，传统爱情故事中常见的哭哭啼啼、寻死觅活的情景荡然无存。作为被抛弃者，萧宏盛很善于化解痛苦（如果说他有痛苦的话)。他很洒脱地和行将远去的袁如媚握握手，道一声再见，双方便很快消失在各自的世界里。随着时间的流逝，他对袁如媚的那份恋情淡到近于虚无，甚至他对是否曾经拥有这一份恋情也产生了怀疑：“过去了的恋情好像是风一样，只能感觉得到却不能看见，有时他甚至也会有些怀疑：曾经有过袁如媚么？曾经有过那一场炽热的爱情纠葛么？它从哪里来？又到哪里去？彷徨四顾，他甚至觉得一点可以把握的证物也没有。”这正是萧宏盛的心态和价值取向的生动写照。

无论怎么说，萧、袁由热恋走向分手总是一个悲剧。这是爱情的悲剧，也是人生的悲剧、理想追寻者的悲剧。作为深具社会良知的理想主义者，陶然无法漠视一幕幕阴郁的人生。他写了大大小小的悲剧。有生存的悲剧，如《夜海》、《海的子民》；有感情的悲剧，如《网》、《与你同行》；有事业的悲剧，如《巨星》；有人性的悲剧，如《视角》；有理想的悲剧，如《心潮》等。这些悲剧反映了作为理想主义者的陶然对现实、对社会的深刻思考，对人性、人的命运的强烈关注，表现出悲天悯人的人道主义情怀。

陶然对现实的思考、对理想的追寻最集中地体现在长篇小说《一样的天空》中。这是迄今为止陶然艺术上最为成熟的小说。这部作品题材广阔，结构宏伟，涉及诸多生活领域，突出地表现了精神与物质、理想与现实、感情与理智等各种矛盾。陶然以他那支敏感细腻的生花妙笔，驰骋于人生各个层面。既有香港商业社会的生动写实，也有人物内心世界的深入开掘，既写商场的厮杀，也探究人性的底蕴。陶然充分调动他在香港20年的人生体验，从商战的角度切入五光十色的社会生活。他无意于正面描写商界的运作机制，而倾心于表现物质生活挤压下人的精神世界诸层面，以内心独白的方式直接进入人物的心灵深处，让人物自己来拨动那根最细微、最隐秘的心灵之弦。小说主要人物陈瑞兴和王承澜在大陆是同窗好友，大学毕业后先后移居香港，一个闯入商界，一个在报界奋斗。陈瑞兴做过餐厅的二厨、楼面侍应生、股票经纪人、大公司老板，从一文不名到拥有亿万资产，在事业上可谓春风得意，与此同时，性格由原先的锋芒毕露变得圆滑世故，“只要能赚钱万事忍为先”，生意越做越大，内心却越来越寂寞，与妻子的感情越来越疏远，只有在婚外恋中才获得放松。王承澜从小酷爱文学，到香港后进入报界，企望从此一展才华，实现自己的文学理想，但二十多年过去了，仍然是一个寂寂无名的小编辑。他的身上存在着理想和现实的尖锐矛盾。他迷恋文学，追求深沉，自视清高，与社会潮流格格不入，到头来四处碰壁。现实生活最终把他从理想的王国里推了出来，他意识到：“潮流是要跟的，金钱也是要赚的，没有大钱，小钱也好，没钱就没有了自尊，粪土金钱，无异于自找死路。”作者充满同情并不无感伤地描写了一个理想主义者走向沉沦的过程。王承澜的心酸奋斗史反映出陶然对香港商业社会本质的清醒认识。

理想主义的精神使陶然小说洋溢着浓郁的抒情色彩。陶然注重表现人物的精神历程，善于把握人物的情感，往往以内心独白的方式让人物自己来表达情感、吐露心声。这使他的小说温婉多姿，情愫浓重，具有很强的艺术感染力。

三

小说是叙事的艺术。叙事艺术水平的高低直接决定着小说的成败。

陶然是一个富有创新意识、不断探索叙事艺术的作家。在二十余年的创作生涯里，他对小说的叙事结构，叙事视角，作者、叙述者与读者的关系等问题进行了深入的探讨和成功的实践。

情节结构是小说传统的结构形式。这种结构有过十分辉煌的过去。但是，单一的情节结构已无法适应表现现代生活的需要。现代小说打破了情节结构一统天下的局面，产生了新的结构形式。陶然早期小说较多地采用了情节结构，在情节的发展变化中揭示人物性格，如《人间》、《心潮》、《追寻》等。从20世纪80年代后期开始，陶然全面转向心理—情绪结构。所谓心理—情绪结构，是指借助于人物的感受、联想、情绪、幻觉来显示复杂的内心图景，表现深广的社会生活的结构形式。它是现代小说的一种重要结构形式。在这种结构中，纷至沓来的感觉、联想、回忆、意象巧妙地交织成色彩斑斓而又连绵不绝的思绪之流，作为理性观察者和议论者的作家退隐了，物象之间的时空顺序被人物自身的情绪波动所取代。《天外歌声哼出的泪滴》展示的是萧宏盛在机场候机室的意识流程。在六个小时的物理时间里，萧宏盛无意识深处的意象和意识活动中的自由联想骤然涌现。飞机晚点、与紫霞的约会迟到、袁如媚不让他接机而借口飞机常常误点……这些事之间本无因果联系，但因相似的情调氛围而在联想中被串在一起。当我们的意识顺着这些片断向前推进时，便可以发现一段完整的精神历程，对人物内心世界的认识得以深化。作者在这里以情绪本身的内在结构取代了情节式的因果结构。《与你同行》写范烟桥故地重游引发出的感觉和回忆。纷乱的思绪在时间的长廊中穿梭，十几年前与章秋柳的热烈情景挟裹着此刻对她的强烈思念扑面而来，肥大的梧桐叶，高高的古城墙，蛙鸣悠扬的龙潭河，绿树红墙的北海公园……这些意象在汹涌的情绪之流中源源而出。《一样的天空》采用内心独白的方式直接展示人物的感情和心理。创业的艰辛，商场的搏杀，情的温馨，事业受挫的失意，婚外恋情的刺激，都随着人物的心路历程自然呈现。作者有意将二十多年的时空遣散，尔后根据人物不同的情感体验重新排列，这样人物的人生经历便被消融于心理逻辑之中。

这就涉及到叙事视角的问题。在叙事文本中，叙事视角具有举足轻重的作用。珀西·卢伯克甚至提出："在整个复杂的小说写作技巧中，视角（叙述者与他所讲的故事之间的关系）起着决定性的作用。"视角的选择是否得当，直接关系到叙事文本的成败得失。陶然早期的情节结构小说主要采用全聚焦视角，叙述者超越时空无所不知无所不在；而他的心理—情绪结构小说则大都采用内聚焦视角，这种视角强调内心观察，注重表现情绪、感觉，叙述者通常寄寓于某个人物之中。《视角》分别以钟必盛、冯玉珍、林志璋为叙事视角，三个人物的自述和倾诉构成了一幅立体图景，使读者对钟必盛杀人事件及其背后蕴藏的社会心理因素有了较为深切的把握。《天平》则交替以黄裕思和杨竹英为视角。在黄裕思的视角中，我们读到了他对杨竹英的一往情深，他在恋爱活动中的犹豫、困惑、兴奋、喜悦和痛苦；而在杨竹英的视角里，我们则读到了她的矛盾心理及其恋爱的功利目的性。值得注意的是，《天平》并不是单一地运用内聚焦视角，在作品的开端和结尾采用了全聚焦视角，以全知、客观的方式叙述黄、杨初次相识和最后分手的情景。叙事视角的转换，一方面使作品在叙述上有变幻之美，另一方面以客观的方式剖析黄裕思的心理，增强了可信性。

内聚焦视角以叙述者的主观感受和联想来安排故事发展的节奏，作家不再以情节线而是以情绪线来组织小说结构，这使文本摆脱了故事的束缚，可以突出地表现作家的审美体验。这对作家提出了更高的要求。既然以叙述者的内心感受作为表现的中心，就要求作家对人物的内心有极为敏锐的观察力，深度地介入人物的情感世界而不是浮光掠影地浅尝辄止。在多年的艺术实践中，陶然对人物的内心世界有了深切的把握。他的近期小说将内聚焦视角运用得更为灵活自如，对人物内心世界也具有更强的穿透力。《一样的天空》中的陈瑞兴和王承澜在香港“搏杀”了二十多年，每个人都有一段坎坷的奋斗史，作家采用内聚焦视角让人物敞开心扉，倾诉心声。全书共23章，第一、三、五、七、十一、十三、十五、十八章，以王承澜为叙述者，第二、四、六、八、十二、十四、十七、二十章则以陈瑞兴的视角来叙述，王、陈成为叙述的主体，他们的交叉叙述成为小说的主干线索。同时，作品还穿插安排了其他叙述者，第九章以陈瑞兴的妻子美若为叙述者，第十六章以潘芝兰为叙述者，第十九章以陈瑞兴的情妇方玫为叙述者，第二十二章又分别以王承澜、陈瑞兴、SANDY、方玫为叙述者。叙述者的丰富多变使文本的叙述过程波澜起伏，具有动态的美。由于小说中几个人物都充当过叙述者，读者可以自由出入于每个人物的内心世界，深切感受他们的喜怒哀乐，把握其情感取向和心路历程。多位叙述者也形成了观察人物的多重角度。如主要人物陈瑞兴固然自己在作品中大胆袒露心扉，我们对他的认识也主要是从他的独白中获得的，而王承澜从多年朋友的视角、美若从妻子的视角、方玫从情人的视角、SANDY从女秘书的视角对他的透视，使我们对这一人物获得了立体的综合的印象，人物性格的丰富性和复杂性就更为充分地展示在我们面前。而在第二十一、二十三章里，作者则采用全聚焦视角，对人物的命运作较为客观的揭示。这使小说的叙事视角平中见奇，摇曳多姿。

与此相联系，陶然小说在叙述方式上主要采用独白和回忆。内心独白是陶然作品主人公赖以生存并显示自己个性的基本方式，而回忆则是连接过去和现在的有力通道。借助于独白和回忆，过去的情绪、情节和现在的情绪、情节两条线索同时发展，时空的切割、穿插扩大了作品的容量，也更切合人物的心理流程。在独白和回忆中，叙述者和读者的距离拉近了，隐含的作者的审美情感也更直接地诉诸读者的感官，在心与心的交流中，作家最终完成了艺术世界的创造。

就审美情趣而言，陶然偏爱朦胧的美。他认为："开门见山未免太过一览无遗，失去了一份神秘感，也欠缺一点纵深感；犹抱琵琶半遮面尽管可以被解释成惺惺作态，但却也可以说是多了一层含蓄，而不致让人看到过多的浅薄而大倒胃口。"（《朦胧》）陶然在小说中努力追求朦胧美，大量运用象征、暗示、比喻等手法描写人物的心理，表现多样化的生活，营造含蓄、朦胧的艺术境界。这使他的作品产生了峰回路转、扑朔迷离的美学效果。

[原载《西北师大学报》（社会科学版）2000 年第 6 期]

女性意识的张扬和文化意蕴的凸显

——论韩素音《青山不老》的书写策略

在海外华人女作家中，韩素音（又名汉素音）是十分独特的一个。这种独特性表现为，韩素音虽然长期漂泊在异国他乡，但一直葆有一颗爱国之心，以在世界各地介绍祖国为己任，一生共作了近1600场宣传新中国的报告和讲演。这种独特性还表现在，她创作的20余部小说大都以她个人的生活经历和体验为蓝本，形成了真率、热烈、大胆的艺术风格。

就文化构成而言，韩素音的文化身份是复杂的。这位生长于中国，兼有中国和比利时血统的女作家，在中国内地、香港以及英国、马来西亚、新加坡、瑞士等亚欧许多国家都留下了深刻的生命印痕，从而形成了以东方意识为主调、兼容多种文化成分的文化意识。这使韩素音创作的爱情小说在爱情之外具有了较为丰富的文化意蕴和较高的文化品位。长篇小说《青山不老》是很有代表性的一部文本。

《青山不老》蕴含着作者一段刻骨铭心的生活经历和生命体验。1956年夏天，韩素音来到坐落在世界屋脊的山国尼泊尔王国旅游，这个充满着异域情调的宗教国家给她留下了极为难忘的印象。韩素音在这里邂逅一位印度工程兵将军并与之深深相爱，这为她提供了丰富的创作题材。建立在这一生命体验基础上的《青山不老》因此有着真切动人的情感力量和迷人的浪漫色彩。这部小说所叙述的爱情故事无疑是令人荡气回肠的。但如果只着眼于爱情故事本身，则很可能会忽视其中所蕴含着的作者的价值取向和审美追求，而将它仅仅当作一部爱情小说。在我看来，这部文本与其他爱情小说有着重要的区别，其不同之处突出地表现为作品具有鲜明的女性意识和丰富的文化意蕴。

作为一部爱情小说，《青山不老》的叙述框架是清晰而完整的。安妮厌倦了与丈夫若翰的夫妻生活，来到尼泊尔，在一所女子学校教书，她渴望过一种新的生活，在这里她遇到了乌尼，坠入情网，在经历种种坎坷之后，她终于收获了爱情。应该说，这是一种老而又老的叙述模式，本身并无多少独特之处。然而，值得我们注意的是，正是在这一人们司空见惯的叙述模式中，作者表现出了强烈的女性自我意识。这种女性意识使《青山不老》在传达着动人的爱情的同时，具有了较为深刻的思想意蕴。

具体地说，《青山不老》的女性意识主要体现在以下三个方面：

其一，作品着力描写了一个自立自强、自尊自爱，具有理想主义色彩的女性形象。

在"五四"以后的诸多文学作品中，固然有一些文本表现了具有现代意识的新女性形象，而大量的文本描写的则是具有勤劳善良、贤惠慈爱、温柔细腻等中国女性传统美德但命运多舛的女性形象，如祥林嫂、瑞珏、侍萍等。这在很大程度上影响了女性意识的开掘和人物形象的塑造。20世纪40年代开始，韩素音较多地受到现代女性意识的影响，这为她描写和塑造理想的新女性奠定了基础。

《青山不老》成功地描写了主要人物安妮的形象。安妮生于上海，父亲早逝，母亲用自己做舞女挣得的钱把她送进了上海的欧人子弟寄宿学校。因此，安妮一方面从小接受了良好的教育，另一方面又因为有一个舞女的母亲而为同学歧视，这使她形成了孤僻自卑的性格。抗战爆发后，安妮被送到英国继续读书。战争期间，她与空军飞行员吉米相爱，这是一段非常美好的初恋，安妮充分感受到了爱情的甜蜜。但这段恋情只持续了几个月，在他们预备结婚时，吉米因飞机失事而死了。后来，安妮在香港认识了若翰。这时，她正需要有一份安全感来填补因伤心往事而造成的空虚，于是她嫁给了若翰。但她很快对这段婚姻失望了。若翰的刻板、做作、虚伪、阴险、粗暴，令安妮厌恶，她进而讨厌他的外表、姿势、思想方式。为了开始一种新的生活，她远赴尼泊尔，在加曼都的一个女子学校任教。在尼泊尔，安妮摆脱了若翰的种种控制，也不顾同事的诸般阻挠，大胆地过起了一种别样的生活。她很快融进当地的文化和社会之中，与陆军元帅、将军、贵族、医生、旅馆老板等密切交往，对风土人情和社会环境有了较多的了解，并与若翰分居，愉快地投入写作。而最大的收获则是与乌尼的爱情。乌尼是当地文化的代表，是个具有改革意识的实干家，正在主持一项造福人民的水利工程。和乌尼相爱后，安妮感到已变成另外一个自己了，她已经无法再回头，回到先前的生活中。这种新的自我体认意味着安妮女性意识的觉醒。而在过去，“她自己一向是向那永无欢乐的残酷的无聊妥协的”，现在，她意识到，“她一定要停止跟他们妥协，不然她就变得跟他们一样。”安妮在重新得到爱情的同时也获得了新生。作品字里行间洋溢着这种新生的喜悦。在爱情的滋润下，她既能写作，又能快乐地生活，身之花与心之花都在尽情开放着。安妮的人生价值得到了完美实现。作者以充满抒情的笔调具体而又生动地表现了安妮的女性意识的成长过程，写出了一个自立自强、自尊自爱，具有理想主义色彩的新女性形象。

其二，《青山不老》大胆而又细腻地表现了女性情爱心理和性意识。

安妮有着十分复杂的情爱心理。她与空军飞行员吉米的短暂相爱是一段非常美好的初恋，对她产生了巨大的影响。作为一个从小孤僻自卑的女孩，她在爱情中获得了自信。因此，她在感受爱情甜蜜的同时，精神上得到了极大的满足。唯其如此，一旦失去了与吉米的这份爱情，她痛不欲生。她在悲伤中开始了写作，“我因为对吉米的爱所以有了滔滔不绝的写作的能力”。她在感情上已经冷漠，仿佛变了一个人，“慢慢的枯干了，好像是装在石棺里的木乃伊，容貌可以辨认，可是里面已经空了”。后来，安妮尽管嫁给了若翰，但她明确告诉他自己并不爱他，他俩没有爱情。对这段婚姻，她也努力过，“在起初的时候，我极力用我的意志克服一切，我极力讨好，极力要做一个妻子，朋友，内助……肉体和灵魂都在所不惜。婚后一个星期，很奇怪，我发现我们两人之间的一道隔阂并没有减少，只有增加。”她暂时无法摆脱若翰，但在性的方面她努力坚守着，以至于被丈夫视为性冷淡。安妮自述：“我是性冷的，没有感觉的，不能开放，我不愿意跟我的丈夫行房。我恨这样的事，恨，恨跟他这样。”在尼泊尔，安妮终于摆脱了若翰的种种控制，大胆地过起了一种别样的生活。与乌尼戏剧性的相识相恋成为安妮生活的重要转折点。乌尼“是有恒心的，头脑清楚的，聪明而且天生乐天知命，重情感，天性深沉，思想快而且有思想，他不会因为突然的烦恼想不开，自己痛苦，疑虑。……他做什么事情都是全心全意的，无所惧怕，彻头彻尾，谈爱也是这样”。他英俊洒脱，谈吐风雅，很招女人喜爱。处于情感困惑中的安妮与他一见钟情，很快坠入情网。作者花费大量笔墨描写了他们俩的热恋，既写得热烈真率又充满想象力。这成为全书的一个核心。

在对这段爱情的描写中，作品在写人物灵与肉相结合的同时突出地表现了人物的性意识和性心理。作者大胆地描写了安妮对乌尼的渴望：“她心里难过，胸部胀痛。乌尼·梅农。乌尼。当然。乌尼。他的声音，他的手……这时，她的手上和腿上生满了鸡皮疙瘩，嘴里是羡慕的涎水；骨髓中流着渴望，热火，和甜蜜。”“好像是一条河，开始了，滴、渗、喷，于是变成巨流，深而阔的洪水，冲激着两岸，安妮心里诞生下来的烦恼就这样一天一天的长大着。”“我现在想要他留下了，要他回来，我现在爱他，啊，那么爱他，他的声音，他的手，我怎么能舍弃呢？”作品也不乏对他们性爱场面的描写：“他们躺在一块儿，一块儿吸着烟，已经是惯熟了的爱人们的那一套：头怎么样动，去找寻一个肩膀，枕在那里，那样的枕，不是另外的一样；手指怎样去燃着火柴，递来酒杯延长那火焰的存在；延长的偎倚，松懈之后，厮挨着，憩止在重复前的安静中。……他们这时在一起，彼此都是缄默的，这是他们的爱与存在的气温，他们的灵魂的天地，他们的新自由的风景线。”从性心理学的角度来看，“性欲是健康的，是爱情关系的表现，是适合于人性的，它可进而取代性爱之路，因此，不管付出多大代价，也应进行性交。"①和乌尼的性爱，使安妮对自己有了新的发现，她渐渐找到了一个完整的自己。"乌尼是现实，尤其是那个发现，她自己的身体的发现，那感官的机能，那给予与接受的乐趣，那从前不知道现在很有意思的启示……就这样，在乌尼的怀抱中，安妮开始缓慢的，摸摸索索的，找寻着她全部的自己。"

其三，《青山不老》的女性意识体现为对传统意识的背叛和对女性自我意识的张扬。

女性意识的觉醒，不仅仅是情欲的觉醒，虽然女性的情欲一直被社会道德所压抑，但突破社会道德对女性情欲的压抑和束缚只是解决了局部问题，关键因素还在于女性要从自身出发去寻找独立自主的精神。一旦获得了这种思想资源，女性的精神就进入了一个崭新的境界。

安妮与若翰的矛盾根本上是思想的分歧。若翰希望安妮能夫唱妇随，安分守己，逆来顺受，他曾请求弗莱德·马特白大夫："我请求你帮助安妮恢复她做妻子的应有的妇道。"若翰的要求与安妮渴望自由、追求个性、崇尚独立自强的观念是背道而驰的。因此两人在日常生活中不可避免地多次发生冲突。安妮曾大胆地和弗莱德·马特白大夫讨论性冷淡问题，医生告诉她，其实这是女人的一种消极抵抗，"她们永远是这样来的，把她们自己变成了一种无性能的人。也许这是因为女人曾经有几百年受压迫的历史的原因。"而一旦遇上心爱的男人，这种性冷淡就不复存在了。安妮终于明白了自己与若翰在一起时性冷淡、讨厌过夫妻生活的原因。法国女权主义理论家波伏娃也认为，女人屡屡顽固地性冷淡的原因在于，男人的欲望强烈而野蛮，或者男人太自制、太超然："如果她的情人缺乏诱惑力，如果他冷漠、

① ［日］服部正：《女性心理学》，上海翻译出版公司1987年版，第189页。

粗心和笨拙，就不会引起她的性欲，或不会让她感到满足。”① 但此时，安妮的女性意识尚处于有待进一步觉醒阶段。而与乌尼的相爱，对安妮而言是一种自觉的选择。这是随思想交汇而来的灵魂和情感的融合。因此，当安妮离开丈夫，与他分居，拥有了一个自足的空间，她感到了从未有过的喜悦和满足。“我又脱了衣服，躺在床上。这是我的房间，我的床，我的身体在床上。我看着那长尾鹦鹉，太阳正照射着它们。我在做梦，米达，我的女仆，在门那儿叫着，声音柔和，清新，她给我拿来了烤面包、鸡蛋和咖啡。我吃了，睡着，又被楼底下的声音吵醒了。”这一连串的“我”显示了安妮强烈的自我意识的觉醒，内容虽然琐碎，但其中蕴含着的欢欣、兴奋是读者能真切地感受到的。当然，新我和旧我的交替不会是一帆风顺的，往往有许多矛盾和困惑，对此，安妮有着清醒的认识：“在新的安妮与旧的安妮的交替过程中，一定是苦痛、怀疑、罪咎和恐惧。当然还有烦恼。不管它，我一定要战胜这一切。”安妮在重新得到爱情的同时也获得了新生。作品字里行间洋溢着这种新生的喜悦。作者甚至还通过雷奥（一个曾对安妮有过邪念的男人）的眼来写安妮在获得性满足后的生理、心理变化：“她走着或者是坐着，雷奥都在酸溜溜的注视着她。他心里想，他知道这是生理满足后的象征：皮肤非常红润，安闲，镇静，那亭亭的柔体移动的时候那么轻盈，显得有一种纯洁，脆弱，甚至自负；她的屁股和腰肢都小了，肩头和胸部更圆了，胳膊挥动自如。”而安妮在爱情的滋润下，也感到了自己的年青美丽，对着镜子，“我在里面看到一个女人，还年青，我高兴自己能看了她高兴。我变了：光泽的皮肤，油亮的头发，明闪闪的眼睛；每个汗毛孔中都透露着我是美的。”在爱情的滋润下，她既能写作，又能快乐地生活，身之花与心之花都在尽情开放着。安妮对爱情也有了新的认识，她意识到相爱的两个人不应该相互束缚，而应该相互理解、尊重、宽容，“我要

---

① ［法］西蒙娜·德·波伏娃：《第二性》，中国书籍出版社 1998 年版，第 450 页。

反对限制你，把你照我的需要来剪裁，让你像一件衣服一样只合我自己的身，因为你是你自己，我应该爱你是你自己的本人本色。”她终于明白了：“事实是他是他，他有那么多年的过去以及这么多年所给予他的所有一切，可是我是我，我们谁也不能完全改造成对方，只有给予和接受。”“我们是稔熟的，同时又是尚待彼此相识的陌生人。我们所需要的是这样的关系，不是那僵化了的屈服与主宰的一套，一种有限制的互不理睬的禁锢，而是一种活生生的，彼此完全自由的生存……”

通过以上三个方面的具体描写，《青山不老》的女性意识便完整而清晰地呈现了出来。这是一种具有较为鲜明的现代色彩的、较为健全的女性意识。它也较好地传达出了作者东西方观念相融合的思想和个性，既有包容性又有现代性。从中国现代文学史的角度来看，从性爱意识出发来表现女性意识的，在“五四”时期就出现了，“‘五四’后期，女作家把爱情问题从父辈与子辈的矛盾还原为男女之间的关系问题，开始清醒地审视异性世界，呼唤男性对女性的理解，逐步建立起女性在性爱中的主体性地位…… 逐步建立起灵与肉相统一的性爱观”。[①] 但那时的文学作品很少表现灵与肉和谐的，更少有描写女性在性爱中得到欢愉并进而深思两性关系的文本。即使到50年代，在同一时期的海外华人女作家中，像韩素音这样在作品中大胆而又鲜明地表现女性意识的，也是十分少见的。

与此相联系，《青山不老》的文化意识也体现出很强的包容性，文本因此具有了丰富的文化意蕴。

韩素音从小生长在中国，深受中国文化的熏陶；在西方的长期生活，又使她自然地亲近西方文化；而在东南亚的生活经历，使她更好地形成了兼容东西方文化的情怀，从而在文化意识上具有了开放性、包容性的特点。这在《青山不老》中具体表现为，作者不存偏见地

---

① 李玲：《中国现代文学的性别意识》，人民文学出版社2002年版，第222页。

描绘自己的所见所闻，她不是以猎奇的心理来写尼泊尔的异域情调，更不是以精神贵族的高蹈姿态审视当地的奇风异俗，而是以一种欣赏、近乎崇拜的心情来描绘尼泊尔的风土人情和社会环境。这使文本少了观光客猎艳的轻佻，多了几分文化参与的执着和沉重。

安妮还未下飞机，在空中就对尼泊尔有了美好的印象：

飞机飞低了。绿而黄的田野，好像是蜜蜂翅膀上的图案，小小的赭石色的农舍，几层顶子的佛塔，一丛一丛的红砖屋宇，大花园白柱石的大厦。这好像是不可想像的：坐飞机到喜马拉雅山去结果却发现了一个黄金谷，像瑞士或者意大利北部，谷中的一座城市却正是好莱坞所梦想的迦太。这个地方只有旅行社的广告可以形容它：妩媚的加曼都，阳光普照的尼泊尔，以及什么香格里拉。

而一旦踏上这片土地，喜悦、兴奋之情更是溢于言表：

人家说，崇山峻岭乐在其中，在高的地方会有一种特别的悠然之感抓住你，近乎出神入定或者疯狂。可是我在听到加曼都这名称的回声时已经疯狂了；结果真的到了这里，就是这里，它是春的深心，金黄色的阳光从那些黑黝黝的山顶上倾泻下来，空气是软软的，像是多瓣的花朵融汇在空间的大气里；照眼的杏黄和李树像燃烧着的丛林，夕阳变成蓝与发暗的时候就更显得明亮。一条土路，没有柏油路面，吉普车在轰轰开动，驶过去了，装载过量，一路上横冲直撞。那些怡然自得的矮小的人民，脸孔清秀，眼角上吊，围着白色的或灰色的披肩，贫穷，可是自得其乐；忽然喇叭响了，一对玩具似的兵，金肩章，红制服，走了过去……房屋从上到下满是雕刻，街道的两旁是粉红的砖墙，那一端是个巨大的橙黄色的太阳。愉快，愉快就是现实，活生生的现实。

在加曼都女子学校校长艾素白·毛普拉看来，尼泊尔的宗教是野蛮的宗教，尼泊尔的人民无情无义，她俨然以传教士的身份自居，要让人们改信上帝，要将人们从野蛮无知中拯救过来，因此，尽管她早已来到尼泊尔，但与当地人民依然格格不入。安妮则明显不一样。她努力了解并认同当地的人民和文化。作品通过安妮对尼泊尔宗教仪式的认同反映了作者文化意识的开放性。作品浓墨重彩地描绘了安妮到神庙参观，灵魂受到震撼的情景。安妮来到庙里，很快消失在拥挤着的进香的人群中，“消失在她和像她一样的那些人的境界中，那个境界使旁边的人把他们叫做心不在焉，忘记了自己，返真归朴。她浸入在这种新的意识中，在这个意识里只有视觉和听觉，完全忘记了自己，身体在动着可是不知道在动，完全入化出神，超脱了自己，使自己和周围的人合而为一。这就是生之神也就是死之神的隰婆节的一刹那，它介于不动的幻梦与完全在动的时刻之间，没有时间的时间，空间的无休止的一点，永恒的时间，始与终，知识变成了自知，人们终于学得了眼见所见，用一种完全的纯真之情看视最平常与最不平常的事物，同化而不是争取，认识永恒的无常，那令人迷惑的永生只是人的记忆的自我回响。”在神庙中的奇妙感受，使安妮异常兴奋，她感觉自己像那些神像一样，像那些千手千面的女神一样，已经变成了另外一个自己了。这种新生的感觉无疑地标志着主人公对一种新的文化的强烈认同。

《青山不老》的重头戏是写尼泊尔王的加冕典礼。作品的很多内容是围绕着这场盛大堂皇的典礼而结构、组织的。《青山不老》对尼泊尔王加冕典礼的叙述层次感很强，从诸种准备工作的展开，到各地观光客的纷至沓来，从气氛、情景的渲染，到加冕典礼的具体描写，作品有条不紊，张弛有致。而对加冕典礼的具体描写，正反映出这个古老王国的文化精髓。

喇叭吹起来了，是军队的进行曲，一对穿大红制服的兵士，后面是旗号，拿了镶着小玻璃镜的孔雀毛，还有穿黄袍的僧人。国王和王后坐了一头象来，象在大门口跪了下来，好让他们下来；国王和王后在金光闪耀的红伞下，由孔雀尾的羽扇前导，走进了庭院，走进一间房去，僧人们和几个高级官员跟了进去。这时，曝在太阳里的院子里的人在两队乐队的音乐声中等待着，一队是穿红制服的军乐队，一队是号角，鼓，和像欧波似的箫，在奏着由南印度来的吠陀经。

一个钟头以后，国王和王后出来了，坐在那个草棚时，就是前一天的斋戒礼用的那个草棚，加冕典礼就这样进行着。大部分观礼的人都是完全不懂的。婆罗门僧人和佛教僧人施圣水，唱圣经，新闻记者和摄影师围在草棚周围拥挤着，米加罗拉马的机器在摇动着。这时，是十点三十三分，由星相师算定了以及众僧祈祷日月星辰恰安其位吉时良辰，御前高僧把那个尼泊尔王冠加在国王的头上，这王冠是一顶珠宝和红宝石编成的盔，盔上是一只天堂鸟。

国王和王后这时登上了那九头蛇宝座，宝座是安置在草棚旁边的一个架高起来的平台上的。宝座底下是水牛皮，鹿皮，象皮，狮子皮和老虎皮。王族和王孙公子们从二楼上他们坐的地方走下来了，向国王跪拜致敬，把钱币扔到国王面前。各国的专使和外交代表也一个跟着一个的前来致敬，其次是拉纳族的官员和所有各阶级各行业的代表们……

作品栩栩如生地描绘了加冕典礼及加冕周的种种活动和仪式，较为充分地反映了尼泊尔的宫廷文化和宫廷生活。

在对尼泊尔王加冕典礼前前后后诸种事件的叙述过程中，文本还展示了尼泊尔文化的方方面面。

如描写了尼泊尔人的婚礼、婚俗：“迎亲队进了大门口，前面先行的是震耳的乐队，他们都是步行的；奏乐的人吹打着鼓，小喇叭，和钹。他们走近了的时候，草地上的乐队也奏起震耳的进行曲，这两个吵杂音乐的决斗尼泊尔人听了都在笑。乐队的后面是新郎的马车，是一辆由两匹栗色的马拉着的四轮篷车。……马车的后面站着两个仆役，金肩章，军帽，红制服，给坐在车里的人撑着一柄遮阳伞，像海滨浴用的伞一样大小，是红绸子的，周围镶了金穗。车后跟了新郎的男亲友，有的头上缠了纱翼的罗阇普包头，身上穿的是金色和深红色的紧身上衣，腰带，跨着镶了珠宝的短剑，底下是白马裤。车子里的新郎满身猩红，金线织成的衣服，珠宝堆成的冠，腰间配有宝剑。这一行人造草地上慢慢转了一个圈。大厅外面奏了一支古典的欢迎曲，另外一个乐队从台阶上走了下来，奏着笛子，鼓和钹。……三队乐队在一起演奏了，你争我夺，调子愈来愈高。马车停在大门前，司令和他的眷属严肃的走过去，绕着马车走了三匝，撒着花瓣，用一盏金瓶撒了水，也撒了一点在新郎的身上。”这是在房子外面的仪式。在新娘的父亲往新郎额头上贴上用红檀香木和圣灰制成的欢迎符后，婚礼转到院子里。只见新郎站在院子的中间，手扶剑鞘，双脚赤裸，新娘的亲族按照礼节向他献米、献谷。靠近新郎站着的是教士，他掀着一本焦黄的薄薄的书，半唱半读的转念着经。一个女佣模样的人，双手捧着一个红绸做的、镶着很多金饰和绒球的三角帽，给新郎戴上……作者将这些程序和规矩一项项、一样样娓娓道来，颇给人以身临其境之感。

又如写到了尼泊尔人开放的妇女观念：“在尼泊尔，女人不是像回教国家那样关在闺房里不准出来的。这儿的女人可以谈笑，高兴，自由，尼泊尔的寡妇也没有殉葬的习惯。尼泊尔人非常开通，印度教的残酷严厉在这里没有。他们过节的时候是女人坐在塔上面的，一层一层的台阶上都是女人，看起来简直就是女人的肉塔。男人站在她们底下的街上。女人在马路上冲凉，可是冲凉的时候她们是穿着衣服的。”这显然与一般的回教和印度教国家的妇女观念有着很大的不同。

当然，文本更要写出这个宗教国家对神的崇拜：“这个地方是神佛之乡，祭神是最普遍的唯一活动；在别的地方，管制一切活动的是工作与人间乐趣，人的需要与贪欲的追求和满足，在这儿敬神是第一件事。在这儿神比人吃的粮食多，虽然时常都有粮荒，牛是肥的，小孩子却吃不饱。在这儿，宗教不仅是生活的一部分，而且是最重要的，最大的精力的消耗。一切人的行为都隶属于神的意旨，生命，交合与死亡不是人的循环，而是神的永恒循环的在物质上，或不知不觉的人的表现……”作者还对尼泊尔性与宗教紧密结合的独特性进行了探讨。

综上所述，《青山不老》不是一部一般意义上的爱情小说。作者在描写爱情的过程中，注入了丰富的内容，这使文本在充满浪漫色彩和异域情调的同时，具有了鲜明的女性意识和丰富的文化意蕴。

[原载《扬州大学学报》（人文社会科学版）2006 年第 1 期]

朵拉微型小说的质感与意味

随着现代人生活方式和生活节奏的不断变化，原本在文学领域居于边缘位置的微型小说近年来有了长足的发展。短小精悍的文体，见微知著的内涵，精巧多变的构思，使微型小说成为现代人阅读的新宠。而微型小说进入鲁迅文学奖的评奖范畴，则更进一步推动了微型小说的创作热潮。事实上，无论祖国大陆，还是台港澳地区，抑或海外，长期以来都有一批致力于微型小说创作的作家，他们的成绩有目共睹。而在海外华文文学界，朵拉是一位在微型小说创作领域用力最勤，成就也颇为卓著的女作家。她辛勤耕耘于微型小说创作园地，精心钻研微型小说创作艺术，形成了独特的艺术风格，为丰富和发展华文微型小说作出了积极的贡献。

作为一个从小生长在马来半岛普通华人家庭的女作家，朵拉对马来西亚这个热带国家的社会生活有着深刻的洞察力。她的微型小说大都取材于本地华人社会，生动地描写了丰富多彩的华人生活，表现出浓重的人文关怀精神。她擅长在精短的篇幅里，以一个个富有意味的片断，表现普通人的个性和命运。朵拉的微型小说因此有着鲜明的特色。

朵拉的微型小说对世道人心、人性善恶有着生动的表现。在中华传统文化中，孝为百善之首。《重要的事》中的何子文因工作忙碌，无暇回家看望母亲，他的采访对象、那个年轻丧母的亿万富翁丹斯里林的一番话使他如醍醐灌顶："刚刚你问我，什么是生命中最重要的事，现在我告诉你，有妈妈在你身边的时候，让妈妈快乐，就是最重要的事。”正是那种“子欲养而亲不待”的哀痛令何子文深切地感受到了孝道的宝贵和重要。《原谅》、《家婆和狗》表现的也都是孝道。而在《岁月的眼睛》中，何子明因为李菊如不愿意和他一起伺候母亲，给老人尽孝，和她分手了。三十年过去了，李菊如的儿子也要结婚了，儿媳妇也表示不愿意和老人一起住，李菊如这时才充分理解了当年何子明对老人的善良和孝顺，但为时已晚。《等待的爸爸》通篇弥漫着浓浓的亲情。儿子参加朋友聚会，夜半时分还没有到家，父母不免为他担心，无法成眠。母亲似乎对儿子更有信心一些，而父亲则在严厉的外表下面体现出的是另一种形式的关心，父母之间的对话令人深切地感受到他们对儿子的爱。小说结尾处，儿子回来了，他是因为到那档专门卖夜宵且半夜12点才开档的夜宵店去买父亲最喜欢吃的杏仁糊才迟归的。此刻，家庭气氛就像被融化的巧克力一般又香又甜。《最后一次》也是表现父子间亲情的，但这亲情的到来过于突然，结束也显得过于仓促，令人扼腕。五年前，父亲与母亲离婚后去了外地，随着母亲生活的儿子便一直没有再见到父亲，他心里留下很多疑问：父母为什么要离婚？父亲为什么不回来看自己？父亲还爱不爱我？他压抑不住对父亲的思念，在路过吉隆坡时和父亲取得了联系。父子的见面却是在一场车祸中完成的。当父亲就要走到儿子面前时，一辆飞驰而来的大车把他撞飞了。在这最后时刻的交流中，儿子感受到了父亲对他的爱，但这一切结束得太突然了。亲情在那一瞬间被定格了。从上述作品中不难发现，朵拉是一位尊重传统崇尚道德的作家，深厚的传统文化底蕴使她的小说呈现出强烈的人文性，字里行间传达着她对美好生活和高尚情感的向往。

朵拉是传统的，同时又是现代的。对传统文化的尊崇并没有使她一味沉溺于对传统的拥抱中，她有着强烈的入世精神，敢于直面人生，不回避生活的矛盾和社会阴暗面。这使她的小说具有较为强烈的现实批判精神。《健康晚餐》中刚听过健康饮食讲座的四个朋友到餐厅吃晚餐，但从7点开始一直到10点都未能点好菜。有人刚点一个菜，就遭到别人的反对：吃海鲜怕导致痛风，吃鸡肉则担心禽流感，吃咸货又觉得会含有致癌物质；要么嫌太甜要么嫌太咸，连吃豆腐青菜都有人反对，怕有不合格的添加剂。作品在富有喜剧色彩的叙述中反映了现实社会中普遍存在的食品安全问题。《年的尾声》写的是中国传统文化的失落。春联有着丰富的内涵，原本是华人过年时家家户户要贴在门上的，然而现在人们忙着办各种各样的年货，却鲜有人贴春联了。作品借春联的遭遇表达的是对传统文化式微的忧思。《下午茶闲话》表现的则是对庸人心理的揭露与反思。办公室一位女同事有喝下午茶的习惯，时间一到，她总一个人出去喝下午茶。这引来了种种闲话，办公室里传播着各种各样的谣言。有人说她是去与有妇之夫约会，有人说她有个非婚生儿子，每天下午要去探望那个小孩，有人说她下午是去另一家公司兼职，还有人说她与老板关系暧昧，否则老板怎么会同意她出去喝下午茶。人们用各种恶毒的闲话诽谤她，诋毁她，津津乐道，兴致高涨，而当面见了她却又送上非常亲切的微笑。作者对人性弱点的刻画和对阴暗心理的揭示，与鲁迅在《示众》中的艺术表现颇为神似。《寻路启事》则直接抨击日益严重的社会问题。作品以一则启事的形式对环境污染、交通拥挤、人心冷漠、道德沦丧的社会现实进行了控诉。街上的汽车争先恐后，彼此拥挤不肯相让；过往的行人呼吸着黑乌乌的车屁股烟，匆匆忙忙地过来，紧张兮兮地走去，面对车祸和抢劫，漠不关心；流经城市的河道里，没有小船没有鸭子没有布袋莲，各种各样的废物把河水堵塞，流不动了，发出恶臭。主人公悲愤地痛斥：“这个城市不是我住的那一个。这个城市不是我要住的那一个。”他希望这一切是在梦里，自己不过是做了一个荒谬的梦。这些作品在短小的篇幅里包含着丰富的思想容量，充分显示了作者的道德感和社会良知。

作为一种文体，微型小说注重在极为有限的文字空间中去表现尽可能多的审美信息。朵拉的微型小说便善于小中见大，见微知著。《开门一生》构思十分精巧，这篇小说选取五个不同的场景，表现了主人公一生的追求和价值取向，意蕴丰厚。小时候，他的理想是拥有一辆跑车型单车，当他从家门里骑车去上学，他感到了人生的快慰；

长大后，他用几乎五个月的薪水买了一辆电单车，在巨大的引擎声中他心满意足；当他拥有了一辆丰田车时，他又是何等的踌躇满志；年迈之时，他已是亿万富翁，拥有数辆名贵轿车和几艘游艇，但他大部分时间都在自动玻璃门里，中风后，他只能把轮椅作为代步工具；现在，焚化炉的门打开了，他被送了进去，整个人生画上了句号。作品借助于“门”这一意象，勾勒了一个年少时不喜欢被人嘲笑，长大后不喜欢被人轻视，中年时喜欢让人看重，老年时不喜欢被人怜悯，而现在生命结束什么感觉也不在了的所谓成功人士的价值取向和心路历程。《发亮的头发》将周群丽、李曼欣、徐健志三个人的恩恩怨怨聚焦在头发上，借人物对头发的感受和评价来表现人物的关系变迁和复杂的感情纠葛。

在结构全篇时，为了扩大作品的艺术容量，朵拉善于给作品设计一个不落俗套的结尾。她的小说结尾往往出乎意料之外又在情理之中，言有尽而意无穷，意味深长。《人心难测》中两个中年妇女在长途汽车上谈论着社会缺乏信任感，在大城市里，人与人住的距离近了，人情却疏远了，骗子多，骗术层出不穷，“有人叫你帮忙，你得快点走开；有人要帮你的忙，那你更要走得快一点，现在已经没有无条件帮忙别人的人了”。黄秀晴对此很反感，觉得这两个妇女很虚伪，一方面说别信任人、别帮助人，一方面又为社会中信任感的消失而叹气。然而令人意想不到的是，作品结尾处，当黄秀晴一手牵着孩子一手拎着行李艰难地下车时，一个大专男生主动上来帮忙，黄秀晴的反应却是“用提防的眼神警惕的心，并且像看到强盗一样，非常不客气地瞪着面前这位外表和善的大专男生”。黄秀晴的这一反应更令人对社会信任感的丧失，产生深深的忧虑。作品从人物言行的错位中揭示了诚信缺失、冷漠无情的社会现实，其中所蕴含的社会问题发人深省。《素色的母亲》中的女儿一直不理解母亲的黑与白，并且因反感母亲的素色衣物而钟爱缤纷鲜艳，到最后她才明白，母亲为了她，“一生都在戴孝”。一个深爱着自己的女儿，为了女儿健康成长而甘愿把自己封闭起来，过着孤独寂寞生活的母亲形象跃然纸上，而女儿的内疚、自责也弥漫在字里行间。《电话里的蓝草莓茶》叙述了一个极富有意味的故事。苏宜敏十分热情地向“我”推荐蓝草莓茶，称蓝草莓茶中含有丰富的维他命A和C，让人在喝出美味之外还有健康，她不但力邀“我”去她家里喝茶，还在事先寄了一盒蓝草莓茶让“我”品尝。“我”冲泡了一杯，喝了一口，满心懊恼：世上竟有如此酸涩难喝的茶?！人们的爱好、品味千差万别，真所谓萝卜青菜各有所爱，又何必把自己的喜好强加于人呢？英国谚语曰：“一个人的美食，可能是另一个人的毒药。”茶是如此，又遑论其他呢。

朵拉不仅是作家，她还是一个画家。她对细节的精雕细刻，对色彩的细致描绘，使小说有着较为强烈的画面感和现场感。《素色的母亲》以黑白两色状写“母亲”的人生。母亲衣橱里的衣物多为黑白两色，在女儿的印象中，母亲的穿着不是黑便是白，这正反映出母亲离婚后的单调生活和灰色心情。简洁的衣橱，简单的日子，简朴的生活，那素与淡画出了母亲生活的轨迹。《冷菜》中的“冷冷的薄薄的红色鱼片，冷冷的切得细细的染色萝卜，冷冷的卷卷的橙色花枝，冷冷的细嫩的白色豆腐”，这些以冷色调为主的菜肴，折射出男女主人公不和谐的情感生活。女人喜欢这些“没油没烟、干干净净”的菜肴，觉得男人很没有生活情调；而男人却因眼前的冷菜使他回忆起冷冷的童年，从小寂寞的生活经历使他与女人有着一道深深的鸿沟。《下午茶闲话》中尽写闲话的传播之快之盛，用了极为形象生动的比喻：“像牵藤类的纷纷闲话，还是到处攀延蔓生，热烈盛开，而且颇有日益繁茂的趋势”，大大增强了现场感。而抽象的时间，在《红豆盒子》中则有了绚丽的色彩：“时间捉不住，像落下去的太阳，像萎凋的花，像飘远的黄叶，像浮荡在天空的白云，转瞬间便都失去踪迹。”

朵拉以作家和画家的双重慧眼，善于捕捉生活中的精彩瞬间，尔后以传神的笔法勾勒出来。《遗失》写的是一场同学聚会，聚会过程中一个女同学佩戴的价格昂贵的耳环丢失了，引发了同学们的热烈议论。作品通篇基本上由对话构成，描写了特定场合众人的种种复杂心态：有人羡慕，有人嫉妒，有人怀疑，有人幸灾乐祸，有人则表现为事不关己高高挂起，小说生动传神地刻画了一幅众生相。《未来的遗产》中的方素薇相貌平庸身材平板，平时很少有人关注她，只因听说她继承了美国姑妈的一笔遗产，办公室所有的同事立刻围绕在她的身边，对她的态度与平时大相径庭，口口声声说的都是羡慕、妒忌、眼红的话，有的甚至亲热得像把她当自己人一样，办公室那几个未婚的男同事，也突然对她热情起来。作品通过精彩瞬间的细致刻画，写出了在一个充满物欲、势利的社会里，人与人之间那种扭曲了的关系。

朵拉的一部分微型小说还具有浓重的喜剧色彩。《魅力香水》中的朱进兴听信了一则香水的广告"只要喷上一点一滴，你就会充满无限魅力"，他买了这种香水往身上喷了数滴，下班走在大街上，发现果然有很多人向他张望且笑容可掬，他很是得意。在巴士站，他见到了自己喜欢的姑娘，故意靠近她让她清楚地闻到他的香水，姑娘美丽的可爱笑容令他感到了香水的魅力，但姑娘的一句话终于使他明白人们为什么要笑他："先生，你裤子的拉链没有拉。"喜剧效果由此喷涌而出，令人忍俊不禁。《失踪》中的马英成受不了母亲和太太为了鸡毛蒜皮般的小事成天无休止地争吵，让自己失踪了几天，谁也不知道他去了哪里。这给两个女人提供了和解的机会，在男人失踪这件事上，她们一下子同声同气了起来，不再吵闹了。尔后，她们接到了一个骗钱电话，让交赎金放人。她们付了钱后人却没有回来。富有喜剧色彩的是，当她们准备报警时，在外面躲了几天清静的马英成回来了，两个女人得知被骗后又开始了新一轮的争吵。一个男人和两个女人由此上演了一出家庭轻喜剧。《最美》仿佛是又一篇《皇帝的新衣》。女画家尤素芳是画坛新人，人长得漂亮，时尚新潮，又擅长外交，因此媒体对她好评如潮，报纸显著位置刊登的都是诸如"新生代女画家的佼佼者"、"现代水墨画的创始者"。而她自己在开过几个画展获得好评后也洋洋自得，俨然成为画坛一领袖。作品最后，画坛最负盛名的一位老将黄果的一番话终于把尤素芳那些华丽的装饰尽皆除尽，将其打回原形。作品的反讽效果得到了鲜活地显现。

朵拉在微型小说的创作道路上还将继续跋涉下去，期待她在微型小说创作实践中结出更多的艺术硕果。

（原载《香港文学》2014 年第 5 期）

第四辑

后现代文化语境中的台湾通俗文学

20世纪60年代，随着经济和科技的迅猛发展，西方资本主义世界迈入后工业社会。与此相适应，西方文化也由现代主义走向后现代主义。20世纪70年代以后，后现代主义以狂飙突进的姿态横扫欧美思想界、文化界，成为西方世界的主流思潮。

美国当代文化理论家弗·杰姆逊在《后现代主义或晚期资本主义的文化逻辑》一文中概括了后现代主义的一个基本特征："高级文化和所谓大众或商业文化间的旧的（实质上是高级现代主义式的）界线被取消了，出现了充斥文化工业的形式、范畴和内容的新型文本，而这种文化工业正是从利维斯、美国新批评直到阿多尔诺和法兰克福学派的所有现代理论家猛烈抨击的对象。"①作为对现代主义的一种"反动"和超越，在后现代社会中，一向不登大雅之堂，为人轻视和辱骂的通俗文化和通俗文学，登堂入室，占据了显赫的地位。诸如"肥皂剧"和读者文摘文化，夜间节目和二流好莱坞电影，平装本哥特式小说、传奇作品、流行传记、科幻小说、侦探小说等所谓的准文学作品，成为文化消费的"主餐"。无所不在的消费意识观念使文化贴上了商品的标签，生命的意义和文本的深度同时消失，高雅文化与通俗文化的鸿沟趋于弥合。后现代主义的反文化、反美学、反文学的极端倾向，正标志着一种全新的文化观、美学观和文学观的建构。

① 王岳川、尚水编：《后现代主义文化与美学》，北京大学出版社1992年版，第75页。

从经济形态和社会结构来看，当代台湾社会尚未进入后工业时代。但自20世纪60、70年代完成由传统的封闭的农业社会向开放的现代资本主义工商社会的转型，台湾社会经过二十余年的高度发展，正走向后现代。这一趋势是明显的。与此同时，台湾当代通俗文学也呈现出旺盛发展势头，越来越受到人们的重视。这与西方社会的后现代状况是合拍的。1991年，台湾文学评论界在台北举行了“当代台湾通俗文化研讨会”。此次研讨会由台湾“行政院”文化建设委员会、“行政院”“新闻局”、“国家文艺基金管理委员会”等策划指导，“中国青年写作协会”与时报文化出版公司主办。来自美国、日本、马来西亚以及香港和台湾地区的数十位学者、作家，就通俗文学与纯文学的关系、言情小说、武侠小说、科幻小说、推理小说、都市浪漫小说，报纸副刊以及琼瑶、三毛、席慕蓉等人的创作，进行了严肃认真而又广泛深入的讨论。此次研讨会标志着台湾保守的评论界在新的形势下开始改变了一向漠视、贬低甚至否定通俗文学的立场，试图给台湾当代通俗文学重新定位。尽管这只是初步的工作，但意味着台湾文学观念的革新和意识形态的转换。对通俗文学来说，这无疑是一件值得庆幸的事。

一

作为中国文学的组成部分，台湾文学在上古时期就已存在。从原住民的神话、传说、歌谣中，可以看到中原文化和文学在台湾最初的传播。16世纪以后，随着汉族移民的大量迁入，台湾文学开始萌长。明郑时期的遗民文学和反殖文学，成为台湾文学的精神和传统。清统一台湾后，赴台文人日多，留下了不少诗文。特别是诗钟的传入和“击钵体”的兴盛，使台湾文学形成了特殊的审美形态。甲午之后，由于殖民地的处境，反殖反帝及反封建文学空前高涨。然而，考察台湾文学的发展，我们可以看到，除了引进祖国一些通俗文学作品外，台湾在1945年日本投降前基本没有本土的通俗文学。经过数年的调整，20世纪50年代初，台湾才萌生通俗文学。

从20世纪50年代初开始，台湾文学大致可分为三大板块：官方文学、精英文学和大众文学。所谓官方文学指的是台湾当局倡导、推行，以“反攻复国”为主要内容，反映统治阶级意识形态，具有鲜明政治倾向性的文学。20世纪50年代充斥台湾文坛的“反共文学”即为官方文学的一种。所谓精英文学是指不依附于官方阵营，具有独立的思想品格的作家所创作的表现社会、历史、人生诸问题的文学作品。这类作品通常有较强的社会责任感和时代使命感；也有的致力于艺术的探索，具有前卫性和先锋性。陈映真、黄春明等乡土派作家，白先勇、洛夫、罗门等现代派作家，可视为台湾精英文学的代表。与官方文学和精英文学相比，大众文学是一个颇为庞杂的范畴。它以大众的阅读趣味和欣赏习惯为指针，追求娱乐性、趣味性、消遣性和通俗性。它不同于官方文学的公式化、概念化，也不像一些精英文学那样显得过分正规、庄重、严肃而使人“高处不胜寒”，而是以随意的、平易近人的、亲切的面貌出现在大众面前。“它向你讲述那些惊心动魄或平淡无奇的日常恋爱、婚姻家庭故事，还有武侠仗义、警匪较量等惊险故事，你或许会为主人公的命运热泪涟涟，或许会依旧无动于衷至多偶然会心一笑。不管怎么说，它总会吸引你，让你专心读下去，有时甚至忘掉自己。但是，你也许阅读时十分激动，阅读完它就彻底忘掉它了，很可能连那曾使你牵肠挂肚的主人公的名字也记不起来（当然，也可能有个别作品、个别人物会使你终身难忘）。这类小说通常不会触发你深沉的历史、政治或文化情怀，而主要是使你在投入性阅读中获得一种精神畅快。”① 读时动情而读完置诸脑后，在阅读过程中人们忘掉现实中的烦恼而进入单纯的愉快的境界，作品的价值存在于阅读之中，这正是大众文学的突出特点。

一个时代的文学与一个时代社会政治经济结构、文化环境、大众

① 王一川：《非深度、消遣与意识形态优势》，《台湾言情小说精品鉴赏》，河南人民出版社1993年版，第619页。

心理、传播媒介等有着极为密切的关系。

台湾政治、经济的发展变化对通俗文学产生了重要影响。20世纪50年代，台湾国民党当局为了进行政治上的“反共抗俄”，其对文学实行全面的严厉控制，将“五四”以来包括通俗文学在内的大部分文学作品予以查禁，大力鼓吹“反共文学”，凡不在这一“主流”框架内的文学被横加压制。因此，20世纪50年代台湾通俗文学发展缓慢。20世纪60年代中期，随着社会转型和经济“全面起飞”，台湾出现了新兴中产阶层。人们在解决了温饱以后，要求阅读比较轻松的文学作品来调剂紧张激烈的竞争生活。以娱乐和消遣为主要目的的通俗文学正好满足了大众的精神需要。而台湾当局的文艺政策也有所调整，对通俗文学采取了比较宽松的政策。古龙的武侠小说、琼瑶的言情小说、高阳的历史小说成为大众文学消费的热点，并由此引发了20世纪60年代武侠小说的创作狂潮和言情文学的繁荣。20世纪70年代，台湾岛内外出现了一系列重大事件，这使民众更多地关心现实、关注社会问题，通俗文学的发展趋于平稳。

20世纪80年代到90年代，伴随着“政治革新”和政治改革，台湾经济持续增长，步入了较为“民主、开放”的社会，又一次迎来了通俗文学大发展的时期。

通俗文学的发展与文化环境的变迁也有着紧密关系。当代台湾社会经济迅猛发展，与之相适应的文化环境也几经变迁。20世纪50至60年代前期，台湾尚处于农业经济社会，其文化形态是传统、保守的。社会上普遍流行的是传统的价值观念、伦理观念、道德观念。通俗文学虽有发展，但处于被轻视、贬斥的地位。这与通俗文学长期以来不登大雅之堂的传统观念是一脉相承的。有些人甚至对通俗文学不加分析地一概“封杀”。如琼瑶的言情小说竟被视为“社会公害”，有人必欲除之而后快。① 20世纪60年代中期，台湾全面对外开放。

---

① 参见於梨华《谈30年来台湾的文学与作家》、聂华苓《台湾与海外文学》，载《编译参考》1980年第3、4、8期。

随着经济结构的变迁，西方现代主义文化思潮大量涌入，东西方两种文化猛烈撞击。在强劲的西方思潮冲击下，台湾的传统价值观念和整个文化体系日益动摇。20世纪60年代的台湾文坛，现代主义文学一统天下。作为一种精英文学，现代主义文学追求理念倾向，以主观和心灵把握现实、创造形象，努力对现实作形而上学的哲学思考。它排斥通俗文学，漠视甚至抵抗大众趣味。现代主义对通俗文学的排斥和抗拒并没有阻碍通俗文学的发展，相反地，由于现代主义放弃了读者市场，使通俗文学拥有越来越多的读者。由于难以理解和阅读现代主义文学作品，大众自然而然地走向通俗文学。在很大程度上，是现代主义造成了通俗文学的勃兴。20世纪90年代，台湾开始迈入后工业化社会。台湾的文化也越来越呈现出后现代倾向。“随着人类知识的空前膨胀，电脑和数据库的广泛运用，科技高视阔步导致了合法性危机。这一状况反过来深刻地规范着人类的心理机制和行为模式，导致一种反文化、反美学、反文学的极端倾向。生命的意义和文本的深度同时消失，消费意识的渗透使自然与人类意识这两个领域日益商品化。从此，后现代文化与美学浸渍了无所不在的商品意识，高雅文化与通俗文化的对立在此归于失效，商品禀有一种‘新型’的审美特征，而文化则贴上了商品的标签。”① 后现代主义从根本上改变了人们对通俗文学的传统观点，大大提高了通俗文学的地位，为通俗文学更为繁荣局面的到来铺平了道路。目前台湾文坛已出现通俗文学与严肃文学鸿沟弥合的趋势，两者之间隐然可见一片交叉地带。这便是文化环境的变迁为通俗文学发展提供的有利契机。

在通俗文学的运作过程中，大众传播媒介起到了举足轻重的作用。与纯文学满足于小众范围内的欣赏不同，通俗文学渴求拥有最广大的读者。通俗文学与读者之间联系的必要途径便是大众传媒。在古代社会通俗文学发展缓慢，除了统治者的文化控制等因素外，印刷业

---

① 王岳川：《后现代主义文化逻辑》，见《后现代主义文化与美学》，北京大学出版社1992年版。

落后是个致命的障碍。《三国演义》成书后，因印刷费昂贵一直未能正式出版，只以抄本的形式传世。由庸愚子的序可知，抄本《三国演义》只在少数士人中传阅，一般人根本无缘得见。而在嘉靖元年正式刊出后，才在广大读者中引起热烈反响，并带动了讲史演义的迅速繁荣。考察中国通俗文学史可以得知，通俗文学真正走向大众获得初步繁荣是在明嘉靖、万历年间，因为这时印刷业已开始普及，为通俗文学的发展提供了必要的物质条件。而明清两代的通俗文学有半数以上集中于晚清，这是因为此时中国已引进西方先进的出版印刷技术设备，从而使通俗文学成批量的生产成为可能。台湾通俗文学的发展也极大地依赖于大众传媒。当代台湾报刊业发达，出版社众多。台湾绝大多数通俗文学作品都先发表于报纸副刊，尔后才结集成书。一部长篇通俗小说往往要连载数月甚至数年。台湾武侠小说的开山鼻祖郎红浣自 1952 年起连续数年在《大华晚报》开辟专栏，连载《古瑟哀弦》、《碧海青天》、《瀛海恩仇录》、《莫愁儿女》、《珠帘银烛》、《剑胆诗魂》等系列武侠小说，在读者中产生了较大的影响，引发了武侠创作热潮。琼瑶的第一部长篇小说《窗外》写成后，连投几家刊物都遭退稿，以至于琼瑶对自己的创作能力产生了怀疑。若非平鑫涛“慧眼识琼瑶”，将这部小说在《皇冠》杂志推出连载，一代言情文学大家以后如何发展实在难以预料。20 世纪 60 年代初，台湾出版商看准市场需求，纷纷以重金来征求武侠小说新人新稿。如“真善美”、“春秋”、“明祥”、“海光”、“大美”、“南琪”等出版社，均各自培养了一批专属武侠作家。据叶洪生统计，真善美出版社培养出了司马翎、古龙、伴霞楼主、上官鼎、成铁吾、陆鱼、易容、古如风等名家，春秋出版社则培养出卧龙生、诸葛青云、独孤红、孙玉鑫、司马紫烟、宇文瑶玑诸位，大美出版社的作者阵容也很强大，而以东方玉、慕容美为代表，等等。[①] 而皇冠出版社则是专门出版言情文学作

---

① 叶洪生：《当代台湾武侠小说的成人童话世界》，载林燿德、孟樊主编《流行天下》，时报出版公司 1992 年版。

品的出版社。琼瑶的全部言情小说，都是由皇冠出版社推出的。皇冠出版社也因出版言情文学作品而“发迹”，由当初没有办公地点到后来成为拥有一座七层楼的大厦，包括杂志社、出版社、舞蹈工作室和画廊在内的多功能“皇冠艺文中心”。随着经济和科技的发展，60年代以后，台湾的影视传播业迅速崛起。许多通俗文学作品被改编成电影和电视连续剧，在黄金时段不断播放，这极大地扩大了作家和作品的影响，有力地推动了通俗文学的发展。琼瑶的全部中长篇小说，古龙的大部分武侠小说都被搬上了银屏，从而使社会上的“言情热”和“武侠热”持续升温。

二

台湾通俗文学是在台湾当代特定社会历史条件下，民族文化心理、社会时尚、大众文化消费、价值取向等因素综合作用的产物。而在诸多因素中，中国文化传统占据了十分重要的地位。

台湾通俗文学积淀着深厚的民族文化心理，表现出中国文化的精髓。中华民族在数千年的历史发展中，由于种种条件——半封闭的大陆性地域、农业经济格局、宗法与专制的社会组织结构——的制约，形成了一个独特的文化系统。这个系统不仅在观念和意识形态方面发生着久远的影响，而且还深刻地影响着中华民族的文化心理和中国人的人生态度与行为方式。在中国文化这一大系统中，儒、释、道三个子系统占有重要地位。中国人的思维方式，家庭观念，思想情操，审美情趣，甚至整个民族的性格，民族的气度，都与儒、释、道有关。台湾通俗文学的一个重要价值就在于它反映了深厚的民族文化心理，为研究中国文化提供了标本。

与同时期的纯文学相比，台湾通俗文学在文化观念上偏向于传统和保守，不热衷于追求前卫性和现代性。它对传统文化和价值观念采取基本认同的态度。因此，在台湾通俗文学中保存着更多的传统文化因素。

儒家文化在中国文化中占有主导地位。其思想基础是“仁、义、礼、智”，而“仁”是核心。“仁者，人也”（《礼记·中庸》），“仁”是人之所以为人的根本。“仁”的具体含义是“爱人”，即具有博大的同情心。追求“仁”的人是君子，他会用爱心来对待人，既自爱又爱人，既自尊又尊人。因此，“仁”就是一种宽容忠恕的精神。“仁、义、礼、智”是儒家的道德规范，它讲究秩序，推崇情操，遵奉温良恭俭让，主张“达则兼济天下，穷则独善其身”，弘扬刚健自强、生生不已的主体精神。儒家文化最初在知识分子中传播，而在社会历史的演化过程中渐渐侵入到大众的日常生活方式和心理之中，成为大众文化的有机组成部分。通俗文学正是在这一层面上显示和传播了儒家文化。

台湾通俗历史小说在表现儒家文化方面有着突出的成绩。尤其是高阳的历史小说，全方位地体现了儒家的政治文化、伦理文化和家族文化。高阳笔下的人物，从一代明君唐太宗、康熙、乾隆，到名臣雅士曹彬、唐寅、曹雪芹乃至于普通人物，其身上都闪耀着儒家文化的光辉。描写历史人物的历史小说固然在传播儒家文化方面有不俗的表现，即便是宣扬“以武犯禁”的武侠小说也深受儒家文化的影响。这一方面表现为台湾武侠小说描写了相当多儒化的侠客，如古龙笔下的李寻欢、萧十一郎，萧逸笔下的海无颜，卧龙生笔下的胡柏龄等等。他们风度儒雅，书剑飘零，举手投足都合乎儒家伦理道德规范。另一方面则表现为儒家文化渗透到小说的方方面面，从作者的思想到作品的主题、人物，都体现出儒家文化的深刻影响。具体地说，便是忠孝观念、仁义思想、入世精神和惩恶扬善的劝喻功能。“忠”是对国家、朝廷、师门的忠诚，“孝”是对父母、亲长的孝顺。台湾武侠小说描写了许多“忠孝”两全的侠客，他们纵横天下，以国家、民族利益为重；同时又“事亲至孝”。新派武侠小说常写“复仇”题材，这“复仇”通常是为父母、师门复仇，这正是“孝”的一种表现形式。正派侠客都深具仁义思想，他们必怀着一颗仁者之心，行正义之事，锄强扶弱，一诺千金，义重如山。为了突出仁义思想，新派武侠小说常常美化正义的暴力行为，把它写得人道且富有诗意，并称之为“以杀止杀”。而为了正义的事业，侠客必要有一种积极进取、奋斗不息的入世精神，甚至不惜为正义而献身，这正是儒家的“天行健，君子以自强不息”的人生观。新派武侠小说通过正邪两派较量、邪不压正的故事，表现惩恶扬善的主题，其中所蕴含的正是儒家的劝善惩恶的道德观念。再如台湾言情文学重家族，重亲情，重伦理，表现有道德、有良知、有人格的爱情，也正体现了儒家文化的精髓。

不过，我们也应看到，由于时代的变迁，儒家文化中存在着相当一部分不合潮流，应予扬弃的成分。台湾通俗文学在这方面是较为理性的。尽管不是每位作家都做得很好，但许多作家在作品中对愚忠愚孝、礼教观念、人性异化等问题作了不同程度的批判。这使台湾通俗文学具有较强的现代性。

道家文化是中国文化的又一重要方面。与儒家强调社会责任、恪守礼教、追求“有为”的主张不同，道家否定一切外在形式的束缚，包括儒家“仁义”的束缚，追求精神的超脱解放。在台湾通俗文学中，与道家关系最为密切的要推新派武侠小说。道家文化对它产生了深刻的影响。新派武侠小说通常要写到道教和道士，写到武当和华山这两大门派及其高绝武功。道教的符咒、剑镜、望气、药物等法宝，在小说中屡屡出现。如果说上述这些还只是道家文化对新派武侠小说的外在影响的话，那么道家的哲学思想则给予了深层次的影响。这具体表现为：崇尚自然。道家认为，人应该顺应自然，“致虚及守静”，即要“无为而无不为”，从而使自己具有无限的创造力且免于毁坏力的支配。所谓无为，就是不特意去做某些事情，所谓无不为是指依事物中的自然性去做任何事情。这里面包含深刻的哲理。台湾新派武侠小说便从中汲取了丰富的营养。武侠小说离不开“武”，武学修为的高低直接关系到侠客的前途和命运。在描写武学境界时，许多武侠小说家都表现出师法自然的倾向。不少超凡入圣的武功来自于对自然的领悟。如古龙《洗花洗剑录》中，麻衣老人给方宝儿传授武功，其要领便是俯仰天地，师法自然，方宝儿最终练就精妙绝伦的“自然剑法”。在这方面表现最突出的是萧逸。在萧逸看来，“一切的武功真髓，俱都孕育于大自然里，世界第一等的功力，也无不取之于大自然”（《马鸣风萧萧》），由“鱼游于水、鸟翼于空”而悟得的武功才是武学的最高境界。《马鸣风萧萧》开篇以“鱼龙百变”的悬念吸引读者，而后引领读者走进一个奇妙的武功境界。作品浓墨重彩地描写了朱空翼教授寇英杰所习的几种功夫：水涛功——在一处长短仅容一人的石缝里安下身来，任汹涌上涨的浪花拍击身体，每天冲击约千次以上，三个月后，内力便大有精进；风柱功——在专门开设的风口上，任狂风吹打身体，练成之后有金刚不坏之躯。习完这些功夫再来参悟“鱼龙百变图”——一张绘有百条金鲤鱼跃波而行的图画，图中暗含着一套罕世武功：鱼龙百变。这一神功纯然是从自然中幻化而来，是“道法自然”的结果。凭借内力、灵性、智慧及对大自然的向往，寇英杰终于悟出了鱼龙百变神功，成为武林顶尖高手。《甘十九妹》中大侠尹剑平原本武功平平，他的两次武功精进都源自于对大自然的深切感受和领悟。第一次是在“双照草堂”，吴老夫人带他参悟四壁那些千奇百怪、常人不可理喻的图形，智慧超人的尹剑平从中终于悟出一种源于自然而又超越自然的奇功。第二次是在深山里遇见阮南。阮南领他参悟自然，并将毕生从自然的变化中悟出的武学真谛传授给了他。第一招“分身化影”取于白鸟翻飞、红叶飘落的瞬间。第二招“乱水四式”妙得于鹤鳝斗法的变化之中。第三招“疾风劲草”则顿悟于自然界中适者生存的法则。这“道法自然”的三个绝招终于使尹剑平的武功达到出神入化的极高境界。萧逸作品中的人物武功与其说是“练”出来的，不如说是“悟”出来的，他追求的是人与自然的协调和契合，最终达到“大道自然”。这包孕着他对道家文化的深刻领悟。

“崇尚自然”除了表现为武功和武学的“道法自然”外，台湾武侠小说更多地将它内化为一种无拘无束，不受世俗礼法羁绊，追求自由人格的精神。武侠小说之所以被称为“成年人的童话”，主要就在于它构筑了一个自由自在、令人神往的武侠世界。在一个纯粹由武林中人构成的江湖社会里，侠客们浮云生死，睥睨权贵，不拘小节，笑傲江湖，游戏人间，行为全凭个人好恶，潇洒不羁，他们身上体现出来的是一种自由自在、快意恩仇的个人意志。他们视名利如草芥，将自由看得高于一切。这类形象是武侠小说中最为生动的形象。古龙笔下的陆小凤、楚留香、叶开、王动、郭大路等便是这类形象的突出代表。尽管他们身上有西方"个性解放"思想的痕迹，但更主要的则是受到道家"崇尚自然"思想浸润和熏陶。他们大都能入则入，能隐则隐，既可纵横天下行侠仗义，也可退隐自然遗世独立。

佛教自汉代由印度传入后，中国人创造了中国化了的佛教文化。佛教文化与儒家文化、道家文化一起，构成了三位一体的中国传统文化的主干部分。

中国佛学有一套独特的理论体系。在天台宗的经典中，超越此与彼的否定态度是与肯定此与彼之意义的肯定态度相结合的。弃绝此世界即是接受此世界，接受此世界即是弃绝此世界。这是一种圆融的智慧。华严宗主张"理无碍，事无碍，理事无碍，事事无碍"，"一即一切，一切即一"，把本体与现象、现象与现象之间的关系看作是互为依恃、互为因果、圆融无碍的。禅宗则主张在实际的人生中才有涅槃，在涅槃中才有实际的人生，强调"自性是佛"，"平常即道"，肯定每一个人都可以成佛，从而极大地张扬了人的主体意识。

中国佛学对台湾通俗文学产生了多方面、多层次的影响。华严、玄小佛、三毛、席慕蓉等言情文学作家的作品常洋溢着对苦难人生的大悲大悯之心，表现出对现实生活的知足感恩之情。其中，玄小佛小说的佛教思想色彩最为浓厚。其书中人物不但都活在别人罪孽的网里，而且常为自己的情欲所困而难以自拔。《边缘》、《握紧我的手》、《又是起风时》等作品都弥漫着浓重的佛教氛围，表现了"善有善报，恶有恶报"的宿命论思想。而在武侠小说中，佛学的影响更为明显。没有佛道，风月传奇、历史演义、公案小说可以照样发展，而武侠小说则难以立足。差不多所有的武侠小说都会出现高僧和少林武功，而佛家的轮回、报应、赎罪、皈依等思想每每成为度化魔头、消弭恩怨、平息江湖争端的武器。佛强调"慈悲"，但并不反对必要的"以杀止杀"，因此武侠小说中往往写到和尚也会"开杀戒"，以除恶的方式来行善。卧龙生《七绝魔剑》中的高僧无量大师自述："老衲因灵慧不足以闭关自修，才奉命在红尘积修善功"，而江湖上也盛传："当今少林寺中，有四位高僧，经常在江湖上行走，锄奸除恶，积修善功，号称四大罗汉"。这种积修善功与儒家的入世是大不一样的，它是以入世的方式来达到出世的目的。佛学对武侠小说最大的影响还在于提供了一种悲天悯人的观念。这使台湾当代武侠小说注重对人性的开掘，减少对暴力的描写，从而起到了阻止暴力倾向泛滥的作用。古龙《楚留香》中的楚留香自始至终未杀过一人，这主要便在于楚留香具有悲天悯人的情怀。尽管曾因慈悲而遭到暗算，但他依然不改初衷。武侠小说中的大侠大都懂佛，这大大有利于灵性、智慧的发展，并使他们有一种健康、达观的心理，帮助他们一次次化险为夷，最终进入人生的辉煌境界。而那些学武而不学佛的人，纵然武功再高，也难以消除内心的烦恼痛苦，无法达到人生的极境。佛使武侠小说的境界得到了较大提升。

在中国文化中，儒、道、释既存在着对立的倾向，也有着很大的互补性，从而形成博大精深、难以参透的文化体系。尽管台湾通俗文学作家未能全部弄懂儒、道、释的思想，在某些时候甚至有歪曲和误解，但他们的作品多方面地体现着中国文化的意味，显示着较强的文化学价值。

三

台湾通俗文学作为台湾当代大众文化的重要组成部分，直接地代表着台湾广大民众的文化和文学消费的质量与水平。然而，在当今台湾社会，通俗文学的价值远没有引起人们足够的重视，那种将通俗等同于低级、庸俗，以为通俗文学必定宣扬色情、暴力的观点占据着相当大的市场。评论界对通俗文学缺少应有的关注，而通俗文学界本身也缺乏必要的理论建设。凡此种种，导致台湾通俗文学至今仍处于被冷漠、被歧视的状态。

如果以公正、客观的态度多角度地观察台湾通俗文学，人们对它的价值会有许多新的认识。

从社会学的视角来看，台湾通俗文学尤其是言情文学展示了一幅台湾当代社会变迁的历史图画。台湾由传统的封建性的农业经济社会向现代资本主义工商经济社会急速变革，这在通俗文学中留下了浓重的投影。台湾社会转型期的婚姻观、道德观、伦理观、价值观等在通俗文学中都有鲜明的呈现。萧丽红的长篇小说《千江有水千江月》以嘉义县布袋镇为背景，描写了女主人公从五十年代到八十年代的情感历程，这一历史时期台湾社会发生的一系列事件及民众的日常社会在小说中都有反映。而被一些人视为“不食人间烟火”的琼瑶小说，也描写了当时的一些社会事件，如开辟横贯公路、实施山地教育、推行国语运动、创设外向型的加工区，等等。台湾学者齐隆壬对此进行过研究：“《船》（1965）主角纪远加入开发中部横贯公路勘察、测量和开路工程；《寒烟翠》（1966）的退伍军人经营埔里山地农场。还有台湾因工业发展而导致的农渔业萧条，表现在《庭院深深》（1969）高立德结束乳牛农场、《星河》（1969）梁逸舟‘务农’失败而转入商业界与《水灵》（1971）所描述的小渔村的破落景象。而鼓励投资意愿显现在《几度夕阳红》（1967）泰安编织外销投资案、《庭院深深》柏霈文茶园‘不断的投资’经营方式和《一帘幽梦》（1973）费云帆投资石油股票致富而回台投资餐饮业……”① 台湾通俗文学为我们了解台湾社会的演变提供了许多生动可感的材料。

从经济学的角度来看，台湾通俗文学以丰富的史料勾勒了台湾经济结构的发展变化，以及中国近现代经济生活。从前面引文中，我们可以看到琼瑶小说在经济学意义上的价值。琼瑶小说广泛涉及台湾的

① 齐隆壬：《琼瑶小说（1963—1979）中的性别与历史》，《流行天下》。

经济领域，如进出口贸易（《紫贝壳》、《星河》），纺织业（《几度夕阳红》、《心有千千结》），化工业（《彩云飞》），水泥业（《碧云天》），建筑业（《我是一片云》、《金盏花》），等等。甚至对当时社会的物价和工资等都有记录：1964 年宝斗里一次十五元（《幸运草》）、一碗面两块钱、每月房租五百元（《烟雨蒙蒙》），1966 年大学国文系秘书月薪二千元（《月满西楼》），1969 年台北市歌舞厅票价每张二十五元（《彩云飞》），1975 年教授音乐月薪三千元（《在水一方》），1976 年草莓一盒四十元，商专毕业生月薪四千元（《秋歌》），等等。[①] 琼瑶小说自然不是经济学著作和统计年鉴，但其中蕴含的丰富信息对我们了解台湾当代经济生活无疑是有益的。高阳的历史小说《胡雪岩全传》通过对红顶商人胡雪岩形象的塑造，具体描写了经商之道，以宏阔的视野展示了近代中国社会的经济生活和政经关系。诸如近代商界的钱庄、票号、典当、漕帮、沙帮、赌场、妓院，以及中外贸易竞争，金融投机生意，等等，在这部小说中都有精彩的描写。

从民俗学的视角来看，台湾通俗文学也有出色的表现。随着台湾经济的对外开放，中西文化产生了猛烈的碰撞。台湾通俗文学对于文化撞击过程中民俗的变化与沿革有着细腻的描写。萧丽红的《桂花巷》、《千江有水千江月》，琼瑶的《烟雨蒙蒙》、《在水一方》，萧飒的《小镇医生的爱情》等作品，可视为这方面的代表。

从文化学的视角来看，台湾通俗文学堪称文化蕴藏量极为丰富的宝库。传统的儒、道、佛文化，官场文化，商场文化，平民文化，等等，它应有尽有。其文化内容还包括琴棋书画，衣食住行，乡风民俗，婚丧嫁娶，名胜古迹，等等，不胜枚举。就文化内容而言，通俗文学比纯文学更具文化学意义。

再从文学的视角来看，台湾通俗文学有其独特的价值。这是目前最缺乏研究的。研究通俗文学不能用纯文学的尺度和标准。通俗文学

---

① 齐隆壬：《琼瑶小说（1963—1979）中的性别与历史》，《流行天下》。

有一套自己的话语系统、叙事模式、文化语境。它在人物、主题、结构、情节、语言、风格诸层面，都形成了独特的机制，具有鲜明的特点，即世俗性、单纯性、传统性、口语性、大众化。高阳小说的史诗品格，琼瑶小说的古典美，古龙小说的现代性，等等，都是值得深入研究的课题。

而从接受美学的角度来分析台湾通俗文学与大众的关系，可以在更广阔的视野中给通俗文学定位。通俗文学作为大众文化的一部分，它的价值在很大程度上体现在大众消费过程中。通俗文学的历史不仅仅是作家和作品史，而且是作品的效果史。从这个角度出发可以更好地把握通俗文学的兴衰流变。

我们还可以从其他更多的角度来进行观察。不同的视角，会得出各种不同的结果。而这，也正是我们需要努力的。

诚然，台湾当代通俗文学存在着许多不尽如人意之处。低级、庸俗的作品占有相当大的比例，包括一些名家也有不少粗制滥造的低劣之作，因此，研究台湾当代通俗文学必须下一番披沙拣金的工作。但我们应看到，其主流是积极、健康的，为大众精神文化消费提供了有益的食粮。令人遗憾的是，台湾当代通俗文学研究还处于初始的阶段，至今鲜见严肃公正、有较高学术水平的研究成果。这与台湾通俗文学蓬勃的发展态势是极不相称的。

（原载《台湾研究》2001 年第 2 期）

论琼瑶小说创作及其文学史意义

1963年，琼瑶发表了第一部长篇小说《窗外》。言情文学从此作为一种独立的文学类型在台湾通俗文学中脱颖而出，出现空前繁盛的局面。而由《窗外》引发的“琼瑶热”在台湾和海外不断升温，持续了近20年。20世纪80年代中期，“琼瑶热”悄然渡海，一度又风靡大陆。

面对中国当代文坛的这一“琼瑶现象”，人们众说纷纭。不少人将琼瑶视为无病呻吟、不食人间烟火的“闺秀派”或“新鸳鸯蝴蝶派”，有些人甚至把琼瑶小说称为“琼瑶公害”而狠加挞伐。于是出现了一个奇异的现象。一方面，自《窗外》至1985年修改完毕的《冰儿》共计42部长篇小说以书刊、影视的形式在大众中广为传播，拥有千万读者和观众；另一方面，评论界一直持冷漠态度，偶有评论，也大都从纯文学的立场出发，批评、指责琼瑶的作品。1978年曾心仪发表《试评琼瑶的〈月朦胧，鸟朦胧〉》,① 才算开了公正评论琼瑶小说的先河。但是，从总体上来说，琼瑶尚未真正得到评论界的重视，她的艺术世界尚有待深入开掘，她在文学史上的地位也有待确立。

① 《书评书目》1978年6月号。

一

综观琼瑶的言情小说创作，根据作家生活际遇的转折、审美趣味的嬗变、作品主题的更迭及社会历史的变迁等诸种因素，大致可以将它分为前后两个时期：前期从1963年《窗外》到1972年《海鸥飞处》；后期从1973年《心有千千结》到1985年的《冰儿》。

以《窗外》的问世为标志，琼瑶正式加盟言情文学创作队伍。虽然此前她已发表过一些短篇小说，但一直寂寂无名，还没有发现自己的优势和长处。在苦心经营多年之后，琼瑶用自己的经历和情感构造了《窗外》的世界。这部以师生恋为主要内容的小说融入了作者一段痛苦的经历：高考失利、初恋失败、婚姻破裂，女主人公身上明显有着作者的影子。正因为如此，她把江雁容与康南的师生恋演绎得缠绵悱恻，催人泪下。言情文学重在写情，《窗外》最大的成功便是将这个“情”字写得淋漓尽致。“问世间情为何物，直教人生死相许？”作者在这里写出了情的真诚、情的执着和情的无奈。江雁容和康南的恋爱像划过长空的流星，很快便遭到世俗社会和家庭的联合绞杀。

与同时期的其他言情文学作品相比，琼瑶这部长篇处女作最为突出之处在于作品没有以“师生恋”的失败而告终。作品突破了言情文学常见的模式，追求深层悲剧效果。江雁容与康南分手后，经过三年的调整，成为一个平凡的家庭主妇。然而，丈夫的粗心疏忽和善妒多疑很快使她对婚姻产生厌倦。这段婚姻勉强维系了两年便宣告解体。精神自由的江雁容决定去远方的小镇中学寻找康南。换了一般的作家，一对旧情人在历经苦难后重归于好势所必然，这也符合传统的中国人喜欢大团圆结局的心理。但琼瑶拒绝了平庸，拒绝了温馨、梦幻的浪漫情调。作品写江雁容经过长途跋涉来到小镇，先见到康南的学生阿珠。阿珠告诉她：“我们叫康老师醉老头”，“康老师最脏了，房间里总是乱七八糟”，“康老师也不理发，头发好长，也不剃胡子”，江雁容的“心脏像被人捏紧似的痛楚了起来”。她推开康南的房门，映入眼帘的“与其说是住人的，不如说是狗窝更恰当些”。从罗亚文那里，江雁容再次了解到康南精神沉沦、感情颓废的现状，她彻底绝望了。正当她走向校门口时，迎面走来了康南。此时，作者从他的肖像写到动作、神情，全方位地展现了一个衣着肮脏、形容委琐、徒有躯壳没了灵魂的行尸走肉般的人物。这样来写康南，读者更能体会生活的冷酷、人生的悲凉。而此时的江雁容，在遭受恋爱和婚姻失败的双重打击之后，面对连她都认不出来的初恋情人，其心中辛酸和哀痛是难以言说的。这一结局大大强化了整部作品的悲剧性，有力地起到了深化主题的作用。

悲剧，是此时的琼瑶所偏爱的。个人遭遇的坎坷，情感世界的压抑，对婚姻的绝望，使她的作品蒙上浓重的抑郁、感伤的色调。《窗外》之后，她接连出版了《烟雨蒙蒙》、《六个梦》、《幸运草》、《几度夕阳红》、《菟丝花》、《潮声》等小说。这些作品大多以悲剧结局，从中不难窥见年轻的女作家对人生和文学的基本认识。而在整个创作前期，能代表琼瑶创作成就、且产生广泛影响的力作，基本上是写爱情悲剧的。

“悲剧”原来指的是一种原始的戏剧。但后来在更多的情况下，它指的是一种文化精神，即“悲剧意识”。自人类社会产生以来，人们先是面临着饥饿、寒冷、猛兽的威胁，接着又不得不陷入种种复杂险恶的关系中，人与社会、人与人、人与自我存在着深刻的矛盾。面对现实的种种矛盾和苦难，人们大致采取三种不同的人生态度：一种是麻木处之，默默忍受；一种是寻求虚幻的精神支柱来自我安慰；还有一种则是在迷惘中沉思，在困惑中不懈追索。这第三种就是悲剧意识，它肯定人的尊严和自由意志，充分张扬生命意志的不屈不挠的追求过程。这种高扬的意志和死亡、命运等人类不可战胜的对手之间的搏击和冲突，便是悲剧性的冲突。雅斯贝尔斯曾精辟指出：“悲剧呈露在人类追求真理的绝对意志里。它代表人类存在的终极不和谐。”①

琼瑶小说的爱情悲剧正反映了人类存在的不和谐。其中蕴含的悲剧性冲突是主人公在不屈不挠的追求爱情的过程中与现实之间的尖锐矛盾。由于主人公性格的差异，他们的精神状态和采取的行动有所不同，有些人由于性格较为软弱而反抗性相对缺少些，而有些人则明显地有“知其不可而为之”的精神，悲剧色彩要强烈得多。自然，琼瑶是个通俗文学作家，我们不能也没有必要要求她像纯文学作家那样有更为自觉的悲剧意识，但从她的前期作品中，我们能鲜明地感受到鲁迅所说的“悲剧将有价值的东西毁灭了给人看”。这是应该予以充分肯定的。

与《窗外》相比，《烟雨蒙蒙》在艺术视野上要开阔得多。琼瑶是纯情作家，致力于家庭、爱情和婚姻生活的开掘，其作品时代和社会色彩常常很淡。《烟雨蒙蒙》是少数几部有历史纵深感的作品之一。它以大军阀陆振华家族的兴衰为线索，从一个侧面反映了中国数十年动荡的历史。不过，作为一部言情小说，作品注重的是情感的表现，借时代风云来写人物命运的变迁，在人物尖锐的矛盾冲突中展示人性的种种。从中也可看出，琼瑶尽管“纯情”，但并非像某些人所说的那样“不食人间烟火味”。和《烟雨蒙蒙》同时出版的《六个梦》也颇值得玩味。六个故事有着大致相同的结构，基本上都以悲剧结尾，如此多的悲情故事集中在一起，反映了此时的琼瑶对爱情的困惑和人生的彷徨。

紧接着问世的《几度夕阳红》将一个“情”字表现得更为淋漓尽致。无论情的长度还是情的力度，在众多的爱情故事中都是独特的，这部作品充分奠定了琼瑶在台湾通俗文学史上的地位。作者正面表现了爱情和婚姻的矛盾。当初，横在何慕天和李梦竹之间的主要障碍便是何已是有妇之夫，而何暂时又摆脱不了妻子的纠缠，无法及早终止父母包办婚姻，不知情的李梦竹偏偏又中了何妻的圈套。而现在

① ［德］雅斯贝尔斯：《悲剧的超越》，工人出版社1988年版，第30页。

当何李再度相遇旧情复燃之时，两人之间又横着一个杨明远，李梦竹因无法摆脱对家庭的责任感只好挥剑斩断情丝。因此，何李的爱情始终与婚姻相悖。自《几度夕阳红》开始，婚外恋情成为琼瑶常常描写的题材，如《紫贝壳》、《我是一片云》等。在现实生活中，“婚外恋”常为人所不齿。而在言情小说中，它又往往是作品艺术魅力的生长点。如何处理两者的关系，这是摆在作家面前的一个重要课题。琼瑶在思想意识和道德观念方面是个较为传统的作家，她在驾驭“婚外恋”题材时往往突出人物爱情的纯洁性，从而使人物感情的发展既超越一般社会道德又能吸引读者、打动读者。“纯情”既是琼瑶小说的基本特色，也是琼瑶所着力追求的。正因为如此，尽管她写了形形色色、各式各样的爱情，却与“色情”无涉。

琼瑶的前期创作，自然也不全是悲剧。深受中国传统文化熏陶的琼瑶没有放弃喜剧的形式。在有些作品中，大团圆的结构类型被一再搬用，有时甚至可以明显地看出这种结局是虚假的，是作者强给作品安上的一条光明的尾巴。而这，也正可看出温柔敦厚的美学传统对作家的深刻影响。这样的结构随着作者生活的变迁在后期的创作中发生了较大的变化。

20 世纪 70 年代初，琼瑶再一次坠入情网。苦尽甘来的爱情生活改变了琼瑶的生命走向，也对她的创作产生了巨大的影响。自 1973 年《心有千千结》开始，琼瑶文风丕变，此后，她的创作洋溢着明朗、乐观、温馨的情调。她努力表现爱情的力量和作用，尽可能地拒绝和消解悲剧，追求令读者和书中人物皆大欢喜的喜剧效果。这显示了作家在重获爱情滋润后对生活和前途充满希望。贯穿于《心有千千结》的是情。其中有亲情，如耿克毅与耿若尘的父子情；有爱情，如耿克毅与小嘉、耿若尘与江雨薇的感情；有友情，如男女主人公与老李夫妇、老赵之间的诚挚情感。而在诸般情感中，江雨薇与耿若尘的爱情最为动人。江雨薇是十全十美的天使的化身。是她充分理解了耿克毅——表面威严暴躁实则晚景凄凉的老人，并为他找回了儿子耿若尘，给他带来了晚年的快乐；是她以爱和才智，使浪荡公子耿若尘振作起来，由颓废而奋发，成为事业有成的堂堂男子汉；是她进而拯救了整个耿家，为风雨园带来了欢乐幸福。这部作品充分突出了爱的力量。

在琼瑶后期创作中，作家借助于不同的人物形象和爱情故事反复说明："爱具有战胜一切的力量。"《彩霞满天》中乔书培与殷采芹青梅竹马，但由于身世的差异、家庭的影响，这对恋人历经坎坷，受尽磨难，甚至濒临感情崩溃的边缘，但到最后，他们终于又相守在一起，迎来了满天彩霞。《雁儿在林梢》则是通过爱情与仇恨的较量来显示爱情的力量。女主人公丹枫与江淮一见钟情，她却承担着要为姐姐复仇的重任，但爱情的力量渐渐化解了仇恨的因子，并最终战胜了一切。后期作品中喜剧气氛最为浓烈的当推《梦的衣裳》。梦幻般的境界，浪漫热烈的情调，融合着一个感人至深的爱的故事，为单调庸常的现实披上了一件色彩斑斓的"梦的衣裳"。

后期的琼瑶追求喜剧，拒绝悲剧，努力营造温馨、甜美的爱的世界。尽管她深知在现实生活中悲剧不比喜剧少，即使在真诚的爱情中，苦恼也常常比欢乐多，但她坚持认为："我仍然相信世界的美好，我仍然有满腔急于发泄的东西，我仍然想把我所知道的那个充满了'爱'的'好'的人生写出来，献给愿意接受它的人们，不管我为此是否会受到指责和误解。"（《穿紫衣的女人·序》）琼瑶是有先见之明的。在她的笔下、人生显得那么美好，人类表现得那么高尚，作品主人公或许会经受磨难和考验，但随之而来的爱情和人生会放射出更为夺目的光彩。也正因为如此，琼瑶在无法拒绝悲剧的时候便消解悲剧。《我是一片云》是一个典型的例子。作者的安排明显消解了作品的悲剧意味，模糊了现实中是非对错的界限，自然也就削弱了作品的批判力量。同样的情形还存在于《在水一方》等其他作品中。

二

在台湾众多的言情作家中，琼瑶是颇具特色的。在20多年的言情小说创作生涯里，琼瑶的小说从人物、主题到结构、语言等诸方面都形成了独特的风格。我们可以将这称为“琼瑶模式”。

琼瑶小说的人物带有浓重的理想化色彩。作者对人物的外貌、气质、性格、感情都加以美化处理。男主人公大都接受过高等教育且事业有成，既刚毅坚强又善解人意，既英俊潇洒又博学多才。这些人物原来都有自己的一片天空，但在作品中他们的热情都倾注在爱情上，为爱情而欢乐而痛苦，其事业、工作充其量只属于边缘的地位，他们似乎现在只是为了爱情而活着。女主人公则如花似玉，热情似火，冰清玉洁，楚楚动人，清丽脱俗，富有美丽的幻想，充满青春的气息。如加以区分，则大致可划为两种类型：一是现代型，一是传统型。而以传统型居多。这类人物深具中国妇女的传统美德，对爱情专一，但又性格柔弱，缺乏主见。她们执着地追求爱情，饱经磨难而至死不悔，在挫折面前她们孤独、矜持、寂寞。如段宛露、江雁容、涵妮、李梦竹、杜小双等。而现代型的女性则具有较为坚强的个性和不满现状的反抗精神，爱憎分明，自信自尊，按照自己的意愿过着一种热烈奔放、充满活力的生活。如陶丹枫、江雨薇、陆依萍、唐可欣等。总的来说，琼瑶小说的人物形象缺乏深度。作者用人性的单纯性代替了人性的复杂性，用人的性格、感情中美好的东西掩盖了丑陋的甚至是卑劣的东西，从而使人物形象失之于单一、肤浅，这是理想化倾向带来的必然结果。

从主题来看，情和爱是琼瑶小说永恒的主题。讴歌和表现爱情、亲情、友情以及以此为核心的人类之爱，是琼瑶每部作品的中心内容。她宣称：“相信人间有爱，这就是我一生执着的一件事吧！不论战争、烽火、时间、空间……往往把兄弟姊妹、父母儿孙隔在遥远两地，但‘爱’是人类永远毁灭不掉的东西！我就为这信念活着吧！就为这信念而保持着一颗易感的心吧！”[①]与前人相比，琼瑶尽管写的还是爱情，但融进了许多新的时代内容。她写了形形色色的爱情，有

---

① 琼瑶：《剪不断的乡愁》，作家出版社1988年版，第126—127页。

不同形态、不同时代的，也有不同阶层、不同年龄的，以至于有人将琼瑶小说称为“爱情的百科全书”。[①]尽管每部作品的具体爱情内容不同，但其爱情主题有一个共同的模式，即追求的是忠贞不渝的爱，有道德有教养的爱。琼瑶小说摒弃色情，拒绝低俗，尊崇道德，强调自主自由，这表现出其健康的爱情观和婚姻观。这是建立在“性善论”的人生观基础上的。琼瑶坚信“善”作为一种本体存在的必然性。或许她也承认现实社会中存在着邪恶，但她的作品却摒弃邪恶。她的40余部作品几乎没有一个坏人，没有一种恶势力，没有善与恶的搏斗。主人公都是仁慈、善良的天使。主人公的悲剧都不是由于邪恶势力造成的，而是由于人物自身的性格和心理造成的，或者是由“爱”造成的。

琼瑶描绘的爱情都不是凡人肉体的爱，而是像但丁在《神曲》中所描绘的那种天堂里的超凡脱俗的爱。琼瑶小说爱的主题不是建立在现实生活的基础上，而是植根于理想的王国。这常常为人所诟病。究其实，琼瑶不是按生活本来有的样子再现生活，而是按应当有的样子来表现生活。她描绘的是理想世界，而不是搬演现实生活中的故事。人们尽可以说她的小说肤浅、幼稚，但她绝不是在粉饰现实。由于较大限度地舍弃了政治和历史背景，缺乏丰富深广的现实生活内容，琼瑶小说自然无法与同是言情文学的古典名著《红楼梦》相比，但我们无法忽视其文化背景，更不能否定琼瑶小说在表现爱情生活过程中所呈现出来的丰富的文化价值。

琼瑶小说的情节结构也是模式化的。自唐代元稹《会真记》开始，言情小说逐渐形成了固定的情节模式：公子落难，小姐搭救，私订终身，父母或社会邪恶势力作梗，最终大团圆结局。琼瑶小说一方面继承了这一传统，另一方面又适应现代人审美趣味和感情的需要，更加追求跌宕多姿、曲折有致的传奇效果。就结构框架而言，大致仍

---

① 古继堂：《台湾小说发展史》，春风文艺出版社1989年版，第264页。

是言情文学传统的“钟情—遇阻、冲突—回归、团圆”的模式，而落实到程序的每个具体步骤，便可见出琼瑶的艺术匠心。先说开篇，琼瑶小说偏爱一见钟情。爱情本就是极为神奇、玄妙的情感，而一见钟情式的爱情更是奇妙中之最奇妙者。这种爱情极其浪漫，也极富有诗意，但也往往缺少理性，因而往往具有不稳定性。因此，以一见钟情开启爱情旅程的男女主人公，他们的命运更能引发读者的兴趣。不过，虽同是一见钟情的模式，但表现形态各不相同，而由此派生出的故事更是千姿百态的了。再看情节的发展和高潮。男女主人公一见钟情，很快便进入热恋状态，生死相许。但如果任其顺利发展，一则情节缺乏魅力，二则作品内涵必然也大打折扣。琼瑶安排了各种各样的障碍来折磨笔下心爱的人物。这里有家庭的阻力，如《我是一片云》中的孟樵与段宛露，《窗外》中的江雁容与康南；有情感和理智的冲突，如《烟雨蒙蒙》中陆依萍和何书恒，《船》中的可欣与纪远；有人物性格的撞击，如《船》中的可欣与嘉文，《我是一片云》中的段宛露与顾友岚；有疾病的折磨，如《彩云飞》中的孟云楼与涵妮；有思想的分歧，如《在水一方》中的杜小双与卢友文。此外，还有年龄差异的困惑、社会干预的压力等等。这些都加剧了作品的矛盾冲突，使情节发展扑朔迷离，引人入胜。

传统的言情文学基本上都以大团圆结局。大团圆固然能满足读者的阅读心理，但与悲剧相比，缺少了一种震撼人心的力量，在心理上、感情上更多的给读者虚幻的满足。琼瑶有许多作品以传统的大团圆方式结局，使有情人终成眷属，找到爱的归宿。男女主人公历经磨难，终于修成正果。她也有相当一部分作品以悲剧结局。这里既有人物肉体的毁灭，也有精神的毁灭和道德的沉沦。这种结局能使读者以丰富想象去填补本文中的空白，产生发人深省的艺术效果。

琼瑶小说还存在着明显的语言模式。琼瑶从小深受古典文学的熏陶，酷爱古诗词，其古文学的深厚功底在言情作家中是很突出的。琼瑶小说的语言风格集中地表现为古典美。她善于把古诗词融进小说，或化作某种意境，或点明题旨，或揭示人物独特复杂的心态，或渲染气氛，或以此协调和控制整部作品的旋律节奏。她的每部作品几乎都有一首或几首婉转清丽、优美动人的诗词。《心有千千结》中，“问天何时老？问情何时绝？我心深深处，中有千千结”的主题诗句随着主人公江雨薇与耿若尘的恋情发展而不断变化出现。《在水一方》中，每当情节发展到关键处，人物深陷于感情漩涡中时，脱胎于《诗经·蒹葭》的主题歌《在水一方》便出现了。它的凄婉迷离的情调为作品笼罩上了一种忧伤的气氛，具有令人荡气回肠的艺术魅力，对古诗词的巧妙化用使琼瑶小说成为深具民族特色，充满诗情画意的言情小说。实际上，琼瑶小说从书名到人物的名字乃至细节描写，都古色古香，富有诗意，沁人心脾，飘逸出东方文化的独特风采。

模式化作为通俗文学的本质特征，本无所谓优劣。摒弃模式化即意味着将通俗文学从商业化的轨道中剔除出去，从而危及大众文化消费。高明的通俗文学作家则以程序复杂、富有独特性的模式建立自己的文学地位。“琼瑶模式”无疑是众多的模式中卓越的一种。尽管它存在着一些不足，但对推动言情文学创作起到了十分重要的作用。这是不应抹煞的。

三

在中国现当代言情文学发展史上，琼瑶是一个承前启后的作家。她一方面上承前辈作家的文学传统和精神传统，另一方面又以自己的创作模式影响后辈作家，卓然成为一代言情文学大家。为了更好地确立其文学史地位，我们可以把她与张恨水、三毛、亦舒放在一起进行比较研究，进而透视其思想上的进步性和局限性，艺术上的优劣短长。

张恨水是现代言情小说的代表作家，在抗战前后的20余年间享有盛誉，是现代文学史上创作最丰富的作家之一。张恨水的小说采用章回体的形式，走通俗化的道路，“决不写出人家看不懂的文字”。他一方面承认自己的作品有消闲作用，另一方面又不满足于此。他说："中国的小说，还很难脱掉消闲的作用。除了极少数的作家，一篇之出，有他的用意。此外大多数的人，决不能打肿了脸装胖子，而能说他的小说，是能负得起文艺所给予的使命的。……问题就在这里，我们是否愿意以供人消遣为已足？是否看到看小说消遣还是普遍的现象，而不以印刷恶劣失掉作用？对于此，作小说的人，如能有所领悟，他就利用这个机会，以尽他应尽的天职。"[①] 因此，张恨水力求把消遣和社会使命结合起来，对当时社会的种种弊端进行了尖锐的揭露和批判。他的小说在言情的模式中主要表现了三个方面的内容：对旧中国统治阶级进行批判，表达民主意识；对日本帝国主义进行批判，表现民族感情；对市民社会、市民习俗进行批判，表现知识分子的社会良知。这突出地显示了作品的社会色彩。张恨水的小说不是一般的言情小说，而是社会言情小说。鲁迅《中国小说史略》在比较研究《金瓶梅》和《红楼梦》时，分别称之为"世情小说"和"人情小说"，指出前者注重暴露世态，而后者则着眼于描摹人情。这两个概念正好可以用来借指张恨水和琼瑶的作品。如果说张恨水的小说重在表现特定的社会环境，描写特定时代的世态，主要属于世情小说的话，那么琼瑶的小说则基本上是人情小说。琼瑶小说的社会环境、时代氛围较为淡薄，它通常不是从社会关系而是从家庭关系的角度来写"情"。相形之下，由于张恨水重在社会写实，人物形象不免较为单薄，而琼瑶则重在写情，人物的感情和心理写得就较为细腻、真切，形象也较为生动。张恨水基本上能紧跟时代步伐，要求作品在内容上能入时，而对情节并不过分在意。他往往以主人公的经历为线索，叙述主人公在不同时间不同环境下所遭遇的人和事，通常不追求大起大落、波谲云诡的故事情节。琼瑶小说则一般以主人公的情感历程为情节主线。由于"情"的复杂奥妙和跌宕起伏，作品的情节也就往往大开大合、曲折多姿。

就思想意识而言，由于所处的时代和社会环境的不同，由于各自

---

① 张恨水：《我的写作生涯》，四川人民出版社1981年版，第101页。

不同的人生经验，张恨水和琼瑶既存在着共同点，也有着明显的不同。两人都深受传统文化的影响，他们的作品表现出深厚的传统文化的意蕴，无论思想内容还是表现技巧，都闪烁着传统文化的光辉。张恨水生活在封建社会走向崩溃的时期，一方面由于从小所受的教育和后来报人的职业使他身上存在着浓厚的旧文人气质，另一方面他大量阅读新书报，不断汲纳新知，努力适应新思想，但又新得有限。从本质上来说，他是一个新旧思想杂糅的人物。琼瑶登上文坛之时，正是台湾由传统的农业型社会向资本主义工商业型社会转变的转型期。随着经济的发展，台湾社会的思想文化深受欧风美雨的侵袭，现代主义思潮席卷一时，在这样的环境中成长起来的琼瑶在思想上也经历着深刻的矛盾。经过冲突，传统文化精神和现代意识较好地取得了交融。因此，她笔下的人物一方面鲜明地体现着现代人的精神特征和情感趋向，另一方面又具有中国传统的美德。思想意识上的差异，使张恨水和琼瑶的小说在爱情观、婚姻观、家庭观等一系列方面都有着明显的区别，这导致了两者在思想内容上境界也判然有别。

从上述比较中可以看出琼瑶与张恨水小说的相同和相异之处。既可看到琼瑶对前辈作家的继承，更可看到琼瑶对言情文学的发展。琼瑶是张恨水之后言情文学的又一块里程碑。

将琼瑶与三毛联系起来，不仅仅因为她们都是台湾言情文学的重镇，还在于她们在精神上的深刻联系。虽然琼瑶和三毛创作的主要文体一为小说一为散文，但两人在许多方面有着相似之处。她们都出身于高级知识分子家庭，自幼酷爱读书，不过琼瑶偏重于古典文学作品尤其是诗词，而三毛读书则要杂一些，文学、宗教、哲学、天文、地理……都在涉猎范围之中。她们都深受中国传统文化的熏陶，均属于传统型的作家，其作品中所蕴含的道德观和审美意识，明显地充溢着传统文化精神。她们的经历也有相似之处。自然，更重要的是，她们都选择了“言情”作为寄托感情、慰藉心灵、表达思想的方式，并长期致力于此，写出了爱情的奇幻美妙、缠绵悱恻。这是她们作为作家的最本质的相似之处。

尽管琼瑶与三毛一同耕耘于言情文学领域，但她们作品的内涵和风格有着较大的区别。琼瑶小说描写了千姿百态的爱情，在爱情万花筒中执着地追求纯真、浪漫、带有梦幻色彩的爱情。每部作品都离不开“情”和“爱”。三毛年轻时即浪迹天涯，读万卷书，行万里路。丰富厚实的生活使她的散文呈现出全新的内容。她细腻传神地描写了自己经历过、感受过的异国风光、风土人情、奇闻趣事。而“言情”的文字则主要是对荷西的追忆和怀念，表现了生离死别的恋情和对理想爱情境界的追寻。就“言情”而言，琼瑶是多样化的，三毛则是单一、集中的。而就全部创作而言，琼瑶小说大致围绕着“情”字展开，三毛则不能以“情”字概括得了的。两人的风格也大不一样。尽管她们都追求浪漫的情调，但琼瑶采用的是将现实理想化的手法，描写梦幻化的爱情，风格温馨、委婉、典雅，具有东方的古典美。三毛的文风则洒脱不羁，幽默机智。她的作品从现实生活中撷取题材，保持了生活的原汁原味；而异域情调和对大喜大悲的领悟，则使作品产生一种震撼力。

应该说，琼瑶和三毛是台湾言情文学园地里的两朵奇葩，她们以各自亮丽的光彩标志着台湾言情文学的最高成就。

亦舒则是香港言情文学的代表作家。亦舒的生活阅历较为丰富，在香港读完中学后即担任《明报》记者，接触的社会面较广。后又赴英国留学，毕业返港后历任酒店公关部经理、港府新闻处新闻官员、电视台编剧等职。1963 年出版第一本小说集，至 1997 年已有 180 余种著作问世，其中长篇和中短篇小说集 60 余种。亦舒的小说，大致都可归入言情小说的范畴。与琼瑶相似，亦舒也将小说定位在以中产阶级生活为背景的都市社会，小说明显地表现出都市化特征。她们的文学观和创作思想都从属于代表中产阶级利益的中性文学，以中等文化程度的青年和家庭妇女为主要阅读对象。她们都推崇女性独立，其作品表现出人本主义思想和民主主义思想。

然而，亦舒与琼瑶的差异也是深刻的。亦舒在年龄上小 8 岁，在文坛上成名也要晚近 10 年。这一时间差正好将两人的创作分隔成两个时期。如果说琼瑶的创作主要属于由农业经济社会向资本主义工商经济社会转型期，亦舒的小说，则基本上可归入高度发展的资本主义大都会。琼瑶的爱情观明显是传统型的。在她看来，情爱的理想归宿是家庭，男恩女爱、夫唱妇随是理想家庭的标准。亦舒的爱情观则较为西化，她认为资本主义工商社会是排斥爱情的，现代人常常要面临爱情和婚姻的失败."不求天长地久，但求曾经拥有"是她笔下众多主人公的基本婚恋观。她常写男女主人公"美妙的离婚"、"无怨的分手"、"清醒的割舍"、"仇侣的决裂"，撕去了爱情的温馨面纱，而代之以深重的危机。亦舒以现实主义的态度，揭露和抨击工商社会对爱情生活的异化和摧残，大量描写了在金钱操纵下的婚恋悲剧。尽管她的小说也有浪漫，但已消解了琼瑶的幻想和梦。她与琼瑶一样，主张女性独立和自由，但琼瑶的主张还停留在以男权为中心的阶段，而亦舒相形之下明显具有女权主义者的色彩。亦舒在作品中以女性的立场真实地描写了现代工商社会中独特的女性经验、女性心理，抨击男性霸权主义，对女性的命运有了更多的理性关注。而这，则是琼瑶所不具备的。

上面将琼瑶与张恨水、三毛、亦舒作了扼要的比较。这里并不涉及成就高下的评判，只是想通过这样前后左右的比较，来更好地分析琼瑶小说的成败优劣、长处和局限，以确定她在中国现当代言情文学史上的地位。

（原载《台湾研究集刊》2000 年第 1 期）

台湾武侠小说的历史流变

在台湾通俗文学众多的门类中，武侠小说是数量最多、影响最大、读者面最广的一种小说类型。自1952年郎红浣发表第一部武侠小说《古瑟哀弦》，开启台湾新派武侠小说的先河以来，四十多年，武侠小说一直是台湾通俗文学的一支劲旅，成为台湾工商经济社会一大重要的文化景观。

一、继往开来创武侠新天地

台湾武侠小说的开拓者是郎红浣。他本名郎铁青，原籍北京，出生于旗人家庭。从1952年起，他在《大华晚报》陆续连载《古瑟哀弦》、《碧海青天》、《瀛海恩仇录》、《莫愁儿女》、《珠帘银烛》、《剑胆诗魂》六部曲。郎红浣的创作深受王度庐的影响，上述作品无论总体构思、叙事模式还是艺术情调、笔法，都与王氏“鹤——铁”系列一脉相承。他以清代社会为背景，描写侠客悲欢离合的故事，布局奇诡，笔法细腻，深具“悲剧侠情”的特点。

郎江浣的创作，比被誉为“新派武侠小说的开山祖师”的香港武侠小说家梁羽生要早整整两年。梁羽生迟至1954年才在《新晚报》连载第一部武侠小说《龙虎斗京华》。遗憾的是，郎红浣对台湾新派武侠小说筚路蓝褛的开创之功，很少有人论及。

郎红浣的创作生涯不长，至1958年写完《黑胭脂》与《赫图阿拉英雄传》，他便神龙见首不见尾，竟不知所终。

50年代前期，台湾武侠小说的大局全仗郎红浣一人独力支撑。1955年以后，局面有所改善，写武侠小说的人多了起来。其时，香港的武侠小说方兴未艾，后来居上。50年代中期，梁羽生、金庸相继出道，并很快进入了创作高峰期。梁羽生的《白发魔女传》、《七剑下天山》、《还剑奇情录》、《萍踪侠影录》，金庸的《书剑恩仇录》、《碧血剑》、《雪山飞狐》、《射雕英雄传》、《神雕侠侣》、《飞狐外传》等作品相继问世，在香港及海外掀起了武侠狂潮。但由于政治的原因，台湾当局禁止香港武侠小说入境。1970年，《射雕英雄传》才作为第一部正式引进的香港武侠小说出现在台北的书店。这就造成了台湾武侠小说偏安一隅的局面。

1958年前后，台湾武侠小说"三剑客"登上了"武坛"。卧龙生、司马翎、诸葛青云以丰厚的创作，揭开了台湾武侠小说的崭新一页。

卧龙生，本名牛鹤亭，1930年生，河南镇庭人。自幼酷爱还珠楼主、王度庐、郑证因等旧派武侠名家的作品。1955年自军中退役后，开始撰写武侠小说。1957年，以卧龙生为笔名在《成功晚报》发表处女作《风尘侠隐》，遂在"武坛"脱颖而出。紧接着，第二部作品《惊虹一剑震江湖》连载于《民声日报》。尽管这两部小说均未写完（后由人代为续写），但卧龙生的创作才华已得到初步显露。不久，他发表了成名作《飞燕惊龙》，初步奠定了其"台湾武侠泰斗"地位。这部小说兼有郑证因的"帮会组织"和王度庐的"悲剧侠情"的特色，场面广阔，情节跌宕起伏，感情缠绵悱恻，成为当时最畅销的武侠小说。它所表现的以"武林秘笈"掀起江湖大风波和"众女追一男"的模式，开一代武侠新风。

司马翎，本名吴思明，1933年生，广东汕头人。从小涉猎广泛，喜爱读书，在新文艺和古典文学方面均有一定造诣。中学阶段，沉迷于武侠世界，对《蜀山剑侠传》等武侠名著进行过细致钻研。1958年，司马翎在台湾政治大学政治系读书时，创作发表了处女作《关洛风云录》。此书兼采新旧笔法，写江湖人物奇情，娓娓道来，从容不迫，创作才华初露端倪。1960年，《剑神传》问世。这虽是《关洛风云录》的续集，但笔法已较前书圆熟许多，技巧大有长进，描写人性较有深度，赢得广泛好评。

诸葛青云，本名张建新，1929年生，山西解县人。毕业于台湾中兴大学法商学院。他与司马翎一样，亦酷爱《蜀山剑侠传》，同为还珠楼主的私淑弟子。1958年发表处女作《墨剑双英》。不久，接连发表《紫电青霜》、《天心七剑荡群魔》，成就其武侠名家地位。他的小说文笔精美流畅，国学根底深厚，文风与梁羽生相近，被誉为“才子型”武侠小说家。

20世纪50年代后期，除了以上“武侠小说三剑客”外，值得一提的还有伴霞楼主等。伴霞楼主，本名童昌哲，1927年生，四川人。曾任《成功晚报》副刊编辑。因晚报需要连载武侠小说而缺少来稿，他便粉墨登场。1956年推出处女作《万里飞虹》，一炮打响。伴霞楼主的武侠小说文笔轻松洒脱，跌宕多姿，写人叙事出神入化，深受“武侠迷”喜爱。代表作有《神州剑侣》、《剑底情仇》、《青灯白虹》三部曲以及《八荒英雄传》、《紫府迷踪》姊妹篇。

上述诸作家对20世纪60年代的武侠小说创作产生了巨大的影响。概括地说，主要有以下四个方面：

（一）善于继承前人武侠遗产，并加以创新，开一代风气。在20世纪50年代的武侠小说中，可明显地感到民国旧派武侠小说尤其是平江不肖生和北派“四大家”的影响。平江不肖生的武功技击和江湖门道，还珠楼主的超拔想象力和奇妙素材，郑证因的帮会组织和粗犷豪气，白羽的“武打综艺”和含泪幽默，王度庐的侠骨柔情、爱恨情仇，等等，在郎红浣、卧龙生、司马翎、诸葛青云、伴霞楼主等人的作品中，都能找到影子。他们博采众长而不拘泥于一家，善于借鉴而不生搬硬套，另创武侠新天地。此后，求“新”求“变”成为武侠小说创作时尚。

（二）在作品的思想观念方面，与民国旧派武侠小说有了明显差异。传统色彩趋淡，现代气息加重，尤其是随着50年代末期台湾社会西化浪潮的兴起，武侠小说家在创作中开始注入西方现代观念。这对20世纪60年代武侠小说的西化起到了引领作用。

（三）与此相适应，在创作技巧和表现手法方面，除了继承传统的技巧和手法外，还另辟蹊径，引入西方的心理描写、意识流等。此外，还吸收了推理、侦探等小说的长处，不仅写江湖人物斗力，也写他们斗智，从而使武侠小说情节更为曲折，有波谲云诡之妙。

（四）卧龙生的“复仇”模式、“争霸江湖”模式，司马翎的“杂学综艺”模式，诸葛青云的“才子型”风格，成为20世纪60年代台湾武侠小说的三股潮流，带动了大批武侠新秀。

二、狂潮迭起名家高手辈出

进入20世纪60年代，台湾武侠小说迅猛发展。这一方面由于社会的巨大需求：“武侠迷”遍布社会各阶层，他们以阅读武侠小说作为最大的业余消遣，沉浸在奇幻浪漫世界里流连忘返；侠客的“快意恩仇”满足了他们的情感需求。另一方面，传媒事业的迅速发展也有力地推动了武侠小说创作。各类报纸的副刊均辟有武侠小说专栏，每天发表数量可观的武侠小说作品。出版商看准市场行情，组建专业武侠出版社，专门出版武侠小说。比较有名的武侠出版社有“真善美”、“春秋”、“海光”、“大美”、“明祥”、“清华”、“南琪”、“四维”等等。这些出版社团结老作家，又以重金征求新人新作，各自培养了一批专属武侠小说作家，形成了强大的创作阵容。如隶属于真善美出版社的名家高手就有伴霞楼主、司马翎、古龙、上官鼎、陆鱼、易容、成铁吾、海上击筑生、古如风等。作为台湾第一家专事出版武侠小说的出版社，真善美出版社以作者队伍整齐、作品质量上乘而著称，有力地推动了武侠创作走向繁荣。

20世纪60年代是武侠名家高手辈出的年代。作家作品数量之多，几乎是空前绝后的。据不完全统计，其时涉足武侠创作领域的大小作家有三百余人。除了20世纪50年代即已成名的卧龙生、司马翎、诸葛青云、伴霞楼主外，新锐作家成就大名的有上官鼎、古龙、秋梦痕、陈青云、海上击筑生、东方玉、墨余生、萧逸、高庸、易容、慕容美、忆文、司马紫烟、曹若冰、云中岳、田歌、孙玉鑫、宇文瑶玑、陆鱼、古如风、秦红、独孤红、柳残阳、武林樵子、东方白、于东楼等。这些作家大都以创作武侠小说为业，作品数量宏富。下面择要简评。

上官鼎，这是刘兆藜、刘兆玄、刘兆凯三兄弟集体创作所用的笔名，隐喻"三足鼎立"。其中，刘兆玄是主要执笔者。刘兆玄，1943年生，湖南衡阳人，台湾大学化学系毕业，后留学加拿大，获多伦多大学化学博士学位。曾任"行政院国家科学委员会"副主委、台湾清华大学校长、"交通部长"等职。1960年，上官鼎应征代古龙续写《剑毒梅香》起家，不久，自立门户，创作《沉沙谷》，一举成名。这部小说情节扑朔迷离，布局精巧，语言文白夹杂，笔法老练，令人很难相信系出自年龄未满20岁的刘兆玄兄弟之手。尤其值得一提的是，作品悲剧侠情的模式虽得之于王度庐，却能自出机杼，写得惊心动魄，壮美绝伦，显示出作者卓越的才华和对人生深刻的领悟。其后，上官鼎又写出了《铁骑令》、《烽原豪侠传》、《七步干戈》、《萍踪万里录》、《侠骨关》、《金刀亭》等近10部作品。这些小说虽非字字珠玑，但总体质量颇高，深受读者欢迎。尤其是《七步干戈》，技艺炉火纯青，写出了大人生、大境界，为武侠小说的上乘之作，上官鼎的创作本应有更大的发展，可惜的是由于出国深造，"上官鼎"组合在合作了7年之后解体了。

慕容美，原名王复古，江苏无锡人，1932年生。先以"烟酒上人"为笔名，于1960年推出处女作《英雄泪》。1961年后改以"慕容美"笔名陆续发表《黑白道》、《风云榜》等作品，在读者中引起强烈反响。"慕容美"这一名字不胫而走。他干脆辞去税务员之职，全身心创作了《烟影摇红》、《无名镇》、《金笔春秋》、《公侯将相录》等20余部武侠小说。1985年因中风搁笔。慕容美的小说笔墨摇曳多姿，文采斐然，在江湖争斗的大格局中注重表现高雅趣味，从而使作品充满诗情画意。

独孤红，原名李炳坤，河南开封人，1939 年生。毕业于台湾师范大学国文系，曾任中学教师、广播记者等职。60 年代中期，他以《雍乾飞龙传》、《大明英烈传》、《满江红》三部曲而在“武林”脱颖而出。其作品大都以明清两代首都北京为背景，从宫廷写到江湖，既有历史烟云，又有武林传奇，文笔自由洒脱，京味甚浓。其作品主要有《断肠红》、《丹心录》、《紫凤钗》、《雪魄梅魂》、《玉钗香》、《朱门泪》、《侠宗》、《名剑明珠》、《铁血柔情泪》等。

柳残阳，原名高见几，山东青岛人，1941 年生。1961 年以处女作《玉面修罗》引起人们关注。60 年代中期，接连出版《天佛掌》、《金雕龙纹》、《枭中雄》、《枭霸》等作品，形成了独特的风格。他吸收郑证因“帮会技击”的传统，虚构庞大的江湖组织，描写正邪势力复杂争斗，被人视为“江湖派”代表作家。他笔耕不辍，迄今已出版近 50 部武侠小说。其主要作品还有《血笔》、《银牛角》、《断刀》、《神手无相》、《七海飞龙记》、《青龙燕铁衣》等。

高庸，原名王泽远，1932 年生，四川西充人。1948 年赴台，1955 年自海军退役后，以经营租书店为业。1960 年发表处女作《九玄神功》，接着陆续出版《血影人》、《残剑孤星》、《锈剑瘦马》等著作。至 1976 年结束职业武侠小说家生涯而担任中华电视台编剧，高庸共写了近 20 部武侠小说。高庸的小说博采众长，才气横溢，尽管走的是金庸《射雕英雄传》一路的武侠小说“正统模式”，但能不落窠臼，有所创新。如代表作《天龙卷》写少侠江涛闯荡江湖，在偶然的机会里得到了一部江湖中人梦寐以求的绝世武学《擎天七式》剑谱。他大公无私，将剑谱大印特印公之于世，以平息江湖纷争。这便打破了一般武侠小说以“争夺武林秘笈”为结构线索，极力渲染秘笈的神秘色彩，描写围绕秘笈展开争夺、厮杀的模式，颇有创新意识。

陈青云，原名陈昆隆，云南人，1928 年生。60 年代初步入“武坛”。他创作力旺盛，笔耕近 30 年，出版武侠小说数十部。主要有

《音容劫》、《铁笛震武林》、《鬼堡》、《残人传》、《残肢令》、《血帖亡魂记》、《血榜》、《血魔记》、《索血令》、《血剑魔花》等。陈青云的小说大都叙述复仇模式，情节扑朔迷离，悬念极多，扣人心弦，引人入胜。惟因着力表现复仇，所以“杀气”过盛，血腥味浓重，显得较为残酷恐怖。不过，因这样的作品深受读者欢迎，陈青云也就乐此不疲，不断地写“血”、“魔”、“鬼”。如《天涯侠客》开篇便写“武林第一堡”的灭门之祸：“武圣”长子吴雄滥杀无辜，引起公愤，江湖英雄血洗“第一堡”，堡中五百人死于非命。血淋淋的开篇为作品定下了阴森恐怖的基调，也使情节的开展增加了神秘色彩。陈青云也因此被视为“鬼派”代表作家。

三、古龙出道堪与金庸比肩

与前述作家相比，古龙的成就最高。他位居台湾武侠小说家之首。

古龙最初是以纯文学创作走上文坛的，19 岁时发表纯文学处女作《从北国到南国》。此后陆续发表小说、散文、新诗等作品，但影响不大。他便转而尝试写武侠小说。1960 年，在淡江学院外文系辍学的古龙出道“武林”。其时，台湾武侠小说创作风起云涌，狂潮迭起。以“三剑客”为代表的各路武林高手盘踞各大报纸副刊，每天发表数量颇为可观的武侠小说。要在如此庞大的武侠创作队伍里脱颖而出，实非易事。就在 1960 年这一年里，古龙接连出版了《苍穹神剑》、《月异星邪》、《剑气书香》、《湘妃剑》、《剑毒梅香》、《孤星传》六大本武侠小说，以卓越的才情和惊人的勤奋赢得了人们的广泛注意。从这时到 1985 年病逝为止，在 25 年的创作生涯里，古龙创作了 71 部武侠小说，以惊人的成就打破了“金庸神话”，成为足以与金庸分庭抗礼的一代武侠大家。

综观古龙的武侠小说创作，可大致分为四个时期。第一个时期（1960—1964）是探索期。这时，古龙受“三剑客”及金庸影响较深，还未形成自己独特的风格。他在武侠天地里艰难探索，试图走出一条适合于自己的创作道路。《孤星传》表现出古龙剑走偏锋、爱出奇招的特点。《失魂引》首次引入推理的结构方式和技巧，布局奇诡，开古龙独特的推理武侠小说的先河。《浣花洗剑录》阐释了“无招破有招”的武学真谛，这成为古龙后来不重武功技击而重“杀气”、“正气”的滥觞。自1965年《大旗英雄传》开始，古龙的创作进入了第二个时期——成熟期（1965—1967）。他相继写出了《武林外史》、《名剑风流》、《绝代双骄》、《铁血传奇》等作品，逐渐形成了自己独具特色的风格。《绝代双骄》的问世，在古龙武侠小说创作道路上树起了一块里程碑。在这部鸿篇巨制中，古龙天才的想象力和创造力得到了淋漓尽致的发挥。全书共有五卷，100余万字，出场人物多达百人，其气魄之大，场面之广，结构之严谨，都是罕见的。

1968年，古龙的创作进入了第三个时期，即全盛期。在此后的六年时间里，他写出了一批传世佳作，如《多情剑客无情剑》、《萧十一郎》、《大人物》、《楚留香》、《陆小凤》等。其数量之多，质量之高，在武侠小说家中是出类拔萃的。古龙由此牢固确立了自己在武侠小说史上与金庸比肩的地位。《多情剑客无情剑》是一部典型的悲剧侠情小说，作品以李寻欢与林诗音的爱情悲剧为线索展开情节，主要塑造了李寻欢的形象。不幸的经历，非凡的毅力，高尚的情感，自我牺牲的精神，优柔寡断的性格，构成了李寻欢鲜活生动的悲剧形象。这部小说表现了古龙对武侠小说的新认识。武打场面化繁为简，武功招式由博而约，注重环境描写、气氛渲染、心理揭示，这使古龙小说与金庸、梁羽生的作品有了明显的区别。古龙轻易不写武功和武打场面，常有些惊心动魄的场面，竟未写一招一式就轻轻带过。对李寻欢的绝世武功，作者只用“小李飞刀，例无虚发”八个字就算作了交代。人物的决斗，只突出一个“快”字，往往一招取胜。与此形成鲜明对照的是，作者用大量的篇幅来写“杀气”、“境界”等偏于形而上的东西，借以凸现人物的人格和精神。“武戏文唱”体现了古龙“求新、求变、求突破”的艺术追求，开创了武侠小说的新局面。

随后创作的《楚留香》系列、《陆小凤》系列，古龙则主要描写潇洒脱俗、睿智善良、机敏过人的风流大侠、欢乐英雄。楚留香、陆小凤等人物一生的经历充满了传奇色彩。他们对人生充满了热爱，充满了信心，他们的身上体现出积极追求人性自由和个性解放的高远的人生境界。这两部小说在艺术上最为突出的一点，便是成功地将推理小说的技巧和形式全面引入武侠小说创作，以大小悬念紧紧吸引住读者，加强了作品的情节性，从而起到引人入胜、扣人心弦的艺术效果。古龙独创的推理武侠小说的形式，成为众人学习、模仿的对象。从温瑞安的作品中可以明显地看到这种影响的痕迹。

从1974年开始，古龙的创作进入了衰退期。在这创作第四时期，古龙的作品总体是滑坡趋势。数量减少，艺术水准下降，多部作品请人代笔续写。这时期写得较好的作品有《碧血洗银枪》、《英雄无泪》等。

1985年，一代大侠古龙在台北病逝。台湾武侠小说创作蒙受巨大损失，滑入低谷。此前，已有多位成名作家退隐。

四、武侠西化传统损失殆尽

1985年，大侠古龙病逝。萧逸力挽狂澜于既倒，成为古龙之后又一位武侠名家。尽管他的成就还难与古龙相比，但他对后古龙时代台湾武侠小说的贡献值得充分肯定。

萧逸，早在20世纪60年代就闯入武侠世界。处女作《铁雁霜翎》及《七禽掌》等早期作品深受王度庐的影响，感情缠绵，风格凄婉，以写男女之情见长。20世纪70年代初，文风丕变，注重从历史大背景中描写江湖世界，同时又加入奇异的幻想，写剑仙伏魔，依稀可见还珠楼主《蜀山剑侠传》的影子。如《昆仑七子》、《塞外伏魔》等。1976年迁居美国后，风格再次蜕变，从《甘十九妹》和《马鸣风萧萧》开始，他“将写作路线趋向有关人性的描写，阐释人性中种种的问题。"① 因此，尽管还在沿用武侠小说的“正统模式”——“复仇”、“野史”、“悲剧侠情”，但由于深入挖掘复杂人性，重视表现人物的侠义精神，这些作品别有一番新气象。赴美后，萧逸沉潜于史海，从纷繁的史料中撷取素材。他最为醉心于明清两朝，尤其是其中的动乱年代。他让笔下的侠客生活在这样的年代，在严酷的环境中展示多样人性。这使他的后期武侠小说可归入“历史侠情”一型。与古龙对武功简单化的处理不同，萧逸表现出神化武功的倾向。书中侠客极具灵性，对武学有精深研究，常师法自然，武功出神入化。如《马鸣风萧萧》对“金鲤跃波图”武功的描写，《甘十九妹》写尹剑平从鹤与鳝的对搏中看出“武学”的奥妙，武功精进。萧逸小说的文体也很有特色，既不用回目，也不分章节；他写古代的人事，但却不讲究古风，不追求古朴典雅，用的是现代散文文体，倒也别具一格。《甘十九妹》是其代表作。小说采用了十分常见的叙事模式：灭门之祸——虎口余生——绝艺——寻仇访凶——大仇得报。然而作者却在这平常的模式中施展出众才华，匠心独运，使作品产生了不同凡响的艺术效果。从表层结构来看，这部作品是按照主人公尹剑平的复仇过程来构思布局的，而深层结构则是尹剑平和甘十九妹之间的爱恨情仇关系及其各自的心理冲突。作品重在写情仇纠葛和人物在情仇之间的自我矛盾冲突，这样就使人物形象具有深厚的内涵和鲜活的个性。

在台湾武侠小说界，继承古龙衣钵且成就卓著的是温瑞安。

温瑞安，幼年时在马来西亚生活。与古龙一样，他最初写的也是纯文学，后来在古龙影响下创作武侠小说。1970 年，年仅 16 岁的温瑞安便在香港《武侠春秋》发表武侠处女作《追杀》。1974 年，与一群文友赴台读书，他给自己的住所取名为“试剑山庄”。在以后几年里，他广结同道，切磋武艺，仗义行侠，写作武侠小说。80 年代中期，温瑞安在武侠世界独领风骚，台湾、香港、新加坡、马来西亚、

① 萧逸：《甘十九妹·附录》，中国友谊出版社公司 1986 年版。

美国、泰国等地报刊纷纷连载他的武侠小说，掀起了一股“温瑞安旋风”。其武侠小说多达300余部，这在武侠小说家中是首屈一指的。其代表作有“四大名捕系列”、“神州奇侠系列”、“血河车系列”、“白衣方振眉系列”、“神相李布衣系列”等。

温瑞安走的是古龙型的创作路子。古龙开创的新武侠传统对他影响至巨。从叙事形式、文体、结构等方面，可以明显地看出古龙影响的痕迹。妙语连珠的对白，蒙太奇的形式，戏剧化的冲突，精巧的情节结构，都与古龙小说颇为相似。与此同时，温瑞安还从还珠楼主、金庸的作品以及欧美侦探小说、日本推理小说中汲取营养。在传统文化和西方文化的碰撞、交融过程中，经过多年的创作实践，温瑞安形成了独特的艺术风格。他的作品大多以宋代为历史背景，描写这一特定时空中所发生的活生生的人和事。这固然不同于大半没有明确时代背景的古龙小说，也有别于以渲染历史风云见长的金庸作品。温瑞安擅长于用现代派的表现手法来写历史题材。那个国难当头、动乱不已的时代只是人物活动的舞台，作者着力表现的是在这一舞台上纵横驰骋的鲜活生动的大侠。在他的代表作品中，历史感和现实感得到较为完美的统一。而在人物形象的具体描写过程中，作者善于抓住理想与现实的冲突来挖掘人物的内涵，写出悲剧时代人物的悲剧性格。因此，温瑞安的作品具有较为浓重的悲剧色彩。

1987年以后，温瑞安以武侠小说家中的“现代派”自居，全面革新武侠小说的传统形式。他出版了《杀了你，好吗?》、《请请·请请请》、《敬请造反一次》、《没有说过人坏话的可以不看》等小说。书名固然充满新潮话语，不知所云，作品内容和形式也颇为前卫，彻底改变了传统的特色，使人不忍卒读。这引来了读者和评论家的不满。叶洪生批评道：“中国文字之美，就在温瑞安的‘突变’下，被割裂得支离破碎；而‘新派’武侠小说，也在他们的‘好玩’下，被彻底‘异化’掉了。”①

在温瑞安的影响下，台湾以及香港出现了一股现代派武侠小说风潮。方娥真、徐家祥、孙益华等一批新锐武侠作家主张用现代文学技巧和精神改造传统武侠小说，力求以写人性为主，极力表现人与人之间的矛盾关系及人物内心的情感冲突。他们的作品因此在文学性方面得到加强。但由于放弃了传统武侠小说的情节结构特点，缺乏可读性，中国武侠的古典之美也损失殆尽。

在现代工商社会中，由于社会历史文化的巨大变迁，武侠小说也必然会不断发展变化。但这种变化只能是民族历史文化传统的承继和延续，只能是植根于传统的再出发。“西化武侠”的危机正存在于对传统的割裂之中。

20 世纪 50 年代初郎红浣开启新风的台湾武侠小说，在 40 余年的发展过程中，经历了几次重大变化。至“三剑客”，出现一变；到古龙，更是获得巨大发展；再到温瑞安，则发生新的挫折。台湾武侠小说与香港武侠小说一起，遂成为当代中国通俗文学中影响最大的一个文类。

（原载《台湾研究》1998 年第 1 期）

① 叶洪生：《当代台湾武侠小说的成人童话世界》，见《流行天下》，时报出版公司 1991 年版。

论古龙武侠小说的文体美学

在二十余年的武侠小说创作生涯里，古龙不断探索武侠小说创作艺术，逐渐形成了独具特色的文体美学。

所谓文体，“是指一定的话语秩序所形成的文本体式，它折射出作家、批评家独特的精神结构、体验方式、思维方式和其他社会历史、文化精神”。[①] 文体的内涵很丰富，大致可以把它分为三个层次：一是指作品的体裁、体制；二是指话语体式，即语体；三是指风格。这三个层次是相互联系的，体裁制约着一定的语体，语体发展到极致便转化为风格。

武侠小说作为中国通俗文学的传统文类，自清代以后形成了明显的文体特性。章回体的形式，浅显俗白的叙事语言，首尾呼应、一气呵成的结构……这些是武侠小说显性的文类文体特征。而就具体的作家来说，大凡成功的武侠小说作家都有其独特的语体和风格。平江不肖生善于将历史真实与艺术真实高度统一，所写内容多采自历史及民间传说，而又重视情节的结构和细节的渲染，娓娓道来，生动有趣，叙事风格有雄奇奔放之美。王度庐熔社会悲剧、性格悲剧、命运悲剧于一炉，确立了“悲剧侠情”叙事模式，其写情之缠绵悱恻、写义之悲歌慷慨的美学风格开一代风气。还珠楼主以绝代才情，将传统的江湖时空扩展为宇宙的无限时空，想象力奇幻绝伦；又将自然胜景与神话融为一体，妙参造化，穷极幽玄，极富传奇色彩，风格雄伟壮

① 童庆炳：《文体与文体的创造·导言》，云南人民出版社1994年版。

美。梁羽生有着深厚的传统文化修养，小说借传奇情节来写历史风云，以广阔的历史视野、丰富的历史风物和深刻的历史主题而见长，创立了亦奇亦史的叙事模式，风格古朴典雅。金庸则融江山与江湖于一体，熔历史、传奇、武侠、寓言于一炉，叙事规模宏大，意境空阔幽深，表现出大视野、大气势、大胸襟、大手笔和大境界。

历史是连续的，彻底的断裂只能是空中楼阁式的臆想。正如文化人类学家莱斯利·怀特指出的那样："我们从未听说过，在文化系统或是在其他任何一种系统之中，有什么东西是从空无中产生出来的。一种事物总是导源于另一种事物。"① 文体的演变也是如此。古龙小说的文体革新正是对先前武侠小说文体的创造性转化。

古龙有着自觉的文体意识。他认为要提高武侠小说的地位、推动武侠小说的发展，就必须在继承文类传统的基础上进一步吸收其他文类的精华。他指出：

> 我们这一代的武侠小说，如果真是由平江不肖生的《江湖奇侠传》开始，至还珠楼主的《蜀山剑侠传》到达巅峰，至王度庐的《铁骑银瓶》和朱贞木的《七杀碑》为一变，至金庸的《射雕英雄传》又一变，到现在又有十几年了，现在无疑又到了应该变的时候！
>
> 要求变，就得求新，就得突破那些陈旧的固定形式，尝试去吸收。
>
> 谁规定武侠小说一定要怎样写，才能算"正宗"！
>
> 武侠小说既然也有自己悠久的传统和独特的趣味，若能再尽量吸收其他文学作品的精华，岂非也同样能创造出一种新的风格，独立的风格，让武侠小说也能在文学的领域中占一席之地，让别人不能否认它的价值，让不看武侠小说的人也来看武侠小

① ［美］怀特：《文化的科学》，山东人民出版社 1988 年版。

说！①

将武侠小说"悠久的传统和独特的趣味"与"其他文学作品的精华"相结合，从而不断地增强武侠小说的表现力，并进而创造出一种新的、独立的风格，这成为古龙的自觉追求。古龙小说文体创造性转化最为突出的一个方面，是将推理小说的表现方法和技巧引入武侠小说，形成了武侠推理小说这一独特的文体。

推理小说是百年来西方一种长盛不衰的通俗小说文类。它以情节的惊险多变、悬案的扑朔迷离、推理的精确细致而见长，拥有广大读者。在1961年出版的《失魂引》中，古龙首次引入推理的结构方式和技巧，布局奇诡，相象力丰富奇妙，开武侠推理小说之先河。这部作品以四明山庄凶杀之谜为情节结构的焦点，由此引出一系列人物和线索，虽然情节的发展有不少破绽和漏洞，但悬念的设置和气氛的渲染颇为引人入胜。从1968年出版的《铁血传奇》开始，古龙大量运用推理手法。此后，他的每部作品几乎都有悬念，并以悬念来推动情节发展。《铁血传奇》开篇便写宁静的海面上，接连飘来一具又一具的浮尸。楚留香认出他们分别是皖南天星帮帮主"七星夺魂"左又铮、朱砂门"杀手书生"西门千、海南派灵鹫子、"沙漠之王"札木合、着神水宫门人装的少女。这五个人天各一方，为什么会浮尸海上？楚留香依据对浮尸的分析和推测，进行了千里追寻，先后与无花和尚、石观音、水母阴姬等展开一系列的斗智斗勇，从而揭开了一个震惊武林的巨大阴谋。《鬼恋侠情》设计了一个神秘的借尸还魂事件，江湖三大家左家、薛家、施家的矛盾难解难分，楚留香几经风险，屡涉危地，终于拨开迷雾，弄清真相。《蝙蝠传奇》先写海船上发生的凶杀案。几位武林高手相继被人暗中以多年绝迹江湖的紫砂掌杀死，海船上顿时笼罩着血雨腥风。谁是凶手？是诈死的丁枫？还是华山派的华真真？抑或是关中无争山庄少庄主原随云？枯梅大师与原

① 古龙：《多情剑客无情剑·代序》，春秋出版社1969年版。

随云到底是什么关系？作品将环境规定在一艘船上，采用了类似《尼罗河上的惨案》的结构形式，充分发挥了推理的作用。在整部《楚留香》系列小说中，推理手法和结构的成功运用是一个突出的特点。楚留香作为中国古代的“福尔摩斯”在武侠人物画廊中占有重要的位置。从这个形象身上我们看到，古龙塑造人物往往不是极力渲染其“武”的一面，而是主要表现其“智”的一面。武功的高超与否并不很重要，关键是人物要有智慧的头脑。楚留香卓越的洞幽烛微、综合分析的推理能力使他一次次化险为夷，最终揭开了事实真相。这与一般武侠小说往往突出人物“武”的一面的写法是大相径庭的。

古龙武侠推理小说的代表作还要数《陆小凤》系列。古龙长于设置悬念的才能在这部书中得到了最充分的展示。这一系列作品包括六个相互关联又各自独立的故事，每个故事都悬念迭出，变化多端。在第一部作品中，作者先叙述大金鹏王朝的故事，引发读者对大金鹏王命运的浓厚兴趣。紧接着，悬念便一个接着一个。大金鹏王已声明不杀逆臣，丹凤公主为什么突然杀死阎铁珊？陆小凤要查看大金鹏王是否货真价实，而对方已被斩去双脚，真伪如何？这又是谁干的？陆小凤在院子里挖出了丹凤公主的尸体，她已死去两个月了，那么近日见到的那位丹凤公主必定是假的，能是失踪多日的上官飞燕吗？她又为谁所指使？谁是她的同伙？是霍天青吗？作品最后才真相大白：元凶是陆小凤的朋友、老谋深算的霍休。霍休要利用陆小凤等人除去阎铁珊和独孤一鹤，尔后独享大金鹏王朝的财富。整个作品情节发展一环紧扣一环，扑朔迷离，跌宕曲折，引人入胜，具有很强的艺术魅力。第二个故事《绣花大盗》也一直为悬念笼罩着。绣花大盗横行江湖，屡屡作案，从王府到民间，无不人心惶惶。绣花大盗到底是谁？陆小凤经历了种种曲折和危险，发现他竟然就是奉旨前来破案的名捕金九龄。第三个故事《决战前后》开篇便写江湖盛传西门吹雪将与白云城主叶孤城比剑。西门吹雪有天下第一剑客之称，而叶孤城的武功也已臻化境。二人究竟谁会获胜？这个悬念引领读者不断追下去。渐渐地，决战背后的一个大阴谋初露端倪。而那场决战因叶孤城受伤却一拖再拖，从而吊足了读者的胃口。《银钩赌坊》描写的则整个是一个骗局。陆小凤在赌场背上了杀死魔天教主玉罗刹的儿子玉天宝的黑锅，被迫答应替银钩赌坊老板蓝胡子做一件大事，去寻找罗刹牌。其间怪事不断，险象环生，陆小凤费尽心机得来的罗刹牌竟是假的，而刚到手的真罗刹牌给丁香姨看时又被人抢走了。历尽艰险回到银钩赌坊的陆小凤认定真罗刹牌就在蓝胡子手里，于是引发一场混战。方玉香毒死了丈夫蓝胡子；寒松为杀人灭口向飞天玉虎方玉飞出手，两人同归于尽；孤松和枯竹得到罗刹牌后要杀陆小凤灭口。这时玉罗刹突然现身，原来他并没有死，他的儿子也活着，罗刹牌也没有丢。所有的这一切都是他为了巩固百年基业进行的试验。《幽灵山庄》一开始便设计了西门吹雪追杀陆小凤、陆小凤亡命江湖的情节。陆小凤的命运如何？他与西门吹雪是怎么闹翻的？两人以后怎么样？这些悬念紧紧抓住了读者的注意力。到后来才知道这些是为陆小凤混入幽灵山庄作铺垫的。小说的关键在于那个武功高强、足智多谋的神秘的"老刀把子"到底是谁？可怕的"天雷计划"的内容是什么？《凤舞九天》开篇也设计了一个大疑案：中原镖局一百零三名精英护送的总价值三千五百万两银子的一趟镖，在太行山下的一个小镇连人带银子突然失踪，没有丝毫线索。陆小凤再次受命于危难之际。作品从神秘岛写到大陆，最终戳穿了太平王世子（宫九）的罪恶阴谋。从总体上来说，这些作品成功的关键正在于推理手法的灵活运用。作品从头至尾疑云密布，情节扑朔迷离，结局常大出读者意料却又合情合理，令人拍案叫绝。作者将推理的表现手法和技巧运用得炉火纯青，大大增强了武侠小说的可读性和读者的阅读趣味。

古龙的武侠推理小说开创了武侠新天地，并对武侠小说创作产生了很大的影响。此后，萧逸的《甘十九妹》、温瑞安的《四大名捕》系列走的都是武侠推理小说的路子。

在考察古龙小说文体的过程中，我们不能忽视其他文学艺术形式给予古龙的影响。古龙成名以后，他的作品不断被改编成电影和电视剧本。而与此同时，古龙也自觉地借鉴影视表现形式，尽量减少冗长的描述，常用寥寥数笔勾勒某一情景，营造环境氛围。为了加强场景感，把一个个跳跃、转换的场景更加生动形象地展现给读者，古龙还吸收了画面交错、背景切割、镜头分摄等蒙太奇手法。这样的描写很好地切合了武侠小说场面紧张、气氛热烈、动作快捷的特点，有效地提高了武侠小说的表现力。如《萧十一郎》第十八章写暴风雨之夜酒店里打斗的一节：

霹雳一声，暴雨倾盆！

一阵狂风自窗外卷入，卷倒了屋子里的两支残烛。

赵无极刀已扬起，眼前忽然什么也瞧不见了。

黑暗，死一般的黑暗；死一般的静寂，甚至连呼吸声都听不见……

突然间，电光一闪！

萧十一郎正挣扎着想站起来，但随着闪电而来的第二声霹雳，又将他震倒，就倒在刀下。

赵无极的手握得更紧，静等着另一次闪电。

这一刀砍下去，一定要切切实实砍在萧十一郎脖子上……

就在这时，电光又一闪！

一个人披头散发，满身湿透，瞪大了眼睛站在门口，目光中充满着惊惶、悲愤、怨限、恐惧之意。

是沈璧君！

赵无极一惊，沈璧君也已瞧见了他，手突然一扬。

电光一闪即熄，就在这将熄未熄的刹那间，赵无极已瞧见沈璧君手中有一蓬金丝暴射而出！这正是沈璧君家传名震天下的夺命金针……

又一声霹雳响过，电光又一闪！

沈璧君已冲了过来，扑倒在萧十一郎身上。

四下又是一片黑暗，震耳的霹雳声中，她甚至连萧十一郎的喘息声都听不见，但她的手却已摸到他身上，有湿黏黏的一片。

是血?!

沈璧君嘶声道:“你们杀了他?!……是谁杀了他?!”

凄厉的呼声,竟似比雷声更震人心弦。

黑暗中,一只手向沈璧君抓了过来。

雷声减弱,电光又闪。

沈璧君瞧见了这只手,枯瘦、乌黑得如鹰爪。正是海灵子的手!

海灵子另一只手还紧握着剑,似乎想一把抓开沈璧君,接着再一剑刺穿萧十一郎的咽喉……

直到闪电再亮,他的手还停顿在那里,竟不敢抓下去。

沈璧君厉声道:“滚!滚开!全部滚开!无论谁敢再走进一步,我就叫他后悔终生!”

呼声中,她已抱起萧十一郎,乘着黑暗向门外冲出。

只听一人道:“且慢!”

电光再闪,正好映在厉刚脸上。

这段描写,场景感强,宛如分镜头稿本,具有生动的画面效果。“电光六闪”,展现的却是同一环境中六个全然不同的场面,营造出极为生动、传神的艺术效果。文字简洁、颇有力度,成功地传达出紧张集中、扣人心弦的氛围。这是古龙借鉴影视剧本而形成的典型表现形式。

古龙不仅大量运用蒙太奇手法,还借鉴了剧本中对话的表现形式。他的作品大量穿插电报式的对话和性格化的语言,形成简洁、凝练的文体特征。如《大人物》中杨凡和田思思的一段对话:

田思思道:“无论怎么样,你也休想要我嫁给你!”

杨凡道:“你真的不嫁?”

田思思道:“不嫁。”

杨凡道:“决心不嫁?”

田思思道："不嫁。"

杨凡道："你会不会改变主意?"

田思思道："说不嫁就不嫁，死也不嫁。"

杨凡突然站起来，恭恭敬敬向她作了一个揖，道："多谢多谢。"

田思思怔了怔，道："你谢我干什么?"

杨凡道："我不但要谢你，还要谢天谢地。"

田思思道："你有什么毛病?"

杨凡道："我别的毛病倒也没有，只不过有点疑心病。"

田思思道："疑心什么?"

杨凡道："我总疑心你要嫁给我，所以一直怕得要命。"

上面所引的这段对话简洁朴素，却生动地传达出人物的性格特点。杨凡的机智幽默、田思思的单纯任性跃然纸上，呼之欲出。

从上述两段引文中，我们可以看到古龙武侠小说的叙事特点：简洁、紧凑、明快、节奏感强、跳跃性大。从成熟期开始，古龙锤炼成了一种极为简洁明快的叙事模式：多用短句，配上大量的对话，有意省去不少人物、事件详细的交代，通过频繁的分段营造艺术空白，以唤起期待视野。突出的例子是，自1967年的《铁血传奇》以后，在古龙的作品中很少见到超过三行的段落，且常常是一句一段，很难分清行与段的区别。这种形式曾引起诟病，其本身有时确也存在分段过频而造成割断文理、文气的毛病，但从总体上来说，这种形式与古龙作品的内容是和谐的，并进而形成了独特的古龙文体。文体是形式和内容的相互适应。古龙作品的形式正是在与其所要表现的充满现代意味的新武侠内容的磨合中而确立的，一旦定型，便成为古龙作品的独特标志，并与内容成为有机统一的集合体，最大限度地体现出古龙作品的艺术魅力。正如别林斯基所说的那样："任何艺术作品之所以是艺术的，因为它是依据必然性规律而制作的，因为其中没有任何随意武断的东西：没有一个字、一种声音、一笔线条是可以被另外的字、声音或线条去代替的。但不要以为我们因此就抹杀了创造的自由：不，我们这种说法正是肯定了它，因为自由上至高的必然性，凡是不见必然性的地方就没有自由，有的只是任意，其中既没有智慧、意义，也没有生命。艺术家不仅可以改造字、声音和线条，而且能改动任何形式，甚至他的作品的整个部分，但是随着这种改变也改变了思想和形式，它们将不是以前的思想，以前的形式，而是新改过的新思想和新形式了。因此，在真正艺术的作品中，既然一切都依据必然性规律而出现，就不会有任何偶然的、多余的或不足的东西；一切都是必然的。"① 古龙对武侠小说的创新、突破是多方面、多层次的，而内容和形式有机统一的文体革新无疑是其中的一个重要部分。

让我们再来领略一下《多情剑客无情剑》的开篇：

> 冷风如刀，以大地为砧板，视众生为鱼肉。万里飞雪，将苍穹作洪炉，溶万物为白银。
>
> 雪将住，风未定，一辆马车自北而来，滚滚的车轮辗碎了地上的冰雪，却辗不碎天地间的寂寞。

这两段文字起笔不俗，想象奇特，气势不凡，颇具张力，不仅生动地写出了人物活动的环境，而且为主人公李寻欢的出场作了有力的气氛渲染。冰天雪地的环境氛围与李寻欢的心境是和谐、吻合的，很好地衬托出了主人公寂寞苦闷的心情。表面看来是写景，实则是在抒情，悲凉寂寞的情调溢于字里行间。这便是古龙文体的风格：简洁明快，富有场景感，语言不仅具有叙事的功能还具有抒情的意味，充满诗情画意；短句多，时间、空间、人物、景物不断转换，给读者留出许多艺术空白。阅读古龙小说，读者的注意力常被从情节中拉出来，去关注那些精彩的场景和细节，不断地自我解构，充分领略古龙小说文体之美。

---

① ［俄］别列金娜：《别林斯基论文学》，新文艺出版社1958年版。

古龙在小说文体上可以说苦心经营，下了很大功夫。有时，他简直把小说当诗来写了。我们来读一读《天涯·明月·刀》的《楔子》：

"天涯远不远?"

"不远!"

"人就在天涯，天涯怎么会远?"

"明月是什么颜色的?"

"是蓝的，就像海一样蓝，一样深，一样忧郁。"

"明月在哪里?"

"就在他心里，他的心就是明月。"

"刀呢?"

"刀就在他手里。"

"那是柄什么样的刀?"

"他的刀如天涯般辽阔寂寞，如明月般的皎洁忧郁，有时一刀挥出，又仿佛是空的!"

……

这是纯粹的散文诗的笔法。而这部作品大部分是由这样的段落组成的。这样来写，固然文笔优美，意境不俗，具有诗情画意，但如用得过多过滥，就难以与情节融为一体，破坏了读者的阅读情趣。好在像这样极端的例子在古龙作品中并不多见，在总体上无损于古龙小说文体的完整性和独创性。

（原载《世界华文文学论坛》2000 年第 2 期）

以小说重现历史

——论高阳的历史小说

在20世纪世界华文文学界，以俗而能雅的话语系统复活历史、重现历史，并且取得卓越成就的，首推高阳。在20世纪后半期的30余年时间里，高阳沉潜于历史风云和小说迷宫之中，以广博的历史知识和超拔的艺术想象力，创作了60余部长篇历史小说。高阳历史小说“部部脍炙人口，兼及史实与趣味，质量之丰美，堪称现代历史说部第一人”。[①] 与一般的通俗文学作家不同，高阳反对将小说当作游戏和消遣的工具，自觉地把历史小说创作看作是与历史对话的过程。他曾坦陈自己的创作动因：“知识分子逐渐了解自己除了关心政治，还有传播知识和文化的使命，海禁开后，更有探索世界、贡献国家的抱负……到了清末，一连串战争之后，对知识分子刺激非常深，大家认为失败的成因就是政治不清明、老百姓太愚昧。因此，如果能透过小说改革政治、破除迷信、启迪民智，不仅发泄了牢骚，也完成了使命感。”[②]他的历史小说正是在这种忧患意识和使命感的驱使下催生出来的。

一

走进高阳的小说世界，扑面而来的是恢宏的历史感。鲜明的时代

---

① 《中国时报》1992年6月7日，第19版。

② 张宝琴：《高阳小说研究·序》，联合文学出版社1993年版。

色彩和卓越的史诗品格是高阳历史小说最为突出的特征。

早在创作历史小说之前，高阳便对历史产生了极为浓厚的兴趣，并品尝到了沉潜于历史烟云的快乐。尽管没有成为专治史学的学者，但他对历史、对历史与小说的关系有着深刻的体认："历史与小说的要求相同，都在求真。但历史所着重的是事实，小说所着重的是情感。"并进而提出："以虚构的人物，纳入历史的背景中，可能是历史研究与小说写作之间的两全之道。……但是虚构历史上的人物，也不是件容易的事。历史小说应合乎历史与小说的双重要求，小说中的人物，要求其生动、突出；历史小说中的人物，还得要求他或她能反映时代的特色。"①高阳在历史与小说之间找到了支点，由此建构起颇具张力的历史小说艺术殿堂。他的历史小说描写了数以万计的人物形象，这些人物活跃于五光十色的历史语境之中。从先秦的荆轲，到汉代的王昭君，唐代的李世民，宋代的赵匡胤、曹彬，明代的唐寅，直至清代的康熙、雍正、乾隆、慈禧、曹雪芹、胡雪岩……以这些人物为核心，高阳在宏伟的历史框架中注入了丰富的历史内涵，其作品依次展开从先秦到北洋军阀时期中国社会的巨幅画卷。两千多年的历史沧桑和社会变革，历代人民的生活状态和精神风貌，被高阳化作三千余万言的鸿篇巨著。

台湾评论家尉天骢曾把高阳比拟为法国小说大师巴尔扎克，② 他正是在史诗性上找到了两位作家的共同点。巴尔扎克有意识地去完成法国社会的"编年史"和"风俗史"，"作品联系起来，调整为一篇完整的历史，其中每一章都是一部小说，每一部小说都描写一个时代"。③《人间喜剧》全景式地展示了资本主义上升时期法兰西社会的壮阔生活画面，具有深广的社会内容和丰富的历史容量，被誉为不朽

① 高阳：《历史・小说・历史小说》，《台港文学选刊》1992 年第 8 期。

② 高阳：《我写历史小说的心路历程》，《联合报》1992 年 6 月 7 日，第 25 版。

③ ［法］巴尔扎克：《人间喜剧・前言》。

的史诗性杰作。与此相类似，高阳也想为历史画像，中国历史上出现过的众多历史人物使他血脉贲张，他要写出他们的音容笑貌，复活其艺术生命。“桓温、唐太宗、刘仁轨、范仲淹、戚继光、清世宗、胡林翼、喻培伦等等，常会出现在我的脑中。因此，我一直想尝试着写一写历史小说”。[①] 于是，我们在高阳的小说中看到了从历史故纸堆里跃现出的一个个鲜活的面容，体验到历史人物背后变幻的历史风云，领略到各个朝代的风俗礼仪、典章制度、社会风貌。上至皇帝太后、将相名士，下至贩夫走卒、奴婢仆役，三教九流的各色人物无不在高阳笔下焕发了艺术生命。高阳以渊博的学识和丰富的想象力激活了一部中国社会的变迁史。

在各个朝代中，高阳对大清王朝情有独钟。他以清朝生活为题材的作品占了全部创作的三分之一有余。其中有《慈禧全传》6 部 8 册，《胡雪岩》3 部 7 册，“红曹系列”4 部 12 册，此外还有《乾隆韵事》、《状元娘子》、《再生香》、《清宫册》等。作品广泛涉及政治、经济、军事、外交、文化等众多领域，描写了诸多重大历史事件，勾勒出蔚为壮观、气氛壮阔的清代社会立体图景，成为反映清王朝从兴盛到灭亡的极具形象性的“编年史”。在这一系列作品中，《慈禧全传》是颇具代表性的力作。

《慈禧全传》包括《慈禧前传》、《玉座珠帘》（上、下）、《清宫外史》（上、下）、《母子君臣》、《胭脂井》、《瀛台落日》，共 6 部 8 册，计 270 万字。这部鸿篇巨著以恢宏的气势真实地再现了“辛酉政变”前后到 20 世纪初清王朝波谲云诡的政治风云和丰富复杂的社会生活。文本以慈禧太后的地位和命运变迁为主线，从宫廷生活写到疆场厮杀，从京城王公写到边地黎民，从纵情享乐写到亡命出逃，从垂帘听政写到维新变法，从太平天国写到义和团，从圆明园写到避暑山庄，从“辛酉政变”写到“辛丑降约”。这里既有惊心动魄的政治斗争，也有刀光剑影、战火硝烟；既有统治集团内部的矛盾冲突，也有

① 高阳：《历史·小说·历史小说》，《台港文学选刊》1992 年第 8 期。

帝国主义列强与中华民族的尖锐对立；既有慈禧与恭王、慈安的斗争，也有慈禧与同治、光绪的冲突。小说全方位地描写了以慈禧太后为核心的清末统治集团在内外交困的形势下不断分化、重组，最终难逃覆灭的命运，从而从历史角度对清末中国社会的积贫积弱进行了深入的探索。文本引用极为丰富的历史事实，正面描写了许多重大事件，诸如太平天国运动、捻军起义、中法战争、洋务运动、戊戌变法、八国联军攻占北京等等，绘声绘色地再现了历史风貌，栩栩如生地写出了近代史上一系列深具影响力的人物形象：慈禧、肃顺、恭王、曾国藩、李鸿章、左宗棠、张之洞、荣禄、袁世凯、李莲英、谭嗣同、康有为、光绪等。其中最为突出的当数慈禧太后的形象。

历史上的慈禧太后是一个精明强干、擅长权术、心狠手辣、穷奢极欲的封建王朝统治者。自辛酉政变登上政治舞台，在40多年的政治生涯里为了维护清王朝统治，为了巩固自己的专制地位，她对内实行高压政策，先后镇压太平天国运动和捻军起义，将戊戌变法扼杀在摇篮中；对外则步步退让，接连签订丧权辱国的条约，苟且偷安。她重用亲信，扶植党羽，打击政敌，大肆挥霍，甚至挪用海军巨款大兴土木修建三海工程和清漪园（颐和园）。高阳将慈禧置于深广的历史背景中加以描写，作品中的慈禧形象与历史人物的经历、性格是一致的。不过，尽管历史研究和历史小说都要求真实，但历史看重的是史料的真实，而历史小说着力追求的则是情感的真实。作为历史小说家的高阳，在塑造慈禧这一形象时，更注重挖掘人物的心理世界、把握人物情感的律动，从而写出了一个情感细腻、内心丰富、性格复杂的人物形象。

当慈禧太后还是懿贵妃的时候，她便“恃子而骄，居心叵测”，喜欢干预政事。对于大清的皇位，她看得很清楚：至多不出三年，体弱多病的咸丰皇帝便会驾崩，而皇位自然会落到自己年幼的儿子也是唯一的皇子载淳身上。届时，她必须“帮助”儿子治理天下。她利用替皇帝批阅奏折的机会了解内外局势，熟悉朝章制度，研究驭下之道。咸丰驾崩后，慈禧果然“母以子贵”，被封为太后。但死对头肃顺却成为顾命大臣，大权独揽，桀骜不驯，藐视太后的权威。慈禧内联慈安，外结恭王，发动辛酉政变，实行两宫联合垂帘听政。宫廷政变初步显示了慈禧刚毅果敢、工于心计的性格。初掌权柄，慈禧有一种实现了政治欲望的满足，对自己只化了一个月便将朝局整个翻过来感到十分满意，但她没有陶醉其中。为了紧握住自己取得的大权，她翻检古籍，研究列祖列宗以及前朝的贤君女王如何处理政务、驾驭臣子，很快地便确立了恩威并施、打拉结合的策略。在漫长的统治生涯中，慈禧一方面充分享受权力欲得到极大满足的快乐，体验到位极人臣、拥有天下的威严，另一方面也感受到难以言说的空虚和痛苦。虽然事实上是实际统治者，却难以消去仅仅是“西太后”的屈辱，这种屈辱和自卑感常常困扰着她。尤其是皇太后的尊贵并不能掩盖身为寡妇的苦楚，夜深人静时，她独坐深宫，心乱如麻、夜不成寐，只能用看奏章来消磨漫漫长夜。由于情感得不到宣泄和满足，她的脾气和性格越来越怪戾，阴沉的脸上时常现出无尽的烦恼和惆怅。庚子事变后，清王朝的专制统治无可挽救地进入了尾声。面对衰微的国运、满目疮痍的末代王朝，饱经内忧外患的“老佛爷”回天乏术，但为了维护“祖宗成法”，她临死前还对囚禁在瀛台的光绪皇帝下了毒手。

综上所述，《慈禧全传》在深广的历史背景下全方位地展示了清末社会生活，描写了一系列具体的人物形象，通过富有历史特征的典型事件和情节，读者可以窥探到整个时代的特点。而这也正是高阳历史小说的共同特色。情节结构的宏伟性、历史事件的具体性、历史人物的真实性、社会生活的广阔性、艺术情感的丰富性，构成了高阳历史小说杰出的史诗品格。高阳以艺术的笔墨在数千年的中国历史长河中叱咤风云，实现了史与诗的完美结合。他以极为丰富的艺术想象和卓越的史识整合史学与文学、历史与现实，突破了传统历史演义的框框，开辟了以小说重现历史的新方向。

二

“实笔文学”是中国通俗文学的一大传统，也因此充分显示了通俗文学的文类优势。《三国演义》中有名有姓的人物共1191个，其中武将436个，文官451人，皇裔、宦官、后、妃128人，各民族起义领袖67人，三教九流人物109人。

《水浒》共写下了有名有姓人物577个，有姓无名的99个，有名无姓的9个，共计685个。中国的“实笔文学”无论在人物密度还是情节密度上，都从重、从实、从厚……其优秀因素很多，撮要地说体现在如下几个方面：笔采坚实、意采凝重、情采绚丽、文采练达。①

这充分说明了通俗文学有着其他文类所不具备的优势。从这个角度来说，通俗决不等于粗俗，它是一种学问。这就要求通俗文学作家有深厚的知识积累，做一个学者化的作家。浅薄、浮夸的作家绝写不出历史内涵深厚、知识容量丰富、文化意蕴充沛的作品。

高阳长于考据，他曾化了20多年时间研究“红学”，写出了《红楼一家言》、《高阳说曹雪芹》等红学专著。他以红学家的身份来写“红—曹”系列小说，这使作品很有学术性。作家通过《红楼梦断》、《曹雪芹别传》等小说，艺术地、真实地展示了曹雪芹的生活世界和情感世界。高阳把《红楼梦》看作曹雪芹的自传体文本，因此《红楼梦断》明显带有《红楼梦》的痕迹，两书的人物有着显著的对应关系：曹家与荣府，李家与宁府，曹太夫人与贾母，曹顺与贾政，马夫人与王夫人，芹官与宝玉，震二奶奶与琏二奶奶，春雨与袭人，小莲与晴雯，楚珍与金训，李鼎与贾蓉，鼎大奶奶与蓉大奶奶，李煦与贾珍等等，都构成了一一对应的关系。两书的情节和人物命运也很相似。自然，作为自己的创作，高阳的《红楼梦断》有不少独特的地方。例如他放弃和改变了《红楼梦》中“金玉良缘，木石前

① 毛志成：《“中国式”发微》，《传奇百家》1992年第2期。

盟”的爱情主线，突出了家庭内部的矛盾，有意识地弱化了曹雪芹的地位，更多地通过李曹两家的其他人物来衬托曹雪芹的形象。在创作过程中，高阳充分调动自己的“红学”研究成果，使《红楼梦断》既忠实于《红楼梦》的人物性格和命运发展又不囿于《红楼梦》的原有模式，没有流于以小说的形式为《红楼梦》作索隐，从而使作品具有了独特的艺术价值和文化价值。

高阳以严谨的治学态度对历代典章制度、历史事件、社会习俗进行过详细考证，他的历史小说广泛涉及到政治、经济、军事、文化等众多领域。《慈禧全传》是一部集大成的巨著。作者有声有色地叙述了辛酉政变、洋务运动、戊戌变法、庚子事变等重大历史事件，细致地写出了这些事件的因果关系，具有“信史”的效果。为了强化这种效果，高阳在叙述时插入了大量的奏疏、函札、上谕和圣旨。这些全文照录式的历史文献读起来固然略嫌沉闷，在某种程度上影响了叙述的生动性，但因此造成了作品强烈的历史感。它们仿佛在不断提醒读者：您现在读到的正是历史上所发生过的，作者告诉您的是历史真相。而要掌握这些文献，没有学者做学问的功夫是达不到的。高阳穷毕生精力，潜心于历史典籍中，上至官制律例、宫廷礼仪、历史人物、重大事件，下至饮食服饰、地理风物、方言俚语、民间习俗，他都有深切的把握。正因为有深厚的积累，他才能将历史风云演绎得如此生动、逼真。

高阳对史实进行精详考证时，经常会得出一些与流行的观点不一致甚至相反的结论。他以此为依据，以学者的良知、胆略和小说家的才华大做翻案文章，因此他所描写的历史事件常给人新鲜之感。戊戌维新运动的主要人物康有为历来被史学家奉为发愤图强的先知先觉、改良主义的旗帜，高阳则独排众议，揭示其人格上丑陋的一面。《慈禧全传》写到戊戌变法那一节时对康有为的形象多有描写。作为康党领袖，康有为在风闻慈禧太后要镇压维新运动时，首先想到的是避祸。他置变法同志的安危于不顾，独自出逃。与此形成鲜明对照的是，谭嗣同面对险恶形势临危不惧，首先想到的是如何设法营救光绪皇帝，而自己抱定必死的信念，甘愿以自己的鲜血捍卫维新大业。临刑前，谭嗣同慷慨赋诗："望门投止思张俭，忍死须臾待杜根。我自横刀向天笑，去留肝胆两昆仑。"表现出豪放乐观、大义凛然的英雄本色。及至亡命海外，康有为借保皇之名，自命"圣人"，到处敛财，中饱私囊。小说引述《民报》文章《记戊戌庚子死者诸人纪念会中广东某君之演讲》的说法，谈到康有为前后有"五个退化"：由创新教做教主到成为政治家，是一个退化；由举人中了进士，大谈立宪，变保中国为保大清，是二退化；到得上书言事，"屡蒙召见"竟尽反前言，以为只要能变法就行，是三退化；由勤王而沦为保皇，是四退化；及至最后将保皇变为极自私的举动，是五退化。作品还叙述了所谓"衣带诏"的闹剧。康有为自称有"衣带诏"，说光绪皇帝命他起兵勤王，而这"衣带诏"究竟为何物，谁也没见过，连梁启超这个得意门生也不以此为然。康有为不过是想将"衣带诏"作为沽名图利的手段，也因此与许多患难之交搞成水火不容。作者借袁世凯之口评价道："康有为之言可用，康有为其人不可用！"

同样地，高阳也为袁世凯做翻案文章。由于有称帝一事，袁世凯历来被视为大奸大恶之徒、戊戌变法的罪魁祸首。而据高阳考证，袁世凯在戊戌政变中只是一个小配角，其作用主要在于作了伪证。《瀛台落日》采用袁世凯自述的形式叙谈"真相"：戊戌年七月底，袁世凯奉召进京，上谕负责练兵。八月初三，谭嗣同访袁于海淀旅寓，要求他杀荣禄并派兵包围颐和园。而袁认为变法宜顺民情，不可急切。当夜无结果而散。八月初五再次召见时，袁陈奏变法须老成持重者襄赞主持，并推荐张之洞，皇帝颇为动容。一回到天津，袁世凯即求见荣禄，出示朱谕："荣禄密谋废立弑君，大逆不道：着袁世凯驰往天津，宣读朱谕，将荣禄立即正法，其遗缺即着袁世凯接任。钦此！"袁世凯的告密加快了政变的步伐，荣禄紧急上京，会同庆王晋见慈禧太后，一场政变就此酿成。因此，高阳认为："戊戌政变，主角为李鸿章及刚毅，配角为杨崇伊及康有为，而袁世凯是在刚毅以刀笔吏的手法胁迫之下，作了伪证。"[①]高阳正是以此观点为指导叙述了戊戌政变那惊心动魄的一幕，这里包含着对历史的执着探寻和深切洞察，表现出了一个知识者卓尔不群的学术品格。

学者的文化品味决定了作品的文学品位。通俗文学通常以传奇性取胜，无奇不传，追求新奇怪异，高阳却独辟蹊径。他笔下的人物不乏传奇性经历，如胡雪岩一生命运大起大落，从在钱庄当学徒到赏穿黄马褂，成为显赫一时的"红顶商人"；到创办阜康钱庄，分号遍布北京、两湖、江浙等地，资产达两千万以上成为江南巨富；到钱庄倒闭，负债累累，潦倒而死，这极富传奇性的一生包含着许多扣人心弦的传奇故事，但高阳却尽量淡化人物的传奇经历，而着力表现人物之间的关系、人物命运发展变化的内在及外在因素，从而写出了活生生的人物形象。又如慈禧太后在40 多岁时得过"骨蒸病"——小产血崩。皇太后小产是天下奇闻，里面藏有诸多隐秘，在别的作家笔下很可能会大事铺陈，极尽好奇好惊好怪之能事，但高阳则颇为含蓄地一笔带过。写极富传奇性的人物而不以传奇取胜，这既是对通俗文学传统审美特征的挑战，也是对作家才具、智慧的考验，作家必须在传奇性之外寻找吸引读者、激发读者阅读兴趣的东西。高阳显然找到了，他的历史小说因此走出了一条俗而能雅、雅俗共赏的艺术道路。

自然，高阳的历史小说不是史学著作，他是以小说的方式来叙述历史、演绎历史。优秀的历史小说可以弥补正史的不足，可以复活湮没了的历史风云，使读者深切感受到历史内容的无限丰富性。高阳凭借其对史料的娴熟，以考证的方法从事创作，形成了历史小说的独特语境，开创了中国历史小说的一种新类型。

---

① 高阳：《我写历史小说的心路历程》，《联合报》1992 年 6 月 7 日，第 25 版。

三

从本质上说，高阳是一位具有浓厚传统文化意识的作家。高阳出生于前清名医世家，从小接受了传统文人家庭的熏陶，形成了强烈的传统文人的观念。在高阳的文化思想中，占主导地位的是儒家文化。作为一个思想学派，从先秦时期起，儒家在中国文化中便占据了极为重要的地位，而从宋代开始，更建立起了哲学、伦理、政治三位一体的博大精深的思想体系。到了现代，则出现了以梁漱溟、熊十力、张君劢、冯友兰等为代表的新儒家。1949 年以后，港台和海外又活跃着唐君毅、牟宗三、徐复观、方东美、杜维明、余英时等新儒家的传人，他们将儒家文化的薪火广泛传播，出现了新儒学热潮。就价值取向而言，无论先秦原始儒家还是宋明儒家，抑或现代新儒家，都强调“修已安人”、“内圣外王”，具有“为往圣继绝学，为万世开太平”的强烈使命感和道德忧患意识，并把儒家的道德理想和宗教精神视为人类最高的文化成果。高阳开始历史小说创作之时，正是现代新儒学风起云涌、声势浩大之际，原有的文化积淀加上时代潮流的影响，使高阳历史小说表现出鲜明的儒家文化倾向。

高阳按照儒家的政治理想和人格模式塑造了一系列人物形象。他一方面以这些形象介入历史、阐释历史；另一方面又据此来观照现实人生，建构自己的文化思想。《大将曹彬》中的主人公曹彬是作者塑造出来的一位深具儒家风范和人格魅力的理想人物形象。高阳在平蜀大战的历史事件中，着力表现了曹彬这位北宋名将政治上的宏大抱负、军事上的远见卓识、品行修养上的谦抑自牧的儒者风范。曹彬胸襟开阔，知人善任，赏罚分明，廉洁自律，轻财重义，在官兵中很有号召力。他运筹帷幄，决胜千里，颇有大将风度。又饱读诗书，深具文化人本色。在作者笔下，曹彬是忠臣、清官、儒将、道德完人，其身上凝聚着深厚的中国传统文化精神，散发着巨大的人格力量。其他如乾隆（《乾隆韵事》）、李鸿章（《李鸿章》）、翁同龢（《翁同龢传》)、曾国藩(《慈禧全传》)等人物,也都深具儒家文化精神。

高阳历史小说有着丰富的文化内涵。《慈禧全传》全方位地展示了封建时代的宫廷文化、官场文化。清朝的皇宫景观、朝章制度、登基庆典、宴饮娱乐、开科取士、官吏任免等,都被活生生地再现了出来。《胡雪岩》则深刻表现了清朝的商业文化,其中所蕴含的文化内涵远远地超出了许多专业性著作,诸如北方票号、南方钱庄、漕帮、沙帮、典当业、丝茶贸易、金融投机等,作品均有广泛涉及。高阳在对历史生活的细致描写中营造了鲜活生动的历史文化氛围。

高阳历史小说规模巨大,气势恢宏,场面壮阔,展示出纷纭复杂的历史风云,蕴含着深厚的传统文化精神。与此同时,高阳又着力描摹世态人情,描写日常社会生活,表现深刻的人生体验,其历史小说又呈现出世俗化、生活化趋向。

在高阳看来,历史研究是"发掘事实,阐明事实",而小说创作则"需要编造'事实'即所谓'故事的构想'";历史小说"应合乎历史与小说的双重要求,小说中的人物,要求其生动、突出"。[①] 因此,高阳一方面借助于精深的考据功夫,从浩如烟海的史书典籍中汲取题材,并在叙述过程中不时引述历史文献,努力使文本产生"信史"的效果;另一方面,他根据创作的需要,基于自己的生命经验而"大胆假设",使历史内容更为丰富多彩,历史人物更为鲜活生动,其文本中有许多不见于正史的日常生活的描写。如果说取材于历史,在青简黄卷中复活历史内容更多地显示出了高阳的学者本色的话,那么以细腻的笔触叙写日常生活的方方面面,捕捉一个个生活细节,则更为突出地表现出高阳作为小说家的艺术才情。高阳的历史小说创作正是这两个方面的有机结合。日常生活琐事、人物的言行举止、风土人情以及民俗文化等等生活细节的描写,对于刻画人物性格,点染时代气氛,推动情节发展,营造艺术情趣,充实作品内涵,起到了重要的作用。

① 高阳:《历史·小说·历史小说》,《台港文学选刊》1992年第8期。

“历史”是一个名词，“历史”也是已经过去了的无限丰富内容的总汇。它固然包括政治、经济、军事、文化等方面的重大事件，但决不仅仅是指这些。历史小说作家要求描写尽可能丰富的历史内容。《慈禧前传》写到咸丰皇帝在热河行宫做寿，其时咸丰的身体已十分虚弱。他先是参加庆贺大礼，接受大臣的三跪九叩首，接着升座、赐茶、进膳、赐酒，他勉强支撑着，然后传旨开戏，作者这时描写了咸丰“拉肚子”的生活细节。皇帝万寿赐戏，文武群臣、后妃、太监、宫女都来看戏，殿内殿外有两三百人之多，而坐在正中的咸丰肚子里却在作怪，他强忍着，忍到后来冷汗淋漓，脸色发青，他心想，自己一离座而起，整个欢乐热闹的场面便会不复存在。但他终于还是忍不住了，起身入厕。皇帝突然被人搀扶着离座急去，一殿皆惊，尽管谁也不能乱说乱动，但大家心里都有一个感觉：大非吉兆。不少人更是想：一旦咸丰一瞑不视，大政托付何人代掌？而咸丰正由这次拉肚子而一蹶不振，一命呜呼。很多矛盾冲突的线索也由此而不断延伸，终于引发辛酉政变，大清王朝的命运从此发生重大转变。一个“拉肚子”的生活细节竟包括着如此丰富的内容！它对于推动情节发展起到了重要作用。

高阳小说文本中有大量的细节是揭示人物性格的。这些细节充满了生活气息，较好地传达出人物的个性。《玉座珠帘》写到帝师李鸿藻为同治授读十年，但同治性情浮躁，贪玩不爱读书，学习很少长进。这一日，李鸿藻为同治温习《论语》，然而同治对这一册十年前的启蒙读物仿佛茫然不知，李鸿藻又是伤心失望又是自愧，热泪滚滚而下。同治知道老师为何哭泣，内心愧悔，想安慰几句又不知如何措词，这时他从打开的《论语》中一眼看到“君子不器”这句话，突然生出灵感：“师傅！这句话怎么讲？”李鸿藻定睛细瞧，只见皇帝一只手掩在书上，把“器”字下面的两个“口”遮住，“君子不器”变成了“君子不哭”，不由得破涕为笑。这个细节表现出同治淘气、任性、爱耍小聪明的性格。正由于他不求上进，不好好读书，意识不到自己的重大责任，后来才会微服巡行，终至染上梅毒身亡。《风尘三侠》着力塑造了李靖、虬髯客、李世民等一代豪杰的形象。其中，虬髯客张老三是江湖上名闻遐迩的大侠，智勇双全，有胆有识，只能南面为王，决不俯首称臣。作品有诸多细节描写这位“异人”。他“狮口环目，形容奇伟”，“用手抓起羊肉，蘸着青盐，大块大块地往嘴里送；一面喝着李靖替他斟的酒，也是大口大口地。健啖豪饮，丝毫不作客气”。虬髯客一出场亮相便给读者以豪爽劲健、洒脱不羁的鲜明印象。紧接着，写他谈笑间忽然一扬手，剪刀便向板壁猛力飞去，刀尖顿时刺中板壁外偷听的暗探的眼睛，这一突然举动令在场的李靖夫妇都有出乎意料之感。这一细节表现了虬髯客的粗中有细、机警过人。又写他佯装大醉，在床上布置好酣睡假象，只身逃离是非之地，居然骗过了诡计多端的刘文静和足智多谋的李世民，这进一步表现出了人物有勇有谋、决不愿屈居人下的个性特征。

高阳的小说还常常在激烈的政治斗争过程中插入日常生活的描写，从而使作品张弛有致，增强了艺术韵味。《瀛台落日》在叙述奕匡、袁世凯与岑春煊等两股政治势力紧张斗争时，宕开一笔，写下了“作诗钟”的文人雅事。以张之洞为首的一班达官贵人、诗坛名士云集会贤堂，“敲钟”吟诗，显示了清代文风之盛。《胭脂井》叙述到戊戌政变过程中谭嗣同和大刀王“五四”处奔走营救幽禁在瀛台的光绪皇帝时，作者挥洒笔墨描写了北京的市井生活：“京师的酒馆分上中下三等，‘大酒缸’的等第最下，极大的酒缸，一半埋入泥中，上覆木盖，就是酒桌，各据一方，自斟自饮。酒肴向例自备，好在大酒缸附近，必有许多应运而生的小吃摊子，荷包里富裕，买包‘盒子菜’，叫碗汤爆肚，四两烧刀子下去，来碗打卤面，外带二十锅贴，便算大酒缸上的头号阔客。倘或手头不宽，买包‘半空儿’下酒，回头弄一大碗酱拌面果腹，也没有人笑他寒酸，一样自得其乐。有时酒酣耳热，谈件得意露脸之事，惊人一语，四座倾听，无不投以肃然起敬，或者艳羡赞许的眼光，那种痒到心里的舒服劲儿，真叫过瘾。”像这样表现民俗风情、展示地域文化的日常生活描写，既调整了小说的叙述节奏，为情节的发展作好铺垫和准备，也使作品增强了生活的情趣。在紧张的矛盾冲突过程中来上这样一段文字，使读者体验到了另一种人生境界。又如在《大将曹彬》中，作者着力叙述的是平蜀大军的政治、军事斗争，然而在金戈铁马的战争烟云中，作者又不时穿插曹彬身边卫士张惠龙与民女的爱情故事，使作品平添了不少情趣。

雄浑的历史洪流、苍茫的历史背景和世俗化的日常生活融汇在一起，构成了高阳小说多姿多彩的艺术世界。徜徉于高阳的小说天地之间，既能获得历史烟云的洗礼和熏陶，又可得到世俗生活的陶冶和启迪，实现审美层次的升华。高阳以博大精深、气势恢宏的创作风格，在20世纪华文文坛上树起了一种独标一帜的美学风范。

（原载《江汉论坛》1999年第6期）

方忠学术年表

1964年8月，出生于江苏南通。

1982年9月，考入徐州师范学院（江苏师范大学前身）中文系，开始尝试写作小说与评论。

1986年7月，徐州师范学院中文系毕业，留校任教，从事中国现当代文学的教学和研究工作。

1988年9月，在福建师范大学中文系进修，开始系统研修台港澳文学。

1989年12月，在南京参加江苏台港与海外华文文学研究中心成立大会。在《徐州师范学院学报》1989年第4期发表第一篇研究台湾文学的论文《论赖和创作的民族性》。

1990年，《台港与海外华文文学评论和研究》创刊，在创刊号上发表《张晓风散文创作初探》。

1993年8月，在庐山出席“第六届世界华文文学国际研讨会”，发表论文《从乡愁文学到探亲文学》。

1995年9月，考入苏州大学文学院攻读中国现当代文学专业博士学位。

1995年9月，《台港散文40家》由中原农民出版社出版。

1996年4月，在南京出席“第八届世界华文文学国际研讨会”，发表论文《香港学者散文的文化品味》。

1996年6月，晋升为副教授。

1998年7月，在苏州大学文学院获文学博士学位。

1998年9月，进入南京大学中文系博士后流动站从事博士后研究。

1999年4月，在香港中文大学参加“香港文学国际学术讨论会”，发表论文《香港当代文学的格局与走向》。

1999年7月，《郁达夫传》由团结出版社出版；2002年6月在台湾由国家出版社出版繁体字本。2012年1月，由复旦大学出版社重版发行。

1999年10月，在泉州出席“第十届世界华文文学国际研讨会”，发表论文《论高阳的历史小说》。

1999年，论文《台湾武侠小说的历史流变》获“江苏省第六届哲学社会科学优秀成果奖三等奖”。

2000年6月，在高雄中山大学出席“旅游与文学国际学术讨论会”，发表论文《论余光中的游记散文》。

2000年10月，博士后出站，出站报告为《海峡两岸散文比较研究》。

2000年12月，《台湾通俗文学论稿》由中国华侨出版社出版。2002年，该著作获“第四届江苏省高校人文社会科学优秀成果二等奖”。

2000年，入选江苏省“青蓝工程”新世纪学术带头人。

2001年6月，晋升为教授，任徐州师范大学中文系主任；10月，任徐州师范大学文学院院长。

2002年5月，在广州出席中国世界华文文学学会成立大会，当选为理事。

2003年11月，在徐州主持召开“世界华文文学教学研讨会”。

2004年10月，任中国现代文学研究会理事。

2004年10月，江苏省中国现代文学研究会副会长。

2004年12月，《20世纪台湾文学史论》由百花洲文艺出版社出版。

2005年10月，赴台北出席由台湾佛光人文社会文学院承办、中华基金管理委员会主办、国家台湾文学馆、《文讯》杂志社、《明道文艺》杂志社、《联合报·副刊》等单位协办的“第二届两岸现代文学发展与思潮学术研讨会”，发表论文《台湾当代文学中的佛教文化精神》。

2005年，受聘为山东师范大学文学院中国现当代文学专业博士生导师。

2006年7月，在长春召开的“第十四届世界华文文学国际研讨会”上，当选为中国世界华文文学学会常务理事。

2008年10月，在南宁出席“第十五届世界华文文学国际研讨会”，发表论文《台港澳文学如何入史》。

2008年12月，《台湾散文纵横论》由江苏教育出版社出版。2011年，该著作获“江苏省第11届哲学社会科学优秀成果奖二等奖”。

2009年6月，在徐州主持召开“第三届世界华文文学高峰论坛”，会议主题为“跨文化、跨学科的华文文学研究”。

2009年8月，在台湾政治大学中文系出席“潘思源两岸文学交流论坛”。

2010年10月，在武汉出席“第十六届世界华文文学国际研讨会”，发表论文《中国现代文学史视野中的余光中散文》。

2010年10月，任江苏师范大学副校长。

2011年8月，在温州出席“两岸琦君文化活动”。

2011年10月，在北京中国现代文学馆出席“两岸青年文学会议”。

2011年12月，《多元文化与台湾当代文学》由文化艺术出版社出版。2012年，该著作获“江苏省第十二届哲学社会科学优秀成果奖一等奖”。

2011年，受聘为苏州大学文学院中国现当代文学专业博士生导师。

2012年2月，赴香港大学中文系访问。

2012年3月至6月，在台湾大学台湾文学研究所进行访问研究。4月，在桃园中原大学参加“海峡两岸华文文学学术研讨会”；5月，在花莲东华大学参加“第五届文学传播与接受国际学术研讨会”。

2012年10月，在福州出席“第十六届世界华文文学国际研讨会”，发表论文《论〈家变〉的文学史意义》。

2013年8月，赴马来西亚槟城担任拿督林庆金JP出版奖评审。回国后写作散文《马来西亚的红树林》，发表于《香港文学》2013年11月号。

2013年9月，在徐州主持召开江苏省台港暨海外华文文学研究会年会暨“区域视角与华文文学”学术研讨会，会议期间还召开了“陶然文学创作40年研讨会”。

2013年9月，当选为江苏省台港暨海外华文文学研究会会长。

2013年11月，出席由厦门大学台湾研究中心主办的“台湾文学文化双甲子学术研讨会”，发表论文《现代主义时代的浪漫精魂——杨牧散文论》。

2013年，入选江苏省“333高层次人才培养工程”中青年科技领军人才。

2014年4月，在徐州主持召开“华文文学与中国梦书写”学术研讨会；会议期间，中国世界华文文学学会召开了“首届世界华文文学大会筹备会”。

（注：按“文库”要求，本年表侧重叙录与世界华文文学研究相关的学术活动和成果）